QUATRO PEÇAS
A gaivota, Tio Vânia, Três irmãs e O jardim das cerejeiras

ANTON PÁVLOVITCH TCHÉKHOV (1860-1904) nasceu em Taganrog, sudoeste da Rússia, filho de um pequeno comerciante, que faliu quando o escritor era adolescente e fugiu para Moscou para não ser preso por dívidas. Em 1884, Tchékhov concluiu a faculdade de medicina da Universidade de Moscou, e deu início à carreira de médico. Ainda estudante, colaborou com revistas satíricas, sob alguns pseudônimos, e publicou uma coletânea de contos humorísticos. Mas logo passou a escrever contos mais sérios, assinados com seu nome verdadeiro e lançados em revistas de maior prestígio. Em 1887, foi levada ao palco *Ivánov*, sua primeira peça encenada. No mesmo ano, ganhou o prêmio Púchkin pela coletânea de contos *No crepúsculo*. Em 1890, viajou à ilha de Sacalina, perto do Japão, uma vasta colônia penal, onde fez sozinho um censo sanitário de toda a população. Ao retornar, foi morar numa propriedade rural ao sul de Moscou e se envolveu profundamente com a comunidade local, ajudando a construir escolas para crianças com seus próprios recursos e participando da campanha contra uma epidemia de cólera. Entre 1896 e 1904, escreveu quatro peças que logo se tornaram clássicos do repertório teatral: *A gaivota*, *Tio Vânia*, *As três irmãs* e *O jardim das cerejeiras*. Em 1900, a tuberculose obrigou-o a mudar-se para Ialta, onde o clima era mais favorável à sua saúde. Em 1904, viajou para a Alemanha numa última tentativa de se tratar e lá faleceu, nesse mesmo ano.

RUBENS FIGUEIREDO nasceu no Rio de Janeiro em 1956. Formado em letras, na especialidade português-russo, pela Faculdade de Letras da Universidade Federal do Rio de Janeiro, é professor de português aposentado e tradutor de livros de Turguêniev, Tolstói, Bábel, Gontcharóv, Gógol e Tchékhov.

Por suas traduções, recebeu os prêmios da APCA, da Biblioteca Nacional e da Academia Brasileira de Letras. É autor dos livros de contos *Livro dos lobos* (1994), *As palavras secretas* (1998, prêmio Jabuti) e *Contos de Pedro* (2004), e dos romances *Barco a seco* (2000, prêmio Jabuti) e *Passageiro do fim do dia* (2010, Prêmio São Paulo de Literatura e Prêmio Portugal Telecom).

ANTON TCHÉKHOV

Quatro peças
A gaivota, Tio Vânia, Três irmãs e O jardim das cerejeiras

Tradução, apresentações e notas de
RUBENS FIGUEIREDO

4ª reimpressão

COMPANHIA DAS LETRAS

Copyright © 2021 by Penguin-Companhia das Letras

Grafia atualizada segundo o Acordo Ortográfico da Língua Portuguesa de 1990, que entrou em vigor no Brasil em 2009.

Penguin and the associated logo and trade dress are registered and/or unregistered trademarks of Penguin Books Limited and/or Penguin Group (usa) Inc. Used with permission.

Published by Companhia das Letras in association with Penguin Group (usa) Inc.

TÍTULOS ORIGINAIS
Чайка, Дядя Ваня, Три Сестры, Вишнёвый сад

PREPARAÇÃO
Leny Cordeiro

REVISÃO
Carmen T. S. Costa
Marise Leal

Dados Internacionais de Catalogação na Publicação (cip)
(Câmara Brasileira do Livro, sp, Brasil)

Tchékhov, Anton, 1860-1904.
   Quatro peças : A gaivota, Tio Vânia, Três irmãs e O jardim das cerejeiras / Anton Tchékhov ; tradução, apresentações e notas de Rubens Figueiredo — 1ª ed. — São Paulo : Penguin-Companhia das Letras, 2021.

   Títulos originais: Чайка, Дядя Ваня, Три Сестры, Вишнёвый сад.
   isbn 978-85-8285-144-9

   1. Teatro russo i. Figueiredo, Rubens ii. Título.

21-65910   cdd-891.72

Índice para catálogo sistemático:
1. Teatro : Literatura russa 891.72
Maria Alice Ferreira — Bibliotecária — crb-8/7964

Todos os direitos desta edição reservados à
EDITORA SCHWARCZ S.A.
Rua Bandeira Paulista, 702, cj. 32
04532-002 — São Paulo — sp
Telefone: (11) 3707-3500
www.penguincompanhia.com.br
www.blogdacompanhia.com.br
www.companhiadasletras.com.br

Sumário

Nota sobre os textos — 7

A GAIVOTA — 9
TIO VÂNIA — 99
TRÊS IRMÃS — 177
O JARDIM DAS CEREJEIRAS — 283

Nota sobre os textos*

Texto original usado para esta tradução:
Чехов А. П., Полное собрание сочинений и писем в *30* т. ан сссР. Москва: Наука, t. 13, 1978. [Tchékhov, A. P. *Obra completa reunida e cartas em 30 volumes*. Moscou: Naúka, 1974-82, v. 13, 1978.]

---

* Para os que ainda não conhecem as peças a seguir, a apresentação de cada uma revela detalhes do enredo.

Apresentação

Em carta de 1892, Anton Tchékhov relatou:

> O pintor Levitan* está passando uns dias no meu sítio. Ontem, ao entardecer, eu e ele fomos à zona de caça às galinholas. Levitan disparou e uma ave, ferida na asa, caiu num charco. Eu a levantei. Tinha um bico comprido, olhos grandes e pretos e uma plumagem bonita. Olhava para nós, espantada. O que podíamos fazer? Levitan franziu a testa, fechou os olhos e me suplicou, com voz trêmula: "Por favor, esmague a cabeça dela com a coronha da espingarda". Respondi que eu não era capaz. Os ombros dele não paravam de sacudir, estava nervoso, contraía o rosto e suplicava. A galinhola olhava para mim, espantada. Tive de obedecer a Levitan e matá-la. E, enquanto dois imbecis voltavam para casa e sentavam-se para jantar, havia uma criatura fascinante a menos no mundo.

Esse episódio vai ecoar na peça que Tchékhov escreverá três anos depois, entre 1895 e 1896. No lugar da galinhola, uma gaivota: alvejada por um escritor e empalhada por outro. Mas o pressentimento da índole predatória ou

---

* Isaak Ilitch Levitan (1860-1900), um dos principais pintores russos do século XIX.

parasitária que assombra a atividade do artista na sociedade burguesa e a inevitável frieza com que o forte desfruta o fraco se fazem presentes na peça com a mesma revolta impotente que marca a recordação anotada naquela carta.

Em outra correspondência, de 21 de outubro de 1895, Tchékhov assim deu notícia de sua peça *A gaivota*:

> Estou escrevendo uma peça que na certa não terminarei antes do fim de novembro. Não posso negar que me agrada escrevê-la, embora esteja obviamente desrespeitando os princípios elementares do teatro. A comédia tem três papéis femininos, seis masculinos, quatro atos, uma paisagem (uma vista para um lago), muita conversa sobre literatura, pouca ação e cinco arrobas de amor.

Cinco dias depois, escreveu para outra pessoa: "Terminei minha peça. Não é nada de mais. No conjunto, eu diria que sou um dramaturgo medíocre". Mas, como era seu costume, ele a reescreveu ainda muitas vezes e, no dia 21 de novembro, em outra carta, registrou: "Terminei minha peça. A despeito de todas as regras da arte dramática, eu a comecei *forte* e acabei *pianissimo* [...]. Estou antes de tudo insatisfeito e vejo que não sou de forma alguma um dramaturgo". Tchékhov enviou o manuscrito para o amigo e pediu: "Não mostre para ninguém". Continuou a corrigir o texto e só em julho de 1896 mandou sua versão final para a aprovação do comitê teatral da censura.

A essa altura, Tchékhov tinha 36 anos, era solteiro, tuberculoso, morava em seu sítio em Melíkhovo, perto de Moscou, mas já passava temporadas em Ialta, na Crimeia, por conta de sua doença. Apesar de suas palavras pouco animadas, *A gaivota* foi a primeira peça a que Tchékhov conseguiu, com mais segurança, dar uma feição inovadora, equivalente ao modo como, já havia algum tempo, construía seus contos. Na verdade, suas experiências como dramaturgo começaram aos dezoito anos, ainda estudante em Taganrog, sua cidade natal, quando escreveu a peça *Bezotsóvischina* (Orfandade). Mas o texto dessa obra permaneceu desconhecido até 1923, quando, dezenove anos depois da morte do autor, o manuscrito foi encontrado e passou a ser encenado com o título de *Platónov*.

Antes de *A gaivota*, suas obras para o teatro eram, em geral, curtas e humorísticas, salvo duas tentativas mais ambiciosas, *Ivánov* e *O demônio da floresta*, que, no entanto, frustraram-no e foram mal recebidas. De certo modo, não foi diferente o destino de *A gaivota*, pelo menos em sua primeira apresentação, na noite de 17 de outubro de 1896, no famoso Teatro Aleksandrínski, em São Petersburgo, capital do Império Russo. A plateia vaiou, riu, gritou, zombou dos atores em cena. Tchékhov assistiu aos dois primeiros atos e depois se refugiou nos bastidores. E os jornais da manhã seguinte, em coro, publicaram críticas ásperas.

Por mais que isso o tenha abalado, Tchékhov não foi apanhado de surpresa. Numa carta escrita poucos dias antes da estreia, já registrara sua apreensão e até relatara um pesadelo: "casam-me com uma mulher que não amo e sou insultado nos jornais". O escritor vinha acompanhando os ensaios apressados e caíra em desânimo ante o desempenho dos atores. Além disso, Tchékhov sabia não contar com muita simpatia nos meios literários de São Petersburgo. Em 1891, numa carta, havia descrito nestes termos uma visita à capital: "Eu me vi cercado por uma atmosfera de absurda e indefinível má vontade [...]. Eles me entopem com jantares, me cobrem de elogios triviais e ao mesmo tempo gostariam de me comer vivo".

Além da novidade da dramaturgia de Tchékhov e do pouco tempo de reflexão e trabalho dos atores e diretores do Teatro Aleksandrínski com o texto da peça, um motivo bem mais simples pode ter pesado para o fracasso da primeira montagem. Vigorava, à época, a tradição de dedicar as estreias em benefício de um ator famoso.* Às vezes, nessas ocasiões, duas peças eram encenadas na mesma noite, e assim aconteceu naquele 17 de outubro. A homenageada foi a atriz cômica Lievkiéieva, que entraria em cena numa comédia após a apresentação de *A gaivota*. A plateia, em sua maior parte formada por admiradores de Lievkiéieva, estava ansiosa para rir de suas personagens burlescas.

O fiasco da estreia de *A gaivota* levou Tchékhov a partir de São Petersburgo bem cedo na manhã seguinte, depois de deixar um bilhete para o amigo em cuja casa estava hospedado: "Nunca mais escreverei outra peça". Este amigo, dias depois, censurou-o por sua partida precipitada, e Tchékhov assim se explicou: "Agi com a sensatez e a frieza de um homem que apresentou um pedido de casamento e foi recusado [...]. Quando cheguei à minha casa, bebi óleo de rícino, tomei um banho de água fria e agora estou pronto para escrever outra peça".

Antes de ser retirada de cartaz, *A gaivota* teve mais oito apresentações em São Petersburgo, diante de um público mais apropriado. As notícias que chegaram a Tchékhov davam conta da boa recepção do espetáculo, mas a péssima impressão da estreia não se desfez. Embora Tchékhov não autorizasse a montagem da peça nas principais cidades do país, *A gaivota* foi representada por companhias mais modestas, em Kíev, Odessa e em várias províncias do Império Russo, com boa repercussão, e houve até uma montagem em Praga, numa tradução para o tcheco. Desse modo, quando a peça, afinal, chegou a Moscou, em 1898, por iniciativa de uma nova companhia

---

* A. I. Reviákin, "Primetchánia" (comentários). In: Tchékhov, A. P. *Obra completa reunida e cartas em 30 volumes*. Moscou: Naúka, 1974-82, v. 13, 1978.

teatral — que logo viria a se chamar Teatro de Arte de Moscou —, os comentários em favor da obra já vinham se acumulando gradualmente.

Coube a Nemiróvitch-Dântchenko, um dos diretores da nova companhia, contornar a resistência de Tchékhov, depois do fiasco de 1896, e convencê-lo a ceder a peça a seu grupo: "Eu lhe asseguro, você não encontrará um diretor que o idolatre mais ou uma companhia que o admire mais". Coube também a ele, mais afeito à obra de Tchékhov, orientar os companheiros na montagem dessa peça, que exigia uma produção, conforme insistia Dântchenko, "livre de toda rotina".

Konstantin Stanislávski, também diretor e ator da nova companhia, foi escalado, de início, para o papel do médico Dorn, um personagem secundário, mas confessava não compreender o sentido daquele personagem. A argúcia intelectual de Nemiróvitch-Dântchenko, que vale aqui como um índice da seriedade com que todo o grupo encarava o trabalho teatral, se faz sentir com clareza na carta em que explica o personagem para seu companheiro Stanislávski. No caso, cabe sublinhar que os dois estavam apenas lendo e estudando a peça, cujo texto chegara às suas mãos poucos dias antes, e elaboravam ainda os primeiros esboços da encenação.

> Dorn requer [do ator] segurança e controle, porque ele é o único que se mantém calmo, quando todos ao redor estão nervosos. A sua calma é a característica especial da peça toda. Ele é inteligente, gentil, bondoso, bonito, elegante. Não faz um único gesto brusco ou atabalhoado. Sua voz propaga uma nota de calma em meio a todo o ruído nervoso e neurótico da peça [...] Dorn pouco fala, mas o ator que o interpretar precisa dominar tudo com seu tom calmo, porém firme. O senhor percebe que o autor não consegue esconder sua admiração por essa figura elegante. Ele é um herói

para todas as senhoras, a fala dele é fluente, ele é sábio e entende que não se pode viver somente para si. É doce e gentil nas relações com Trepliov, com Macha, tem tato com todos. Visto sob essa luz, Dorn não pode ficar se balançando numa cadeira de balanço, como o senhor planeja fazer no segundo ato.*

Embora se trate de um papel secundário, Nemiróvitch-Dântchenko soube não só analisar o personagem em si como ainda trouxe à luz sua função na estrutura geral da peça, como ponto de apoio e contenção para a inquietude e o fervor que aumentam e pressionam, em surdina, no decorrer das cenas. Assim, Nemiróvitch-Dântchenko deixava seus companheiros mais atentos à sutileza da técnica dramática de Tchékhov e para a relevância de detalhes pouco perceptíveis à primeira vista.

O êxito dessa segunda estreia, em dezembro de 1898, não poderia ter sido maior e abriu caminho para o talento renovador daqueles artistas, que viriam a deixar sua marca no teatro do século XX. Tanto assim que o desenho de uma gaivota passou a ser o símbolo da companhia, até hoje. Tchékhov se empolgou com o grupo de atores, cujos ensaios por vezes presenciou. Mas estranhou a insistência no emprego de efeitos naturalistas, como o som de grilos, sapos e cães, ao fundo. Jocoso, disse que sua peça seguinte iria se passar "num país onde não existam mosquitos nem grilos nem outros insetos que perturbem a conversa das pessoas". O dramaturgo também reprovou a ideia da encenação do final do terceiro ato — a cena da despedida —, em que o diretor imaginara trazer para o palco todos os criados e uma mulher com uma criança chorosa. No geral, Tchékhov insistia em que os atores evitas-

---

* Cristiane Layher Takeda, *O cotidiano de uma lenda: Cartas do teatro de arte de Moscou*. São Paulo: Perspectiva/Fapesp, 2003, pp. 73-4.

sem toda ênfase sentimental. Isso talvez ajude a esclarecer uma dúvida frequente entre os leitores: a rubrica que Tchékhov acrescentou ao título da peça — "comédia".

Afinal, são raros os momentos de riso em *A gaivota*, ao passo que não faltam, para os personagens, motivos para a tristeza ou mesmo para o desespero. O problema pode se tornar mais compreensível se lembrarmos que a noção rigorosa de comédia equivale menos ao riso do que ao estilo baixo — em contraste com o estilo elevado da tragédia. Tchékhov talvez quisesse, desse modo, compensar o pendor trágico, tão flagrante em sua peça, e evitar ênfases e dramas explícitos, para além da medida do cotidiano e do tom da vida comum. Como sua perspectiva é rigorosamente realista, a escrita de Tchékhov concentra a dramaticidade no quadro de situações triviais, a tal ponto que críticos contemporâneos do autor identificaram a maneira de compor as cenas de *A gaivota* com "fotografias".*

Desse ponto de vista, não cabia pôr no palco heróis nem vilões. Em vez de fazer soar falas graves em meio a acontecimentos exteriormente terríveis, Tchékhov imaginara personagens que comentavam o calor, o frio ou as doenças, jogavam víspora, calavam-se por falta de assunto e pouco agiam, em uma história quase desprovida de acontecimentos. Na verdade, se observarmos bem, o foco se concentra antes nos efeitos dos acontecimentos, que, aliás, geralmente se passam fora de cena.

A rigor, em *A gaivota*, há antes coisas que não acontecem, em um enredo que parece não caminhar para parte alguma. Não por acaso, os personagens são apresentados sempre no espaço restrito da mesma casa, da mesma propriedade. No entanto, entre diálogos triviais, aspirações e desavenças corriqueiras, apenas rompidas por reflexões nada idealizadas sobre a atividade do artista, uma crise obscura se avoluma pouco a pouco. Um desajuste sutil

* A. I. Reviákin, op. cit.

impede que os personagens entendam uns aos outros e subtrai de cada um a compreensão do que eles mesmos desejam e pensam. Esse desajuste e essa crise muda fazem as vezes de uma estrutura para a peça, soldam as partes que parecem à deriva. Ao mesmo tempo, permitem pressentir o que corre por baixo das camadas de banalidade e de frustração.

Em uma composição desse tipo, mesmo que sobrevenha ao final um acontecimento de impacto — como é o caso em *A gaivota* —, não haverá um desfecho propriamente dito. Tal acontecimento, por mais dramático que pareça, por mais sofrimento que concentre, não representa nem solução nem desvelamento nem catarse. O espectador subentende que a mesma crise e o mesmo desajuste prosseguirão intactos e apenas se agravarão na vida futura dos personagens.

A gaivota foi a primeira das quatro peças que Tchékhov escreveria até 1904 e que o tornaram um clássico do teatro. Reúne, mais do que as outras, as reflexões literárias do autor, em especial no tocante à degradação do impulso criador do artista quando se integra ao curso da sociedade burguesa. Os dois escritores e as duas atrizes que formam o núcleo de personagens principais configuram um movimento de contrastes, em que os deslocamentos contínuos e a alternância de posições elaboram uma espécie de enredo ou intriga silenciosa, que substitui a ação dramática explícita.

De fato, em lugar de um concatenamento visível, Tchékhov constrói *A gaivota* com base num sistema de alusões internas e de associações de ideias, em que palavras ou ações prenunciam, ou refletem, o que virá a seguir. Entre muitos outros, vejamos aqui alguns exemplos: Nina diz que se sente feliz como uma gaivota, Trepliov alveja uma gaivota e, mais tarde, ao ver a gaivota abatida, Trigórin tem a ideia de um conto cujo enredo ressoa como um presságio do destino de Nina, ao fim da peça; Trepliov e a mãe encenam, de brincadeira, um diálogo entre

Hamlet e a Rainha, aludindo aos ciúmes que Trepliov, na realidade, sente da mãe, que tem um amante escritor; esse diálogo ocorre na hora em que Trepliov vai mostrar para a mãe sua peça de teatro — dessa maneira, Tchékhov insere uma peça dentro da peça, a exemplo do que ocorre justamente em *Hamlet*; a leitura do trecho de um conto de Maupassant, em que um escritor é comparado a um rato no celeiro, vale como alusão às consequências da visita do escritor Trigórin à propriedade rural de Arkádina; Trepliov pensa em desafiar Trigórin para um duelo, como fez o mesmo Hamlet na peça que ele havia parodiado no ato anterior; pouco antes do desfecho trágico da peça, o médico Dorn diz, mas referindo-se a Sórin, já idoso e enfermo, e no tom de quem fala o maior lugar-comum do mundo: "toda vida precisa ter um fim"; quando Nina retorna após dois anos e vê que a arrumação da sala está diferente, pergunta: "E eu mudei muito?".

No intervalo entre a alusão e o aludido, entre o sinal e o objeto indicado, se abriga o drama implícito da peça. Pois a relação entre os dois pontos continua ativa, em intensidade crescente, por baixo das cenas e das falas. Desse modo, a densidade da atmosfera que os personagens habitam se torna cada vez mais cerrada, a ponto de tolher sua capacidade de reação e de comunicação. Aliás, a circunstância de os acontecimentos da peça se darem, em geral, fora de cena, como já apontamos, sublinha ainda mais a impotência dos personagens e, indiretamente, aumenta o peso do elemento trágico na obra.

A gaivota foi escrita numa época em que o sistema da propriedade rural na Rússia passava por uma transformação profunda. Os herdeiros de antigos senhores de terra, remanescentes da nobreza agrária tradicional, pouco zelavam por suas fazendas. Em apuros financeiros, acabavam cedendo lugar a proprietários capitalistas e à implantação de um novo regime fundiário. Na verdade, esse pano de fundo histórico está presente em quase todas as peças de Tchékhov, desde aquela que escreveu aos dezoito anos. Em *A gaivota*, a proprietária das terras é uma atriz que só as visita esporadicamente, sem demonstrar nenhum interesse pelos negócios agrícolas. Seus comentários deixam claro que os tempos áureos já ficaram para trás, como quando recorda as grandes festas à beira do lago, em sua juventude. No presente, seu filho e seu irmão, residentes na fazenda, não possuem dinheiro nem para comprar roupas novas.

A dificuldade de agir e de se comunicar, tão patente nos personagens, reflete essa posição de declínio, isolamento e fraqueza de toda uma classe social. Por trás dos movimentos e das palavras da atriz (Arkádina) e do escritor agregado (Trigórin), transparece a sombra do parasitismo dos senhores de terra, que desfrutam os prazeres da vida à custa dos sacrifícios alheios.

Por último, vale ressaltar que o nome do escritor russo Ivan Turguêniev, da geração anterior à de Tchékhov, é mencionado quatro vezes pelos personagens de *A gaivota*. Frases do autor são citadas nominalmente pelo menos duas vezes, e em momentos-chave. Na peça que Tchékhov escreverá logo a seguir, *Tio Vânia*, seu nome será mencionado mais duas vezes. Hoje, é difícil não enxergar que Turguêniev constitui uma fonte literária direta da obra teatral de Tchékhov. Suas peças *Um mês no campo* (1850) e *A provinciana* (1851), entre outras, revelam surpreendentes pontos de contato com a obra teatral de Tchékhov. Tanto assim que só depois de ter acumulado experiências com a montagem das peças de Tchékhov, e já após a morte desse autor, o Teatro de Arte de Moscou foi capaz de encenar quatro peças de Turguêniev de modo a revelar a riqueza de sua concepção dramática. Isso para não falar da influência, em Tchékhov, dos contos e romances de Turguêniev — cujo romance *Rúdin* tem, repito, duas passagens expressamente citadas em *A gaivota*. E não é de admirar. Pois, na contida prosa de Turguêniev, a linguagem poética explícita é elaborada, de modo consciente, como um índice dos dramas implícitos, não declarados, tanto na esfera subjetiva e afetiva quanto no plano dos grandes processos históricos em curso no seu tempo. Um caminho que Tchékhov, em boa medida, parece ter tentado acompanhar.

A gaivota
Comédia em quatro atos

Personagens

IRINA NIKOLÁIEVNA ARKÁDINA, atriz; Trepliova depois de casada
KONSTANTIN (ou KÓSTIA) GAVRÍLOVITCH TREPLIOV, seu filho, jovem
PIOTR NIKOLÁIEVITCH SÓRIN, irmão dela
NINA MIKHÁILOVNA ZARIÊTCHNAIA, moça, filha de um rico proprietário de terras
ILIÁ AFANÁSSIEVITCH CHAMRÁIEV, tenente reformado, administrador a serviço de Sórin
POLINA ANDRÉIEVNA, sua esposa
MACHA* (ou MÁCHENKA), sua filha
BORIS ALEKSÉIEVITCH TRIGÓRIN, escritor
EVGUIÉNI SERGUÉIEVITCH DORN, médico
SEMION SEMIÓNOVITCH MEDVIEDIÉNKO, professor
IÁKOV, trabalhador
COZINHEIRO
CRIADA

A ação se passa na propriedade rural de Sórin. Entre o terceiro e o quarto atos, há um intervalo de dois anos.

* Hipocorístico de Maria.

Primeiro ato

Um trecho do parque na fazenda de Sórin. Uma alameda larga, que parte da plateia e entra pelo parque, rumo a um lago, está parcialmente encoberta por um tablado construído às pressas a fim de servir à apresentação de um espetáculo teatral doméstico, de modo que não é possível ver o lago. Há arbustos à direita e à esquerda do tablado.

Algumas cadeiras, uma mesinha.

O sol acabou de se pôr. No tablado, atrás da cortina baixada, estão Iákov e outros empregados; som de tosse e marteladas. Macha e Medviediénko entram à esquerda, de volta de um passeio.

MEDVIEDIÉNKO Por que a senhora anda sempre de preto?
MACHA Estou de luto pela minha vida. Sou infeliz.
MEDVIEDIÉNKO Por quê? (*com ar pensativo*) Não entendo...
  A senhora é saudável, e seu pai, embora não seja rico, tem uma situação bastante confortável. A vida para mim é bem mais difícil do que para a senhora. Ganho apenas vinte e três rublos por mês, uma parte ainda é descontada para a aposentadoria, e nem por isso eu ando de luto.

Sentam-se.

MACHA A questão não é o dinheiro. Mesmo um pobre pode ser feliz.

MEDVIEDIÉNKO Só na teoria, pois na prática a situação é a seguinte: eu, minha mãe, duas irmãs, um irmão pequeno, e um salário de apenas vinte e três rublos. Por acaso não temos de comer e beber? Não precisamos de chá e açúcar? E o tabaco? Aí é que está: como resolver?

MACHA (*olhando para o tablado*) O espetáculo vai começar daqui a pouco.

MEDVIEDIÉNKO Sim. Zariêtchnaia vai se apresentar e a peça é uma obra de Konstantin Gavrílovitch. Os dois estão apaixonados e hoje as suas almas vão se unir, na aspiração de representar a mesma imagem artística. Mas entre a minha alma e a sua não existem pontos de contato. Eu amo a senhora e, de tanta saudade, nem consigo ficar em casa, percorro seis verstas* a pé todos os dias para vir até aqui, outras seis verstas para voltar e, da sua parte, só encontro indiferença. Mas compreendo. Eu tenho poucos recursos, minha família é grande... Quem vai querer casar com um homem que mal consegue ter o que comer?

MACHA Bobagem. (*aspira rapé*) O seu amor me comove, mas não consigo corresponder, só isso. (*oferece a ele a caixinha de rapé*) Sirva-se.

MEDVIEDIÉNKO Não estou com vontade.

Pausa.

MACHA Está abafado, deve cair uma tempestade esta noite. O senhor está sempre filosofando ou falando de dinheiro. Para o senhor, não existe infelicidade maior do que a pobreza, enquanto para mim é mil vezes mais fácil

---

* Medida russa equivalente a 1067 metros.

vestir andrajos e pedir esmolas do que... Mas o senhor não compreende isso...

Sórin e Trepliov entram pela direita.

SÓRIN (*apoiando-se na bengala*) No campo, meu caro, eu não me sinto à vontade e, sem dúvida alguma, nunca vou me habituar a isto. Ontem fui deitar às dez horas e hoje de manhã acordei às nove com a sensação de que, de tanto dormir, meu cérebro havia grudado no crânio. (*ri*) Depois do almoço, para minha surpresa, eu caí no sono de novo, e agora me sinto abatido, é como se eu vivesse num pesadelo, no fim das contas...

TREPLIOV De fato, seria melhor você morar na cidade. (*vê Macha e Medviediénko*) Os senhores serão chamados quando a peça começar, mas agora não podem ficar aqui. Vão embora, por favor.

SÓRIN (*para Macha*) Maria Ilínitchna, tenha a gentileza de pedir ao seu paizinho que mande soltar o cachorro para ele parar de latir. Minha irmã passou outra vez a noite inteira sem dormir.

MACHA Fale o senhor mesmo com meu pai, eu não vou falar. Por favor, me dispense disso. (*para Medviediénko*) Vamos!

MEDVIEDIÉNKO (*para Trepliov*) Então, antes que a peça comece, o senhor mande alguém nos chamar.

Saem os dois.

SÓRIN Quer dizer que, mais uma vez, o cachorro vai ficar latindo a noite inteira. Está vendo só? No campo, nunca vivo do jeito que eu quero. Antigamente, me davam vinte e oito dias de folga e eu vinha para cá, para descansar, mas aqui me aborreciam com tantas coisas absurdas que, desde o primeiro dia, minha vontade era ir embora. (*ri*) Eu sempre me sentia contente de ir embora daqui... Mas agora estou aposentado e, no fim das contas, eu não tenho outro lugar para ficar. Bem ou mal, vou vivendo...

IÁKOV Nós vamos tomar banho, Konstantin Gavrílovitch.

TREPLIOV Muito bem, mas estejam em seus lugares daqui a dez minutos. (*olha para o relógio*) Vamos começar daqui a pouco.

IÁKOV (*para Trepliov*) Pode deixar. (*sai*)

TREPLIOV (*olhando de relance para o tablado*) Isto sim é teatro. A cortina, depois o primeiro bastidor, o segundo bastidor e, mais adiante, o espaço vazio. Nenhum cenário. A vista se abre direto para o lago e para o horizonte. Vamos levantar a cortina exatamente às oito e meia, quando a lua surgir.

SÓRIN Excelente.

TREPLIOV Se Zariêtchnaia se atrasar, todo o efeito vai se perder, é claro. Ela já devia estar aqui. O pai e a madrasta a controlam muito e, para ela, sair de casa é tão difícil como sair de uma prisão. (*ajeita a gravata do tio*) Sua barba e seu cabelo estão muito compridos. Seria melhor aparar um pouco, não acha?

SÓRIN (*penteando a barba*) Esta é a tragédia da minha vida. Na mocidade, eu tinha sempre o aspecto de um beberrão, você nem imagina. As mulheres jamais gostaram de mim. (*senta-se*) Por que a minha irmã anda de mau humor?

TREPLIOV Por quê? Está entediada. (*senta-se a seu lado*) Sente ciúmes. Já está até contra mim, contra o espetáculo e contra a minha peça, porque não é ela que vai representar, e sim Zariêtchnaia. Nem conhece a minha peça, mas já a odeia.

SÓRIN (*ri*) Você está imaginando coisas, francamente...

TREPLIOV Ela já está aborrecida porque, nesse palco minúsculo, é Zariêtchnaia que vai brilhar, e não ela. (*olha para o relógio*) Minha mãe é um caso psicológico muito curioso. Uma mulher de talento inegável, inteligente, capaz de chorar sobre as páginas de um livro e repetir de cor todos os versos de Nekrássov;* cuida dos doentes como um anjo; mas experimente elogiar Duse** diante da minha mãe para ver o que acontece. Ah! Só se pode elogiar a ela e a mais ninguém, só se pode escrever sobre ela e aclamá-la e se entusiasmar com a sua extraordinária interpretação em *A dama das camélias* ou em *O enlevo da vida*,*** mas como aqui no campo não existe esse sedativo, ela se aborrece e se irrita, e todos nós viramos seus inimigos, todos nós somos culpados. Além disso, ela é supersticiosa, tem medo de três velas acesas e do número 13. É avarenta. No banco, em Odessa, tem guardados setenta mil rublos, eu sei disso com absoluta certeza. Mas tente pedir um empréstimo e vai ver como na mesma hora ela se põe a chorar.

SÓRIN Você imaginou que sua peça não vai agradar à sua mãe e logo ficou alvoroçado. Acalme-se, sua mãe tem adoração por você.

TREPLIOV (*arrancando as pétalas de uma flor*) Bem me quer, mal me quer, bem me quer, mal me quer, bem me quer, mal me quer. (*ri*) Está vendo? Minha mãe não me ama. E não é de admirar! Ela quer viver, amar, vestir blusas de cores vistosas, mas eu já tenho vinte e cinco anos e, o tempo todo, eu a faço lembrar que não é mais jovem. Quando não estou presente, a mamãe tem só trinta e dois anos, mas, ao meu lado, ela tem quarenta e três e por isso me odeia. Ela também sabe que eu não tenho grande consideração pelo teatro. Ela ama o teatro e lhe parece que, com isso, presta um grande serviço à humanidade, à arte sagrada, mas para mim o teatro contemporâneo não passa de rotina e superstição. Quando a cortina sobe e, à luz da noite, entre as três paredes, esses talentos formidáveis, os sacerdotes da arte sagrada,

---

* N. A. Nekrássov (1821-78), poeta russo.
** Eleonora Duse (1858-1924), atriz italiana.
*** Peça do escritor russo B. M. Márkevitch (1822-84).

representam como as pessoas comem, bebem, amam, andam, vestem seus casacos; quando, das cenas e das frases mais banais, eles tentam desencavar uma moral — pequenina, fácil de entender, útil para fins domésticos; quando, em mil variantes, me apresentam sempre a mesma coisa, a mesma coisa e a mesma coisa, então eu fujo correndo, como Maupassant* fugia da torre Eiffel, que lhe oprimia o cérebro com sua vulgaridade.

SÓRIN É impossível viver sem o teatro.

TREPLIOV Precisamos de formas novas. Formas novas são indispensáveis e, se não existirem, então é melhor que não haja nada. (*olha para o relógio*) Eu amo a minha mãe, amo de todo o coração; mas ela vive de um modo absurdo, sempre às voltas com esse literato, o nome dela aparece toda hora nos jornais, e isso me aborrece. Às vezes, o egoísmo do mais comum dos mortais toma conta de mim; sinto mágoa por minha mãe ser uma atriz famosa e tenho a impressão de que eu seria mais feliz se ela fosse uma mulher comum. Tio, me diga que situação poderia ser mais desesperadora e mais tola: às vezes, na companhia da minha mãe, há uma multidão de celebridades, artistas e escritores, e entre eles só eu não sou nada, todos só me aturam porque sou filho dela. Quem sou eu? O que sou? Tive de deixar a faculdade no terceiro ano, por circunstâncias alheias à minha vontade, como costumam dizer, não tenho nenhum talento, nenhum centavo no bolso e, segundo a minha carteira de identidade, não passo de um pequeno-burguês de Kíev. Também o meu pai foi um pequeno-burguês de Kíev, embora tenha sido um ator famoso. Então, quando todos aqueles artistas e escritores reunidos no salão de visitas da minha mãe se dignavam a me dar atenção, eu tinha a impressão de que, com seus olhares, eles mediam a minha insignificância... Eu adivinhava os pensamentos dessa gente e a humilhação me fazia sofrer...

* Guy de Maupassant (1850-93), escritor francês.

SÓRIN A propósito, me explique, por favor, que tipo de homem é esse escritor? Eu não o entendo. Vive calado.

TREPLIOV Um homem inteligente, simples, um pouquinho melancólico, você sabe como é. Muito honesto. Ainda está longe dos quarenta anos, mas já é famoso e se sente farto da vida... Com relação ao que ele escreve... como posso lhe dizer? Tem beleza, tem talento... Mas... depois de Tolstói ou de Zola, não dá vontade de ler Trigórin.

SÓRIN Pois quanto a mim, meu caro, adoro escritores. No passado, eu desejava apaixonadamente duas coisas: casar e ser um escritor, mas não consegui nem uma coisa nem outra. Pois é. No fim das contas, até ser um escritor menor é agradável.

TREPLIOV (*pondo-se a ouvir com atenção*) Ouço passos... (*abraça o tio*) Não posso viver sem ela... Até o som dos seus passos é bonito... Fico louco de felicidade. (*vai às pressas ao encontro de Nina Zariêtchnaia, que entra*) Feiticeira, meu sonho...

NINA (*emocionada*) Eu não cheguei atrasada... Sei que não estou atrasada, estou?

TREPLIOV (*beijando as mãos dela*) Não, não, não...

NINA Fiquei agitada o dia inteiro, senti tanto medo! Tive medo de que o papai não me deixasse vir... Mas ele saiu com a minha madrasta. O céu está vermelho, a lua já está começando a subir e eu fiz meu cavalo correr tanto! (*ri*) Mas estou contente. (*aperta com força a mão de Sórin*)

SÓRIN (*ri*) Parece que seus olhinhos andaram chorando... Ora, ora! Isso não é bom!

NINA Não foi nada... Vejam, estou até sem fôlego. Tenho de voltar daqui a meia hora, precisamos nos apressar. Não posso, não posso, pelo amor de Deus, não me detenha. Papai não sabe que eu estou aqui.

TREPLIOV Na verdade, já está na hora de começar. Temos de chamar a todos.

SÓRIN Eu vou buscá-los. Num minuto. (*segue para a direita*

e canta) "Dois granadeiros foram para a França..."*
(*olha para trás*) Uma vez cantei assim e um colega procurador me disse: "Vossa excelência tem a voz possante"... Depois pensou um pouco e acrescentou: "Mas... enjoativa". (*ri e sai*)
NINA Papai e sua esposa não me deixam vir para cá. Dizem que aqui só há boêmios... Eles têm medo de que eu acabe virando atriz... Mas eu me sinto atraída para cá, para o lago, como uma gaivota... Meu coração é todo seu. (*olha para trás*)
TREPLIOV Estamos sozinhos.
NINA Parece que tem alguém lá...
TREPLIOV Não há ninguém.

Beijo.

NINA Que árvore é esta?
TREPLIOV Um olmo.
NINA Por que ela está tão escura?
TREPLIOV Já está anoitecendo, todas as coisas ficam escuras. Não vá embora tão cedo, eu imploro.
NINA É impossível.
TREPLIOV E se eu for à sua casa, Nina? Vou ficar no jardim a noite inteira, olhando para a sua janela.
NINA Não pode. O cão de guarda vai perceber. O Trezor ainda não está habituado com você e vai começar a latir.
TREPLIOV Eu amo você.
NINA Psssiu...
TREPLIOV (*ouvindo passos*) Quem está aí? É você, Iákov?
IÁKOV (*atrás do tablado*) Sim, senhor.
TREPLIOV Tomem seus lugares. Está na hora. A lua já está subindo?
IÁKOV Sim, senhor.

---

* Canção de Schumann, com versos de Heine. Traduzida para o russo por M. L. Mikháilov.

TREPLIOV O álcool está aí? O enxofre também? Quando aparecerem os olhos vermelhos, tem de haver um cheiro de enxofre. (*para Nina*) Vá, está tudo preparado. Está nervosa?...

NINA Sim, muito. Sua mãe... Não, dela eu não receio nada, mas Trigórin está aqui... Tenho medo e vergonha de representar diante dele... Um escritor famoso... É jovem?

TREPLIOV É.

NINA Como os contos dele são maravilhosos!

TREPLIOV (*com frieza*) Não sei, eu nunca li.

NINA É difícil representar a peça que você escreveu. Não tem personagens vivos.

TREPLIOV Personagens vivos! Não se deve representar a vida do jeito que ela é, nem do jeito que devia ser, mas sim como ela se apresenta nos sonhos.

NINA Na sua peça há pouca ação, é só declamação, do início ao fim. E, para mim, uma peça precisa ter amor...

Saem por trás do tablado. Entram Polina Andréievna e Dorn.

POLINA Está ficando úmido. Volte e calce as galochas.

DORN Estou com calor.

POLINA O senhor não se cuida direito. É pura teimosia. O senhor é médico e sabe muito bem que o ar úmido lhe faz mal, mas insiste só para me fazer sofrer. Ontem, o senhor passou a noite inteira sentado na varanda, de propósito...

DORN (*cantarola*) "Não diga que a mocidade está perdida."*

POLINA O senhor ficou tão empolgado com a conversa com Irina Nikoláievna... que nem notou o frio. Confesse que gostou dela.

DORN Tenho cinquenta e cinco anos.

POLINA Deixe disso: para um homem, isso não é velhice. O senhor está esplendidamente conservado e ainda agrada às mulheres.

---

* Canção de I. F. Prigóji, com versos de Nekrássov.

DORN Mas o que a senhora quer dizer, afinal?
POLINA Diante de uma atriz, todos vocês estão sempre dispostos a ficar de joelhos. Todos!
DORN (*cantarola*) "Estou de novo diante de ti..."* Se os atores são admirados na sociedade e recebem um tratamento diferente do que se dispensa, por exemplo, aos comerciantes, isso é perfeitamente natural. É o idealismo.
POLINA As mulheres sempre se apaixonavam pelo senhor e se atiravam nos seus braços. Isso também era idealismo?
DORN (*dando de ombros*) Ora! Havia muita coisa boa nas atenções que as mulheres me dedicavam. Em mim, elas estimavam, sobretudo, o médico competente. Há uns dez... ou quinze anos, a senhora se lembra, eu era o único obstetra competente em toda a província. Além do mais, sempre fui um homem honrado.
POLINA (*segura a mão dele*) Meu querido!
DORN Fale baixo, vem gente.

Entram Arkádina e Sórin de braços dados, Trigórin, Chamráiev, Medviediénko e Macha.

CHAMRÁIEV Em 1873, na feira de Poltava, ela representou de forma magnífica. Uma maravilha! Um milagre! (*para Arkádina*) Por acaso a senhora não sabe por onde anda o cômico Pável Semiónitch Tchádin? Ele era incomparável no papel de Raspliúiev, melhor do que Sadóvski,** eu juro, minha cara. Por onde ele anda?
ARKÁDINA O senhor sempre pergunta a respeito dessas pessoas antediluvianas. Como vou saber? (*senta-se*)
CHAMRÁIEV (*suspira*) Pachka Tchádin! Não existem mais

---

* Versos de V. I. Krassov (1810-54), musicados e popularizados na década de 1880.
** Trata-se da peça *O casamento de Kretchínski* (1854), do escritor russo A. V. Sukhovó-Kobílin (1817-1903). P. M. Sadóvski (1818-72) foi um ator que se destacou nessa peça.

atores como ele! O teatro entrou em decadência, Irina Nikoláievna! Antigamente, havia carvalhos grandiosos; hoje, só vemos uns toquinhos de árvore.

DORN Hoje há poucos talentos brilhantes, é verdade, mas o nível dos atores medianos melhorou muito.

CHAMRÁIEV Não posso concordar com o senhor. Aliás, esta é uma questão de gosto. *De gustibus aut bene, aut nihil.**

Trepliov entra, vindo de trás do tablado.

ARKÁDINA (*para o filho*) Meu filho querido, quando a peça vai começar?
TREPLIOV Num minuto. Tenha paciência.
ARKÁDINA (*recita um trecho de* Hamlet) "Meu filho Hamlet! Tu fizeste meus olhos se voltarem para dentro da minha alma e eu a descobri tão coberta de sangue e de chagas mortais que não pode mais haver salvação!"
TREPLIOV (*também de* Hamlet) "Então para que te entregaste ao vício e foste buscar o amor num abismo de crimes?"**

Por trás do tablado, tocam um clarim.

TREPLIOV Senhores, vai começar! Peço a atenção de todos!

Pausa.

Eu começo. (*bate com um bastão e fala bem alto*) Oh, veneráveis sombras antigas, que nas horas noturnas

---

* Em latim no original: "Sobre o gosto, fale-se bem ou nada se fale". O personagem mistura dois provérbios: "sobre o gosto, não se discute" e "sobre os mortos, fale-se bem ou nada se fale".
** *Hamlet*, de Shakespeare, terceiro ato, cena quatro. Citado e traduzido aqui segundo a tradução russa de N. A. Polevói (1796-1846).

pairam sobre este lago, façam-nos dormir e sonhar com aquilo que há de acontecer daqui a duzentos mil anos!

SÓRIN Daqui a duzentos mil anos, não existirá mais nada.

TREPLIOV Pois então que nos mostrem como será esse nada.

ARKÁDINA Assim seja. Já estamos dormindo.

A cortina se levanta, surge a vista do lago; a lua, logo acima do horizonte, reflete-se na água; sobre uma pedra grande, está sentada Nina Zariêtchnaia, toda de branco.

NINA Homens, leões, águias e perdizes, cervos de grandes chifres, gansos, aranhas, peixes silenciosos que habitavam as águas, estrelas-do-mar e criaturas que os olhos não eram capazes de ver — em suma, todas as vidas, todas as vidas, todas as vidas, depois de concluírem seu triste ciclo, se extinguiram... Há muitos milhares de anos não existe mais uma única criatura viva sobre a terra e esta pobre lua acende sua lanterna em vão. No prado, os grous já não despertam com um grito, nem se ouvem os besouros nos bosques de tílias. Frio, frio, frio. Deserto, deserto, deserto. Horror, horror, horror.

Pausa.

NINA Os corpos dos seres vivos se desfizeram em pó e a matéria eterna os transformou em pedra, água, nuvens, e os espíritos de todos os seres vivos se fundiram em um só. O espírito do mundo sou eu... eu... Em mim, habita a alma de Alexandre o Grande, de César, de Shakespeare, de Napoleão e a alma da mais reles sanguessuga. Em mim, as consciências de todos se fundiram com os instintos dos animais e eu me lembro de tudo, de tudo, e sinto em mim todas as vidas viverem de novo.

Rebrilham fogos-fátuos no pântano.

ARKÁDINA (*em voz baixa*) Isso está um tanto decadentista.
TREPLIOV (*em tom de súplica e de censura*) Mãe!
NINA Eu estou só. Uma vez a cada cem anos, abro a boca para falar e minha voz ressoa nesse deserto tristonho, mas ninguém escuta... E vocês, oh pálidas luzes dos fogos-fátuos, não me escutam... De madrugada, o pântano pútrido traz vocês ao mundo e vocês, pálidas luzes, vagueiam até a aurora, mas sem pensamentos, sem vontade, sem a palpitação da vida. Com receio de que a vida irrompa em vocês, o pai da matéria eterna, o diabo, produz um fluxo incessante de átomos dentro de vocês, como acontece com as pedras e com a água, e vocês são continuamente transformadas. No universo, só o espírito permanece constante e invariável.

Pausa.

NINA Como um prisioneiro lançado num poço profundo e vazio, eu não sei onde estou e o que me espera. Para mim, só é claro que, na batalha encarniçada e cruel contra o diabo, origem das forças materiais, eu estou destinado a sair vencedor e, depois disso, a matéria e o espírito se fundirão em uma harmonia maravilhosa e terá início o reino da liberdade universal. Mas isso só acontecerá quando, pouco a pouco, ao fim de uma longa série de milênios, a Lua, a luminosa Sírius e a Terra tiverem se transformado em poeira... Até lá, o horror, o horror...

Pausa; no outro lado do lago, surgem dois pontinhos vermelhos.

NINA Eis que se aproxima o meu poderoso adversário, o diabo. Vejo seus olhos rubros e medonhos...
ARKÁDINA Estou sentindo cheiro de enxofre. Será mesmo necessário?

TREPLIOV É, sim.
ARKÁDINA (*ri*) Ah, é um efeito especial.
TREPLIOV Mãe!
NINA Ele se aborrece, pois não há ninguém...
POLINA (*para Dorn*) O senhor tirou o chapéu. Cubra-se, ou vai se resfriar.
ARKÁDINA O médico tirou o chapéu porque está diante do diabo, o pai da matéria eterna.
TREPLIOV (*com raiva, erguendo a voz*) A peça acabou! Chega! Baixem a cortina!
ARKÁDINA Por que você ficou zangado?
TREPLIOV Chega! Cortina! Baixem a cortina! (*bate o pé*) Cortina!

A cortina é baixada.

TREPLIOV Peço desculpas! Esqueci que só uns poucos eleitos podem escrever peças e representar num palco. Perturbei o monopólio! Para mim... eu... (*ainda deseja falar alguma coisa, mas abana a mão com descaso e sai pela esquerda*)
ARKÁDINA Mas o que foi que deu nele?
SÓRIN Você o ofendeu.
ARKÁDINA Ele mesmo avisou que era uma brincadeira, então eu tratei sua peça como uma brincadeira.
SÓRIN Mesmo assim...
ARKÁDINA Pois, então, agora ficamos sabendo que ele escreveu uma obra genial! Era só o que faltava! Quer dizer que ele montou esse espetáculo e soltou essa fumaceira com cheiro de enxofre não por brincadeira, mas como um protesto... Quer nos ensinar como se deve escrever e o que se deve representar... No fim, tudo isso me dá tédio. Esses ataques constantes contra mim, ou essas pirraças, se preferirem, são de encher a paciência de qualquer pessoa! Um menino mimado e birrento.
SÓRIN Ele quis lhe oferecer uma diversão.

ARKÁDINA Ah, é? No entanto, em vez de escolher uma peça comum, ele nos obrigou a escutar esse disparate decadentista. Pois estou disposta a ouvir uma brincadeira, e até um disparate, mas não essas pretensões a formas novas e a uma nova era na arte. Para mim, não se trata de formas novas, o que existe aqui é apenas má índole.
TRIGÓRIN Cada um escreve como quer e como pode.
ARKÁDINA Pois que ele escreva como quiser e como puder, mas que me deixe em paz.
DORN Júpiter, estás irado...*
ARKÁDINA Não sou Júpiter, sou uma mulher. (*acende um cigarro*) Eu não estou irada, só lamento que um jovem passe seu tempo de modo tão enfadonho. Eu não queria ofendê-lo.
MEDVIEDIÉNKO Ninguém dispõe dos meios de separar o espírito da matéria, pois talvez o próprio espírito seja um conjunto de átomos. (*animado, para Trigórin*) Que tal escrever uma peça sobre como vivem os nossos irmãos professores e levá-la ao palco? É uma vida difícil, muito difícil!
ARKÁDINA É uma ideia justa, mas não vamos falar mais de peças, nem de átomos. A noite está tão agradável! Escutem! Não estão cantando? (*ouve com atenção*) Que bonito!
POLINA Vem da outra margem.

Pausa.

ARKÁDINA (*para Trigórin*) Sente ao meu lado. Há uns dez ou quinze anos, aqui no lago, quase todas as noites se ouviam música e cantoria. Aqui, na beira do lago, existem seis luxuosas casas de campo. Lembro-me dos risos,

---

* Início de um provérbio latino: "Júpiter, estás irado; significa que estás errado". Atribuído ao escritor grego antigo Luciano de Samósata (125-181).

das vozes, dos tiros das caçadas, dos namoros, tantos namoros... O *jeune premier*, o galã e ídolo das seis propriedades, na época, permitam que lhes apresente (*acena com a cabeça na direção de Dorn*), era o dr. Evguiéni Serguéievitch. Hoje, é um homem encantador, mas naquele tempo era irresistível. Pronto, minha consciência já começou a me torturar. Por que eu fui ofender o meu pobre menino? Estou tão aflita. (*em voz mais alta*) Kóstia! Meu filho! Kóstia!

MACHA Vou procurá-lo.

ARKÁDINA Muito obrigada, querida.

MACHA (*saindo pela esquerda*) Ei! Konstantin Gavrílovitch... Ei! (*sai*)

NINA (*vindo de trás do tablado*) Está claro que a peça não vai mais continuar, por isso já posso sair. Boa noite para todos! (*beija Arkádina e Polina Andréievna*)

SÓRIN Bravo! Bravo!

ARKÁDINA Bravo, bravo! Ficamos encantados. Com essa aparência, com essa voz tão fora do comum, é até um pecado ficar escondida aqui no campo. A senhorita parece ter muito talento. Está ouvindo? Seu dever é subir ao palco!

NINA Ah, esse é o meu sonho! (*suspira*) Mas nunca se tornará realidade.

ARKÁDINA Quem pode saber? Permita que lhe apresente Boris Alekséievitch Trigórin.

NINA Ah, muito prazer... (*encabulada*) Leio sempre o que o senhor escreve...

ARKÁDINA (*sentando-se ao lado dela*) Não fique encabulada, minha querida. Trigórin é uma celebridade, mas, por dentro, é um homem simples. Veja, ele mesmo está encabulado.

DORN Creio que agora já podemos levantar a cortina, pois deste jeito fica tétrico.

CHAMRÁIEV (*em voz alta*) Iákov, levante a cortina, meu rapaz!

Ergue-se a cortina.

NINA (*para Trigórin*) Não achou estranha essa peça?
TRIGÓRIN Não compreendi nada. Mesmo assim, acompanhei tudo com prazer. A senhora representou com muita sinceridade. E o cenário era magnífico.

Pausa.

TRIGÓRIN Nesse lago deve haver muitos peixes.
NINA Há, sim.
TRIGÓRIN Eu adoro pescar. Para mim, não existe prazer maior do que ficar sentado na beira de um lago, à tardinha, olhando para a boia presa à linha.
NINA Mas eu imagino que, para quem experimentou o prazer da criação artística, todos os outros prazeres perdem o sentido.
ARKÁDINA (*ri*) Não fale assim. Quando lhe dizem coisas gentis, ele fica muito sem graça.
CHAMRÁIEV Lembro que, certa vez, no teatro de ópera em Moscou, o famoso Silva cantou o dó mais grave. Nessa ocasião, como que de propósito, estava sentado na galeria um dos baixos do coro da nossa arquidiocese, e de repente, os senhores podem calcular o nosso espanto, ouvimos uma voz lá na galeria: "Bravo, Silva!". Uma oitava inteira abaixo... Assim (*com voz grave*): "Bravo, Silva!". O teatro pareceu congelar.

Pausa.

DORN Passou um anjo por aqui.
NINA Está na minha hora. Adeus.
ARKÁDINA Aonde vai? Aonde vai tão cedo? Não deixaremos você ir embora.
NINA Papai está à minha espera.
ARKÁDINA Como ele pode fazer isso conosco?

Beijam-se.

ARKÁDINA Bem, o que se vai fazer? É uma pena que a senhora tenha de ir embora.

NINA A senhora nem imagina como eu lamento ter de partir.

ARKÁDINA Alguém devia acompanhá-la até sua casa, meu anjo.

NINA (*assustada*) Ah, não. Não!

SÓRIN (*para ela, em tom de súplica*) Fique!

NINA Não posso, Piotr Nikoláievitch.

SÓRIN Fique só mais uma hora. Por favor...

NINA (*após refletir, em lágrimas*) É impossível! (*aperta sua mão e sai ligeiro*)

ARKÁDINA Uma jovem muitíssimo infeliz. Dizem que sua falecida mãe deixou de herança para o marido toda a sua imensa fortuna, até o último copeque, e agora essa mocinha ficou sem nada, pois o pai já deixou tudo de herança para a segunda esposa. É revoltante.

DORN Sim, o pai dela, justiça seja feita, é um verdadeiro boçal.

SÓRIN (*esfregando as mãos geladas*) Vamos entrar, senhores, antes que fique muito úmido. Minhas pernas estão doendo.

ARKÁDINA Suas pernas parecem de madeira, quase não se mexem. Vamos lá, velho desafortunado. (*segura-o pelo braço*)

CHAMRÁIEV (*oferecendo o braço à esposa*) Madame?

SÓRIN Estou ouvindo o cachorro uivar de novo. (*para Chamráiev*) Iliá Afanássievitch, faça a gentileza de mandar soltar esse cachorro.

CHAMRÁIEV É impossível, Piotr Nikoláievitch. Tenho medo de que os ladrões entrem no celeiro. É onde eu guardo o meu painço. (*para Medviediénko, que caminha a seu lado*) Pois foi assim mesmo, uma oitava inteira abaixo: "Bravo, Silva!". E nem era um cantor de ópera, mas um simples cantor do coro da arquidiocese.

MEDVIEDIÉNKO E quanto ganha um cantor do coro da arquidiocese?

Todos saem, exceto Dorn.

DORN (*sozinho*) Não sei, talvez eu não entenda mesmo nada, ou esteja maluco, mas gostei da peça. Há alguma coisa, ali. Quando aquela mocinha falou sobre solidão e depois, quando surgiram os olhos vermelhos do diabo, minhas mãos tremeram de emoção. Há um frescor, uma inocência... Ah, parece que é ele quem vem ali. Eu gostaria de lhe dizer alguma coisa mais agradável.
TREPLIOV (*entra*) Já não tem mais ninguém.
DORN Eu estou aqui.
TREPLIOV A Máchenka ficou andando atrás de mim pelo parque inteiro. Criatura insuportável.
DORN Konstantin Gavrílovitch, a peça do senhor me agradou imensamente. É um tanto estranha e não pude ver o final, mesmo assim o efeito é forte. O senhor é um homem de talento, deve persistir.

Trepliov aperta com força sua mão e o abraça, impetuoso.

DORN Puxa, como está nervoso! Tem lágrimas nos olhos... Mas o que era mesmo que eu queria lhe dizer? O senhor foi colher seu assunto na esfera das ideias abstratas. E isso é muito bom, porque uma obra de arte deve necessariamente expressar um pensamento elevado. Só o que é sério pode ser belo. Mas como o senhor está pálido!
TREPLIOV Então o senhor diz que devo persistir?
DORN Sim... Mas só ponha em cena o que for importante e eterno. O senhor sabe, levei uma vida bem variada e aproveitei bastante o meu tempo, não tenho do que me queixar, mas se me tivesse acontecido de experimentar uma elevação do espírito, como ocorre com os artistas na hora da criação, acho que eu teria desprezado este meu invólucro material e tudo o que é próprio dele, e me deixaria levar para as alturas, para bem longe da terra.
TREPLIOV Perdão, mas onde está Zariêtchnaia?

DORN E mais uma coisa. Nas obras de arte, deve haver um pensamento claro, bem definido. O senhor precisa saber para que escreve, senão, ao trilhar esse caminho pitoresco sem ter um objetivo bem definido, vai acabar se perdendo e o seu talento será a sua ruína.

TREPLIOV (*impaciente*) Onde está Zariêtchnaia?

DORN Foi para casa.

TREPLIOV (*em desespero*) O que vou fazer agora? Eu queria falar com ela... Preciso vê-la de qualquer jeito... Vou atrás dela...

Entra Macha.

DORN (*para Trepliov*) Acalme-se, meu amigo.

TREPLIOV Irei atrás dela, seja como for. Tenho de ir.

MACHA É melhor ir para casa, Konstantin Gavrílovitch. Sua mãe espera pelo senhor. Está preocupada.

TREPLIOV Diga a ela que parti. Peço a todos vocês que me deixem em paz! Deixem-me! Não venham atrás de mim!

DORN Ora, ora, ora, meu caro... Não se pode agir assim... Não é bom.

TREPLIOV (*entre lágrimas*) Adeus, doutor. Muito obrigado... (*sai*)

DORN (*suspira*) Mocidade, mocidade!

MACHA Quando não temos mais nada para dizer, dizemos: "ah, mocidade, mocidade...". (*aspira rapé*)

DORN (*toma a caixinha de rapé da mão dela e a atira entre as moitas*) Isto é nojento!

Pausa.

DORN Parece que estão tocando música lá dentro. Vamos até lá.

MACHA Espere.

DORN O que é?

MACHA Ainda quero lhe dizer uma coisa. Quero falar com o senhor... (*emociona-se*) Não gosto do meu pai... mas meu coração tem um fraco pelo senhor. Não sei por quê, mas sinto com toda a minha alma que o senhor é alguém próximo de mim... Ajude-me, ajude-me, para que eu não cometa uma estupidez, não faça papel de ridícula, não estrague toda a minha vida... Eu não aguento mais...

DORN Mas o que há? Ajudá-la como?

MACHA Estou sofrendo. Ninguém, ninguém conhece meus sofrimentos. (*reclina a cabeça no peito dele, fala em voz baixa*) Eu amo Konstantin.

DORN Como todos estão nervosos! Como todos estão nervosos! E quanto amor... Ó, lago enfeitiçado! (*com ternura*) Mas o que eu posso fazer, minha criança? O quê? O quê?

Cortina.

Segundo ato

Campo de croqué. No canto direito, uma casa com uma ampla varanda; à esquerda, vê-se o lago no qual o sol se reflete e brilha. Flores. Meio-dia. Calor. À beira do campo, à sombra de uma velha tília, estão Arkádina, Dorn e Macha, sentados num banco. Sobre os joelhos de Dorn, um livro aberto.

ARKÁDINA (*para Macha*) Vamos nos levantar.

As duas se levantam.

ARKÁDINA Vamos ficar lado a lado. A senhora tem vinte e dois anos e eu tenho quase o dobro. Evguiéni Serguéievitch, qual de nós duas parece mais jovem?
DORN A senhora, é claro.
ARKÁDINA Viu? E por quê? Porque eu trabalho, eu sinto, vivo atarefada, enquanto a senhora fica o tempo todo parada, no mesmo lugar, não vive... E eu tenho uma regra: não dirigir meu olhar para o futuro. Nunca penso na velhice, nem na morte. De que adianta, se não há como evitar?
MACHA Pois eu tenho a sensação de que nasci há muito, muito tempo; arrasto a minha vida como a interminável cauda de um vestido... E muitas vezes não sinto a me-

nor vontade de viver. (*senta-se*) Eu sei, tudo isso é bobagem. É preciso se animar, livrar-se disso tudo.
DORN (*cantarolando baixinho*) "Vão, minhas flores, e digam a ela..."*
ARKÁDINA Além do mais, sou muito regrada, como um inglês. Eu, minha cara, ando sempre na linha, como dizem, estou sempre vestida e penteada *comme il faut*. Para que vou sair de casa de blusão ou despenteada, ainda que só para vir ao jardim? Jamais. Pois eu sempre soube me cuidar, nunca fui uma desleixada, não relaxei, como fazem algumas... (*põe as mãos na cintura, passeia pelo campo de croqué*) Vejam: pareço uma criança! Poderia representar o papel de uma menina de quinze anos.
DORN Muito bem, senhora, no entanto vou prosseguir a leitura. (*apanha o livro*) Paramos no vendedor de cereais e nas ratazanas...
ARKÁDINA Sim, nas ratazanas. Leia. (*senta-se*) Ou melhor, me dê o livro, eu vou ler. É minha vez. (*pega o livro e procura com os olhos o lugar certo*) As ratazanas... Aqui está... (*lê*) "E, naturalmente, adular e atrair escritores é tão arriscado para pessoas da sociedade como seria, para um vendedor de cereais, criar ratazanas em seus celeiros. Mesmo assim, essas pessoas adoram os escritores. Pois bem, quando uma mulher escolhe um escritor que deseja cativar, ela o assedia com mil elogios, amabilidades e gentilezas..."** Ora, pode até ser assim entre os franceses, mas entre nós é muito diferente, em todos os aspectos. Nossas mulheres, em geral, antes de cativarem um escritor, já estão completamente apaixonadas por ele, não tenham dúvida. Nem é preciso ir muito longe, pensem em mim e em Trigórin...

Entra Sórin, apoiando-se numa bengala de bambu, ao lado

---

* Ária da ópera *Fausto*, de Gounod (terceiro ato, cena 1).
** Citação do conto "Sobre a água", de Guy de Maupassant.

de Nina; Medviediénko empurra uma cadeira de rodas vazia atrás dele.

SÓRIN (*no tom de quem mima uma criança*) E então? Estamos alegres? Finalmente estamos felizes? (*para sua irmã*) Sim, hoje estamos só alegria! O pai e a madrasta partiram para Tvier e agora estamos livres por três dias inteiros.
NINA (*senta-se ao lado de Arkádina e a abraça*) Estou tão feliz! Eu agora pertenço à senhora.
SÓRIN (*senta-se na sua cadeira*) Ela está linda hoje.
ARKÁDINA Elegante, atraente... E, além de tudo, a senhora é inteligente. (*beija Nina*) Mas não devemos elogiar demais, para evitar o olho grande. Onde está Boris Alekséievitch?
NINA Está pescando no lugar reservado para banhos.
ARKÁDINA Como é que ele não enjoa disso? (*quer continuar a ler*)
NINA O que a senhora está lendo?
ARKÁDINA "Sobre a água", de Maupassant, minha querida. (*lê algumas linhas só para si*) Ora, daqui em diante o conto fica falso e sem graça. (*fecha o livro*) Estou muito preocupada. Diga-me, o que há com o meu filho? Por que anda tão aborrecido e tristonho? Passa dias inteiros na beira do lago e quase não o vejo.
MACHA Ele está magoado. (*para Nina, timidamente*) Por favor, a senhora poderia recitar um trecho da peça dele?
NINA (*encolhendo os ombros*) Quer mesmo? Mas é tão sem graça!
MACHA (*contendo o entusiasmo*) Quando ele lê alguma coisa, os olhos brilham e o rosto empalidece. Sua voz é linda, triste; e ele tem um jeito de poeta.

Ouve-se o ronco de Sórin.

DORN Que tarde serena!
ARKÁDINA Petruchka!

SÓRIN Ah? O quê?
ARKÁDINA Pegou no sono?
SÓRIN De jeito nenhum.

Pausa.

ARKÁDINA Você não se trata e isso não é bom, meu irmão.
SÓRIN Eu bem que gostaria de me tratar, mas o médico não quer.
DORN Tratar-se aos sessenta anos!
SÓRIN Mesmo aos sessenta anos, a pessoa tem vontade de viver.
DORN (*aborrecido*) Ah, então tome umas gotinhas de valeriana.
ARKÁDINA Acho que ele devia passar uma temporada numa estação de águas.
DORN Ora, tanto faz. Pode ir, como pode não ir.
ARKÁDINA Não entendi.
DORN Não há mesmo nada para entender. Está tudo muito claro.

Pausa.

MEDVIEDIÉNKO O Piotr Nikoláievitch devia parar de fumar.
SÓRIN Bobagem.
DORN Não, não é bobagem. A bebida e o fumo destroem a personalidade. Depois de alguns charutos ou de alguns cálices de vodca, o senhor já não é mais Piotr Nikoláievitch, mas sim Piotr Nikoláievitch acrescido de outra pessoa; o seu eu se dilui e o senhor se refere a si mesmo na terceira pessoa: "ele".
SÓRIN (*ri*) O senhor sabe se expressar muito bem. Aproveitou a vida, mas e eu? Trabalhei numa repartição da Justiça durante vinte e oito anos e, no final das contas, ainda não vivi, ainda não experimentei coisa alguma e, não admira, sinto uma enorme vontade de viver. O

senhor já está saciado, não se importa mais, por isso tem uma inclinação para a filosofia, ao passo que eu desejo viver e por isso, depois do jantar, bebo xerez, fumo charutos e tudo o mais.

DORN É preciso encarar a vida com seriedade, mas buscar tratamento médico aos sessenta anos e ficar se lamuriando por ter tido poucos prazeres na juventude, isso, queira me desculpar, não passa de uma leviandade.

MACHA (*levanta-se*) Já deve estar na hora do almoço. (*caminha com preguiça, a passos frouxos*) Minha perna ficou dormente... (*retira-se*)

DORN Lá vai ela tomar dois calicezinhos, antes do almoço.

SÓRIN A pobrezinha não conhece felicidade alguma.

DORN Tolices, vossa excelência.

SÓRIN O senhor fala como um homem farto de viver.

ARKÁDINA Ah, o que pode ser mais enfadonho do que esse doce tédio rural? Calor, silêncio, nunca ninguém faz coisa alguma, e todos filosofam... Quanto aos senhores, meus amigos, está tudo bem, é agradável ouvi-los, mas... Ficar sozinha num quarto de hotel e decorar as falas de uma personagem é muito melhor!

NINA (*empolgada*) É verdade! Eu entendo a senhora.

SÓRIN Naturalmente, na cidade vive-se melhor. Podemos ficar sossegados dentro do nosso gabinete de estudo, o criado não deixa ninguém entrar sem nossa permissão, temos o telefone... Na rua, há carruagens de aluguel e tudo o mais...

DORN (*cantarola*) "Vão, minhas flores, e digam a ela..."

Entra Chamráiev. Atrás dele, Polina Andréievna.

CHAMRÁIEV Aqui está ela. Bom dia! (*beija a mão de Arkádina e depois a de Nina*) É uma alegria imensa encontrá-la com boa saúde. (*para Arkádina*) Minha esposa disse que a senhora tem a intenção de ir à cidade hoje, em companhia dela. É verdade?

ARKÁDINA Sim, é nossa intenção.
CHAMRÁIEV Hum... Isto é ótimo, mas de que modo pretende ir, prezadíssima senhora? Hoje, temos de transportar o centeio, todos os trabalhadores estão ocupados! E, se me permite a pergunta, que cavalos pretende usar?
ARKÁDINA Que cavalos? Como vou saber, que cavalos?
SÓRIN Mas nós temos cavalos para sair no coche.
CHAMRÁIEV (*agitado*) Cavalos para o coche? E onde vou arranjar os arreios? Onde vou arranjar os arreios? É espantoso! É inconcebível! Estimadíssima senhora! Perdoe-me, tenho enorme reverência pelo seu talento e estou disposto a lhe dar dez anos da minha própria vida, mas cavalos eu não posso dar!
ARKÁDINA Mas como assim, se eu preciso ir à cidade? Que coisa estranha!
CHAMRÁIEV Prezadíssima senhora! A senhora não sabe o que significa administrar uma propriedade rural!
ARKÁDINA (*irritada*) É sempre a mesma história! Nesse caso, parto hoje mesmo para Moscou. Mande alugar um coche para mim, na cidade, senão irei para a estação a pé!
CHAMRÁIEV (*irritado*) Se é assim, eu me demito do meu cargo! Tratem de arranjar outro administrador. (*sai*)
ARKÁDINA Todo verão é a mesma história, todo verão venho aqui para ser insultada! Nunca mais porei os pés neste lugar! (*sai pela esquerda, onde se supõe ficar o local reservado para banhos; após um minuto, vê-se Arkádina caminhando para casa; atrás dela, vai Trigórin, com caniços e um balde*)
SÓRIN (*irritado*) Que desaforo! Onde é que já se viu? Já estou farto dessa história. Tragam aqui, imediatamente, todos os cavalos!
NINA (*para Polina Andréievna*) Recusar um pedido de Irina Nikoláievna, uma atriz famosa! Será que um desejo dela, mesmo quando for um simples capricho, não é mais importante do que toda a propriedade dos senhores? Isto é simplesmente inacreditável!

POLINA (*em desespero*) O que posso fazer? Ponha-se na minha situação: o que posso fazer?
SÓRIN (*para Nina*) Vamos falar com a minha irmã... Vamos juntos implorar para que ela fique. Não é melhor assim? (*olhando para a direita, por onde se retirou Chamráiev*) Mas que homem insuportável! Que tirano!
NINA (*impedindo que ele se levante*) Fique onde está, espere... Nós o levaremos... (*Nina e Medviediénko empurram a cadeira de rodas*) Ah, que coisa horrível!
SÓRIN Sim, sim, é mesmo horrível... Mas ele não vai se demitir. Vou agora mesmo conversar com ele.

Saem. Ficam apenas Dorn e Polina Andréievna.

DORN Que gente enfadonha. Na verdade, o marido da senhora devia ser posto para fora daqui com uma boa surra, mas no fim esse velhote molenga do Piotr Nikoláievitch e a irmã dele ainda vão lhe pedir desculpas. A senhora vai ver!
POLINA Até os cavalos de atrelar no coche ele mandou para o campo. Todo dia há desentendimentos desse tipo. Se o senhor soubesse como isso me perturba! Chego a ficar doente; veja, estou tremendo... Não suporto as grosserias dele... (*com ar de súplica*) Evguiéni, querido, adorado, leve-me com você... O nosso tempo está passando, já não somos jovens. Se pelo menos no fim da vida pudéssemos não fingir, não mentir...

Pausa.

DORN Tenho cinquenta e cinco anos, é tarde demais para um homem mudar de vida.
POLINA Eu entendo, o senhor me rejeita porque, além de mim, existem outras mulheres que lhe são caras. E não pode levar todas consigo. Eu entendo. Desculpe, estou aborrecendo o senhor.

Vê-se Nina perto da casa; colhe flores.

DORN Não é nada disso.
POLINA Eu sofro por causa dos ciúmes. Claro, o senhor é médico, não pode evitar as mulheres. Eu entendo...
DORN (*para Nina, que se aproxima*) Como está a situação lá dentro?
NINA Irina Nikoláievna está chorando e Piotr Nikoláievitch está com um acesso de asma.
DORN (*se levanta*) Vou dar a eles umas gotinhas de valeriana...
NINA (*dá flores para Dorn*) Por favor!
DORN *Merci bien.* (*caminha na direção da casa*)
POLINA (*caminhando ao lado de Dorn*) Que flores lindas! (*perto da casa, abaixa a voz*) Me dê essas flores! Me dê essas flores, já! (*de posse das flores, ela as estraçalha e joga para o lado; ambos entram na casa*)
NINA (*sozinha*) Como é estranho ver uma atriz famosa chorar, e ainda por cima por um motivo tão fútil! E como também é estranho que um escritor célebre, adorado pelo público, sobre quem todos os jornais escrevem, cujo retrato é vendido em toda parte, um escritor que já foi traduzido em outras línguas, passe o dia todo pescando no lago e fique tão contente por ter apanhado duas carpas. Eu pensei que as pessoas famosas fossem orgulhosas, inacessíveis, que desprezassem a multidão e que a sua glória e o esplendor de sua fama fossem uma forma de vingança, porque a multidão dá mais valor à origem nobre e à riqueza do que a qualquer outra coisa. Mas na verdade essas pessoas choram, pescam, jogam cartas, riem e se zangam como todo mundo...
TREPLIOV (*entra sem chapéu, com uma espingarda e uma gaivota abatida*) Está aqui sozinha?
NINA Estou.

Trepliov põe a gaivota aos pés de Nina.

NINA O que significa isto?
TREPLIOV Hoje, eu cometi a infâmia de matar essa gaivota. Eu a deponho aos seus pés.
NINA Mas o que deu no senhor? (*ergue a gaivota e olha para ela*)
TREPLIOV (*após uma pausa*) Em breve, desse mesmo modo, eu vou me matar.
NINA Não estou reconhecendo o senhor.
TREPLIOV Sim, depois que eu mesmo deixei de reconhecer a senhora. A senhora mudou com relação a mim. O seu olhar ficou frio, minha presença a constrange.
NINA Ultimamente, o senhor se irrita à toa, se expressa de um modo totalmente incompreensível, como se falasse por meio de símbolos. Veja aqui esta gaivota, também deve ser um símbolo, ao que parece, mas, me desculpe, eu não entendo... (*põe a gaivota sobre o banco*) Sou simples demais para compreender o senhor.
TREPLIOV Tudo começou naquela noite em que minha peça fracassou de modo tão estúpido. As mulheres não perdoam o fracasso. Eu queimei tudo, tudo, até o último pedaço de papel. Se soubesse como me sinto infeliz! Sua frieza é terrível, inacreditável, é como se eu acordasse e visse, de repente, que o lago estava seco ou que a água toda havia escoado para o fundo da terra. A senhora acabou de dizer que é simples demais para me compreender. Ah, mas o que há aqui para compreender? A senhora não gostou da minha peça, despreza a minha inspiração, já me considera medíocre, insignificante, igual a tantos outros... (*bate o pé no chão*) Compreendo tudo isso muito bem, ah, como compreendo! Parece que há um prego cravado no meu cérebro, maldito seja, junto com a minha vaidade, que suga o meu sangue, suga, como uma serpente... (*vê Trigórin, que caminha na direção deles, lendo uma caderneta*) Lá vem o verdadeiro

talento; entra em cena como Hamlet, e também traz nas mãos um livro. (*com sarcasmo*) "Palavras, palavras, palavras..."* Esse sol nem a alcançou ainda, mas a senhora já sorri, seu olhar já se derreteu diante dos raios dele. Não vou ficar aqui, para não atrapalhar. (*sai depressa*)

TRIGÓRIN (*tomando notas na sua caderneta*) Cheira rapé e bebe vodca... Sempre de preto. O professor está apaixonado por ela...

NINA Bom dia, Boris Alekséievitch!

TRIGÓRIN Bom dia. As circunstâncias mudaram de forma inesperada e agora, ao que parece, temos de ir embora hoje mesmo. É pouco provável que voltemos a nos ver algum dia. É uma pena. Tenho poucas oportunidades de conhecer moças jovens e interessantes, até já esqueci como são e não consigo imaginar com clareza como elas se sentem aos dezoito ou dezenove anos; por isso, nos meus contos e nas minhas novelas, as mocinhas em geral parecem falsas. Eu adoraria poder ficar no seu lugar, ainda que fosse só por uma hora, para saber como pensa e que tipo de criaturazinha é a senhora.

NINA. Pois eu também adoraria poder ficar no lugar do senhor.

TRIGÓRIN Para quê?

NINA Para saber como se sente um escritor talentoso e célebre. Qual a sensação da fama? Como o senhor experimenta o fato de ser famoso?

TRIGÓRIN Como eu me sinto? Não sinto nada, eu acho. Nunca penso no assunto. (*pensativo*) Das duas, uma: ou a senhora exagera a minha fama, ou ela não me afeta de maneira alguma.

NINA E quando lê o que escrevem a seu respeito nos jornais?

TRIGÓRIN Quando elogiam, é agradável, mas quando insultam, dois dias depois ainda me sinto de mau humor.

---

* Palavras de Hamlet (segundo ato, cena 2), na peça homônima de Shakespeare.

NINA Que mundo maravilhoso! Como eu invejo o senhor, ah, se soubesse! Como o destino das pessoas é diferente. Uns mal conseguem arrastar a sua existência tediosa e apagada, sempre igual às outras, sempre infeliz; mas, para outros, como o senhor, por exemplo — um em um milhão —, o destino reserva uma vida interessante, radiosa, repleta de sentido... O senhor é feliz...

TRIGÓRIN Eu? (*encolhendo os ombros*) Hum... A senhora fica falando da fama, da felicidade, de uma vida radiosa e interessante, mas para mim todas essas belas palavras, me perdoe, são a mesma coisa que uma geleia de frutas, um doce que eu jamais como. A senhora é muito jovem e muito generosa.

NINA A vida do senhor é deslumbrante!

TRIGÓRIN Mas o que ela tem de especialmente bom? (*olha para o relógio*) Agora preciso ir para casa e escrever. Desculpe, não tenho mais tempo... (*ri*) A senhora, como dizem, pisou no meu calo e eu já estou começando a ficar agitado e um pouco aborrecido. Pensando melhor, vamos conversar. Vamos conversar sobre a minha vida maravilhosa e radiante... Pois bem, por onde começar? (*depois de refletir um instante*) Às vezes, há ideias que nos dominam, como quando uma pessoa fica o tempo todo, dia e noite, pensando na lua, por exemplo, e acontece que eu também tenho a minha lua. Dia e noite, uma ideia obsessiva me persegue: tenho de escrever, tenho de escrever, tenho... Mal termino um conto, nem sei por quê, preciso logo começar outro, e depois um terceiro, e depois desse um quarto... Escrevo sem interrupção, como quem viaja numa carruagem em que os cavalos são substituídos a cada parada, e eu não consigo viver de outro modo. Pois então, eu lhe pergunto, o que há nisso de maravilhoso e radiante? Ah, que vida absurda! Agora eu estou aqui com a senhora, estou emocionado, e enquanto isso, a todo instante, lembro que um conto inacabado espera por mim. Vejo uma nuvem parecida com um piano. Penso: em algum trecho de um conto, terei de dizer que pairava no céu uma nuvem parecida com um piano. Eu sinto no ar um cheiro de heliotrópio. Anoto depressa na memória: um perfume adocicado, de violeta; usar na descrição de uma noite de verão. Eu vivo à caça de toda e qualquer expressão, cada palavra, as minhas e as da senhora, e me apresso a trancar logo essas palavras e expressões no meu depósito literário: um dia podem ser úteis! Assim que termino um trabalho, corro ao teatro ou vou pescar: quem sabe assim eu consiga descansar um pouco, me esquecer de mim mesmo, ah... Nada disso: dentro da minha cabeça, logo começa a girar uma pesada bola de ferro fundido, um novo tema para um conto, e logo eu me arrasto até a mesa e de novo tenho de escrever e escrever o mais depressa possível. E é sempre assim, sempre, nunca dou sossego a mim mesmo e tenho a sensação de que estou devorando a minha própria vida, tenho a sensação de que, para fabricar o mel que eu entrego, a esmo, para pessoas que nem mesmo sei quem são, eu retiro o pólen das minhas melhores flores, arranco da terra essas mesmas flores e pisoteio suas raízes. Será que não estou louco? Será que meus conhecidos e amigos se dirigem a mim como a uma pessoa sã? "O que o senhor anda escrevendo? Com o que vai nos brindar a seguir?" Sempre a mesma coisa, sempre a mesma coisa, e me dá a impressão de que essa atenção dos meus conhecidos, os elogios, a admiração, tudo isso é uma mentira, tenho a sensação de que estão me enganando, como fazem com uma pessoa doente, e às vezes eu tenho medo de que eles se aproximem sorrateiramente pelas minhas costas, me agarrem e me arrastem para o hospício, como ocorreu a Popríchin, o personagem de Gógol.* E antigamente, nos

---

* Refere-se ao conto "Diário de um louco", de Nikolai Gógol (1809-52), escritor russo.

anos da juventude, nos bons tempos, quando eu estava começando, escrever era para mim um martírio incessante. Um escritor menor, sobretudo quando não tem sorte, parece um desajeitado aos seus próprios olhos, um desastrado, um inútil, vive com os nervos tensos, esgotados; ele procura irresistivelmente estar perto de pessoas ligadas à literatura e à arte, sem ser reconhecido, sem nem sequer ser notado, sempre com medo de encarar os outros nos olhos, como um jogador inveterado que está sem um centavo no bolso para apostar. Eu não conhecia o meu leitor, mas, por algum motivo, na minha imaginação, ele se mostrava hostil, desconfiado. Eu temia o público, para mim ele era uma coisa assustadora e, toda vez que uma nova peça minha era encenada, me parecia que as pessoas morenas tinham um ânimo hostil e que as pessoas louras eram frias e indiferentes. Ah, como era horrível! Que tormento!

NINA Perdoe-me, mas por acaso a inspiração e o próprio processo de criação não proporcionam momentos elevados e felizes?

TRIGÓRIN Sim. Quando escrevo, é bom. E ler as provas impressas é bom. Mas... tão logo o livro é publicado, eu vejo que não era nada daquilo, vejo os erros e entendo que o livro não deveria absolutamente ter sido escrito e aí eu fico aborrecido, me sinto péssimo... (ri) Mas o público lê e diz: "Sim, é bonito, tem talento... É bonito, mas fica longe de Tolstói". Ou então: "Uma obra magnífica, mas *Pais e filhos*, de Turguêniev,* é melhor". E assim, até a sepultura, tudo será apenas bonito e talentoso, bonito e talentoso, nada mais do que isso e, quando eu morrer, os conhecidos vão passar pelo meu túmulo e falar assim: "Aqui jaz Trigórin. Foi um bom escritor, mas não escrevia tão bem quanto Turguêniev".

NINA Não me leve a mal, mas eu não consigo entender o

---

* Ivan Turguêniev (1818-83), escritor russo.

senhor. O sucesso deixou o senhor simplesmente mal-acostumado.

TRIGÓRIN Que sucesso? Eu nunca agradei a mim mesmo. Não gosto de mim como escritor. O pior de tudo é que me sinto numa espécie de embriaguez e muitas vezes nem entendo o que escrevo... Veja, eu adoro essa água, essas árvores, esse céu, eu sinto a natureza, ela desperta em mim um entusiasmo, um desejo irresistível de escrever. Mas não sou apenas um paisagista, sou também um cidadão, eu amo o país, o povo, sinto que, se sou um escritor, estou obrigado a falar do povo, dos seus sofrimentos, do seu futuro, sou obrigado a falar da ciência, dos direitos do homem etc. etc., e então falo sobre tudo, me afobo, me pressionam de todos os lados, se irritam comigo, eu corro de um lado para o outro, como uma raposa acossada por cães de caça, vejo que a vida e a ciência avançam cada vez mais, enquanto eu vou ficando sempre para trás, como um mujique que chegou atrasado para pegar o trem, e no fim tenho a sensação de que eu só sei mesmo descrever paisagens e em tudo o mais sou falso, sou falso até a medula.

NINA O senhor trabalhou demais e não teve tempo nem vontade de reconhecer a própria importância. Talvez esteja descontente consigo mesmo, mas para os outros o senhor é brilhante e extraordinário! Se eu fosse um escritor como o senhor, dedicaria minha vida inteira à multidão, mas com a consciência de que, para eles, a felicidade estaria apenas em se elevar até onde eu estou, e aí a multidão me levaria em uma carruagem.

TRIGÓRIN Numa carruagem... Por acaso eu sou o rei Agamêmnon?*

Os dois sorriem.

---

* Comandante das tropas gregas na Guerra de Troia. Personagem da *Ilíada*, de Homero.

NINA Em troca da felicidade de ser uma escritora ou uma atriz, eu suportaria o desprezo dos meus conhecidos, a penúria, as desilusões, eu moraria num sótão, só comeria pão de centeio, suportaria a insatisfação comigo mesma, sofreria com a consciência das minhas imperfeições, mas em compensação eu exigiria para mim a glória... a glória autêntica, estrondosa... (*esconde o rosto nas mãos*) Minha cabeça está rodando... Ah!

Da casa, soa a voz de Arkádina: "Boris Alekséievitch!".

TRIGÓRIN Estão me chamando... Tenho de fazer as malas. Mas não sinto a menor vontade de partir. (*volta os olhos para o lago*) Que lugar maravilhoso! É lindo!
NINA Está vendo uma casa e um jardim do outro lado do lago?
TRIGÓRIN Estou.
NINA É a propriedade de minha falecida mãe. Eu nasci lá. Passei a vida toda nas margens deste lago e conheço muito bem cada ilhota.
TRIGÓRIN A senhora vive num lugar lindo! (*vendo a gaivota*) E isso, o que é?
NINA Uma gaivota. Konstantin Gavrílovitch a matou.
TRIGÓRIN É um pássaro bonito. Na verdade, não sinto a menor vontade de partir. Quem sabe, se a senhora pedisse, Irina Nikoláievna ficaria aqui mais uns dias? (*escreve no caderninho*)
NINA O que está escrevendo?
TRIGÓRIN Estou fazendo anotações... É que me veio uma ideia... (*guarda o caderninho*) Uma ideia para um conto curto: uma jovem vive às margens de um lago desde a infância, como a senhora; ama o lago, como uma gaivota, e é feliz e livre, como uma gaivota. Mas de repente aparece um homem, ele a avista e, por pura falta do que fazer, ele a destrói, assim como aconteceu com essa gaivota.

Pausa. Na janela, surge Arkádina.

ARKÁDINA Boris Alekséievitch, onde está o senhor?
TRIGÓRIN Aqui! (*caminha e olha para trás, para Nina; ao chegar à janela, fala para Arkádina*) O que foi?
ARKÁDINA Nós vamos ficar.

Trigórin entra na casa.

NINA (*aproxima-se do tablado, reflete um pouco antes de falar*) Isto é um sonho!

Cortina.

Terceiro ato

Sala de jantar, na casa de Sórin. Portas à direita e à esquerda. Um bufê. Um armário de remédios. Uma mesa no meio da sala. Uma mala e caixas de papelão, evidentes preparativos para uma viagem. Trigórin toma o café da manhã, Macha está de pé ao lado da mesa.

MACHA Eu estou contando tudo isso porque o senhor é um escritor. Pode usar. Digo com toda a sinceridade: se ele tivesse ficado gravemente ferido, eu não aguentaria viver nem mais um minuto. Mas sou corajosa. Tomei uma decisão: vou arrancar este amor do meu coração, e vou arrancar pela raiz.

TRIGÓRIN De que modo?

MACHA Vou me casar. Com Medviediénko.

TRIGÓRIN Aquele professor?

MACHA Sim.

TRIGÓRIN Não entendo qual a necessidade disso.

MACHA Amar sem ter esperança, ficar anos e anos a fio à espera de que alguma coisa aconteça... Depois de casar, não vou mais nem pensar em amor, preocupações novas vão abafar tudo o que é antigo. Vai ser mesmo uma transformação, sabe? Vamos tomar mais uma?

TRIGÓRIN Não será demais?

MACHA Ora, vamos lá! (*enche os cálices*) Não olhe para mim

desse jeito. As mulheres bebem mais vezes do que os homens imaginam. Só uma minoria bebe na frente dos outros, como eu; a maioria bebe às escondidas. E é sempre vodca ou conhaque. (*brindam, tocando os cálices*) Saúde! O senhor é um homem simples, é uma pena que vá embora.

Bebem.

TRIGÓRIN Eu mesmo não tenho vontade de partir.
MACHA Por que não pede para ela ficar?
TRIGÓRIN Não, agora ela não vai mais ficar. O filho tem se comportado de modo muito inconveniente. Primeiro, tentou se matar, e agora, pelo que dizem, vai me desafiar para um duelo. E qual o motivo? Ele se enfurece, bufa e apregoa formas novas... Mas há lugar para todos, os novos e os velhos — para que brigar?
MACHA Também há o ciúme. Mas isso já não é da minha conta.

Pausa. Iákov atravessa o palco da esquerda para a direita com uma mala; entra Nina e se detém ao lado da janela.

MACHA O meu professor não é lá muito inteligente, mas é um homem bom e pobre, e me ama com ardor. Sinto pena dele. Tenho pena de sua mãe idosa. Mas, então, permita que eu deseje tudo de bom para o senhor. Não me queira mal. (*aperta com força a mão de Trigórin*) Sou muito grata ao senhor por sua generosidade. Mande-me seus livros — e têm de ser autografados. Mas não escreva "prezada senhora", e sim apenas "para Maria, que não sabe de onde veio nem para que vive neste mundo". Adeus! (*sai*)
NINA (*estende a mão fechada na direção de Trigórin*) Par ou ímpar?
TRIGÓRIN Par.
NINA (*suspira*) Errou. Só tenho um grão de ervilha na mão.

Resolvi tirar a sorte para saber se devo ou não ser atriz.
Quem dera alguém me orientasse.
TRIGÓRIN Nesse tipo de coisa, é impossível dar conselhos.

Pausa.

NINA Vamos nos separar e... talvez não nos vejamos mais.
Peço ao senhor que aceite, como uma lembrança minha, este pequeno medalhão. Mandei gravar suas iniciais... e do outro lado, o título de um livro seu: *Dias e noites*.
TRIGÓRIN Mas que beleza! (*beija o medalhão*) Que presente encantador!
NINA Lembre-se de mim, de vez em quando.
TRIGÓRIN Lembrarei. Vou me lembrar da senhora tal como estava naquele dia de sol, lembra? Uma semana atrás, quando a senhora estava com um vestido claro... Nós conversamos... Havia uma gaivota branca estirada sobre o banco.
NINA (*pensativa*) Sim, a gaivota...

Pausa.

NINA Agora não podemos mais conversar, vem gente aí... Antes de ir embora, me dê dois minutos, eu lhe imploro... (*sai pela esquerda; ao mesmo tempo, entram pela direita Arkádina, Sórin, de fraque com uma medalha em forma de estrela no peito, e em seguida Iákov, atarefado com as bagagens*)
ARKÁDINA Vamos, fique em casa, meu velho. Com esse seu reumatismo, acha conveniente sair para fazer visitas? (*para Trigórin*) Quem acabou de sair daqui? Nina?
TRIGÓRIN Sim.
ARKÁDINA *Pardon*, nós atrapalhamos... (*senta-se*) Acho que as malas já estão prontas. Fiquei cansada.
TRIGÓRIN (*lê o medalhão*) *Dias e noites*, página 121, linhas 11 e 12.

IÁKOV (*tirando a mesa*) O senhor quer que eu embale também as varas de pescar?

TRIGÓRIN Quero, sim, ainda vou precisar delas. Quanto aos livros, dê para alguém.

IÁKOV Perfeitamente.

TRIGÓRIN (*falando consigo mesmo*) Página 121, linhas 11 e 12. O que haverá nessas linhas? (*para Arkádina*) Há exemplares dos meus livros aqui, nesta casa?

ARKÁDINA No escritório do meu irmão, na estante do canto.

TRIGÓRIN Página 121... (*sai*)

ARKÁDINA Sinceramente, Petruchka, era melhor você ficar em casa.

SÓRIN Vocês vão embora e vai ser triste ficar nesta casa sem vocês.

ARKÁDINA Mas o que você vai fazer na cidade?

SÓRIN Nada de especial, mas mesmo assim... (*ri*) Vão lançar a pedra fundamental do prédio do conselho local, esse tipo de coisa... Quem dera, pelo menos uma vez ou outra, eu pudesse me livrar desta minha vida de peixinho de aquário, já estou farto de me sentir imprestável, como se eu fosse uma piteira velha. Mandei que os cavalos estivessem prontos quando desse uma hora e, assim, vamos todos partir ao mesmo tempo.

ARKÁDINA (*após uma pausa*) Escute, fique morando aqui, não se aborreça, não se resfrie. Cuide bem do meu filho. Proteja-o. Dê conselhos.

Pausa.

ARKÁDINA Vou partir daqui a pouco sem saber por que Konstantin tentou se matar com um tiro. Acho que o motivo principal foi o ciúme, e, quanto mais depressa eu levar Trigórin embora daqui, melhor.

SÓRIN Como posso explicar a você? Houve também outros motivos. É uma coisa compreensível: um jovem inteligente, que mora no campo, metido neste fim de mun-

do, sem dinheiro, sem emprego, sem futuro. Ignorado
por todos. Ele tem vergonha e medo da sua ociosidade.
Eu gosto imensamente de Konstantin, e ele, por sua vez,
é muito apegado a mim, mas, apesar de tudo, ele tem
a sensação de ser desnecessário nesta casa, de que não
passa de um vadio, um parasita. É compreensível, uma
questão de amor-próprio...

ARKÁDINA Ele me dá muito desgosto! (*pensativa*) E se arran-
jássemos um emprego para ele, quem sabe...

SÓRIN (*assovia, depois hesita*) Acho que seria melhor se você...
lhe desse algum dinheiro. Ele precisa, antes de tudo, ves-
tir-se de modo apropriado. Usa o mesmo casaquinho velho há três anos, porque não tem um paletó... (*ri*) E passear um pouco também não faria mal nenhum... Viajar
para o exterior, quem sabe... Não custa tão caro.

ARKÁDINA Mesmo assim... Talvez eu ainda possa pagar uma
roupa nova, mas uma viagem para o exterior... Não, e
para dizer a verdade, não tenho condições nem de pagar
uma roupa nova. (*categoricamente*) Não tenho dinheiro!

Sórin ri.

ARKÁDINA Não tenho!
SÓRIN (*assobia*) Está certo. Por favor, querida, não se irrite
comigo. Acredito em você... É uma mulher generosa e
de bom coração.
ARKÁDINA (*entre lágrimas*) Eu não tenho dinheiro!
SÓRIN Se eu tivesse dinheiro, é claro que eu mesmo daria
algum para ele, mas não tenho nada, nem um centavo.
(*ri*) O administrador fica com todo o dinheiro da minha
aposentadoria e gasta na lavoura, no gado, nas abelhas,
o meu dinheiro vai todo embora, em vão. As abelhas
morrem, as vacas morrem, nunca me trazem cavalos
quando peço...
ARKÁDINA Está bem, eu tenho dinheiro, mas sou uma atriz;
só as roupas já consomem o dinheiro todo.

SÓRIN Você é boa, minha querida... Eu gosto de você... Mas... Há alguma coisa errada comigo de novo... (*cambaleia*) Minha cabeça está rodando. (*segura-se na mesa*) Estou me sentindo mal.

ARKÁDINA (*assustada*) Petruchka! (*tenta ampará-lo*) Petruchka, meu querido... (*grita*) Venham me ajudar! Socorro!

Entram Trepliov, com uma atadura na cabeça, e Medviediénko.

ARKÁDINA Ele está passando mal!

SÓRIN Não é nada, não é nada... (*sorri e bebe água*) Já passou... pronto...

TREPLIOV (*para a mãe*) Não se assuste, mamãe, não é grave. Isso tem acontecido muitas vezes com o titio. (*para o tio*) É melhor ir deitar, titio.

SÓRIN Sim, vou me deitar um pouco... Mesmo assim, não deixarei de ir à cidade... Vou me deitar um pouco, mas depois irei até lá... Podem ter certeza... (*caminha apoiando-se na bengala*)

MEDVIEDIÉNKO (*leva-o pelo braço*) O senhor conhece esta charada: o que é que de manhã anda com quatro pernas, ao meio-dia, com duas, e à tardinha, com três?

SÓRIN (*ri*) É exatamente assim. E à noite fica deitado de costas. Muito obrigado, posso andar sozinho...

MEDVIEDIÉNKO Ora, deixe de cerimônias! (*ele e Sórin se retiram*)

ARKÁDINA Que susto ele me deu!

TREPLIOV Não é bom para a saúde do titio morar aqui no campo. Fica triste. Se você, mamãe, por um momento se mostrasse generosa e emprestasse ao titio uns mil e quinhentos ou uns dois mil rublos, ele poderia morar na cidade um ano inteiro.

ARKÁDINA Não tenho dinheiro. Sou uma atriz, e não uma banqueira.

Pausa.

TREPLIOV Mãe, troque a minha atadura. Você faz isso tão bem.
ARKÁDINA (*apanha, num armário de remédios, iodo e uma caixa com material para curativos*) O médico já devia ter chegado.
TREPLIOV Prometeu vir às dez horas e já é meio-dia.
ARKÁDINA Sente-se. (*retira a atadura da cabeça do filho*) Até parece que você está de turbante. Ontem, na cozinha, uma pessoa que não é de casa viu você assim e perguntou aos outros de que país você tinha vindo. Olhe só, já está quase curado. Só restou uma coisinha à toa. (*beija-o na cabeça*) Quando eu for embora, você não vai fazer *clique-clique* outra vez, não é?
TREPLIOV Não, mamãe. Foi um minuto de desespero e loucura, não consegui me dominar. Isso não vai mais se repetir. (*beija a mão dela*) Você tem mãos de ouro. Lembro que, muito tempo atrás, quando você ainda representava em teatros estatais e eu era muito pequeno, houve uma briga no prédio onde morávamos e uma inquilina lavadeira levou uma surra tremenda. Lembra? Ela ficou inconsciente... Você ia sempre visitá-la, levava remédios, dava banho nos filhos dela, numa tina. Será que você não lembra mais?
ARKÁDINA Não lembro. (*põe uma atadura nova*)
TREPLIOV Na época, duas bailarinas moravam naquele mesmo prédio em que nós morávamos... Elas costumavam vir tomar café com você.
ARKÁDINA Disso eu me lembro.
TREPLIOV Elas eram muito religiosas. (*pausa*) Ultimamente, de uns dias para cá, eu tenho amado você com ternura e devoção, como na infância. Agora, não tenho mais ninguém, só você. Mas por que, por que você se submete à influência daquele homem?
ARKÁDINA Você não o compreende, Konstantin. Ele é uma pessoa de grande nobreza...
TREPLIOV No entanto, quando ele soube que eu pretendia desafiá-lo para um duelo, a nobreza não o impediu de

fazer papel de covarde. Está indo embora. É uma fuga vergonhosa!

ARKÁDINA Mas que absurdo! Fui eu mesma que pedi a ele que fosse embora.

TREPLIOV Uma pessoa de grande nobreza! Aqui estamos nós dois, quase brigando por causa desse sujeito, enquanto ele, neste exato momento, anda metido em algum canto por aí, na sala de visitas ou no jardim, e ri de nós... Exibe sua cultura para Nina, tenta convencê-la de que é um gênio.

ARKÁDINA Você tem mesmo prazer em me dizer coisas desagradáveis. Eu respeito esse homem e peço que não diga coisas ruins sobre ele na minha presença.

TREPLIOV Pois eu não o respeito. Você quer que eu também o considere um gênio, mas, me desculpe, não sei mentir, as obras dele me dão enjoo.

ARKÁDINA Isto é inveja. Para as pessoas sem talento, mas pretensiosas, não resta outra coisa senão criticar os verdadeiros talentos. Que triste consolo!

TREPLIOV (*irônico*) Os verdadeiros talentos! (*raivoso*) Pois, se quer mesmo saber, eu tenho mais talento do que todos vocês! (*arranca a atadura da cabeça*) Vocês são apenas banais, tomaram a arte em seu poder e só julgam legítimo e autêntico aquilo que vocês mesmos fazem, e quanto ao resto, tratam de perseguir e sufocar! Não reconheço o valor de vocês! Não reconheço nem a ele nem a você!

ARKÁDINA Seu decadente!

TREPLIOV Volte para o seu adorado teatro e represente as suas pecinhas medíocres e lamentáveis!

ARKÁDINA Nunca, em toda minha vida, representei em peças desse tipo. Deixe-me em paz! Você não é capaz nem de escrever um reles vaudeville. Seu burguesinho de Kíev! Parasita!

TREPLIOV Sovina!

ARKÁDINA Seu esmolambado!

Trepliov senta-se e chora em silêncio.

ARKÁDINA Você é uma nulidade! (*caminha agitada*) Não chore! Não há por que chorar... (*chora*) Não deve chorar... (*beija-o na testa, na face, na cabeça*) Minha criança querida, me desculpe... Perdoe a sua mãe pecadora. Perdoe esta infeliz.
TREPLIOV (*abraça-a*) Se você soubesse! Eu perdi tudo. Ela não me ama, eu já nem consigo mais escrever... Todas as esperanças acabaram...
ARKÁDINA Não se desespere... Tudo se resolverá. Trigórin vai embora daqui a pouco e ela vai amar você de novo. (*enxuga as lágrimas do filho*) Chega. Já fizemos as pazes.
TREPLIOV (*beija a mão dela*) Sim, mãe.
ARKÁDINA (*com carinho*) Faça as pazes com ele também. Não há motivo para um duelo... Não é verdade?
TREPLIOV Está bem... Só peço uma coisa, mãe: que eu não tenha de falar com ele. Seria demais para mim... Está além das minhas forças...

Entra Trigórin.

TREPLIOV Pronto... Já vou indo... (*às pressas, guarda os remédios no armário*) Daqui a pouco, o médico vai fazer um novo curativo...
TRIGÓRIN (*procura nas folhas de um livro*) Página 121... linhas 11 e 12... Aqui está... (*lê*) "Se algum dia você precisar da minha vida, venha e tome-a."

Trepliov pega do chão a atadura e sai.

ARKÁDINA (*depois de olhar para o relógio*) Logo vão trazer os cavalos.
TRIGÓRIN (*para si mesmo*) "Se algum dia você precisar da minha vida, venha e tome-a."
ARKÁDINA Suas malas já estão prontas?

TRIGÓRIN (*com impaciência*) Sim, sim... (*pensativo*) Por que este apelo de uma alma pura me dá uma sensação de tristeza e deixa meu coração tão angustiado? "Se algum dia você precisar da minha vida, venha e tome-a." (*para Arkádina*) Podemos ficar mais um dia?

Arkádina balança a cabeça para negar o pedido.

TRIGÓRIN Vamos ficar!
ARKÁDINA Meu querido, eu sei o que prende você aqui. Mas tente se controlar. Você está um pouco embriagado, só isso; fique sóbrio de novo.
TRIGÓRIN Seja sensata, você também, seja razoável, ponderada, eu imploro, encare tudo isto como faria uma verdadeira amiga... (*aperta a mão dela*) Você é capaz de fazer um sacrifício... Seja minha amiga, me dê a liberdade...
ARKÁDINA (*com forte emoção*) Está tão apaixonado assim?
TRIGÓRIN Sinto-me atraído por ela! Quem sabe não é disso exatamente que eu preciso?
ARKÁDINA O amor de uma mocinha do campo? Ah, como você se conhece pouco!
TRIGÓRIN Às vezes nós sonhamos acordados e eu mesmo, enquanto converso com você, adormeço e vejo Nina num sonho... sonhos doces, maravilhosos tomam conta de mim... Liberte-me...
ARKÁDINA (*trêmula*) Não, não... Eu sou uma mulher comum, é impossível esperar de mim uma coisa dessas... Não me torture, Boris... Tenho medo...
TRIGÓRIN Se você quiser, pode se tornar uma mulher extraordinária. Um amor jovem, fascinante, poético, que nos leva para um mundo de sonhos — nesta vida, só isso e nada mais pode nos trazer a felicidade! Até hoje, não experimentei um amor assim... Na juventude, eu nunca tive essa chance, tive de ficar batendo à porta de todas as redações de jornal, tive de lutar contra a misé-

ria... Agora, aí está ele, esse amor chegou, afinal, e me seduz... Qual o sentido de fugir?

ARKÁDINA (*com raiva*) Você perdeu a cabeça!

TRIGÓRIN E o que importa?

ARKÁDINA Hoje, parece que todos vocês se combinaram para me fazer sofrer! (*chora*)

TRIGÓRIN (*segurando a própria cabeça*) Ela não entende! Não quer entender.

ARKÁDINA Será que já estou tão velha e tão feia que você nem mais se acanha de falar comigo sobre outras mulheres? (*abraça-o e beija-o*) Ah, você enlouqueceu! Meu lindo, meu maravilhoso... Você é a última página da minha vida! (*põe-se de joelhos*) Minha alegria, meu orgulho, minha felicidade suprema... (*abraça-o pelos joelhos*) Se você me abandonar, ainda que só por uma hora, eu não vou sobreviver, ficarei louca, meu bravo, meu glorioso, meu soberano...

TRIGÓRIN Alguém pode vir. (*ajuda-a a se levantar*)

ARKÁDINA Não importa, eu não me envergonho do meu amor por você. (*beija suas mãos*) Meu tesouro, meu desmiolado, você quer fazer loucuras, mas eu não quero, não vou deixar... (*ri*) Você é meu... é meu... Esta testa é minha, estes olhos são meus, estes lindos cabelos sedosos também são meus... Você é todo meu. Você é tão talentoso e inteligente, é o melhor de todos os escritores contemporâneos, é a única esperança da Rússia... No que você escreve, há tanta sinceridade, simplicidade, tanto frescor, e um humor tão sadio... Com um único traço, você é capaz de revelar o que há de mais importante e característico num personagem ou numa paisagem, e como são vivas as pessoas que você cria. Ah, é impossível ler você e não se entusiasmar! Acha que isso é bajulação? Que eu estou querendo lisonjear você? Então olhe bem nos meus olhos... olhe... Pareço uma mentirosa? Abra os olhos, só eu sei apreciar o seu valor; só eu lhe digo a verdade, meu querido, meu admirável. Vai vir comigo? Vai? Não vai me abandonar?

TRIGÓRIN Eu não tenho vontade própria... Nunca tive vontade própria... Mole, frouxo, sempre submisso — como será possível que isso agrade a uma mulher? Leve-me embora, tire-me daqui, mas não deixe que eu me afaste de você nem um passo...

ARKÁDINA (*consigo mesma*) Agora ele é meu. (*com naturalidade, como se nada tivesse ocorrido*) Olhe, se você quiser, pode ficar. Irei sozinha e você seguirá depois, daqui a uma semana. Na verdade, por que tanta pressa?

TRIGÓRIN Não, iremos juntos.

ARKÁDINA Como preferir, iremos juntos, então...

Pausa. Trigórin escreve no seu caderno.

ARKÁDINA O que foi?

TRIGÓRIN Ouvi, de manhã, uma expressão bonita: "o bosque das donzelas"... Vai me servir para alguma coisa. (se *espreguiça*) Quer dizer que vamos partir? De novo, os vagões de trem, as estações, as cantinas, os bifes empanados, as conversas...

CHAMRÁIEV (*entra*) Tenho a triste honra de anunciar que os cavalos estão prontos. Já é hora de ir para a estação, minha prezadíssima senhora; o trem chega às duas horas e cinco minutos. Mas então, Irina Nikoláievna, por favor, não se esqueça de tomar informações sobre aquele assunto: por onde anda o ator Susdaltsev? Está vivo? Está bem de saúde? Naquele tempo, nós bebíamos juntos... Na peça *O correio roubado*,[*] ele representou de forma inigualável... Lembro que, em Elizavetgrad, contracenava com ele o ator trágico Izmailov, outra personalidade ad-

---

[*] Drama de F. A. Burdin (1827-87), escritor e ator russo. A peça esteve em cartaz no teatro de Taganrog, cidade natal de Tchékhov, quando este era adolescente.

mirável... Não se apresse, minha prezadíssima senhora, ainda temos mais cinco minutos. Certa vez, num melodrama, eles representavam o papel de conspiradores e, na hora em que, de súbito, eram apanhados em flagrante, era preciso exclamar: "Caímos numa cilada!". E o Izmailov disse: "Caímos numa salada!". (*gargalha*) Numa salada!

Enquanto Chamráiev fala, Iákov se ocupa das malas, a criada traz para Arkádina o chapéu, o mantô, o guarda-chuva e as luvas; todos ajudam Arkádina a se agasalhar. O cozinheiro espia da porta da esquerda e, depois de esperar um pouco, avança hesitante. Entram Polina Andréievna e, depois, Sórin e Medviediénko.

POLINA (*com um cestinho*) Ameixas para a senhora comer na viagem... Estão muito doces. Talvez sinta vontade de beliscar alguma coisa...
ARKÁDINA A senhora é muito boa, Polina Andréievna.
POLINA Adeus, minha cara! Desculpe se alguma coisa não correu como devia. (*chora*)
ARKÁDINA (*abraça-a*) Tudo correu muito bem, tudo estava ótimo. Ora, não é preciso chorar.
POLINA O nosso tempo já está passando!
ARKÁDINA O que se pode fazer?
SÓRIN (*de casaco, capa, chapéu e bengala, entra pela porta da esquerda, atravessa o aposento*) Irmã, está na hora, senão você vai acabar se atrasando. Vou tomar o meu lugar.
MEDVIEDIÉNKO Eu vou a pé até a estação... para acompanhar a sua partida. Eu sou ligeiro... (*sai*)
ARKÁDINA Adeus, meus queridos... Se estivermos vivos e com saúde, nos veremos de novo no próximo verão...

A criada de quarto, Iákov e o cozinheiro beijam a mão dela.

ARKÁDINA Não se esqueçam de mim. (*dá um rublo ao cozinheiro*) Aqui está, um rublo para os três.

COZINHEIRO Agradecemos muitíssimo, senhora patroa. Que faça uma ótima viagem! É uma enorme satisfação servir a senhora!
IÁKOV Que Deus a acompanhe!
CHAMRÁIEV Uma cartinha nos deixaria muito felizes! Adeus, Boris Alekséievitch.
ARKÁDINA Onde está Konstantin? Avisem a ele que estou de partida. Temos de nos despedir. Então, não me queiram mal. (*para Iákov*) Dei um rublo para o cozinheiro. Mas é para os três.

Todos saem pela direita. O palco fica vazio. Ouve-se, de trás do palco, o rumor das despedidas. A criada volta para pegar a cesta de ameixas sobre a mesa e sai de novo.

TRIGÓRIN (*retornando*) Esqueci minha bengala. Acho que ficou na varanda. (*caminha para lá e, na porta da esquerda, encontra-se com Nina, que entra*) É a senhora? Estamos de partida...
NINA Tive o pressentimento de que ainda nos veríamos uma vez. (*agitada*) Boris Alekséievitch, tomei uma decisão irrevogável, minha sorte está lançada, vou seguir a carreira de atriz. Amanhã, já não estarei mais aqui, vou deixar meu pai, vou abandonar tudo e começar uma vida nova... Vou partir para Moscou, assim como o senhor. Nós nos veremos por lá.
TRIGÓRIN (*olhando para trás*) Hospede-se no hotel Bazar Eslavo... Avise-me assim que chegar... Rua Moltchánovka, edifício Grokhólski... Não tenho mais tempo...

Pausa.

NINA Só mais um minuto...
TRIGÓRIN (*em voz baixa*) A senhora é tão linda... Ah, que felicidade saber que, em breve, nos veremos!

Ela se encosta ao peito de Trigórin.

TRIGÓRIN E eu vou ver de novo esses olhos deslumbrantes, esse sorriso indescritivelmente belo, meigo... Essas feições dóceis, esse rosto de pureza angelical... Minha querida...

Beijo prolongado.

Cortina.

Quarto ato

Uma das salas na casa de Sórin, que Konstantin Trepliov transformou em escritório.* Portas à direita e à esquerda, dando para os aposentos internos. Defronte, uma porta de vidro que abre para a varanda. Além dos móveis habituais de uma sala, há uma escrivaninha no canto direito, um divã turco perto da porta da esquerda e uma estante de livros; livros nas janelas, nas cadeiras. Noite. Um lampião está aceso atrás de um quebra-luz. Ouve-se o rumor das árvores e o uivo do vento nas chaminés. Soam as batidas do vigia noturno. Medviediénko e Macha entram.

MACHA (*grita, chamando*) Konstantin Gavrílovitch! Konstantin Gavrílovitch! (*olha em volta*) Não há ninguém. Toda hora, o velho pergunta: Onde está o Kóstia? Onde está o Kóstia? Não consegue viver sem o sobrinho...

MEDVIEDIÉNKO Tem medo da solidão. (*escuta*) Mas que tempo horrível! Já faz dois dias que está assim.

MACHA (*aumenta a chama do lampião*) Tem ondas no lago. Ondas enormes.

MEDVIEDIÉNKO O jardim está com um aspecto tenebroso. Deviam mandar desmontar aquele palco no meio do jardim. Continua lá, nu, macabro, como um esqueleto, e a

---

* Entre o terceiro e o quarto atos, há um intervalo de dois anos.

cortina balança no vento. Quando passei por ali, ontem à noite, tive a impressão de que alguém estava chorando.
MACHA Ora, deixe de bobagem...

Pausa.

MEDVIEDIÉNKO Vamos para casa, Macha!
MACHA (*balança a cabeça, negando*) Vou passar a noite aqui.
MEDVIEDIÉNKO (*suplicante*) Macha, vamos embora! Nosso bebê deve estar com fome.
MACHA Bobagem. Matriona vai amamentar a criança.

Pausa.

MEDVIEDIÉNKO Dá até pena. Já é a terceira noite que ele fica longe da mãe.
MACHA Você é um estorvo. No início, só queria saber de filosofar e agora só fala do bebê e de ir para casa, do bebê e de ir para casa... não se ouve outra coisa da sua boca.
MEDVIEDIÉNKO Vamos para casa, Macha!
MACHA Vá você sozinho.
MEDVIEDIÉNKO O seu pai não vai me emprestar os cavalos.
MACHA Vai, sim. É só você pedir que ele empresta.
MEDVIEDIÉNKO Por favor, eu imploro. Então, amanhã você vem para casa?
MACHA (*aspira rapé*) Está bem, amanhã. Mas que coisa enjoada...

Entram Trepliov e Polina Andréievna; Trepliov traz almofadas e um cobertor, Polina traz roupas de cama; põem tudo sobre o sofá turco; em seguida, Trepliov vai para a sua mesa e se senta.

MACHA Para que isso, mamãe?

POLINA Piotr Nikoláievitch pediu para fazer a cama dele nos aposentos de Kóstia.
MACHA Deixe-me ajudar... (*faz a cama*)
POLINA (*suspira*) O velho está igual a uma criança... (*aproxima-se da escrivaninha e, apoiando-se no cotovelo, olha para um manuscrito; pausa*)
MEDVIEDIÉNKO Então eu vou embora. Até logo, Macha. (*beija sua mão*) Adeus, mamãe. (*tenta beijar a mão da sogra*)
POLINA (*aborrecida*) Ora! Vá com Deus.
MEDVIEDIÉNKO Adeus, Konstantin Gavrílovitch.

Trepliov estende a mão em silêncio; Medviediénko sai.

POLINA (*olhando para o manuscrito*) Ninguém pensava, ninguém podia sequer imaginar que você ainda viria a ser um escritor de verdade. E agora, graças a Deus, até as revistas começaram a lhe mandar dinheiro. (*passa a mão pelo cabelo dele*) Além do mais, ficou bonito... Querido Kóstia, seja bondoso, seja mais carinhoso com a minha Máchenka!
MACHA (*fazendo a cama*) Deixe-o em paz, mãe.
POLINA (*para Trepliov*) Ela é um amor.

Pausa.

POLINA Uma mulher não precisa de quase nada, Kóstia, basta ser olhada com carinho. Sei disso por experiência própria.

Trepliov se levanta da mesa e sai em silêncio.

MACHA Pronto, a senhora o irritou. Será que não consegue deixá-lo em paz?
POLINA Mas eu sinto pena de você, Máchenka.
MACHA Não precisa ter pena!

POLINA Meu coração sofre por você. Pois eu vejo tudo, entendo tudo.
MACHA É tudo bobagem. Amor sem esperança... essas coisas só existem nos romances. Tolices. É só a gente não se descontrolar, não se pode ficar a vida toda na beira da praia, esperando que o tempo melhore... Quando o amor se instala no coração, é preciso expulsá-lo. Já prometeram transferir meu marido para outro distrito. Depois que eu e ele nos mudarmos para lá, tudo isso será esquecido... vou arrancar do coração, pela raiz.

A dois cômodos dali, tocam uma valsa melancólica.

POLINA Kóstia está tocando. Quer dizer que está triste.
MACHA (*sem ruído, dá alguns passos de valsa*) O mais importante, mamãe, é que meus olhos não o vejam. Assim que derem essa transferência ao meu Semion, acredite, eu vou esquecer Kóstia em um mês. Tudo isso é uma bobagem.

Abre-se a porta da esquerda. Dorn e Medviediénko empurram a cadeira de rodas de Sórin.

MEDVIEDIÉNKO Agora somos seis em casa. E a farinha custa setenta copeques o *pud*.*
DORN Lá vem ele com a mesma história.
MEDVIEDIÉNKO Para o senhor é fácil zombar. Tem dinheiro de sobra.
DORN Dinheiro? Depois de trabalhar trinta anos como médico, meu amigo, e trabalhar sem descanso, sem poder contar que teria livre um dia ou uma noite só para mim, eu consegui economizar apenas dois mil rublos, que gastei faz pouco tempo, numa viagem ao exterior. Não possuo nada.
MACHA (*para o marido*) Mas você não ia embora?

* Um *pud* equivale a 16,58 quilos.

MEDVIEDIÉNKO (*com ar culpado*) De que jeito, se não me emprestam os cavalos?
MACHA (*irritada e amarga, à meia-voz*) Eu gostaria de nunca mais ver você na minha frente!

A cadeira de rodas se detém na parte esquerda do cômodo; Polina Andréievna, Macha e Dorn sentam-se junto a ela; Medviediénko, entristecido, se põe à parte.

DORN Mas quantas novidades, por aqui! Transformaram a sala de visitas em um escritório de trabalho.
MACHA Aqui é mais cômodo para Konstantin Gavrílovitch trabalhar. Ele pode sair para o jardim, quando tiver vontade, e pode ficar lá, pensando.

Ouvem-se as batidas do vigia noturno.

SÓRIN Onde está minha irmã?
DORN Foi à estação, encontrar-se com Trigórin. Daqui a pouco, vai estar de volta.
SÓRIN Se o senhor achou necessário escrever para a minha irmã e pedir que viesse para cá, isso só pode significar que o meu estado de saúde é mesmo grave. (*depois de um momento de silêncio*) Essa é boa! Estou gravemente enfermo e ninguém me dá nenhum remédio.
DORN Mas que remédio o senhor quer? Gotas de valeriana? Bicarbonato de sódio? Quinino?
SÓRIN Pronto, lá vem ele com filosofia. Ah, que suplício! (*acena com a cabeça na direção do sofá*) Fizeram essa cama para mim?
POLINA Sim, para o senhor, Piotr Nikoláievitch.
SÓRIN Muito obrigado.
DORN (*cantarola*) "A lua flutua no céu da noite..."*

---

* Primeiros versos de uma serenata de K. S. Chilóvski (1849-93), chamada "Tigrezinho" (1882).

sórin Eu queria sugerir ao Kóstia o tema para um conto. O título deve ser o seguinte: "O homem que queria", "L'Homme qui a voulu". Nos bons tempos, quando era moço, eu queria ser escritor, e não fui; eu queria falar bonito, e falava pessimamente. (*zombando de si mesmo*) "E portanto, não obstante, conforme eu ia dizendo, outrossim..." E acontecia que, em vez de fazer um resumo, eu me alongava, a ponto de ficar todo suado. Eu queria casar, e não casei; queria muito viver na cidade, e fui acabar minha vida no campo, e assim por diante.

dorn Queria ser um autêntico conselheiro de Estado, e foi.

sórin (*ri*) Não foi algo que eu desejei com ardor. Simplesmente, aconteceu.

dorn Expressar descontentamento com a vida, aos sessenta e dois anos de idade, o senhor há de convir, não é uma atitude generosa.

sórin Mas que sujeito cabeça-dura! Entenda, isso é vontade de viver!

dorn Isso não passa de leviandade. Segundo as leis da natureza, toda vida precisa ter um fim.

sórin O senhor raciocina como um homem saciado. O senhor está saciado e por isso é indiferente à vida; para o senhor, tanto faz. Mas espere só a hora de morrer e aí vai ver como é horrível.

dorn O temor da morte é um medo animal... É preciso sufocá-lo. Só temem a morte de forma consciente aqueles que creem na vida eterna e sentem um medo terrível de seus pecados. Mas o senhor, em primeiro lugar, não acredita nisso; em segundo lugar... quais são os seus pecados? O senhor trabalhou durante vinte e cinco anos numa repartição da Justiça. Só isso e nada mais.

sórin (*ri*) Vinte e oito anos...

Entra Trepliov e se senta num banquinho aos pés de Sórin. Macha não desvia dele o olhar, nem por um momento.

DORN Estamos atrapalhando o trabalho de Konstantin Gavrílovitch.
TREPLIOV Não, de maneira nenhuma.

Pausa.

MEDVIEDIÉNKO Permita que lhe pergunte, doutor, que cidade mais lhe agradou, quando esteve no exterior?
DORN Gênova.
TREPLIOV Por que Gênova?
DORN A multidão nas ruas é uma coisa magnífica. À noite, quando você sai do hotel, a rua inteira está apinhada de gente. Então você se deixa levar pela multidão, caminha ao léu, para um lado e para o outro, em zigue-zague, você se sente unido às pessoas, se funde mentalmente com a multidão e começa até a acreditar na possibilidade real de existir uma alma do mundo, semelhante àquela alma do mundo que Nina Zariêtchnaia representou na sua peça, naquela ocasião. Por falar nisso, por onde anda a Zariêtchnaia? Onde ela está e como vai?
TREPLIOV Deve estar bem.
DORN Ouvi dizer que levava uma vida um tanto fora do comum. É verdade?
TREPLIOV Essa, doutor, é uma longa história.
DORN Pois faça um resumo.

Pausa.

TREPLIOV Ela fugiu de casa e foi viver com Trigórin. O senhor sabia disso?
DORN Sabia.
TREPLIOV Ela teve um filho. A criança morreu. Trigórin se cansou dela e voltou para os seus amores antigos, como já era de esperar. Aliás, ele nunca abandonou seus antigos amores e, como não tem nenhum caráter, sempre

conseguiu dar um jeitinho para estar dos dois lados. Até onde posso avaliar, por tudo o que eu soube, a vida particular de Nina foi um redundante fracasso.

DORN Mas... e o teatro?

TREPLIOV Pior ainda, ao que parece. Ela estreou num teatro pequeno, em uma estação de veraneio nos arredores de Moscou, e depois seguiu para as províncias. Na época, eu nunca a perdia de vista e, por algum tempo, onde quer que ela estivesse, eu também estaria. Ela sempre era escalada para papéis importantes, mas representava de forma tosca, com mau gosto, aos berros e com gestos bruscos. Em alguns momentos, erguia a voz com talento, morria com talento, mas eram só alguns momentos.

DORN Então, apesar de tudo, ela tem talento?

TREPLIOV É difícil avaliar. Talvez tenha. Eu a procurava, mas ela não queria me ver, e a empregada não me deixava entrar no seu quarto de hotel. Eu entendia os sentimentos dela e não insistia para vê-la.

Pausa.

TREPLIOV O que mais posso lhe dizer? Depois, quando voltei para casa, recebi cartas de Nina. Cartas inteligentes, cordiais, interessantes; ela não se queixava, mas eu percebia que estava profundamente infeliz; cada linha era um nervo tenso, doente. A imaginação também estava um pouco abalada. Ela assinava A Gaivota. No drama *A sereia*,* o moleiro diz que é um corvo, da mesma forma que Nina, nas cartas, sempre repetia que era uma gaivota. Agora ela está aqui.

DORN Como assim, está aqui?

TREPLIOV Na cidade, numa hospedaria. Já faz uns cinco dias que está hospedada num quarto. Eu fui até lá para vê-la,

---

* Em russo, *Russalka*: drama inacabado, em versos, de Aleksandr Serguéievitch Púchkin (1799-1837).

e Maria Ilínitchna também foi, mas Nina não recebe ninguém. Semion Semiónovitch garante que ontem, depois do almoço, viu a Nina no campo, a duas verstas daqui.

MEDVIEDIÉNKO É verdade, eu vi. Ela estava voltando para a cidade. Eu a cumprimentei, perguntei por que não vinha nos visitar. Respondeu que viria.

TREPLIOV Não vai vir.

Pausa.

TREPLIOV O pai e a madrasta nem querem ouvir falar dela. Puseram vigias em toda parte, para impedir que a filha sequer se aproxime da propriedade. (*juntamente com o médico, se dirige à escrivaninha*) Como é fácil ser filósofo no papel, doutor, e como é difícil na vida real!

SÓRIN Era uma jovem fascinante.

DORN Como disse?

SÓRIN Eu disse que era uma jovem fascinante. Durante um tempo, até o conselheiro de Estado Sórin esteve apaixonado por ela.

DORN Seu velhote namorador.

Ouve-se uma risada de Chamráiev.

POLINA Parece que já estão de volta da estação...

TREPLIOV Sim, estou ouvindo a voz da mamãe.

Entram Arkádina, Trigórin e, atrás deles, Chamráiev.

CHAMRÁIEV (*entrando*) Todos nós estamos envelhecendo, estamos nos degradando sob o efeito das intempéries, mas a prezadíssima senhora continua sempre jovem... de blusinha clara, cheia de vida... cheia de graça...

ARKÁDINA O senhor está querendo pôr mau-olhado em mim de novo, homem enfadonho!

TRIGÓRIN (*para Sórin*) Como vai, Piotr Nikoláievitch? Continua adoentado? Mas isso não é bom! (*ao ver Macha, alegra-se*) Maria Ilínitchna!
MACHA O senhor me reconheceu? (*aperta a mão dele*)
TRIGÓRIN Casou-se?
MACHA Há muito tempo.
TRIGÓRIN Está feliz? (*cumprimenta Dorn e Medviediénko e, em seguida, hesita antes de se aproximar de Trepliov*) Irina Nikoláievna me disse que o senhor já esqueceu o que houve e deixou sua raiva para trás.

Trepliov estende a mão para ele.

ARKÁDINA (*para o filho*) O Boris Alekséievitch trouxe a revista que publicou o seu novo conto.
TREPLIOV (*apanha o volume; para Trigórin*) Muito obrigado. É muita gentileza sua.

Senta-se.

TRIGÓRIN Seus admiradores lhe mandam cumprimentos... Em Petersburgo e em Moscou, todos estão muito interessados pelo senhor e não param de me fazer perguntas a seu respeito. Perguntam: como ele é, quantos anos tem, é moreno ou louro? Por alguma razão, imaginam que o senhor já não é jovem. E ninguém sabe o seu sobrenome verdadeiro, pois o senhor assina com um pseudônimo. O senhor é misterioso, como o Máscara de Ferro.*
TREPLIOV Vai ficar muito tempo aqui?

---

* O misterioso "Homem da Máscara de Ferro" morreu em 1703 na Bastilha. Sua história inspirou autores como Voltaire, que acreditava ser ele irmão gêmeo de Luís XIV, e Alexandre Dumas, que o transformou em personagem no último volume de *Os três mosqueteiros*.

TRIGÓRIN Não, acho que amanhã mesmo sigo para Moscou. É preciso. Tenho de me apressar para terminar um romance e, além disso, prometi mandar alguma coisa para uma coletânea. Em suma, é a mesma história de sempre.

Enquanto os dois conversam, Arkádina e Polina Andréievna põem uma mesa de jogo no centro da sala e a desdobram; Chamráiev acende velas, arruma cadeiras. Retiram do armário um jogo de víspora.

TRIGÓRIN O clima não me recebeu muito bem. O vento está cortante. Amanhã de manhã, se o vento acalmar, irei até o lago para pescar. Por falar nisso, preciso rever o jardim e aquele local onde... o senhor se lembra... encenaram a sua peça. Tenho um tema já bem maduro para desenvolver, só me falta recuperar a memória do local em que a ação se passa.

MACHA (*para o pai*) Papai, empreste um cavalo para o meu marido! Ele precisa ir para casa.

CHAMRÁIEV (*irritado*) Cavalo... casa... (*com severidade*) Você mesma é testemunha: eles acabaram de chegar da estação. Não se pode abusar dos cavalos.

MACHA Mas há outros cavalos... (*vendo que o pai se mantém calado, abana as mãos*) Não adianta falar com o senhor...

MEDVIEDIÉNKO Eu vou a pé, Macha. Não se preocupe...

POLINA (*com um suspiro*) A pé, num tempo desses... (*senta-se à mesa de jogo*) Por favor, senhores. Sentem-se.

MEDVIEDIÉNKO Afinal, são só seis verstas de distância... Adeus... (*beija a mão da esposa*) Adeus, mamãe. (*a sogra, de má vontade, lhe dá a mão para beijar*) Eu bem que preferia não incomodar ninguém, mas o bebê... (*faz um cumprimento com a cabeça para todos*) Adeus... (*sai, com ar de culpa*)

CHAMRÁIEV Isso, ele tem mesmo é de ir a pé. Não é nenhum general.

POLINA (*dando pancadinhas na mesa*) Por favor, senhores. Não vamos perder tempo, daqui a pouco vão nos chamar para o jantar.

Chamráiev, Macha e Dorn sentam-se à mesa.

ARKÁDINA (*para Trigórin*) Aqui, quando começam as noites longas de outono, é costume jogar víspora. Veja só: o velho jogo de víspora, o mesmo que a falecida mamãe ainda jogava conosco, quando éramos crianças. O senhor não gostaria de tomar parte do nosso jogo, até a hora do jantar? (*senta-se à mesa com Trigórin*) É um jogo enfadonho, mas, depois que a gente se acostuma, não é tão ruim assim. (*dá três cartelas para cada jogador*)

TREPLIOV (*folheando a revista*) Ele leu o seu próprio conto de fio a pavio, mas nem abriu as folhas do meu conto. (*coloca a revista sobre a escrivaninha, em seguida se dirige à porta da esquerda; ao passar pela mãe, beija sua cabeça*)

ARKÁDINA E você, Kóstia?

TREPLIOV Desculpe, não estou com vontade... Vou caminhar um pouco. (*sai*)

ARKÁDINA A aposta é de dez copeques. Faça a aposta por mim, doutor.

DORN Com todo o prazer.

MACHA Todos já apostaram? Então vou começar... Vinte e dois!

ARKÁDINA Eu tenho.

MACHA Três!

DORN É meu.

MACHA O senhor já marcou o três? Oito! Oitenta e um! Dez!

CHAMRÁIEV Não corra.

ARKÁDINA Mas que recepção consagradora eu tive em Khárkov, meu Deus, minha cabeça está rodando até agora!

MACHA Trinta e quatro!

Fora de cena, tocam uma valsa melancólica.

ARKÁDINA Os estudantes me aclamaram... Três corbelhas, duas coroas e ainda por cima isto aqui... (*tira um broche do peito e o joga sobre a mesa*)
CHAMRÁIEV Sim, é uma beleza...
MACHA Cinquenta!
DORN Cinquenta redondos?
ARKÁDINA Eu usei roupas maravilhosas... Digam o que disserem, para me vestir, não sou nada boba.
POLINA O Kóstia está tocando piano. Está triste, coitado.
CHAMRÁIEV Os jornais o criticam demais.
MACHA Setenta e sete.
ARKÁDINA É só vontade de chamar a atenção.
TRIGÓRIN Ele não tem tido sorte. Não consegue, de maneira nenhuma, alcançar o seu tom autêntico. Há algo estranho, vago, por vezes até semelhante à loucura. Nenhum personagem com vida própria.
MACHA Onze!
ARKÁDINA (*olhando para trás, na direção de Sórin*) Petruchka, está aborrecido?

Pausa.

ARKÁDINA Pegou no sono.
DORN O conselheiro de Estado dorme.
MACHA Sete! Noventa!
TRIGÓRIN Se eu morasse numa propriedade como esta, à beira de um lago, vocês acham que eu teria vontade de escrever? Eu trataria de sufocar essa loucura e não faria outra coisa senão pescar no lago.
MACHA Vinte e oito!
TRIGÓRIN Pescar uma acerina ou uma perca, isto sim é o auge da felicidade!
DORN Pois eu acredito em Konstantin Gavrílovitch. Há alguma coisa nele! Há alguma coisa! Ele sabe pensar por

meio de imagens, seus contos são expressivos, vivazes, e provocam em mim sentimentos fortes. Só lamento que ele não tenha propósitos mais definidos. Cria impressões e mais nada, e o problema é que não se pode ir muito longe apenas com impressões. Irina Nikoláievna, a senhora está contente por seu filho ser escritor?

ARKÁDINA Imaginem só: eu ainda não li. Nunca tenho tempo.
MACHA Vinte e seis!

Trepliov entra em silêncio e caminha até a sua escrivaninha.

CHAMRÁIEV (*para Trigórin*) Ah, Boris Alekséievitch, nós ficamos com uma coisa que lhe pertence.
TRIGÓRIN Que coisa?
CHAMRÁIEV Certa vez, Konstantin Gavrílovitch matou uma gaivota com um tiro e o senhor me encarregou de pedir que a empalhassem.
TRIGÓRIN Não me lembro disso. (*pensativo*) Não me lembro!
MACHA Sessenta e seis! Um!
TREPLIOV (*abre a janela, põe-se a escutar*) Como está escuro! Não entendo de onde me vem essa angústia.
ARKÁDINA Kóstia, feche a janela, há uma corrente de ar.

Trepliov fecha a janela.

MACHA Oitenta e oito!
TRIGÓRIN Completei a minha cartela, senhores.
ARKÁDINA (*alegre*) Bravo! Bravo!
CHAMRÁIEV Bravo!
ARKÁDINA Esse homem sempre tem sorte em tudo. (*levanta-se*) E agora vamos beliscar alguma coisa. A nossa celebridade não almoçou hoje. Depois do jantar, vamos continuar o jogo. (*para o filho*) Kóstia, largue os seus escritos e venha comer.
TREPLIOV Não quero, mamãe, não estou com fome.
ARKÁDINA Como quiser. (*acorda Sórin*) Petruchka, jantar!

(*dando o braço para Chamráiev*) Vou contar ao senhor como fui recebida em Khárkov...

Polina apaga as velas sobre a mesa, em seguida ela e Dorn empurram a cadeira de rodas. Todos saem pela porta da esquerda; no palco, resta apenas Trepliov, sentado à escrivaninha.

TREPLIOV (*põe-se a escrever; passa os olhos pelo que já escreveu*) Eu, que falava tanto em formas novas, agora sinto que, pouco a pouco, vou também caindo na rotina. (*lê*) "Um cartaz na cerca apregoava... Um rosto pálido, emoldurado por cabelos escuros..." Apregoava, emoldurado... Isto é medíocre. (*risca*) Vou começar com o herói acordando com o barulho da chuva, e todo o resto vai para o lixo. A descrição da noite de luar está longa e rebuscada. Trigórin desenvolveu algumas técnicas para uso próprio e assim ficou fácil para ele... Basta escrever que o gargalo de uma garrafa quebrada cintila na beira de um açude e que a sombra da roda de um moinho se estende negra — e está pronta a noite de luar, mas para mim é preciso uma luz bruxuleante, estrelas cintilantes e serenas, e sons longínquos de um piano que se extinguem no ar perfumado e silencioso... Isso é um suplício.

Pausa.

TREPLIOV Cada vez mais me convenço de que a questão não consiste em formas novas e formas velhas, mas sim em que a pessoa escreva sem pensar em formas, sejam quais forem, que ela escreva porque isso flui livremente de sua alma.

Alguém bate na janela mais próxima da escrivaninha.

TREPLIOV Quem é? (*olha pela janela*) Não vejo nada... (*abre a porta de vidro e olha para o jardim*) Alguém desceu correndo pela escada. (*ergue a voz*) Quem está aí? (*sai; ouvem-se seus passos ligeiros pela varanda; após meio minuto, retorna em companhia de Nina Zariêtchnaia*) Nina! Nina!

Nina põe a cabeça no peito de Trepliov e tenta abafar os soluços.

TREPLIOV (*comovido*) Nina! Nina! É você... você... Parece que eu estava pressentindo, minha alma ficou muito aflita o dia todo. (*toma de Nina seu chapéu e seu manto*) Ah, minha querida, minha adorada, ela voltou! Não vamos chorar, nada de choro.

NINA Tem alguém aqui.

TREPLIOV Ninguém.

NINA Tranque as portas para que não entrem.

TREPLIOV Ninguém vai entrar.

NINA Eu sei que Irina Nikoláievna está aqui. Tranque as portas...

TREPLIOV (*fecha a porta da direita à chave, dirige-se à porta da esquerda*) Esta não tem tranca. Vou barrar a entrada com uma poltrona. (*põe uma poltrona encostada à porta da esquerda*) Não tenha medo, ninguém vai entrar.

NINA (*olha fixamente para o rosto dele*) Deixe-me olhar para você. (*olha em volta*) Aqui dentro está quente, agradável... Antigamente, aqui ficava a sala de visitas. Eu mudei muito?

TREPLIOV Sim... emagreceu, e seus olhos ficaram maiores. Nina, nem acredito que eu esteja vendo você. Por que não quis me receber? Por que não veio antes? Eu sei que está aqui já faz quase uma semana... Fui todos os dias até onde você está hospedada, várias vezes por dia, me plantei embaixo da sua janela, como um mendigo.

NINA Eu tinha medo de que você estivesse com ódio de mim. Sonho todas as noites que você olha para mim e não me reconhece. Se você soubesse! Desde a minha chegada, caminhei muitas vezes por aqui... na beira do lago. Quantas vezes eu cheguei perto da sua casa e não me atrevi a entrar. Vamos sentar.

Sentam-se.

NINA Vamos sentar e ficar conversando, conversando. Aqui é agradável, quente, acolhedor... Escute... é o vento? Há em Turguêniev um trecho que diz: "feliz de quem, numa noite como esta, tem um teto para se abrigar, um cantinho aquecido".* Eu sou uma gaivota... Não, não é isso. (*esfrega a testa*) O que eu estava dizendo? Ah, sim... Turguêniev... "E que Deus proteja todos os desabrigados que vagam sem rumo..."** Não é nada. (*soluça*)
TREPLIOV Nina, você está chorando de novo... Nina!
NINA Não é nada, isso me alivia... Já fazia dois anos que eu não chorava. Ontem, tarde da noite, eu fui ao jardim, ver se o nosso teatro ainda estava de pé. E ele está lá até hoje. Chorei pela primeira vez, em dois anos, e me senti aliviada, minha alma ficou mais serena. Veja, já não estou mais chorando. (*segura a mão dele*) Mas quer dizer que você agora já é um escritor... Você é um escritor e eu, uma atriz... Caímos nós dois no mesmo turbilhão... Eu vivia alegre, como uma criança... acordava de manhã e começava a cantar; eu amava você, sonhava com a glória, mas e agora? Amanhã, bem cedo, partirei para Iêlets, num vagão de terceira classe... junto com os camponeses, e em Iêlets, comerciantes que se julgam instruídos vão me importunar com as suas gentilezas. Que vida sórdida!

* Do romance *Rúdin*, de Ivan Turguêniev.
** Outra frase de *Rúdin*.

TREPLIOV Para que você vai a Iêlets?

NINA Assinei um contrato para o inverno inteiro. Está na hora de partir.

TREPLIOV Nina, eu amaldiçoei você, senti ódio, rasguei suas cartas e fotografias, mas sabia o tempo todo que minha alma estava ligada à sua, para sempre. Deixar de amar você, Nina, está além de minhas forças. Desde que perdi você e desde que meus textos começaram a ser publicados, a vida para mim se tornou insuportável... eu sofro... De uma hora para outra, parece que a minha juventude foi arrancada de mim à força, e eu me sinto como se já tivesse vivido noventa anos neste mundo. Eu chamo o seu nome em voz alta, eu beijo a terra em que você pisou; para onde quer que eu olhe, aparece sempre o seu rosto, esse sorriso carinhoso, que me iluminava nos melhores anos da minha vida...

NINA (*desconcertada*) Para que ele está falando isso, para que ele está falando isso?

TREPLIOV Eu estou sozinho, nenhum afeto me conforta, estou frio, como num subterrâneo, e tudo o que eu escrevo é seco, duro, sombrio. Fique aqui, Nina, eu imploro, ou então deixe que eu vá com você!

Nina, rapidamente, põe o chapéu e veste o manto.

TREPLIOV Por quê? Pelo amor de Deus, Nina... (*observa, enquanto ela se arruma; pausa*)

NINA Meus cavalos estão à minha espera, na porteira. Não me acompanhe, eu irei sozinha... (*entre lágrimas*) Me dê um pouco de água...

TREPLIOV (*dá de beber a ela*) Para onde vai agora?

NINA Para a cidade.

Pausa.

NINA Irina Nikoláievna está aqui?

TREPLIOV Está... Na quinta-feira, o titio não passou bem, nós telegrafamos para ela, pedindo que viesse.
NINA Por que você disse que beijava a terra em que eu pisava? O certo seria me assassinar. (*inclina-se sobre a mesa*) Eu estou tão esgotada! Quem me dera poder descansar... descansar! (*levanta a cabeça*) Eu sou uma gaivota... Não, não é isso. Eu sou uma atriz. É isso! (*ouve o riso de Arkádina e de Trigórin, põe-se à escuta, em seguida corre até a porta da esquerda e olha pelo buraco da fechadura*) Ele também está aqui... (*volta para perto de Trepliov*) Ora... Não é nada... Sim... Ele não acreditava no teatro, sempre ria dos meus sonhos, e assim, pouco a pouco, eu também fui deixando de acreditar e caí num desânimo... E então vieram as aflições do amor, os ciúmes, os receios incessantes com o bebê... Eu me tornei mesquinha, fútil, eu representava de forma leviana... Não sabia o que fazer com as mãos, não sabia como me postar no palco, não dominava minha voz. Você nem pode imaginar o que é isso, um ator perceber que está representando pessimamente. Eu sou uma gaivota. Não, não é isso... Lembra que você matou uma gaivota com um tiro? Um homem chegou por acaso, viu uma gaivota e, por pura falta do que fazer, matou a gaivota... O tema para um pequeno conto. Mas não é isso... (*esfrega a testa com a mão*) Do que eu estava falando?... Estava falando sobre o teatro. Agora não sou mais assim... Sou uma atriz de verdade, eu represento com satisfação, com entusiasmo, uma embriaguez me domina no palco e eu me sinto linda. Agora, enquanto estou aqui, eu caminho o tempo todo, caminho e penso, o tempo todo, eu caminho e sinto que meu espírito se torna mais forte a cada dia... Agora eu sei, Kóstia, agora eu compreendo que no nosso trabalho, representando no palco ou escrevendo, o que importa não é a glória, não é o esplendor, não é aquilo com que eu tanto sonhava, mas sim a capacidade de suportar.

Aprenda a carregar a sua cruz e acredite. Eu acredito e, desse jeito, nem sofro tanto e, quando penso na minha vocação, não sinto medo da vida.

TREPLIOV (*com tristeza*) Você encontrou o seu caminho, sabe para onde ir, enquanto eu continuo mergulhado no caos dos devaneios e das visões, sem saber para que e para quem isso serve. Eu não acredito e não sei qual a minha vocação.

NINA (*escutando atentamente*) Psssiu... Eu já vou. Adeus. Quando eu me tornar uma grande atriz, venha me ver. Promete? Mas agora... (*aperta a mão dele*) Já é tarde. Eu mal me aguento em pé... Estou exausta, sinto fome...

TREPLIOV Não vá embora, eu vou lhe trazer um jantar...

NINA Não, não... Não me acompanhe, eu irei sozinha... Os meus cavalos estão perto daqui... Quer dizer que ele veio com ela? Ora, tanto faz. Quando estiver com Trigórin, não conte nada para ele... Eu amo o Trigórin. Eu o amo ainda mais do que antes... O tema para um pequeno conto... Eu amo, amo apaixonadamente, amo até o desespero. Como era bom, nos velhos tempos, Kóstia! Lembra? Que vida radiante, afetuosa, alegre, pura, que sentimentos... sentimentos semelhantes a flores delicadas, graciosas... Lembra? (*recita*) "Homens, leões, águias e perdizes, cervos de grandes chifres, gansos, aranhas, peixes silenciosos que habitavam as águas, estrelas-do-mar e criaturas que os olhos não eram capazes de ver — em suma, todas as vidas, todas as vidas, todas as vidas, depois de concluírem seu triste ciclo, se extinguiram... Há muitos milhares de anos não existe mais uma única criatura viva sobre a terra e esta pobre lua acende sua lanterna em vão. No prado, os grous já não despertam com um grito, nem se ouvem os besouros nos bosques de tílias..." (*abraça Trepliov impetuosamente e foge pela porta de vidro*)

TREPLIOV (*após uma pausa*) Não vai ser nada bom se alguém

topar com ela no jardim e depois contar para a mamãe. Isso pode deixar a mamãe transtornada... (*durante dois minutos, em silêncio, ele rasga todos os seus manuscritos e os atira embaixo da mesa, depois destranca a porta da direita e sai*)

DORN (*tentando abrir a porta da esquerda*) Que estranho. Parece que a porta está bloqueada... (*entra e põe a poltrona no lugar*) É como uma corrida de obstáculos.

Entram Arkádina, Polina Andréievna, mais Iákov, que traz algumas garrafas, e Macha, em seguida Chamráiev e Trigórin.

ARKÁDINA Ponha o vinho tinto e a cerveja aqui na mesa, para o Boris Alekséievitch. Vamos jogar e beber. Sentem-se, senhores.

POLINA (*para Iákov*) Traga logo o chá, também. (*acende as velas, senta-se à mesa de jogo*)

CHAMRÁIEV (*leva Trigórin até o armário*) Eis o objeto a respeito do qual eu lhe falei há pouco... (*retira do armário a gaivota empalhada*) A encomenda que o senhor me fez.

TRIGÓRIN (*examinando a gaivota*) Não me lembro! (*depois de pensar um pouco*) Não me lembro!

À direita do palco, ouve-se o som de um tiro; todos se sobressaltam.

ARKÁDINA (*assustada*) O que foi isso?

DORN Não foi nada. Na certa estourou algum frasco na minha valise de remédios. Não se preocupe. (*sai pela porta da direita e volta meio minuto depois*) Exatamente o que pensei. Um frasco de éter estourou. (*cantarola*) "De novo enfeitiçado estou diante de ti..."

ARKÁDINA (*senta-se à mesa*) Puxa, que susto eu levei. Isso me fez lembrar o dia em que... (*cobre o rosto com as mãos*) Meus olhos até escureceram...

DORN (*folheando uma revista, para Trigórin*) Uns dois meses atrás, saiu publicado aqui um artigo... uma carta da América, e eu gostaria de perguntar ao senhor a respeito disso... (*puxa Trigórin pela cintura e o conduz para a frente do palco*)... pois eu estou muito interessado nesse assunto... (*em tom grave, à meia-voz*) Leve Irina Nikoláievna embora daqui, para qualquer lugar. A verdade é que Konstantin Gavrílovitch se matou...

Cortina.

Tio Vânia

Apresentação

Entre 1889 e 1890, Tchékhov escreveu uma peça intitulada *Liéchi* (em geral traduzida como *O silvano* ou *O demônio da floresta*), termo russo que designa o espírito da floresta, personagem da mitologia popular eslava identificado como o defensor das matas. O fracasso das primeiras apresentações levou Tchékhov a tomar a obra de volta das companhias teatrais e iniciar um longo trabalho de reformulação. A partir de 1890, durante anos e com largos intervalos, a peça foi inteiramente reescrita. O autor chegou a pensar em convertê-la num conto longo, mas desistiu e só concluiu o texto da nova peça no fim de 1896, agora com o título de *Tio Vânia*. Na mesma ocasião, a companhia do Teatro Aleksandrínski, de São Petersburgo, estreava *A gaivota*, escrita por Tchékhov nesse meio-tempo.*

Publicada em livro em 1897, *Tio Vânia* preserva, no entanto, boa parte do material de *Liéchi*. A situação básica é a mesma, os nomes de alguns personagens permaneceram e o segundo e o terceiro atos, em especial, são muito parecidos. No entanto, entre várias diferenças, uma delas merece destaque: em *Liéchi*, o protagonista era o médico, que milita contra o desmatamento. De certo

---

* A. I. Reviákin, "Primetchánia" (comentários). In: Tchékhov, A. P. *Obra completa reunida e cartas em 30 volumes*. Moscou: Naúka, 1974-82, v. 13, 1978.

modo, ele é o *Liéchi* do título. Já em *Tio Vânia*, junto com a mudança do título, o foco se desloca para uma figura mais marcada pelo desencanto, pela amargura e pela revolta impotente. O próprio médico, embora ainda represente o papel de defensor da floresta, já o faz com boa dose de desilusão e cinismo. No geral, Tchékhov submeteu a peça a um tratamento que produziu uma descentralização geral dos personagens, e a mudança do título apenas reforçou esse efeito.

No mesmo ano de 1897, *Tio Vânia* começou a ser encenada, com grande sucesso, em cidades menores da Rússia. O escritor Maksim Górki, por exemplo, assistiu à peça em Níjni-Nóvgorod, bem antes da estreia em Moscou, ocorrida apenas em outubro de 1899. Primeiramente, Tchékhov ofereceu a peça ao Teatro Máli ("pequeno", em russo), de Moscou, mas os diretores exigiram mudanças no texto. O autor, então, procurou o Teatro de Arte de Moscou, que já havia montado a sua *A gaivota*, e os ensaios começaram em março de 1899. Tchékhov tinha 39 anos, era tuberculoso e seu estado de saúde impedia, muitas vezes, que ficasse em Moscou. Mesmo assim, acompanhou um ou outro ensaio, e vale a pena mencionar algumas de suas conversas com os diretores e os atores.

Não que ele se mostrasse muito falante, na verdade. Tanto assim que Konstantin Stanislávski, diretor da peça, conta que "nós aproveitávamos todas as oportunidades para lhe fazer perguntas sobre *Tio Vânia*, porém ele nos respondia com as palavras mais sucintas: *Já está tudo escrito aí*". Por exemplo: o ator que representava Vânia entrou em cena com uma camisa de mujique e Tchékhov não aceitou. De fato, o texto da peça especifica que Vânia usa uma "gravata elegante", e o autor, na ocasião, explicou para Stanislávski: "Os proprietários rurais russos se vestem muito melhor do que eu ou o senhor".

Em 1900, a companhia fez uma excursão à Crimeia e Tchékhov, que morava na região por causa da tuberculose, foi a um teatro em Sebastopol assistir à peça pela primeira vez. Depois do espetáculo, o autor conversou com os atores. Para Stanislávski, que, além de dirigir a peça, representava o papel do médico Ástrov, Tchékhov mostrou como devia agir na última cena, com Elena. Segundo o relato de Stanislávski, Tchékhov teria dito: "Ele a beija assim (e beijou a própria mão, com um beijo bem ligeiro). Ástrov já não respeita Elena. E em seguida, Ástrov assobia e vai embora". Tais comentários deixavam Stanislávski tão surpreso que ele os chamava de "charadas".

Contudo, numa carta para a atriz Olga Knipper, que representava justamente o papel de Elena e que logo a seguir, em 1901, se casaria com Tchékhov, o autor fez questão de explicar de novo a mesma cena. Refutou a ideia de que o médico devesse agir como um homem loucamente apaixonado: "Ele já sabe que a coisa toda é fútil, que Elena vai desaparecer para sempre [...] o tom que ele usa é o mesmo de quando fala do calor que está fazendo na África".* Por mais que a explicação esteja clara, cabe indagar qual a origem desse tipo de atitude da parte do personagem.

Em primeiro lugar, chama a atenção o fato de que as últimas quatro peças de Tchékhov, como outras anteriores, se passam em propriedades rurais ou numa cidade de província (como em *Três irmãs*). Todas registram a chegada de personagens provenientes da cidade grande e o drama tem sempre origem na perturbação causada por tais visitantes. Ao fundo, em todas as peças, se desenha algum sinal de instabilidade, maior ou menor, nas condições econômicas da propriedade ou da família. Em *Tio Vânia*, fica bem explícito o conflito entre a vida no campo e a vida na cidade grande, cuja presença se manifesta

---

* Cristiane Layher Takeda, *O cotidiano de uma lenda: Cartas do Teatro de Arte de Moscou*. São Paulo: Perspectiva/Fapesp, 2003, p. 108.

como uma miragem, uma referência distante, mas sempre um local preferível e desejável.

Na época, e já desde algum tempo, o sistema da propriedade rural na Rússia estava se transformando de maneira drástica: o regime tradicional da posse de terra, oriundo da antiga nobreza, vinha sendo substituído por relações capitalistas. Agora, a terra e a natureza eram encaradas como fonte de exploração e lucro rápido, e não como objeto de contemplação ou como símbolo de uma dignidade familiar hereditária. Visto dessa perspectiva, o *Liéchi*, o protetor das matas do título da peça que deu origem a *Tio Vânia*, ganha um sentido adicional: indiretamente, é a expressão de uma classe social em declínio.

Para todos os efeitos, a associação indissolúvel com um modo de vida em extinção produz nos personagens de *Tio Vânia* um sentimento de isolamento, de impotência, de paralisia, que marca a maneira como entendem sua situação e encaram a vida em geral. O amor negado — experiência recorrente em vários personagens da peça — vale como imagem concreta de uma vida perdida, uma vida inteira da qual eles se veem alijados, sem entender por quê.

De fato, os comentários publicados na imprensa da época atestam que a peça de Tchékhov foi recebida, também, como uma discussão acerca dos efeitos opressivos da vida no campo naquela fase da história russa. Pois parece evidente que os movimentos dos personagens são tolhidos pela consciência de que enfrentam uma situação sem saída, e é exatamente nisso que se abriga o sentido trágico da peça em seu conjunto. Para eles, a única alternativa estaria nos impulsos autodestrutivos, que se manifestam na bebida, na ideia do suicídio e na autoalienação.

Assim, Tchékhov elabora uma espécie de drama imóvel, ou quase imóvel, com pouquíssima ação e pouco diálogo real. Não se trata apenas do fato de os personagens muitas vezes falarem sem serem ouvidos pelos interlocutores, como se verifica, por exemplo, depois que o médico faz uma eloquente explanação sobre o desmatamento e Elena lhe diz: "Para falar francamente, eu estou pensando em outra coisa". Há também outro tipo de diálogo desencontrado, em que aquilo que é dito em favor de alguém acaba direcionado em benefício de outro. Assim ocorre quando Vânia tenta seduzir Elena com as palavras: "nesta mesma casa, ao meu lado, está se esvaindo outra vida: a sua! O que é que a senhora está esperando? Que maldita filosofia é essa que está tolhendo a senhora?", e Elena, no íntimo, entende tais palavras como se elas se referissem ao médico, e não a Vânia, que é quem as pronuncia de fato.

Além de tudo isso, muitas vezes os personagens falam uma coisa pensando em outra, e o próprio espectador se vê levado a não dar todo o crédito ao sentido imediato de suas palavras. Cabe reservar uma boa dose de atenção para o significado subjacente às falas e traduzi-las à luz da complexa situação que vai se delineando, passo a passo, ao fundo. O que os personagens dizem às vezes são fantasias, equívocos, ideias confusas e exaltadas que, embora possam ter algum valor em si, será um valor sempre relativo. Pois o que conta mesmo é a relação entre o que se fala e a trama de problemas reais. Mesmo as emoções que os personagens, por vezes, exprimem com tanta clareza deixam transparecer camadas de ambiguidades. Por exemplo, no início da peça, Vânia fala do professor Serebriakóv com desdém, sarcasmo e rancor, mas, subitamente, na mesma fala, emprega as palavras mais doces e tocantes para se referir à própria irmã falecida, ex-esposa do professor.

Por tudo isso, ao compor sua peça, Tchékhov se prendeu a situações triviais, cotidianas, miúdas, desprovidas de dramaticidade manifesta. Pois o significado e a complexidade do que se passa aos olhos do público provêm daquilo que não se diz e que não está em cena. Isso explica a dificuldade que têm os atores de representar *Tio Vânia*, a exemplo, aliás, do que ocorre em outras peças de Tchékhov.

Ainda em vida do autor, *Tio Vânia* foi traduzido para outros idiomas; o poeta alemão Rainer Maria Rilke chegou a escrever para Tchékhov, manifestando seu desejo de traduzir a peça. A par disso, o compositor russo Serguei Rakhmáninov compôs seu opus 26 nº 3 ("Romanças") usando a última fala da peça e a intitulou com as palavras finais de Sônia: "Nós vamos descansar". Essas informações, em si mesmas meras curiosidades, servem, no entanto, para deixar patente, no caso específico de *Tio Vânia*, uma característica já bem conhecida das últimas peças de Tchékhov e que é crucial para seu entendimento: a presença e o peso do elemento poético e lírico (a voz que fala para si) no quadro geral do drama (as vozes que falam umas para as outras).

Tio Vânia
Cenas da vida do campo, em quatro atos

Personagens

ALEKSANDR VLADÍMIROVITCH SEREBRIAKÓV, professor universitário aposentado
ELENA ANDRÉIEVNA, sua esposa, 27 anos
SÓFIA (ou SÔNIA)* ALEKSÁNDROVNA, filha do primeiro casamento de SEREBRIAKÓV
MARIA VASSÍLIEVNA VOINÍTSKAIA, viúva de um conselheiro secreto,** mãe da primeira esposa do professor
IVAN (ou VÂNIA)*** PETRÓVITCH VOINÍTSKI, filho de MARIA VASSÍLIEVNA
MIKHAIL LVÓVITCH ÁSTROV, médico
ILIÁ ILITCH TIELIÉGUIN, senhor de terras empobrecido
MARINA, velha babá
EMPREGADO

A ação se passa no sítio de Serebriakóv.

---

* Sônia é hipocorístico de Sófia.
** Posto de quarta classe na hierarquia do serviço público do Império Russo, formada por catorze classes.
*** Vânia é hipocorístico de Ivan.

Primeiro ato

Um jardim. Vê-se parte de uma casa com varanda. Na alameda, sob um velho choupo, há uma mesa preparada para servir o chá. Bancos, cadeiras; sobre um dos bancos, um violão. Perto da mesa, um balanço. Três horas da tarde. Céu nublado.

Marina (velha gorda, de pouca mobilidade, sentada junto ao samovar, tricota uma meia) e Ástrov (caminha para lá e para cá, perto dela).

MARINA (*serve um copo*) Tome um pouco, meu filho.
ÁSTROV (*aceita a contragosto*) Não tenho muita vontade.
MARINA Quem sabe, um pouquinho de vodca?
ÁSTROV Não. Eu não bebo vodca todo dia. Além do mais, está abafado.

Pausa.

Babá, há quanto tempo nos conhecemos?
MARINA (*refletindo*) Quanto tempo? Quem dera minha memória fosse boa... Você veio para cá, para essa região... quando foi? Vera Petróvna, a mãe de Sónietchka, ainda não tinha morrido. Você esteve aqui em casa em dois invernos, com ela ainda viva... Quer dizer que se passaram uns onze anos. (*pensa um pouco*) Talvez mais...

ÁSTROV De lá para cá, eu mudei muito?
MARINA Muito. Na época, você era moço, bonito, agora ficou velho. A beleza não é mais a mesma. Mas também, verdade seja dita... você toma a sua vodcazinha.
ÁSTROV Pois é... Em dez anos, eu virei outra pessoa. E qual o motivo? Eu trabalhei demais, babá. Da manhã até a noite, eu vivo ocupado, não sei o que é sossego, e já bem tarde eu me enfio embaixo do cobertor com medo de que venham me arrancar da cama para cuidar de algum doente. Durante todo esse tempo, desde quando eu conheço você, não tive nem sequer um dia livre. Como eu poderia não envelhecer? Além do mais, a vida em si já é maçante, estúpida, suja... A vida se arrasta. Em volta, só vemos uns tipos exóticos, por todo lado só existe essa gente exótica; você vive com eles uns dois ou três anos e pronto: pouco a pouco, sem perceber, acaba virando também uma criatura exótica. É o destino inevitável. (*retorcendo os bigodes compridos*) Olhe só que bigode enorme... Que bigode idiota. Eu também virei uma criatura exótica, babá... Mas idiota eu ainda não fiquei, graças a Deus, o cérebro está em ordem. Só que os sentimentos ficaram um tanto entorpecidos. Eu não quero nada, não preciso de nada, não amo ninguém... Acho que só amo você. (*beija a cabeça da babá*) Quando criança, eu tinha uma babá igual a você.
MARINA Não quer comer alguma coisinha?
ÁSTROV Não. Na terceira semana da Páscoa, eu fui a Malítskoie, durante uma epidemia... Era o tifo exantemático... O povo amontoado dentro das isbás... Sujeira, mau cheiro, fumaça, os bezerros no chão, junto com os doentes... Os leitões também... E me levavam para lá e para cá o dia inteiro, eu não parava, não comi nada, não me deixaram descansar nem quando fui para casa: trouxeram um operário da ferrovia; colocaram em cima da mesa para eu fazer a operação, mas o homem cismou de morrer quando apliquei o clorofórmio. E aí,

na hora em que eu menos precisava, o sentimento despertou dentro de mim e tomou conta da minha consciência, como se eu tivesse matado o homem de propósito... Sentei, fechei os olhos... Que coisa! E agora eu fico pensando: as pessoas que vão viver daqui a cem, duzentos anos, as pessoas para quem nós estamos, agora, abrindo caminho, será que elas vão falar bem de nós? Ah, babá, elas não vão nem lembrar!
MARINA As pessoas podem não lembrar, mas Deus vai lembrar.
ÁSTROV Obrigado. Você falou bem.

Entra Voinítski.

VOINÍTSKI (*veio de dentro da casa; dormiu depois do café da manhã e tem as roupas amarrotadas; senta no banco, ajeita a gravata elegante*) Pois é...

Pausa.

Pois é...
ÁSTROV Dormiu bem?
VOINÍTSKI Sim... muito. (*boceja*) Desde que o professor e a esposa vieram morar aqui, a vida saiu dos trilhos... Eu durmo fora de hora, como várias coisas picantes no café da manhã e no almoço, bebo vinho... nada disso é bom para a saúde! Antes, eu não tinha nem um minuto livre, eu e Sônia ficávamos trabalhando... era uma beleza. Mas agora só a Sônia trabalha, enquanto eu só faço dormir, comer, beber... Não é bom!
MARINA (*depois de balançar a cabeça*) Que vida! O professor se levanta ao meio-dia, o samovar está fervendo desde manhã cedo, tudo está pronto à espera dele. Antes, a gente sempre almoçava ao meio-dia e pouco, como faz todo mundo, mas, desde que eles vieram para cá, o almoço só sai depois das seis horas. O professor

fica lendo e escrevendo até de madrugada e, de repente, lá pelas duas horas, toca a sineta... O que foi, senhor? Chá! Por causa dele, a gente tem de acordar os outros, tem de preparar o samovar... Que vida!
ÁSTROV E será que eles ainda vão ficar aqui muito tempo?
VOINÍTSKI (*assovia*) Cem anos. O professor resolveu morar aqui.
MARINA Olhem só. O samovar já está na mesa há duas horas e eles foram passear.
VOINÍTSKI Já estão vindo, já estão vindo... Tenha calma.

Ouvem-se vozes; do fundo do jardim, de volta de um passeio, caminham Serebriakóv, Elena Andréievna, Sônia e Tieliéguin.

SEREBRIAKÓV Que lindo, que lindo... que paisagens maravilhosas.
TIELIÉGUIN Admiráveis, vossa excelência.
SÔNIA Amanhã, podemos visitar a reserva florestal. Não quer, papai?
VOINÍTSKI Senhores, vamos ao chá!
SEREBRIAKÓV Meus amigos, sirvam o meu chá no escritório, por gentileza! Eu ainda tenho coisas para fazer hoje.
SÔNIA Mas o senhor vai gostar tanto de visitar a reserva florestal...

Elena Andréievna, Serebriakóv e Sônia vão para a casa; Tieliéguin anda até a mesa e se senta ao lado de Marina.

VOINÍTSKI Está quente, está abafado, e o nosso grande sábio anda de casaco, galocha, guarda-chuva e luvas.
ÁSTROV É porque ele sabe se cuidar.
VOINÍTSKI Mas como ela é bonita! Como é bonita! Em toda a minha vida, nunca vi mulher mais bela.
TIELIÉGUIN Sabe, Marina Timoféievna, quando eu ando a cavalo pelo campo, quando passeio por um jardim

sombreado e quando olho para esta mesa, o que eu experimento é uma felicidade inexplicável! O dia está encantador, os passarinhos cantam, nós vivemos todos na paz e na concórdia... de que mais precisamos? (*aceitando um copo*) Sou grato à senhora, de todo o coração!

VOINÍTSKI (*pensativo*) Que olhos... Que mulher maravilhosa!

ÁSTROV Conte lá alguma coisa, Ivan Petróvitch.

VOINÍTSKI (*apático*) O que você quer que eu conte?

ÁSTROV Será que não há nenhuma novidade?

VOINÍTSKI Nada. Tudo velho. Eu sou o mesmo de antes, talvez pior, já que virei um preguiçoso, não faço nada, fico só resmungando que nem um velho caduco. A minha gralha velha, a *maman*, não para de tagarelar sobre a emancipação das mulheres; com um olho, ela já enxerga o cemitério e, com o outro, procura nos seus livros inteligentes a aurora de uma vida nova.

ÁSTROV E o professor?

VOINÍTSKI O professor, como antes, fica no seu gabinete escrevendo, desde a manhã até altas horas da noite. "A mente tensa, a testa contraída,/ Eu escrevo odes e odes sem fim,/ Mas não ouço, em toda minha vida,/ Nenhum louvor a elas nem a mim."* Coitado do papel! O professor faria melhor se escrevesse uma autobiografia. Que tema excelente! Um professor aposentado, você sabe como é, uma torradinha velha e murcha, um peixe seco recheado de erudição... A gota, o reumatismo, a enxaqueca, o fígado inchado de ciúme e inveja... E esse peixe seco foi morar na propriedade rural da primeira esposa, só que ele vive lá a contragosto, porque não tem no bolso o dinheiro necessário para morar na cidade grande. O tempo todo, ele se queixa da própria infelicidade, embora, no fundo, seja extraordinariamente feliz. (*nervoso*) Imagine só o tamanho dessa felicidade!

---

* Citação modificada de versos do poeta russo Ivan Ivánovitch Dmítriev (1760-1837).

Seminarista, filho de um simples sacristão, ele alcançou os níveis superiores do ensino e conseguiu uma cátedra, tornou-se sua excelência e depois senador etc. etc. Aliás, nada disso tem importância. Mas observe o seguinte. Há vinte e cinco anos cravados que esse homem dá palestras e escreve sobre arte, sem entender rigorosamente nada de arte. Faz vinte e cinco anos que ele sobrevive à custa de ideias alheias a respeito do realismo, do naturalismo e mais um monte de bobagens; há vinte e cinco anos que ele dá palestras e escreve sobre aquilo que as pessoas inteligentes já sabem há muito tempo e que os tolos não têm o menor interesse em saber... ou seja, faz vinte e cinco anos que ele está jogando conversa fora. E, ao mesmo tempo, que arrogância! Que pretensão! Ele se aposentou e agora já não existe mais nenhuma criatura no mundo que saiba quem ele é: trata-se de um completo desconhecido; ou seja, durante vinte e cinco anos, ele ocupou o lugar que deveria ser de outra pessoa. E veja só: ele caminha como um semideus!

ÁSTROV Ora, parece que você está com inveja.

VOINÍTSKI Sim, eu tenho inveja! E que sucesso com as mulheres! Nem o próprio Don Juan conheceu um sucesso tão completo! A primeira esposa, minha irmã, era uma criatura linda e dócil, pura como este céu azul, e ela era nobre, generosa, tinha mais admiradores do que ele tinha alunos... ela o amava como amam os anjos mais puros, que só são capazes de amar outros anjos tão puros e tão belos quanto eles mesmos. Minha mãe, a sogra dele, até hoje o adora e, até hoje, ele inspira nela um horror sagrado. Sua segunda esposa é linda, é culta... vocês acabaram de ver... casou-se quando ele já estava velho e, por ele, sacrificou sua juventude, sua beleza, sua liberdade, seu esplendor. E para quê? Por quê?

ÁSTROV Ela é fiel ao professor?

VOINÍTSKI Infelizmente, sim.

ÁSTROV Mas por que infelizmente?

VOINÍTSKI Porque se trata de uma fidelidade falsa, do início ao fim. Nessa fidelidade, pode haver retórica, mas não há lógica. Trair um marido velho, que a esposa não consegue mais suportar, isso é imoral; mas tentar sufocar, dentro de si mesma, sua pobre juventude e seu sentimento vivo, isso não é imoral.

TIELIÉGUIN (*com voz chorosa*) Vânia, eu não gosto quando você fala assim. Ora essa, francamente... Quem trai a esposa ou o marido é uma pessoa desleal, é alguém capaz de trair também a pátria!

VOINÍTSKI (*aborrecido*) Feche o bico, ô Peneira.

TIELIÉGUIN Desculpe, Vânia. No dia seguinte ao meu casamento, por causa da minha aparência pouco atraente, minha esposa fugiu com o homem que ela amava. Depois disso, eu me mantive fiel ao meu juramento. Até hoje, eu amo minha esposa e sou fiel a ela, eu a ajudo como posso, abri mão dos meus bens para custear a educação dos filhos que ela teve com o seu amante. Abri mão da felicidade, mas ainda me restou o orgulho. E ela? A juventude já passou, a beleza murchou sob o efeito das leis da natureza, o seu amante faleceu... E então, o que restou para ela?

Entram Sônia e Elena Andréievna; pouco depois, entra Maria Vassílievna com um livro; senta-se e lê; oferecem a ela o chá e ela bebe, sem olhar.

SÔNIA (*às pressas, para a babá*) Chegaram os mujiques, babá. Vá até lá falar com eles, eu mesma sirvo o chá... (*serve o chá*)

Sai a babá. Elena Andréievna pega sua xícara e bebe, sentada no balanço.

ÁSTROV (*para Elena Andréievna*) Pois é, eu vim aqui atender o seu marido. A senhora me escreveu dizendo que ele estava muito doente, com reumatismo e outras coisas, mas, quando eu chego, descobre-se que o homem está vendendo saúde.

ELENA ANDRÉIEVNA Ontem à noite, ele estava muito abatido, queixava-se de dor nas pernas, mas hoje não tem mais nada...

ÁSTROV E para isso eu galopei umas trinta verstas, numa carreira desabalada. Mas tudo bem, não há de ser nada, não é a primeira vez. Para compensar, vou ficar aqui até amanhã e, pelo menos, vou dormir *quantum satis*.*

SÔNIA Que maravilha. É raro o senhor passar a noite conosco. Na certa o senhor não almoçou, não é?

ÁSTROV Não, eu não almocei.

SÔNIA Eu não disse? Então o senhor vai almoçar aqui. Agora, nosso almoço só sai depois das seis da tarde. (*bebe*) O chá está frio!

TIELIÉGUIN A temperatura do samovar já baixou consideravelmente.

ELENA ANDRÉIEVNA Não importa, Ivan Ivánitch, vamos beber frio mesmo.

TIELIÉGUIN Queira perdoar, senhora... não sou Ivan Ivánitch, mas Iliá Ilitch... Iliá Ilitch Tieliéguin, ou Peneira, como alguns me chamam por causa das marcas de varíola no meu rosto. Tempos atrás, fui eu que batizei Sónietchka, e sua excelência, o marido da senhora, me conhece muito bem. Agora, eu estou morando na casa dos senhores, nesta mesma propriedade... Caso tenha tido a bondade de reparar, eu almoço todo dia junto com os senhores.

SÔNIA Iliá Ilitch é nosso ajudante, nosso braço direito. (*com ternura*) Vamos, padrinho, deixe-me servir mais um pouco de chá para o senhor.

MARIA VASSÍLIEVNA Ah!

SÔNIA O que foi, vovó?

---

* Latim: "quanto eu quiser".

MARIA VASSÍLIEVNA Eu me esqueci de avisar ao Aleksandr… estou perdendo a memória… Hoje eu recebi uma carta de Pável Alekséievitch, de Khárkov… Mandou um livreto com seu novo ensaio…

ÁSTROV Interessante?

MARIA VASSÍLIEVNA É interessante, mas um tanto estranho. Refuta aquilo que ele mesmo defendia, há sete anos. É terrível!

VOINÍTSKI Não há nada de terrível nisso. Beba seu chá, *maman*.

MARIA VASSÍLIEVNA Mas eu quero falar!

VOINÍTSKI Ora, já faz cinquenta anos que tudo que fazemos é falar e falar, e ler ensaios. Já está mais do que na hora de parar com isso.

MARIA VASSÍLIEVNA Por alguma razão, você não gosta de escutar quando eu falo. Desculpe, Jean,* mas de um ano para cá você mudou tanto que eu nem o reconheço mais… Você era uma pessoa de convicções bem definidas, tinha uma personalidade luminosa…

VOINÍTSKI Ah, sim! Eu tinha uma personalidade luminosa, da qual ninguém recebia luz nenhuma…

Pausa.

Eu tinha uma personalidade luminosa… Não é possível dizer nada mais mordaz e venenoso! Hoje, eu tenho quarenta e sete anos. Até o ano passado, assim como a senhora, eu também tentava encobrir os olhos com essa sua escolástica, para não enxergar a vida real… e eu pensava que estava agindo certo. Mas agora, ah, se a senhora soubesse! De noite, não consigo nem dormir de tanto desgosto, com raiva de ter deixado o tempo escapar de maneira tão estúpida, quando eu poderia ter tido tudo aquilo que, hoje, a velhice me nega!

---

* Correspondente francês do nome Ivan.

SÔNIA Tio Vânia, isso não tem graça!
MARIA VASSÍLIEVNA (*para o filho*) Parece que você quer pôr a culpa nas suas antigas convicções... Só que o culpado não são elas, mas sim você mesmo. Você esqueceu que as convicções sozinhas não são nada, não passam de letra morta... Era preciso pôr as mãos à obra.
VOINÍTSKI Mãos à obra? Nem todo mundo é capaz de ser essa máquina de escrever ligada em moto-contínuo, como é o seu *Herr* professor.
MARIA VASSÍLIEVNA O que você quer dizer com isso?
SÔNIA (*suplicante*) Vovó! Tio Vânia! Eu imploro a vocês!
VOINÍTSKI Eu me calo. Eu me calo e peço desculpas.

Pausa.

ELENA ANDRÉIEVNA Hoje o tempo está bom... Não está muito quente...

Pausa.

VOINÍTSKI Um belo dia para se enforcar...

Tieliéguin afina o violão, Marina caminha perto da casa e chama as galinhas.

MARINA Piu, piu, piu...
SÔNIA Babá, para que os mujiques vieram aqui?...
MARINA A mesma história de sempre, de novo a questão das terras que não estão sendo cultivadas. Piu, piu, piu...
SÔNIA Qual delas você está procurando?
MARINA A pintadinha fugiu com os pintos... Os corvos podem levar... (*sai*)

Tieliéguin toca uma polca; todos escutam calados; entra o empregado.

EMPREGADO O senhor médico está aqui? (*para Ástrov*) Por favor, Mikhail Lvóvitch, estão chamando o senhor.
ÁSTROV Onde?
EMPREGADO Na fábrica.
ÁSTROV (*aborrecido*) Muito obrigado a todos. Afinal, terei de ir... (*procura o boné com os olhos*) É lamentável. Que diabo...
SÔNIA Que pena, é verdade... Mas, quando sair da fábrica, venha aqui almoçar.
ÁSTROV Não, já vai ser muito tarde. Onde está... Onde se meteu... (*para o empregado*) Escute, meu caro, me traga um cálice de vodca. Francamente. (*sai o empregado*) Onde está... Onde se meteu... (*encontra o boné*) Numa das peças de Ostróvski, há um homem de bigodes grandes e de capacidade pequena...* Eu sou assim. Bem, foi uma honra, senhores... (*para Elena Andréievna*) Se algum dia a senhora me visitar, junto com a Sófia Aleksándrovna, eu ficarei sinceramente feliz. Possuo uma pequena propriedade, ao todo umas trinta dessiatinas,** mas, caso a senhora se interesse, eu tenho uma horta-modelo e um viveiro de plantas como não se encontra em mil verstas ao redor. A reserva florestal é vizinha à minha propriedade... O guarda-florestal é velho, vive doente, por isso, no fundo, sou eu que cuido de tudo.
ELENA ANDRÉIEVNA Já me contaram que o senhor ama a floresta. Claro, isso pode trazer grandes benefícios, mas será que não atrapalha a sua verdadeira vocação? Afinal, o senhor é médico.
ÁSTROV Só Deus sabe qual é a nossa vocação.
ELENA ANDRÉIEVNA E é interessante?
ÁSTROV Sim, é uma atividade interessante.

---

* Trata-se da peça *A moça sem dote* (*Bespridánnitsa*, 1878), do dramaturgo russo A. N. Ostróvski (1823-86).
** Uma dessiatina equivale a 1,09 hectare.

voinítski (*com ironia*) Muito!

elena andréievna (*para Ástrov*) O senhor ainda é um homem jovem, parece ter... bem, uns trinta e seis ou trinta e sete anos... e isso não deve ser tão interessante quanto o senhor está dizendo. Só a floresta, o mato e mais nada. Eu acho monótono.

sônia Não, é extremamente interessante. Todo ano, Mikhail Lvóvitch planta um bosque novo e ele já ganhou até uma medalha de bronze e um diploma. Ele luta para que os bosques antigos não sejam derrubados. Se a senhora ouvir como ele fala, vai concordar com ele em tudo. Ele diz que as florestas enfeitam a terra, que elas ensinam o homem a entender a beleza e inspiram sentimentos elevados. As florestas suavizam os rigores do clima. Nos países de clima ameno, se consome menos energia na luta contra a natureza e por isso os homens são mais brandos e mais gentis; as pessoas são bonitas, delicadas, comovem-se com facilidade, seu modo de falar é elegante, seus movimentos são graciosos. Na terra deles, as ciências e as artes prosperam, a filosofia não é obscura, a relação com as mulheres é repleta de elegância e nobreza...

voinítski (*rindo*) Bravo, bravo!... Tudo isso é mesmo encantador, só que não convence, portanto (*para Ástrov*), meu amigo, permita que continuemos a queimar nossa lenha na estufa e a construir nossos celeiros de madeira.

ástrov Você pode queimar turfa em vez de lenha e pode construir celeiros de pedra. Está certo, eu admito, corte a madeira que for necessária, mas para que destruir as florestas? As florestas russas estão gemendo sob os golpes dos machados, vocês matam bilhões de árvores, devastam a morada dos animais, dos pássaros, esvaziam e secam os rios, paisagens maravilhosas desaparecem de modo irreversível, e tudo isso porque o homem é um preguiçoso e não tem a simples ideia de se abaixar e catar no chão a lenha de que precisa. (*para Elena An-*

dréievna) Não é verdade, minha senhora? É preciso ser um bárbaro insensato para queimar essa beleza na sua estufa, destruir aquilo que não somos capazes de criar. O homem foi dotado de razão e de força criadora para multiplicar aquilo que lhe foi dado, mas até hoje ele não criou, apenas destruiu. As florestas ficam cada vez menores, os rios secam, os animais selvagens desaparecem, o clima se deteriora e, a cada dia, a terra fica mais pobre e mais feia. (*para Voinítski*) Veja, você me olha com ironia, para você, tudo o que estou dizendo não parece sério e... e talvez seja mesmo uma extravagância, mas quando passo pelas florestas dos camponeses, que eu salvei dos lenhadores, ou quando ouço o rumor de um bosque jovem, que eu plantei com as minhas mãos, aí me dou conta de que o clima está um pouco sob o meu poder e de que, se daqui a mil anos os homens forem felizes, um pouco disso será por minha causa. Quando eu planto uma bétula e depois vejo como ela está verdejante e balança ao vento, minha alma se enche de orgulho e eu... (*vê o empregado que traz um cálice de vodca numa bandeja*) No entanto... (*bebe*) está na hora. Pode ser que, no final das contas, tudo isso não passe de uma excentricidade. Meus cumprimentos, foi uma honra! (*vai para a casa*)

SÔNIA (*toma-o pelo braço e vão juntos*) E quando o senhor vai voltar aqui?

ÁSTROV Não sei...

SÔNIA Só daqui a um mês, de novo?...

Ástrov e Sônia vão para a casa; Maria Vassílievna e Tieliéguin ficam junto à mesa; Elena Andréievna e Voinítski andam na direção da varanda.

ELENA ANDRÉIEVNA E o senhor, Ivan Petróvitch, mais uma vez se comportou de maneira insuportável. O senhor fez questão de irritar a Maria Vassílievna, não podia deixar de falar da máquina de escrever em moto-contínuo! E hoje mesmo, na hora do café da manhã, o senhor discutiu de novo com o Aleksandr. Como isso é mesquinho!

VOINÍTSKI Mas se eu tenho ódio dele!

ELENA ANDRÉIEVNA Não há nenhum motivo para odiar Aleksandr, ele é como todo mundo. Não é pior do que o senhor.

VOINÍTSKI Se a senhora pudesse ver o seu próprio rosto, os seus próprios movimentos... Que preguiça de viver! Ah, quanta preguiça!

ELENA ANDRÉIEVNA Ah, é sim, dá preguiça e dá tédio! Todos brigam com o meu marido, todos me olham com pena: ela é uma pobre coitada, tem um marido velho! Veja o que o Ástrov acabou de dizer: todos vocês estão destruindo as florestas de forma insensata e daqui a pouco não vai sobrar nada sobre a face da terra. Da mesma forma insensata, vocês também estão destruindo o ser humano e daqui a pouco, por causa de vocês, não vai restar sobre a terra nem fidelidade nem pureza nem capacidade de sacrifício. Por que o senhor não consegue olhar para uma mulher com indiferença, se ela não é sua? É porque, e nisso aquele médico tem razão, o demônio da destruição se apossou de todos vocês. Não sentem pena da floresta nem dos pássaros nem das mulheres, não sentem pena nem mesmo uns dos outros...

VOINÍTSKI Eu não gosto dessa filosofia!

Pausa.

ELENA ANDRÉIEVNA Aquele médico tem um rosto abatido, nervoso. É um rosto interessante. Sônia gosta dele, é claro, está apaixonada, e eu compreendo. Eu já estive com ele três vezes, aqui em casa, mas fiquei acanhada e não conversei direito, não o tratei com gentileza. Ele deve achar que sou uma pessoa má. Sabe, Ivan Petróvitch, eu e o senhor somos tão bons amigos, porque nós dois somos pessoas maçantes, enfadonhas! Maçantes! Não me olhe desse jeito, eu não gosto disso.

VOINÍTSKI Mas como eu posso olhar de outro modo, se eu amo a senhora? A senhora é a minha felicidade, a minha vida, a minha juventude! Minhas chances de obter alguma reciprocidade são irrisórias, iguais a zero, mas eu não preciso de nada, deixe apenas que eu olhe para a senhora, que eu escute a sua voz...

ELENA ANDRÉIEVNA Fale baixo, podem ouvir!

Seguem na direção da casa.

VOINÍTSKI (*andando atrás dela*) Deixe que eu fale do meu amor, não me expulse. Para mim, só isso já será uma felicidade enorme...

ELENA ANDRÉIEVNA. É uma tortura...

Os dois entram na casa.
Tieliéguin faz soar as cordas do violão e toca uma polca; Maria Vassílievna começa a escrever algo nas margens do livreto.

Cortina.

Segundo ato

Sala de jantar na casa de Serebriakóv. Noite alta. Ouve-se o barulho do vigia,* no jardim.

Serebriakóv (cochila sentado numa poltrona diante da janela aberta) e Elena Andréievna (sentada a seu lado, também cochila).

SEREBRIAKÓV (*acorda*) Quem está aí? Sônia, é você?
ELENA ANDRÉIEVNA Sou eu.
SEREBRIAKÓV É você, Liénotchka... Que dor insuportável!
ELENA ANDRÉIEVNA Seu cobertor caiu no chão. (*recobre os pés dele*) Eu vou fechar a janela, Aleksandr.
SEREBRIAKÓV Não, eu estou sufocando... Agora há pouco eu peguei no sono e sonhei que a minha perna esquerda era de outra pessoa. Uma dor torturante me fez acordar. Não, não é a gota, deve ser o reumatismo. Que horas são?
ELENA ANDRÉIEVNA Vinte para a uma.

Pausa.

SEREBRIAKÓV De manhã, procure para mim o livro de Bátiuchkov na biblioteca. Acho que nós temos um.

---

* Era comum o vigia estalar uma espécie de matraca, de tempos em tempos.

ELENA ANDRÉIEVNA Ahn?

SEREBRIAKÓV De manhã, pegue o livro do Bátiuchkov para mim. Que eu me lembre, temos um aqui em casa. Mas por que é tão difícil respirar?

ELENA ANDRÉIEVNA Você está cansado. É a segunda noite sem dormir.

SEREBRIAKÓV Dizem que a angina peitoral de Turguêniev foi causada pela gota. Receio que o meu caso seja igual. Maldita velhice, é repugnante. Que vá para o diabo. Depois que envelheci, passei a ter nojo de mim mesmo. Pois é, e agora, na certa, vocês todos também sentem nojo quando olham para mim.

ELENA ANDRÉIEVNA Você fala da sua velhice de um jeito que parece que todos nós somos culpados por você estar velho.

SEREBRIAKÓV E você é a primeira a sentir nojo de mim.

Elena Andréievna se afasta e se senta um pouco distante.

SEREBRIAKÓV Claro, você tem razão. Eu não sou tolo e compreendo. Você é jovem, saudável, bonita, quer viver, e eu sou um velho, quase um cadáver. O que há demais? Acha que eu não entendo? Claro, chega a ser uma tolice eu continuar vivo. Mas espere só mais um pouco, em breve eu vou deixar todos vocês livres de mim. Eu ainda preciso ficar por aqui mais um tempo.

ELENA ANDRÉIEVNA Eu já estou exausta, não aguento mais… Pelo amor de Deus, pare de falar.

SEREBRIAKÓV É isto que acontece: por minha causa, ninguém aguenta mais, todos se aborrecem, desperdiçam a juventude, só eu desfruto a vida, só eu estou satisfeito. É isso mesmo, está bem claro!

ELENA ANDRÉIEVNA Cale-se! Você está me torturando!

SEREBRIAKÓV Eu torturei todo mundo. É claro.

ELENA ANDRÉIEVNA (*em lágrimas*) É insuportável! Diga o que você quer de mim!

SEREBRIAKÓV Nada.

ELENA ANDRÉIEVNA Muito bem, então pare de falar. Eu suplico.

SEREBRIAKÓV É uma coisa estranha. O Ivan Petróvitch fala o quanto quer, ou também aquela velha idiota, a Maria Vassílievna, e está tudo bem, todo mundo escuta, mas se eu digo uma palavrinha só, todos logo se sentem infelizes. Até minha voz é repugnante. Muito bem, vamos admitir que eu seja repugnante, egoísta, um déspota... mas será que nem na velhice eu posso ter direito a algum egoísmo? Será que não mereço? Eu pergunto: será que eu não tenho direito a uma velhice tranquila e a receber a atenção das pessoas?

ELENA ANDRÉIEVNA Ninguém está contestando os seus direitos. (*a janela bate com o vento*) Está ventando, eu vou fechar a janela. (*fecha*) Daqui a pouco vai chover. Ninguém está contestando os seus direitos.

Pausa; o vigia no jardim faz barulho e canta.

SEREBRIAKÓV Trabalhar a vida toda pela ciência, acostumar-se ao gabinete de trabalho, ao auditório, aos companheiros ilustres... e de repente, sem mais nem menos, vir parar neste sepulcro e aqui, todos os dias, ter de ver pessoas estúpidas, ouvir conversas irrelevantes... Eu quero viver, eu amo o sucesso, eu amo a fama, os aplausos, mas aqui... é como se eu estivesse no exílio. A cada minuto, ter saudades do passado, acompanhar o sucesso dos outros, ter medo da morte... Eu não aguento! Não tenho forças! E agora, ainda por cima, não querem perdoar a minha velhice!

ELENA ANDRÉIEVNA Espere, tenha paciência: daqui a cinco ou seis anos, eu também vou ficar velha.

Entra Sônia.

SÔNIA Papai, o senhor mesmo mandou chamar o dr. Ástrov,

mas, quando ele chegou, o senhor se recusou recebê-lo. Isso é uma indelicadeza. Incomodar uma pessoa sem necessidade...

SEREBRIAKÓV E o que me interessa o seu Ástrov? Ele entende tanto de medicina quanto eu de astronomia.

SÔNIA Não é possível chamar aqui toda a faculdade de medicina para tratar da sua gota.

SEREBRIAKÓV Com esse lunático, eu não quero nem conversa.

SÔNIA Como preferir. (*senta-se*) Para mim, tanto faz.

SEREBRIAKÓV Que horas são?

ELENA ANDRÉIEVNA Já passa de uma.

SEREBRIAKÓV Está abafado... Sônia, me dê aquelas gotas que estão na mesa!

SÔNIA Já vai. (*entrega as gotas*)

SEREBRIAKÓV (*irritado*) Ah, não são essas! Não se pode pedir nada!

SÔNIA Por favor, não seja ranzinza. Pode ser que algumas pessoas gostem disso, mas eu não gosto; me poupe, por caridade! Eu não gosto disso. Além do mais, não tenho tempo, amanhã preciso acordar cedo para a colheita do feno.

Entra Voinítski de roupão e com uma vela.

VOINÍTSKI Lá fora, está armando uma tempestade. (*relâmpago*) Estão vendo? Hélène e Sônia, vão dormir, eu vim substituir vocês.

SEREBRIAKÓV (*assustado*) Não, não! Não me deixem com ele! Não! Ele vai me enlouquecer com seu falatório!

VOINÍTSKI Mas elas precisam de um descanso! Já é a segunda noite que não dormem.

SEREBRIAKÓV Então elas podem ir para a cama, mas você também tem de ir embora. Muito obrigado. Eu imploro a você. Em nome da nossa antiga amizade, não faça objeções. Depois nós vamos conversar.

VOINÍTSKI (*com um sorriso forçado*) Nossa antiga amizade... antiga...

SÔNIA Cale-se, tio Vânia.

SEREBRIAKÓV (*para a esposa*) Minha querida, não me deixe aqui com ele! Vai me enlouquecer com seu falatório.

VOINÍTSKI Mas isto já está se tornando ridículo.

Entra Marina com uma vela.

SÔNIA Você devia se deitar, babá. Já é tarde.

MARINA O samovar ainda está na mesa. Eu não posso ir para a cama.

SEREBRIAKÓV Todos estão acordados, aflitos, e só eu estou aproveitando a vida.

MARINA (*se aproxima de Serebriakóv com carinho*) O que foi, meu querido? Está doendo? Os meus pés também doem tanto. (*ajeita o cobertor*) Essa doença do senhor é coisa velha. Antigamente, a falecida Vera Petróvna, mãe de Sónietchka, nem dormia de noite, ela sofria muito... Amava o senhor demais...

Pausa.

Os velhos são que nem crianças, querem que os outros tenham pena deles, só que os velhos não têm pena de ninguém. (*beija o ombro de Serebriakóv*) Vamos para a cama, meu querido... Vamos, meu anjo... Vou trazer um chazinho de tília, vou aquecer os seus pezinhos... Vou rezar para Deus ter pena do senhor...

SEREBRIAKÓV (*comovido*) Vamos sim, Marina.

MARINA Os meus pés também doem, e doem tanto. (*leva-o, junto com Sônia*) Antigamente, a Vera Petróvna vivia aflita, vivia chorando... Você, Sóniuchka, ainda era muito pequena, na época, era bobinha... Vamos, vamos, meu querido...

Serebriakóv, Sônia e Marina saem.

ELENA ANDRÉIEVNA Ele me deixa exausta. Mal me aguento em pé.

VOINÍTSKI A senhora está cansada dele e eu estou cansado de mim mesmo. Esta é a terceira noite que não durmo.

ELENA ANDRÉIEVNA Tudo vai mal nesta casa. A mãe do senhor detesta todo mundo, menos os seus livros e o professor; o professor vive irritado, não confia em mim, tem medo do senhor; Sônia tem raiva do próprio pai, tem raiva de mim e já faz duas semanas que não fala comigo; o senhor detesta meu marido e nem disfarça que despreza a própria mãe; eu vivo exasperada e, hoje mesmo, cheguei a chorar vinte vezes... Tudo vai mal nesta casa.

VOINÍTSKI Vamos deixar de filosofias!

ELENA ANDRÉIEVNA O senhor, Ivan Petróvitch, é um homem culto, inteligente e deveria entender que o que destrói o mundo não são os bandidos nem os incêndios, mas sim o ódio, a inimizade, todas essas desavenças mesquinhas... Em vez de viver implicando com os outros, o senhor deveria fazer as pazes com todo mundo.

VOINÍTSKI Primeiro faça as pazes comigo! Minha adorada... (*aperta sua mão*)

ELENA ANDRÉIEVNA Pare! (*retira a mão*) Vá embora!

VOINÍTSKI Daqui a pouco vai chover e a natureza toda vai se refrescar, vai respirar melhor. Só para mim a tempestade não vai trazer nenhum frescor. Dia e noite, como um fantasma, me sufoca essa ideia de que a minha vida está irremediavelmente perdida. O passado não existe, ele foi todo consumido com bobagens, e o presente, de tão absurdo, chega a ser um horror. Aqui está a senhora, a minha vida e o meu amor. Mas o que fazer, para onde ir? Meu sentimento está morrendo em vão, como um raio de sol que afunda num abismo, e eu mesmo também estou morrendo.

ELENA ANDRÉIEVNA Quando o senhor me fala do seu amor, parece que eu fico entorpecida, sem saber o que falar.

Desculpe, mas não tenho nada para lhe dizer. (*faz menção de ir embora*) Boa noite.

VOINÍTSKI (*barrando seu caminho*) Se a senhora soubesse como eu sofro com a ideia de que, nesta mesma casa, ao meu lado, está se esvaindo outra vida: a sua! O que é que a senhora está esperando? Que maldita filosofia é essa que está tolhendo a senhora? Entenda, vamos, entenda...

ELENA ANDRÉIEVNA (*olha fixo para ele*) Ivan Petróvitch, o senhor está bêbado!

VOINÍTSKI Pode ser, pode ser...

ELENA ANDRÉIEVNA Onde está o médico?

VOINÍTSKI Está lá... vai dormir no meu quarto. Pode ser, pode ser... Tudo é possível!

ELENA ANDRÉIEVNA E o senhor bebeu hoje? Para quê?

VOINÍTSKI Pelo menos, me dá a impressão de que eu estou vivendo... Não me reprima, Hélène!

ELENA ANDRÉIEVNA Antes, o senhor nunca bebia e nunca falava tanto... Vá dormir! É maçante ficar com o senhor.

VOINÍTSKI (*estende a mão para ela*) Minha querida... maravilhosa!

ELENA ANDRÉIEVNA (*com enfado*) Deixe-me. Isto é repulsivo. (*sai*)

VOINÍTSKI (*sozinho*) Foi embora...

Pausa.

Faz dez anos que eu a conheci, na casa da minha falecida irmã. Na época, eu tinha trinta e sete anos e ela, dezessete. Por que eu não me apaixonei por ela nessa ocasião, e não a pedi em casamento? Afinal, era perfeitamente possível! E agora ela seria a minha esposa... Sim... Agora, nós dois acordaríamos com o barulho do temporal, ela ficaria assustada com o som do trovão, eu a protegeria com meus abraços e diria, num sussurro: "Não tenha medo, eu estou aqui". Ah, que pensamentos maravilhosos, como é bonito, eu até chego a rir... Mas, meu Deus, os pensamentos se embaralham na cabeça... Por que eu fiquei velho? Por que ela não me compreende? A sua retórica, a sua moral preguiçosa, os seus pensamentos vazios, preguiçosos, sobre a destruição do mundo... eu acho tudo isso profundamente detestável.

Pausa.

Ah, como eu fui iludido! Eu venerava esse professor, esse patético doente de gota, eu trabalhava para ele como uma besta de carga! Eu e Sônia espremíamos esta fazenda até extrair as últimas gotas; como camponeses avarentos, nós vendíamos o óleo, a ervilha, a ricota, e nós mesmos não comíamos nada, a fim de guardar cada moedinha, cada copeque, e assim juntar milhares de rublos para enviar a ele. Eu tinha orgulho dele e da sua ciência, eu vivia e eu respirava para ele! Tudo o que ele escrevia e pronunciava me parecia genial... Meu Deus, e agora? Aí está, ele se aposentou e hoje se vê o resultado de toda a sua vida: depois que ele se for, não vai restar nem uma página do seu trabalho, ele é um completo desconhecido, ele não é nada! Uma bolha de sabão! E eu fui iludido... eu percebo... fui iludido como um tolo...

Entra Ástrov, de paletó, sem colete e sem gravata; está embriagado; atrás dele, Tieliéguin com o violão.

ÁSTROV Toque!
TIELIÉGUIN Todos estão dormindo, senhor!
ÁSTROV Toque!

Tieliéguin começa a tocar baixinho.

(*para Voinítski*) Está sozinho? As senhoras não estão aqui? (*põe as mãos na cintura, canta baixinho*) "Sem ca-

bana, sem fogão, não tem cama pro patrão..." A tempestade me acordou. Que chuvinha danada. Que horas são?
VOINÍTSKI Não quero nem saber.
ÁSTROV Tive a impressão de ouvir a voz de Elena Andréievna.
VOINÍTSKI. Saiu daqui agora mesmo.
ÁSTROV Que mulher magnífica. (*examina os frascos sobre a mesa*) Remédios. Quantas receitas tem aqui! De Khárkov, de Moscou, de Tula... O homem perturbou todas as cidades do país, com essa sua gota. Ele está doente mesmo ou está só fingindo?
VOINÍTSKI Está doente.

Pausa.

ÁSTROV Por que você está tão triste, hoje? Será que está com pena do professor?
VOINÍTSKI Me deixe em paz.
ÁSTROV Ou, quem sabe, está apaixonado pela esposa dele?
VOINÍTSKI Ela é minha amiga.
ÁSTROV Já?
VOINÍTSKI O que quer dizer este "já"?
ÁSTROV A mulher só pode ser amiga do homem na seguinte sequência: primeiro, uma companhia agradável; depois, amante; e só por último, amiga.
VOINÍTSKI Que filosofia mais vulgar.
ÁSTROV Como? Ah, sim... tenho de admitir... eu me tornei vulgar. Veja, eu também estou embriagado. Em geral, só bebo assim uma vez por mês. Quando fico neste estado, me torno impertinente e abusado ao extremo. Nessas horas, eu não ligo para mais nada! Eu executo as cirurgias mais complicadas e me saio muito bem; eu elaboro os projetos mais grandiosos para o futuro; nessas horas, eu já não pareço um ser exótico e acredito que vou trazer, de fato, um benefício imenso para a humanidade... imenso! Nessas horas, eu tenho meu próprio sistema filosófico e todos vocês, meus caros, me pare-

cem meros insetos... micróbios. (*para Tieliéguin*) Toque aí, Peneira!

TIELIÉGUIN Meu amigo, sinceramente, eu gostaria muito de atender seu pedido, mas compreenda... estão todos dormindo!

ÁSTROV Toque! (*Tieliéguin toca baixinho*) Eu preciso beber mais. Vamos, parece que ainda sobrou algum conhaque. E, quando amanhecer, vamos à minha casa. Combinado? Eu tenho um ajudante que, quando eu digo "combinado", ele só responde "a nado eu não vou". É um tremendo malandro. E então, está combinado? (*vê Sônia, que entrou*) Desculpe, estou sem gravata. (*sai depressa; Tieliéguin vai atrás*)

SÔNIA Ah, tio Vânia, você e o doutor se embriagaram de novo. Que bela amizade, a de vocês. Certo, eu sei, ele é sempre assim, mas e você, o que aconteceu? Na sua idade, não fica nada bem.

VOINÍTSKI A idade não tem nada a ver com o caso. Quando não existe uma vida real, a gente vive de miragens. Pelo menos, é melhor do que nada.

SÔNIA O nosso feno já foi todo colhido, está chovendo todos os dias, o feno está apodrecendo na chuva e você anda ocupado com miragens. Você abandonou completamente as tarefas da fazenda... Eu trabalho sozinha, eu me mato, até as minhas últimas forças... (*assustada*) Tio, você tem lágrimas nos olhos!

VOINÍTSKI Que lágrimas? Não é nada... bobagem... Você agora olhou para mim igualzinho a sua falecida mãe. Minha querida... (*beija avidamente as mãos e o rosto dela*) Minha irmã... minha querida irmã... Onde está ela, agora? Se ela soubesse! Ah, se ela soubesse!

SÔNIA O quê, titio? Se ela soubesse o quê?

VOINÍTSKI Como é opressivo, como é ruim... Mas não importa... Depois... Não importa... Eu vou sair... (*sai*)

SÔNIA (*bate na porta*) Mikhail Lvóvitch! O senhor está dormindo? É só um minutinho!

ÁSTROV (*atrás da porta*) Já vai! (*aparece um pouco depois: já está de colete e gravata*) O que a senhora deseja?
SÔNIA O senhor pode beber, se não acha isso repugnante, mas, eu suplico, não dê bebida para o titio. Faz mal a ele.
ÁSTROV Está bem. Não vamos mais beber.

Pausa.

> Daqui a pouco, eu vou para a minha casa. Está decidido e sacramentado. Até terminarem de atrelar os meus cavalos, o sol vai nascer.

SÔNIA Está chovendo. Espere um pouco mais, espere até o meio da manhã.
ÁSTROV A tempestade está passando longe, só vou pegar o finalzinho dela. Eu vou embora. E, por favor, não me chame mais para atender o seu pai. Eu digo para ele: é a gota, e ele retruca: é o reumatismo; eu peço para que se deite, e ele fica sentado. E hoje ele não quis nem falar comigo.
SÔNIA É muito mimado. (*procura no bufê*) Quer comer um pouco?
ÁSTROV Sim, por favor, obrigado.
SÔNIA Eu gosto de comer de madrugada. Acho que ali no bufê tem alguma coisa. Dizem que ele fazia grande sucesso com as mulheres e que foram elas que o deixaram mimado. Tome aqui um pouco de queijo.

Os dois se sentam junto ao bufê e comem.

ÁSTROV Hoje eu não comi nada, só bebi. O pai da senhora tem uma personalidade difícil. (*pega uma garrafa no bufê*) Posso? (*bebe um cálice de um só gole*) Aqui não há mais ninguém e eu posso falar com franqueza. Sabe, acho que eu não conseguiria viver nem um mês na casa da senhora: eu ia sufocar nesta atmosfera... O seu pai, que só pensa na própria gota e nos livros, o tio Vânia, com a sua melancolia, a avó da senhora e, enfim, a sua madrasta...

SÔNIA O que tem a minha madrasta?

ÁSTROV Num ser humano, tudo deve ser belo: o rosto, a roupa, a alma e os pensamentos. Ela é linda, não se discute, mas... afinal, ela só faz comer, dormir, passear, deixar todos nós fascinados com a sua beleza... e mais nada. Ela não tem nenhuma obrigação, os outros trabalham para ela... Não é assim? E uma vida ociosa não pode ser pura.

Pausa.

Mas, quem sabe, talvez eu esteja sendo rigoroso demais. Assim como o seu tio Vânia, eu também ando insatisfeito com a vida, e nós dois, eu e ele, acabamos ficando muito azedos.

SÔNIA Mas o senhor não está satisfeito com a vida?

ÁSTROV Eu amo a vida em geral, mas a nossa vida, provinciana, russa, banal, eu não consigo suportar e eu a desprezo com todas as forças da alma. E quanto à minha própria vida, a vida pessoal, eu juro, não há nela absolutamente nada de bom. Sabe, quando a gente está andando por uma floresta numa noite escura e, nessa hora, avista o brilho de uma luzinha lá longe, a gente nem repara no cansaço, na escuridão, nos galhos com espinhos que batem no rosto... Eu trabalho como ninguém mais neste distrito inteiro, a senhora sabe disso, o destino me maltrata sem cessar, às vezes eu sofro de forma insuportável, mas não avisto ao longe nenhuma luz. Eu já não espero mais nada para mim mesmo, eu não amo as pessoas... Faz muito tempo que não amo ninguém.

SÔNIA Ninguém?

ÁSTROV Ninguém. Só sinto alguma ternura pela babá da senhora... e isso é por causa de uma recordação antiga. Os mujiques são muito vulgares, incultos, levam uma vida sórdida. E com as pessoas instruídas, é difícil se entender. Cansam a gente. Todos eles, os nossos bons conhecidos, pensam de modo mesquinho, sentem de modo mesquinho, não enxergam nada além do próprio nariz... não passam de tolos. E aqueles que são um pouco mais inteligentes, que têm uma visão um pouco mais larga, são uns histéricos, vivem consumidos pela análise, pela reflexão... Vivem se queixando, se odiando, se caluniando de modo deplorável, se aproximam disfarçadamente, olham de esguelha para a pessoa e decidem: "Ah, é um psicopata!". Ou então: "É um frasista!". E quando não sabem que rótulo vão colar na minha testa, dizem: "É um sujeito estranho, muito estranho!". Eu amo a floresta... isso é estranho; eu não como carne... isso também é estranho. Não existe mais relação espontânea, pura, livre com a natureza e com as pessoas... Não existe, não existe! (*quer beber mais*)

SÔNIA (*não o deixa beber*) Não, eu peço ao senhor, suplico, não beba mais.

ÁSTROV Por quê?

SÔNIA Não combina com o senhor! O senhor é elegante, tem uma voz tão doce... Mais ainda, o senhor é diferente de todo mundo que eu conheço... o senhor é belo. Por que deseja ficar parecido com as pessoas comuns, que bebem e jogam cartas? Ah, não faça isso, eu imploro! O senhor sempre diz que as pessoas não criam, só destroem aquilo que lhes foi dado pelos Céus. Então por que, por que o senhor destrói a si mesmo? Não deve, não deve, eu imploro ao senhor.

ÁSTROV (*estende a mão para ela*) Eu não vou mais beber.

SÔNIA Prometa.

ÁSTROV Palavra de honra.

SÔNIA (*aperta a mão com força*) Obrigada!

ÁSTROV Basta! Já estou sóbrio. Veja, eu já estou completamente sóbrio e assim vou permanecer até o fim dos meus dias. (*olha para o relógio*) Muito bem, vamos

prosseguir. Eu estava dizendo: o meu tempo já passou, é tarde demais para mim... Envelheci, o trabalho me consumiu, eu me tornei vulgar, todos os meus sentimentos se entorpeceram e acho que já não sou capaz de me afeiçoar a ninguém. Eu não amo ninguém e... já não vou mais amar. O que ainda me seduz é a beleza. A isso, não sou indiferente. Tenho a impressão de que, se Elena Andréievna quisesse, ela poderia, de um dia para o outro, me fazer perder a cabeça... Mas, claro, isso não é amor, não é afeição... (*cobre os olhos com a mão e estremece*)
SÔNIA O que o senhor tem?
ÁSTROV Nada... Na Quaresma, um paciente morreu, quando eu lhe dei o clorofórmio para cheirar.
SÔNIA Já é tempo de esquecer esse assunto.

Pausa.

Diga-me, Mikhail Lvóvitch... Se eu tivesse uma amiga, ou uma irmã mais jovem, e se o senhor soubesse que ela... bem... vamos dizer... que ela ama o senhor, o que o senhor faria?
ÁSTROV (*encolhe os ombros*) Não sei. Na certa, eu não faria nada. De algum modo, eu daria a entender que não sou capaz de amar essa jovem... e que a minha cabeça está ocupada com outras coisas. Seja como for, se eu tenho mesmo de partir, está na hora. Adeus, minha querida, senão vamos ficar aqui até de manhã. (*aperta sua mão*) Se a senhora me permitir, eu vou passar pela sala, do contrário receio que o seu tio não me deixe ir embora. (*sai*)
SÔNIA (*sozinha*) Ele não me disse nada demais... Sua alma e seu coração continuam escondidos de mim, completamente, mas então por que eu me sinto tão feliz? (*ri de felicidade*) Eu falei: o senhor é elegante, nobre, tem uma voz tão doce... Será que isso foi inconveniente? A voz dele me faz tremer, acaricia... olhe, eu ainda sinto a voz dele no ar. E quando eu falei de uma irmã mais jovem, ele não

entendeu... (*retorcendo as mãos*) Ah, que pena eu não ser bonita! Que pena! Mas eu sei que sou feia, eu sei, eu sei... Domingo passado, na saída da igreja, eu ouvi que estavam falando de mim: "Ela é boa, generosa, mas que pena: é feia"... feia...

Entra Elena Andréievna.

ELENA ANDRÉIEVNA (*abre as janelas*) A tempestade passou. Que ar gostoso!

Pausa.

Onde está o doutor?
SÔNIA Foi embora.

Pausa.

ELENA ANDRÉIEVNA Sophie!
SÔNIA O que foi?
ELENA ANDRÉIEVNA Até quando a senhora vai ficar zangada comigo? Não fizemos nada de mau uma à outra. Então, por que somos inimigas? Já chega...
SÔNIA Eu mesma estava querendo... (*abraça-a*) Chega dessa briga.
ELENA ANDRÉIEVNA Que ótimo.

Ambas estão comovidas.

SÔNIA. O papai foi deitar?
ELENA ANDRÉIEVNA Não, ele está na sala... Faz semanas que eu e a senhora não conversamos e só Deus sabe o motivo... (*vê que o bufê está aberto*) O que é isso?
SÔNIA Mikhail Lvóvitch jantou.
ELENA ANDRÉIEVNA E tem bebida... Vamos beber à nossa confraternização.

SÔNIA Vamos.
ELENA ANDRÉIEVNA No mesmo cálice... (*serve*) Assim é melhor. Então, vamos nos tratar por você, em vez de senhora?
SÔNIA Você. (*bebem e se beijam*) Já faz tempo que eu queria fazer as pazes, mas sempre tinha vergonha... (*chora*)
ELENA ANDRÉIEVNA Por que está chorando?
SÔNIA Por nada, eu sou assim mesmo.
ELENA ANDRÉIEVNA Vamos, chega, chega... (*chora*) Que tola, eu também comecei a chorar...

Pausa.

Você ficou zangada comigo porque parece que casei com seu pai por interesse... Se acredita em juramentos, eu juro que casei com ele por amor. Eu me senti atraída, porque ele é um intelectual e um homem famoso. Não era amor de verdade, era artificial, mas na época me parecia um amor verdadeiro. Eu não tenho culpa. E, desde o casamento, você não parou de me atormentar, com seus olhos inteligentes e desconfiados.
SÔNIA Agora, paz, paz! Vamos esquecer.
ELENA ANDRÉIEVNA Não deve olhar para as pessoas desse jeito. Não combina com você. É preciso confiar em todos, senão é impossível viver.

Pausa.

SÔNIA Diga-me, de coração, como amiga... Você é feliz?
ELENA ANDRÉIEVNA Não.
SÔNIA Isso eu sabia. Mais uma pergunta. Responda com sinceridade: você gostaria de ter um marido jovem?
ELENA ANDRÉIEVNA Como você é inocente. Claro que eu gostaria! (*ri*) Muito bem, pergunte outra coisa, vamos, pergunte...
SÔNIA Você gosta do doutor?

ELENA ANDRÉIEVNA Sim, muito.
SÔNIA (*ri*) Estou com cara de boba... não é? Olhe, ele acabou de ir embora e eu continuo a ouvir a voz e os passos dele. Depois, quando eu olhar pela janela escura, vou ter a impressão de que vejo o rosto dele. Eu queria contar tudo de uma vez... Só que eu não consigo dizer isso em voz alta, me dá vergonha. Vamos ao meu quarto, lá nós vamos conversar. Eu estou parecendo uma tola, não é? Confesse... Diga-me alguma coisa sobre ele...
ELENA ANDRÉIEVNA O quê?
SÔNIA Ele é inteligente... É capaz de tudo, ele pode... Ele cura as pessoas, planta florestas...
ELENA ANDRÉIEVNA A questão não é a medicina nem a floresta... Minha querida, entenda, a questão é o talento! Sabe o que significa o talento? A ousadia, a mente livre, a visão abrangente... Ele planta a muda de uma árvore e já tenta imaginar como vai ser mil anos depois, já sonha com o bem-estar da humanidade. Pessoas assim são raras, é preciso amar essas pessoas... Ele bebe, comporta-se de maneira rude... mas o que importa? Um homem de talento, na Rússia, não pode ser uma perfeição. Imagine você mesma como é a vida desse médico! O lamaçal intransitável das estradas, as geadas, as nevascas, as distâncias imensas, o povo bruto, selvagem, em toda parte a pobreza, a doença, e, nessas circunstâncias, para aquele que trabalha e luta, dia após dia, é difícil se manter puro e sóbrio, quando chega aos quarenta anos de idade... (*beija Sônia*) De todo coração, eu desejo a sua felicidade, você merece... (*levanta*) Já eu sou uma pessoa entediante, trivial... Na música, na vida com meu marido, em todos os romances, em toda parte e em tudo, em suma, eu fui apenas uma pessoa trivial. Para dizer a verdade, Sônia, se pararmos para pensar, eu sou muito, muito infeliz! (*caminha inquieta pelo palco*) Neste mundo não existe felicidade para mim. Não existe! Do que está rindo?

SÔNIA (*ri, cobre o rosto*) Eu estou tão feliz... tão feliz!
ELENA ANDRÉIEVNA Tenho vontade de tocar piano... Agora, eu bem que tocaria alguma coisa.
SÔNIA Toque. (*abraça-a*) Eu não consigo dormir... Toque!
ELENA ANDRÉIEVNA Já vou tocar. Mas o seu pai não está dormindo. Quando ele está doente, a música o deixa irritado. Vá perguntar se eu posso. Se ele não se incomodar, eu toco. Vá.
SÔNIA Agora mesmo. (*sai*)

No jardim, ouve-se o barulho do vigia.

ELENA ANDRÉIEVNA Já faz muito tempo que eu não toco. Vou começar a tocar e chorar, chorar que nem uma boba. (*na janela*) Efim, é você que está fazendo esse barulho?
EFIM Sou eu!
ELENA ANDRÉIEVNA Não faça barulho, o patrão está doente.
VOZ DO VIGIA Já vou embora! (*assovia para os cães*) Ei, vem cá, vem, Totó, vem, Sansão!

Pausa.

SÔNIA (*volta*) Não pode!

Cortina.

Terceiro ato

Sala de visitas na casa de Serebriakóv. Três portas: à direita, à esquerda e no meio. À tarde.

Voinítski, Sônia (sentados) e Elena Andréievna (caminha pelo palco, pensativa).

VOINÍTSKI *Herr* professor nos deu a honra de anunciar seu desejo de se reunir com todos nós, aqui nesta sala, hoje, à uma hora da tarde. (*olha para o relógio*) Quinze para uma. Ele deseja fazer uma proclamação ao mundo.

ELENA ANDRÉIEVNA Deve ser algum assunto sério.

VOINÍTSKI Ele não tem nenhum assunto sério. Tudo o que faz é escrever bobagens, resmungar, se roer de ciúmes, e mais nada.

SÔNIA (*em tom de repreensão*) Titio!

VOINÍTSKI. Está bem, está bem, desculpe. (*aponta para Elena Andréievna*) Vejam que admirável: anda para cá e para lá, cambaleante de tanta preguiça. Muito charmosa! Muito!

ELENA ANDRÉIEVNA O senhor passa o dia inteiro, o tempo todo, com essa mesma ladainha... como não se cansa? (*com angústia*) Eu estou morrendo de tédio, não sei o que fazer de mim mesma.

SÔNIA (*encolhendo os ombros*) Não tem o que fazer? É só querer que logo encontra alguma coisa.

ELENA ANDRÉIEVNA Por exemplo?
SÔNIA Cuidar da fazenda, dar aulas, tratar da saúde dos mujiques. Por acaso é pouco? Sabe, quando você e o papai não estavam aqui, eu e o tio Vânia íamos pessoalmente ao mercado vender farinha.
ELENA ANDRÉIEVNA Não, eu não sou capaz. E também não tenho interesse. Só nos romances idealistas as pessoas saem de casa para educar os mujiques, tratar da saúde deles. E, além do mais, como é que eu, sem mais nem menos, de uma hora para outra, vou sair por aí para educar ou curar essa gente?
SÔNIA Pois eu não entendo como é possível não querer educar o povo. Espere um pouco mais, você logo vai se acostumar à ideia. (*abraça-a*) Não se deixe dominar pelo tédio, minha querida. (*ri*) Quando o tédio toma conta de tudo, a gente se sente perdida, e, além do mais, o tédio e a ociosidade são contagiosos. Veja: o tio Vânia não faz nada, só anda atrás de você como uma sombra; eu mesma larguei meus trabalhos e vim correndo para conversar com você. Mas, na verdade, não consigo ficar à toa! Antes, era muito raro o dr. Mikhail Lvóvitch vir à nossa casa, uma vez por mês, no máximo, e ainda assim era difícil convencer o doutor a vir, mas agora ele viaja para cá todo dia, abandona as suas florestas e a medicina. Você é uma feiticeira, deve ser isso.
VOINÍTSKI Mas por que você está tão aflita? (*animado*) Ora, minha querida, meu esplendor, seja sensata! Nas suas veias, corre o sangue de uma sereia, então seja uma sereia! Pelo menos uma vez na vida, se dê a liberdade, apaixone-se logo, a fundo, por alguma outra criatura das águas... mergulhe de cabeça no turbilhão e deixe o *Herr* professor e todos nós de mãos abanando!
ELENA ANDRÉIEVNA (*com raiva*) Deixe-me em paz! Como isso é cruel! (*quer ir embora*)
VOINÍTSKI (*não a deixa passar*) Está bem, está bem, minha

preciosa, me desculpe... Peço perdão. (*beija sua mão*) Paz.

ELENA ANDRÉIEVNA Nem um anjo teria tanta paciência, o senhor há de convir.

VOINÍTSKI Em sinal de paz e concórdia, eu trouxe hoje um buquê de rosas; preparei ainda de manhã, para a senhora... Rosas de outono... rosas encantadoras, tristes... (*sai*)

SÔNIA Rosas de outono... encantadoras, tristes...

As duas olham para a janela.

ELENA ANDRÉIEVNA Olhe, ainda estamos em setembro. Não sei como vamos aguentar o inverno todo aqui!

Pausa.

Onde está o doutor?

SÔNIA No quarto do tio Vânia. Está escrevendo alguma coisa. Eu estou contente que o tio Vânia tenha saído. Eu preciso falar com você.

ELENA ANDRÉIEVNA Sobre o quê?

SÔNIA Sobre o quê? (*reclina a cabeça no peito de Elena Andréievna*)

ELENA ANDRÉIEVNA Vamos, chega, chega... (*afaga seus cabelos*) Chega.

SÔNIA Eu sou feia.

ELENA ANDRÉIEVNA Você tem os cabelos lindos.

SÔNIA Não! (*olha para trás, a fim de se ver refletida no espelho*) Não! Quando a mulher é feia, dizem: "tem os olhos lindos, tem os cabelos lindos...". Já faz seis anos que eu amo o doutor, mais do que amo a minha própria mãe; a cada minuto, eu escuto a voz dele, sinto o aperto da sua mão; eu olho para a porta e fico à espera, sempre acho que, a qualquer minuto, ele vai entrar. E aí, pronto, você está vendo, eu acabo sempre procurando você para conversar sobre ele. Agora ele vem aqui todo dia,

mas não olha para mim, nem me vê... É um sofrimento tão grande! Não tenho nenhuma esperança, nenhuma! (*em desespero*) Ah, eu queria que Deus me desse forças... Eu rezei a noite toda... Muitas vezes, eu chego até ele, começo mesmo a falar com ele, olho para os seus olhos... Eu já não tenho mais orgulho, não tenho mais forças para me controlar... Ontem eu não me contive e confessei ao tio Vânia que amo o doutor... E todos os empregados já sabem que eu o amo. Todo mundo sabe.
ELENA ANDRÉIEVNA E ele?
SÔNIA Não. Ele nem repara em mim.
ELENA ANDRÉIEVNA (*pensativa*) É um homem estranho... Sabe de uma coisa? E se eu falar com ele... Com cuidado, de maneira indireta...

Pausa.

Afinal, até quando vai ficar nessa incerteza?... Deixe que eu fale!

Sônia faz que sim com a cabeça.

Ótimo. Se ele ama ou não, é fácil descobrir. Não fique encabulada, meu bem, não se preocupe... Eu vou perguntar com cuidado, ele nem vai perceber. Só nós duas vamos ficar sabendo: sim ou não?

Pausa.

Se a resposta for não, então é melhor que ele não venha mais aqui. Certo?

Sônia faz que sim com a cabeça.

É mais fácil quando os olhos não veem. Não tem sentido ficar adiando isso a vida toda, vamos perguntar

logo de uma vez. Ele queria me mostrar uns mapas...
Vá dizer a ele que eu gostaria de ver.

sônia (*com forte emoção*) Depois você me conta toda a verdade?

ELENA ANDRÉIEVNA Sim, é claro. Acredito que a verdade, seja ela qual for, é menos terrível do que a incerteza. Confie em mim, meu anjo.

sônia Sim, sim... Vou dizer que você quer ver os mapas... (*vai e olha para trás, através da porta*) Não, a incerteza é melhor... Pelo menos, ainda existe alguma esperança...

ELENA ANDRÉIEVNA O que foi?

sônia Nada. (*sai*)

ELENA ANDRÉIEVNA (*sozinha*) Não existe nada pior do que conhecer o segredo de alguém e não poder ajudar. (*reflete*) Ele não está apaixonado por ela, isso é claro, mas por que não casa com ela? Não é bonita, mas para um médico rural, e da idade dele, Sônia seria uma esposa maravilhosa. Inteligente, pura, tão boa... Não, não é isso, não é isso...

Pausa.

Eu compreendo essa pobre menina. No meio do tédio desesperador deste lugar, onde, em vez de pessoas, são manchas cinzentas que andam à nossa volta, onde só ouvimos vulgaridades, onde as pessoas só sabem comer, beber, dormir, de vez em quando aparece ele, diferente de todos os outros, bonito, interessante, atraente como a lua que se ergue luminosa no meio da escuridão... Sucumbir ao encanto de um homem assim, abandonar-se... Acho que eu mesma me sinto um pouco atraída. Sim, sem ele, eu sinto tédio. Veja, só de pensar nele, estou sorrindo... O próprio tio Vânia diz que, nas minhas veias, corre o sangue de uma sereia. "Pelo menos uma vez na vida, se dê a liberdade"... Por que não? Talvez seja preciso... Voar livre como um pássaro, fugir de todos vocês, das suas fisionomias sonolentas, das suas conversas, esquecer que todos vocês existem... Só que eu sou covarde, tímida... A consciência vai me torturar... Veja como ele vem aqui todos os dias. Eu posso muito bem adivinhar por quê, e logo me sinto culpada, pronta a cair de joelhos diante de Sônia e pedir perdão, e chorar...

ÁSTROV (*entra com um mapa*) Boa tarde! (*aperta sua mão*) A senhora gostaria de ver meus desenhos?

ELENA ANDRÉIEVNA Ontem o senhor prometeu me mostrar seus trabalhos... O senhor tem tempo?

ÁSTROV Ah, claro. (*abre o mapa sobre a mesa de jogar cartas e prende as pontas com tachinhas*) Onde a senhora nasceu?

ELENA ANDRÉIEVNA (*ajudando-o*) Em Petersburgo.

ÁSTROV E estudou?

ELENA ANDRÉIEVNA No conservatório de música.

ÁSTROV Talvez, para a senhora, isto não tenha interesse.

ELENA ANDRÉIEVNA Por quê? Na verdade, eu não conheço o campo, mas já li bastante.

ÁSTROV Aqui nesta casa, eu tenho uma mesa só para mim... No quarto de Ivan Petróvitch. Quando fico totalmente exausto e caio num torpor completo, eu largo tudo, corro para cá e então, por uma ou duas horas, eu me distraio com isto aqui... Ivan Petróvitch e Sônia Aleksándrovna fazem as contas, as bolinhas do ábaco estalam, enquanto eu fico sentado à minha mesa, ao lado deles, e desenho meus borrões... e me sinto aquecido, calmo, enquanto a cigarra canta lá fora. Mas esse é um prazer que não me concedo muitas vezes, só uma vez por mês... (*aponta para o mapa*) Agora, olhe aqui. É o desenho do nosso distrito, tal como era há cinquenta anos. A parte em verde-claro e em verde-escuro mostra a floresta; metade de toda a área é ocupada pela mata. Esta parte quadriculada em vermelho sobre o fundo verde mostra onde viviam alces, bodes selvagens... Eu mostro aqui no mapa a fauna e também a flora. Neste lago, viviam cisnes, gansos, patos e, como diziam os antigos, um sem-número de aves: a sombra que lançavam, lá do alto, era como uma nuvem. Mais adiante, ficava um povoado. Olhe, aqui e ali se espalhavam vilarejos, fazendolas, abrigos de eremitas dos Velhos Crentes,* moinhos de água... Os bois e os cavalos eram muitos. Dá para ver na área em azul-claro. Por exemplo, neste setor aqui, a cor azul-claro é densa; aqui, havia manadas inteiras e cada casa de camponês tinha três cavalos.

Pausa.

Agora, olhe mais abaixo. A imagem mostra como era a região há vinte e cinco anos. A mata ocupa só um terço de toda a área. Não há mais bodes selvagens, mas existem alces. As cores verde e azul já estão mais desbotadas. Etc. etc. Vamos passar para a terceira parte: é a imagem do distrito no presente. A cor verde está dispersa, aqui e ali, não forma um contínuo, são manchas avulsas; desapareceram os alces, os cisnes, os galos silvestres... Quanto aos antigos vilarejos, às fazendolas, aos abrigos de eremitas, aos moinhos, de tudo isso não restou o menor sinal. No conjunto, é o quadro de uma degradação paulatina e irrefutável, que, pelo visto, vai estar completa dentro de uns dez ou quinze anos. A senhora dirá que são efeitos da civilização, que a vida antiga deve, naturalmente, dar lugar à vida nova. Sim, eu até compreenderia isso, se no lugar das florestas devastadas houvesse hoje uma estrada larga, ferrovias, se houvesse aqui fábricas, indústrias, escolas... se o povo estivesse mais saudável, mais rico, mais inteligente. Só que não existe nada parecido com isso! No distrito, o que existe é o mesmo pântano, a mesma mosquitada, a mesma falta

---

* Grupo dissidente da Igreja Ortodoxa, oriundo do grande cisma do século XVII, causado pelas reformas do patriarca Níkon.

de estradas, a miséria, o tifo, a difteria, os incêndios...
O que temos, aqui, é a degradação causada por uma luta
encarniçada pela sobrevivência; é a degradação gerada
pela indolência, pela ignorância, pela ausência total de
consciência, quando o homem, faminto, doente, enregelado de frio, para salvar o que lhe resta de vida, para salvar
os filhos, por instinto, sem noção do que faz, se agarra a
tudo o que puder aplacar sua fome, tudo que puder aquecer, e então ele destrói tudo, sem pensar no dia de amanhã... Quase tudo foi destruído, mas até agora nada foi
criado em seu lugar. (*em tom frio*) Pelo seu rosto, vejo
que isto não interessa à senhora.
ELENA ANDRÉIEVNA É que eu entendo tão pouco do assunto...
ÁSTROV Não há o que entender. A questão é que isso não é
do seu interesse.
ELENA ANDRÉIEVNA Para falar francamente, eu estou pensando em outra coisa. Desculpe. Eu preciso fazer um
pequeno interrogatório e estou acanhada, não sei como
começar.
ÁSTROV Interrogatório?
ELENA ANDRÉIEVNA Sim, um interrogatório, mas... é muito
inocente. Vamos sentar!

Sentam-se.

Trata-se de uma jovem. Vamos conversar como pessoas
honestas, como amigos, sem rodeios. Vamos conversar e
depois vamos esquecer o que falamos. Está certo?
ÁSTROV Certo.
ELENA ANDRÉIEVNA Trata-se da minha enteada, Sônia. O senhor gosta de Sônia?
ÁSTROV Sim, eu tenho muita consideração por ela.
ELENA ANDRÉIEVNA O senhor gosta de Sônia como mulher?
ÁSTROV (*hesita*) Não.
ELENA ANDRÉIEVNA Só mais duas ou três palavras e vamos
terminar. O senhor não percebeu nada?

ÁSTROV Nada.

ELENA ANDRÉIEVNA (*segura a mão dele*) O senhor não ama a Sônia, eu vejo... Mas ela está sofrendo... Compreenda isso e... não venha mais aqui.

ÁSTROV (*levanta*) Eu já passei da idade... E tenho tanta coisa para fazer... (*encolhe os ombros*) Onde eu encontraria tempo? (*está constrangido*)

ELENA ANDRÉIEVNA. Ora, mas que conversa desagradável! Eu me sinto tão aflita, parece que eu estava carregando mil *pud* nas costas. Bem, graças a Deus que terminamos. Vamos esquecer, é como se não tivéssemos falado nada e... e vá embora. O senhor é um homem inteligente, vai compreender...

Pausa.

Eu cheguei a ficar toda vermelha.

ÁSTROV Se a senhora tivesse me dito isso há um ou dois meses, talvez eu até pensasse no assunto, mas agora... (*encolhe os ombros*) E se ela está sofrendo, isso, naturalmente... Só não compreendo uma coisa: por que a senhora precisava fazer esse interrogatório? (*olha bem nos olhos dela e a ameaça com um dedo*) A senhora é esperta!

ELENA ANDRÉIEVNA O que quer dizer?

ÁSTROV (*rindo*) É esperta! Vamos supor que Sônia esteja sofrendo, eu admito de bom grado, mas para que serve este seu interrogatório? (*não deixa que ela responda, se anima*) Por favor, não faça cara de surpresa, a senhora sabe muito bem por que venho aqui todos os dias... Para que e por causa de quem eu venho aqui, a senhora sabe muito bem. Minha doce ave de rapina, não me olhe desse jeito, eu sou um pardal velho...

ELENA ANDRÉIEVNA (*perplexa*) Ave de rapina? Não estou entendendo nada.

ÁSTROV Linda raposa felpuda... A senhora precisa de vítimas! Olhe, já faz um mês que eu não faço nada, larguei tudo de lado, ando sedento atrás da senhora... e a senhora adora isso, adora tremendamente... Muito bem, mas e agora? Eu fui vencido e a senhora já sabia disso, antes mesmo do interrogatório. (*cruza os braços e baixa a cabeça*) Eu me rendo. Tome, devore!

ELENA ANDRÉIEVNA O senhor ficou louco!

ÁSTROV (*ri entre os dentes*) A senhora é tímida...

ELENA ANDRÉIEVNA Ah, eu sou melhor e mais digna do que o senhor pensa! Eu juro! (*quer ir embora*)

ÁSTROV (*barra seu caminho*) Hoje eu vou embora, não voltarei mais aqui, mas... (*segura-a pelo braço, olha em redor*) onde podemos nos encontrar? Diga depressa: onde? Alguém pode entrar aqui, vamos, diga logo... (*com paixão*) Como é maravilhosa, deslumbrante... Um beijo... Quero beijar pelo menos os seus cabelos perfumados...

ELENA ANDRÉIEVNA Eu juro...

ÁSTROV (*impedindo que ela fale*) Para que jurar? Não é preciso jurar nada. Não há necessidade de palavras supérfluas... Ah, como é linda! Que mãos! (*beija as mãos*)

ELENA ANDRÉIEVNA Não, chega, enfim... vá embora... (*retira a mão*) O senhor perdeu a cabeça.

ÁSTROV Diga, diga logo, onde vamos nos encontrar amanhã? (*abraça-a pela cintura*) A senhora está vendo, é inevitável, temos de nos encontrar. (*beija-a; neste momento, entra Voinítski com um buquê de rosas e para na porta*)

ELENA ANDRÉIEVNA (*sem ver Voinítski*) Tenha piedade... me deixe... (*reclina a cabeça sobre o peito de Ástrov*) Não! (*quer ir embora*)

ÁSTROV (*segura-a pela cintura*) Vá amanhã à reserva florestal... às duas horas... Combinado? Combinado? Você vai?

ELENA ANDRÉIEVNA (*vê Voinítski*) Largue-me! (*com grande embaraço, afasta-se para a janela*) Isto é horrível.

VOINÍTSKI (*coloca o buquê sobre a cadeira; perturbado, enxuga o rosto e o pescoço com um lenço*) Não faz mal... pois é... não faz mal...

ÁSTROV (*aborrecido*) Meu caríssimo Ivan Petróvitch, o tempo hoje está bonito. A manhã foi nublada, parecia que ia chover, mas agora está fazendo sol. Para dizer a verdade, o outono foi uma beleza... e a colheita de inverno será excelente. (*enrola o mapa num canudo*) O único problema é que os dias ficaram mais curtos... (*sai*)

ELENA ANDRÉIEVNA (*aproxima-se depressa de Voinítski*) O senhor vai se esforçar, vai usar de toda a sua influência para que eu e meu marido possamos ir embora daqui hoje mesmo! Está ouvindo? Hoje mesmo!

VOINÍTSKI (*esfrega o rosto*) Ahn? Ora, sim... está certo... Hélène, eu vi tudo, tudo...

ELENA ANDRÉIEVNA (*nervosa*) Está me ouvindo? Eu tenho de partir daqui hoje mesmo!

Entram Serebriakóv, Sônia, Tieliéguin e Marina.

TIELIÉGUIN Pois eu também, vossa excelência, não ando lá muito saudável. Olhe, já faz dois dias que estou passando mal. Sinto alguma coisa na cabeça...

SEREBRIAKÓV Onde estão os outros? Eu não gosto desta casa. Que labirinto. Vinte e seis cômodos imensos, cada um vai para um lado diferente e nunca se consegue achar ninguém. (*toca a sineta*) Chamem a Maria Vassílievna e a Elena Andréievna!

ELENA ANDRÉIEVNA Eu estou aqui.

SEREBRIAKÓV Senhores, peço que se sentem.

SÔNIA (*aproxima-se de Elena Andréievna, impaciente*) O que foi que ele disse?

ELENA ANDRÉIEVNA Depois.

SÔNIA Você está trêmula? Está abalada? (*olha seu rosto com ar indagador*) Já entendi... Ele disse que não poderá mais vir aqui... Não é?

Pausa.

Responda: não é isso?

Elena Andréievna faz que sim com a cabeça.

SEREBRIAKÓV (*para Tieliéguin*) Com os problemas de saúde, ainda é possível conviver, de um modo ou de outro. O que eu não consigo suportar é a vida no campo. Tenho a sensação de que caí da Terra e fui parar em outro planeta. Sentem-se, senhores, por favor. Sônia!

Sônia não ouve, fica parada, triste, de cabeça baixa.

Sônia!

Pausa.

Ela não está ouvindo. (*para Marina*) Você também, babá, sente-se.

A babá se senta e tricota um pé de meia.

Por favor, senhores. Como diz o ditado, pendurem seus ouvidos no gancho da atenção. (*ri*)
VOINÍTSKI (*nervoso*) Acho que a minha presença não é necessária. Posso ir embora?
SEREBRIAKÓV Não. A sua presença é a mais necessária de todas.
VOINÍTSKI O que o senhor deseja de mim?
SEREBRIAKÓV O senhor... Por que está zangado?

Pausa.

Se eu fiz alguma coisa de errado para o senhor, queira me perdoar, por favor.
VOINÍTSKI Deixe de lado esse jeito de falar. Vamos logo ao que interessa... O que você quer?
Entra Maria Vassílievna.

SEREBRIAKÓV Pronto, aí está a *maman*, também. Vou começar, senhores.

Pausa.

Eu convoquei os senhores aqui para comunicar que receberemos a visita do inspetor geral.* Mas vamos deixar as brincadeiras de lado. O assunto é sério. Eu, senhores, reuni todos aqui para pedir sua ajuda e seu conselho e, ciente de sua inabalável bondade, espero ser atendido. Sou um homem da ciência, dos livros, e sempre fui estranho às questões da vida prática. Não consigo viver sem a orientação de pessoas instruídas e é o que peço a você, Ivan Petróvitch, e ao sr. Iliá Ilitch, e à senhora, *maman*... A questão é que *manet omnes una nox*,** ou seja, todos estamos nas mãos de Deus; eu estou velho, doente, e por isso julgo oportuno regularizar minhas relações materiais no que diz respeito à minha família. Minha vida está encerrada, não estou pensando em mim, mas tenho uma esposa jovem, uma filha mocinha.

Pausa.

Para mim, não é possível continuar morando no campo. Nós não fomos criados para o meio rural. E com a renda que obtemos desta propriedade, não é possível viver na cidade. Se vendermos a madeira de uma floresta, por exemplo, será uma medida extraordinária, que não poderemos utilizar todos os anos. É necessário encontrar medidas que nos assegurem uma renda constante e mais ou menos definida. Eu imaginei uma solução e tenho a

---

* Referência a uma célebre fala da peça *O inspetor geral*, de Nikolai Gógol.
** Latim: "A mesma noite nos espera a todos". Citação da ode 28 do poeta latino Horácio (65 a.C.-8 a.C.).

honra de apresentá-la para a deliberação dos senhores. Deixando de lado os detalhes, vou explicar em linhas gerais. Nossa propriedade rende, em média, não mais de dois por cento. Eu proponho vendê-la. Se, com o dinheiro obtido, comprarmos títulos que rendem juros, ganharemos de quatro a cinco por cento e eu creio que ainda sobrarão alguns milhares de rublos, que nos permitirão comprar uma pequena casa de campo na Finlândia.

VOINÍTSKI Espere... Acho que não estou ouvindo bem. Repita o que o senhor disse.

SEREBRIAKÓV Vamos depositar o dinheiro para render juros e, com o que sobrar, compraremos uma casa de campo na Finlândia.

VOINÍTSKI Não é a Finlândia... Você falou também de outra coisa.

SEREBRIAKÓV Eu proponho vender a propriedade.

VOINÍTSKI Aí está, é isso. Você vai vender a propriedade, excelente, grande ideia... E para onde o senhor ordena que eu vá com a minha velha mãe e com Sônia, que está aqui?

SEREBRIAKÓV Vamos analisar tudo isso no momento oportuno. Não é preciso resolver tudo de uma vez.

VOINÍTSKI Espere. É óbvio que até hoje eu não tive nem um pingo de bom senso. Até hoje, cometi a estupidez de pensar que esta propriedade pertence a Sônia. Meu falecido pai comprou esta propriedade como dote para minha irmã. Até hoje, eu fui ingênuo de imaginar que as leis não são de mentira e que a propriedade de minha irmã passaria, por herança, a Sônia.

SEREBRIAKÓV Sim, a propriedade pertence a Sônia. Quem está discutindo isso? Sem a concordância de Sônia, eu não vou me aventurar a vender nada. Além do mais, eu estou propondo fazer isso pelo bem de Sônia.

VOINÍTSKI É inconcebível, inconcebível! Ou eu fiquei louco ou... ou...

MARIA VASSÍLIEVA Jean, não contradiga o Aleksandr. Acredite, ele sabe melhor do que nós o que é bom e o que é ruim.

VOINÍTSKI Não, me dê um pouco de água. (*bebe água*) Falem o que quiserem, o que quiserem!

SEREBRIAKÓV Eu não entendo por que você está tão agitado. Eu não estou dizendo que o meu projeto é o ideal. Se todos acharem que ele não serve, eu não vou insistir.

Pausa.

TIELIÉGUIN (*embaraçado*) Vossa excelência, eu tenho pela ciência não apenas veneração como também os sentimentos de um verdadeiro parente. O irmão da esposa de meu irmão Grigóri Ilitch, que talvez o senhor tenha tido a honra de conhecer, Konstantin Trofímovitch Lakediemónov, foi professor titular...

VOINÍTSKI Espere, Peneira, estamos falando de negócios... Deixe isso para depois... (*para Serebriakóv*) Olhe, pergunte a ele. Esta fazenda foi comprada do tio dele.

SEREBRIAKÓV Ora essa, para que eu tenho de perguntar? Para quê?

VOINÍTSKI Esta propriedade foi comprada, na época, por noventa e cinco mil rublos. Meu pai pagou só setenta e deixou uma dívida de vinte e cinco mil. Agora, escute... Esta propriedade não teria sido comprada se eu não tivesse aberto mão da minha herança em favor de minha irmã, a quem eu amava com ardor. Além disso, eu trabalhei dez anos como uma besta de carga para conseguir pagar toda a dívida...

SEREBRIAKÓV Eu lamento ter começado esta conversa.

VOINÍTSKI A propriedade não tem nenhuma dívida e se encontra em perfeita ordem apenas graças ao meu esforço pessoal. E agora, que fiquei velho, querem me enxotar daqui a pontapés!

SEREBRIAKÓV Eu não entendo aonde você quer chegar!

VOINÍTSKI Durante vinte e cinco anos, administrei esta propriedade, eu trabalhava e enviava o dinheiro para você rigorosamente, como o contador mais escrupuloso do mundo, e durante todo esse tempo você não me agradeceu nem uma vez. O tempo todo, na juventude e agora, eu recebia de você o salário de quinhentos rublos por ano, a esmola de um mendigo! E você, nem uma vez, achou que devia me dar nem um rublo de aumento!

SEREBRIAKÓV Ivan Petróvitch, como eu ia saber? Não sou um homem prático e não compreendo nada. Você poderia dar um aumento para si mesmo, e de quanto quisesse.

VOINÍTSKI Por que eu não roubava, é isso? O motivo por que todos vocês me desprezam é que eu não roubava, não é mesmo? Teria sido justo e agora eu não seria um mendigo!

MARIA VASSÍLIEVA (*com severidade*) Jean!

TIELIÉGUIN (*agitado*) Vânia, meu amigo, não deve fazer isso, não deve... eu chego a tremer... Para que estragar as boas relações? (*beija-o*) Não deve...

VOINÍTSKI Durante vinte e cinco anos, junto com esta aqui, a minha mãe, eu fiquei enterrado entre quatro paredes, como uma toupeira... Todos os nossos pensamentos e sentimentos pertenciam só a você. Durante o dia, falávamos sobre você, suas obras, nos orgulhávamos de você, pronunciávamos seu nome com veneração; desperdiçávamos as noites lendo revistas e livros que agora eu desprezo profundamente!

TIELIÉGUIN Não, não é preciso, Vânia, não é preciso... Eu não aguento...

SEREBRIAKÓV (*com raiva*) Eu não entendo o que o senhor quer.

VOINÍTSKI Para nós, você era uma criatura de ordem superior, nós sabíamos os seus artigos de cor... Mas agora os meus olhos se abriram! Eu vejo tudo! Você escreve sobre arte, mas não entende nada de arte! Todas as suas obras, que eu amava, não valem uma moedinha de cobre! Você nos enganou!

SEREBRIAKÓV Senhores! Façam com que ele se cale de uma vez! Eu vou embora!

ELENA ANDRÉIEVNA Ivan Petróvitch, eu exijo que o senhor se cale! Está ouvindo?

VOINÍTSKI Eu não vou me calar! (*barra o caminho de Serebriakóv*) Espere, eu não terminei! Você destruiu a minha vida! Eu não vivi, não vivi! Por sua causa, eu estraguei, eu arruinei os melhores anos da minha vida! Você é o meu mais cruel inimigo!

TIELIÉGUIN Eu não aguento... não aguento... Eu vou embora... (*sai, sob forte comoção*)

SEREBRIAKÓV O que você quer de mim? E que direito tem você de falar comigo nesse tom? Seu insignificante! Se a propriedade é sua, fique com ela, eu não preciso disso!

ELENA ANDRÉIEVNA Eu quero ir embora deste inferno já, neste minuto! (*grita*) Eu não suporto mais!

VOINÍTSKI Uma vida perdida! Eu sou talentoso, inteligente, arrojado... Se eu vivesse de maneira normal, seria um Schopenhauer, um Dostoiévski... Nem sei mais o que estou falando! Estou ficando louco... Mãezinha, eu estou desesperado! Mãezinha!

MARIA VASSÍLIEVNA (*com severidade*) Obedeça ao Aleksandr!

SÔNIA (*ajoelha-se diante da babá e a abraça*) Babá! Babazinha!

VOINÍTSKI Mãezinha! O que devo fazer? Não diga, não é preciso! Eu mesmo já sei o que devo fazer. (*para Serebriakóv*) Você vai se lembrar de mim! (*sai pela porta do meio*)

Maria Vassílievna vai atrás dele.

SEREBRIAKÓV Senhores, afinal, o que é isso? Mantenham esse maluco longe de mim! Eu e ele não podemos viver debaixo do mesmo teto! Ele mora aqui (*aponta para a porta do meio*), quase ao lado do meu quarto... Pois que vá morar na aldeia dos camponeses, ou lá fora, num galpão, ou que se mude daqui de uma vez por todas, mas o que eu não posso é viver com ele na mesma casa...

ELENA ANDRÉIEVNA (*para o marido*) Vamos embora daqui hoje mesmo! Você deve tomar providências já!

SEREBRIAKÓV Sujeito insignificante!

SÔNIA (*de joelhos, volta-se para o pai; nervosa, com lágrimas nos olhos*) É preciso ter misericórdia, papai! Eu e o tio Vânia somos tão infelizes! (*contendo o desespero*) É preciso ter misericórdia! Lembre-se de quando você era mais jovem e o tio Vânia e a vovó ficavam traduzindo livros para você e copiavam seus textos... todas as noites, noite após noite! Eu e o tio Vânia trabalhávamos sem descanso, tínhamos medo até de gastar um copeque em nosso benefício e mandávamos tudo para você... O pão que nós comíamos não era de graça! Não, o que eu estou dizendo não é isso, não é isso o que eu estou querendo dizer, mas você precisa nos compreender, papai. É preciso ter misericórdia!

ELENA ANDRÉIEVNA (*comovida, para o marido*) Aleksandr, pelo amor de Deus, converse com ele, explique... eu imploro.

SEREBRIAKÓV Está bem, eu vou falar com ele... Eu não o acuso de coisa alguma, eu não estou magoado, mas, convenhamos, o comportamento dele é no mínimo estranho. Com licença, vou conversar com ele. (*sai pela porta do meio*)

ELENA ANDRÉIEVNA Seja mais gentil, tranquilize-o... (*sai atrás do marido*)

SÔNIA (*abraça-se à babá com mais força*) Babá! Babazinha!

MARINA Não é nada, não é nada. Os gansos fazem essa algazarra toda, mas depois ficam quietos... Gritam, gritam e depois param...

SÔNIA Babazinha!

MARINA (*acaricia sua cabeça*) Está tremendo, parece até que pegou uma friagem! Ora, ora, minha orfãzinha, Deus é misericordioso. Um chazinho de tília ou de framboesa

e isso logo vai passar... Não fique aflita, orfãzinha...
(*olhando com raiva para a porta do meio*) Olhe só que
algazarra os gansos estão fazendo. Xô, passa fora!

*Um tiro ressoa fora de cena; ouvem-se os gritos de Elena
Andréievna; Sônia tem um sobressalto.*

Pronto, eu não disse?!
SEREBRIAKÓV (*entra correndo, cambaleante de medo*) Segurem esse homem! Segurem! Ficou louco!

Elena Andréievna e Voinítski lutam na porta.

ELENA ANDRÉIEVNA (*tenta tomar o revólver da mão dele*)
Vamos, me dê isso! Estou mandando!
VOINÍTSKI Solte, Hélène! Largue-me! (*desvencilha-se, corre
e procura Serebriakóv com os olhos*) Onde está ele? Ah,
lá está! (*aponta e atira contra ele*) Pam!

Pausa.

Não acertei? Errei de novo! (*com raiva*) Diabo, diabo...
Vá para o inferno!... (*joga o revólver com força contra
o chão e, esgotado, desaba sentado na cadeira*)

*Serebriakóv está espantado; Elena Andréievna encostou-se
na parede, sente-se mal.*

ELENA ANDRÉIEVNA Levem-me embora daqui! Levem-me
embora, matem-me, mas... eu não posso mais ficar
aqui, não posso!
VOINÍTSKI (*em desespero*) Ah, o que estou fazendo! O que
estou fazendo!
SÔNIA (*em voz baixa*) Babá! Babazinha!

Cortina.

Quarto ato

Quarto de Ivan Petróvitch; é seu dormitório e também o escritório da fazenda. Junto à janela, uma mesa grande com livros de contabilidade e papéis de todo tipo, uma escrivaninha, um guarda-roupa, um ábaco. Uma mesa menor para Ástrov; nessa mesa, há material de desenho, tintas; ao lado, uma pasta. Uma gaiola com um estorninho. Na parede, um mapa da África, do qual obviamente ninguém ali tem a menor necessidade. Um sofá enorme, forrado de lona encerada. À esquerda, uma porta que dá para os outros cômodos; à direita, uma porta para o vestíbulo; junto à porta da direita, há um tapetinho para os mujiques limparem os pés. Noite de outono. Silêncio.

Tieliéguin e Marina estão sentados frente a frente e enrolam um fio de lã para tricotar meias.

TIELIÉGUIN Mais depressa, Marina Timoféievna. Daqui a pouco eles vão nos chamar para se despedirem. Já mandaram atrelar os cavalos.
MARINA (*tenta enrolar o fio mais depressa*) Falta só um pouquinho.
TIELIÉGUIN Eles vão partir para Khárkov. Vão morar lá.
MARINA É melhor assim.
TIELIÉGUIN Ficaram assustados... Elena Andréievna disse:

"Não quero ficar aqui nem mais uma hora... vamos embora, vamos embora...". E disse: "Vamos morar em Khárkov, primeiro vamos dar uma olhada e depois mandaremos trazer nossas coisas...". Eles vão viajar sem bagagens. Sabe, Marina Timoféievna, o destino deles não era mesmo viver aqui. Não tinha de acontecer... É uma fatalidade do destino.

MARINA É melhor assim. Agora há pouco, aprontaram uma confusão tremenda, teve até um tiro... que vergonha!

TIELIÉGUIN Pois é, uma cena digna do pincel de Aivazóvski.*

MARINA Quem dera meus olhos não tivessem visto aquilo.

Pausa.

Agora vamos voltar a viver como antes, à moda antiga. De manhã, às oito horas, chá. À uma hora, almoço. De noite, todos na mesa para o jantar. Tudo direitinho, na ordem, como gente normal... como cristãos. (*dá um suspiro*) Há quanto tempo eu, pobre pecadora que sou, não como um macarrãozinho.

TIELIÉGUIN. É, há muito tempo que a gente não faz um macarrãozinho.

Pausa.

Faz muito tempo... Hoje de manhã, Marina Timoféievna, eu estava passando pela aldeia e um vendedor veio atrás de mim: "Seu parasita, come à custa dos outros!". E aí me deu uma amargura!

MARINA Não dê atenção, meu filho. Nós todos comemos à custa de Deus. Tanto você como Sônia e Ivan Petróvitch... ninguém fica à toa, todo mundo trabalha! Todo mundo... onde está Sônia?

---

* Ivan Konstantínovitch Aivazóvski (1817-1900), importante pintor russo, famoso, na época, também por cenas de batalhas.

TIELIÉGUIN No jardim. Anda com o médico o tempo todo, está procurando o Ivan Petróvitch. Estão com medo de que ele se mate.
MARINA Mas onde está a pistola?
TIELIÉGUIN (*num sussurro*) Eu escondi no porão!
MARINA (*com um sorriso*) Que pecado!

Entram Voinítski e Ástrov.

VOINÍTSKI Chega, deixem-me em paz. (*para Marina e Tieliéguin*) Saiam daqui, deixem-me sozinho, pelo menos uma hora! Eu não suporto essa vigilância!
TIELIÉGUIN Agora mesmo, Vânia. (*sai na ponta dos pés*)
MARINA Olha só o ganso: quá-quá-quá! (*junta os fios de lã e sai*)
VOINÍTSKI Deixem-me em paz!
ÁSTROV Eu já devia ter ido embora daqui há muito tempo, e teria ido com grande satisfação, mas, repito, não irei embora enquanto você não devolver o que tomou de mim.
VOINÍTSKI Eu não tomei nada de você.
ÁSTROV Estou falando sério, não me atrase mais. Eu já devia ter ido embora há muito tempo.
VOINÍTSKI Eu não peguei nada de você.

Os dois se sentam.

ÁSTROV Ah, é? Pois bem, eu vou esperar mais um pouco e depois, desculpe, mas serei obrigado a usar a força bruta. Vou amarrar seus braços e revistar você. E estou falando sério.
VOINÍTSKI Como preferir.

Pausa.

Como eu pude fazer esse papel de bobo? Atirar duas

vezes e não acertar nem um tiro! Isso eu não vou me perdoar nunca!

ÁSTROV Se estava com tanta vontade de atirar, que então desse um tiro na própria testa.

VOINÍTSKI (*encolhe os ombros*) Que estranho. Eu tentei cometer um assassinato, mas ninguém vem me prender, não me levam a julgamento. Isso quer dizer que me consideram louco. (*com um riso maldoso*) Eu sou louco, mas não são loucos aqueles que, sob a máscara de um professor, de um mago da erudição, escondem sua própria falta de talento, sua estupidez, sua escandalosa crueldade. Não são loucas essas pessoas que se casam com velhos e depois, aos olhos de todo mundo, enganam seus maridos. Eu vi, eu vi, como você a abraçou!

ÁSTROV Pois é, eu abracei mesmo, sim senhor, e olhe aqui para você! (*encosta o polegar na ponta do nariz e abana os dedos, num gesto de desdém*)

VOINÍTSKI (*olhando para a porta*) Não, louca é esta terra, que ainda consegue suportar vocês!

ÁSTROV Ora, que tolice.

VOINÍTSKI Mas é claro: se eu sou louco e sem juízo, tenho todo o direito de dizer tolices.

ÁSTROV Essa piada é muito velha. Você não tem nada de louco, é só um tipo extravagante. Um bufão de feira. Antes, eu achava que todo sujeito extravagante era um doente, um anormal, mas hoje em dia eu acho que a condição normal do homem é mesmo ser extravagante. Você é absolutamente normal.

VOINÍTSKI (*cobre o rosto com as mãos*) Que vergonha! Se você soubesse que vergonha eu estou sentindo! Nenhuma dor pode ser comparada com esse sentimento agudo de vergonha. (*com angústia*) É insuportável! (*inclina-se na direção da mesa*) O que vou fazer? O que vou fazer?

ÁSTROV Nada.

VOINÍTSKI Dê qualquer coisa para eu tomar! Ah, meu Deus... Tenho quarenta e sete anos; vamos admitir que eu viva até os sessenta; portanto, ainda me restam treze anos. É muito tempo! Como vou sobreviver, nesses treze anos? O que vou fazer, como vou encher esses anos? Ah, entenda... (*convulsivo, aperta a mão de Ástrov*) Entenda, quem me dera poder viver o resto desta vida de algum modo novo. Quem me dera acordar numa clara manhã tranquila e ter a sensação de estar começando mais uma vez a viver, ter a sensação de que todo o passado foi esquecido, dissipou-se como fumaça. (*chora*) Começar uma vida nova... Vamos, me dê uma sugestão, como começar... começar com o quê...

ÁSTROV (*irritado*) Pronto, lá vem você! Que vida nova o quê! A nossa situação, a sua e a minha, não tem saída.

VOINÍTSKI Ah, é?

ÁSTROV Eu estou convencido.

VOINÍTSKI Me dê alguma coisa para tomar... (*aponta para o coração*) Está queimando aqui.

ÁSTROV (*grita exasperado*) Pare com isso! (*tranquiliza-se*) As pessoas que vão viver daqui a cem, duzentos anos, e que vão nos desprezar porque levamos a vida dessa maneira idiota e insípida, essas pessoas talvez encontrem um meio de ser felizes, mas nós... Eu e você só temos uma esperança. A esperança de que, quando estivermos repousando em nossas sepulturas, talvez alguns fantasmas amáveis venham nos visitar. (*suspira*) Sim, meu caro. Em todo este distrito, só havia dois homens decentes, cultos: eu e você. Porém, em meros dez anos, a vida rotineira, a vida desprezível nos engoliu. Com suas emanações pestilentas, ela envenenou o nosso sangue e nós nos tornamos pessoas vulgares, iguais a todo mundo. (*animado*) Mas não tente me desviar do assunto. Vamos, me devolva o que tomou de mim.

VOINÍTSKI Eu não peguei nada.

ÁSTROV Você tirou um frasco de morfina da minha maleta de medicamentos.

Pausa.

Escute, se você quer dar cabo da própria vida, vá para o meio da floresta e dê um tiro na cabeça. Mas me devolva a morfina, senão vai começar um falatório, vão vir as suspeitas e vão achar que fui eu que dei a morfina para você... Eu já tenho problemas demais para, agora, ainda por cima, ter de fazer a sua autópsia... Por acaso você acha que isso tem graça?

Entra Sônia.

VOINÍTSKI Deixe-me em paz.
ÁSTROV (*para Sônia*) Sófia Aleksándrovna, o tio da senhora pegou um frasco de morfina na minha maleta de medicamentos e não quer devolver. Diga a ele que isso... enfim, não é sensato. E, além do mais, eu não tenho mais tempo. Preciso ir embora.
SÔNIA Tio Vânia, você pegou a morfina?

Pausa.

ÁSTROV Pegou sim, tenho certeza.
SÔNIA Devolva. Para que você quer nos assustar? (*carinhosamente*) Devolva, tio Vânia! Eu não sou menos infeliz do que você, mas nem por isso eu me entrego ao desespero. Eu suporto e vou suportar, enquanto a minha vida não chegar sozinha ao seu fim... Você também deve suportar.

Pausa.

Devolva! (*beija sua mão*) Meu tio adorado, tio maravilhoso e querido, devolva! (*chora*) Você é bom, você vai ter pena de nós e vai devolver. É preciso suportar, titio! É preciso suportar!

VOINÍTSKI (*apanha um frasco dentro da escrivaninha e entrega para Ástrov*) Pronto, leve! (*para Sônia*) Mas é preciso trabalhar o quanto antes, fazer alguma coisa bem depressa, senão eu não vou aguentar... não vou aguentar...
SÔNIA Sim, sim, trabalhar. Assim que eles forem embora, nós vamos trabalhar... (*de modo nervoso, revira os papéis sobre a mesa*) Deixamos tudo uma bagunça.
ÁSTROV (*coloca o frasco dentro da maleta de medicamentos e fecha as correias*) Agora também posso partir.
ELENA ANDRÉIEVNA (*entra*) Ivan Petróvitch, o senhor está aqui? Vamos partir agora. Vá falar com o Aleksandr, ele quer lhe dizer alguma coisa.
SÔNIA Vá, tio Vânia. (*toma Voinítski pelo braço*) Vamos. Você e papai devem fazer as pazes. É necessário.

Sônia e Voinítski saem.

ELENA ANDRÉIEVNA Eu vou partir. (*dá a mão para Ástrov*) Adeus.
ÁSTROV Já?
ELENA ANDRÉIEVNA Os cavalos já estão atrelados.
ÁSTROV Adeus.
ELENA ANDRÉIEVNA Hoje o senhor me prometeu que iria embora daqui.
ÁSTROV Eu me lembro. E vou partir já.

Pausa.

Está com medo? (*segura sua mão*) Será que isso é tão horrível assim?
ELENA ANDRÉIEVNA É.
ÁSTROV E se a senhora ficasse? Hein? Amanhã, na reserva florestal...
ELENA ANDRÉIEVNA Não... Já está decidido... E, se eu estou encarando o senhor com tanta coragem, é só porque já está decidido que vamos embora... Mas eu vou lhe fa-

zer um pedido: não pense mal de mim. Eu gostaria que o senhor tivesse respeito por mim.

ÁSTROV Ah! (*gesto de impaciência*) Fique aqui, eu peço à senhora. Admita, a senhora não tem nada a fazer neste mundo, sua vida não tem nenhum propósito, não há nada que prenda o seu interesse e, mais cedo ou mais tarde, de um jeito ou de outro, a senhora vai acabar se rendendo aos sentimentos. É inevitável. Então, é melhor que não seja em Khárkov, em Kursk ou em qualquer lugar, mas sim aqui mesmo, em meio à natureza... Pelo menos é poético, o outono está até bonito... Temos aqui uma reserva florestal, com uma casa de fazenda meio em ruínas, ao gosto de Turguêniev...

ELENA ANDRÉIEVNA Como o senhor é divertido... Eu estou zangada com o senhor, mas mesmo assim... vou me lembrar do senhor com prazer. É um homem interessante, original. Nunca mais vamos nos ver e por isso... para que esconder? Eu até me senti um pouco atraída pelo senhor. Está bem, vamos apertar as mãos e nos despedir como amigos. Não guarde más lembranças de mim.

ÁSTROV (*segura sua mão*) Então, a senhora vai partir... (*pensativo*) A senhora parece uma pessoa boa, sincera, mas também parece haver alguma coisa estranha em toda sua maneira de ser. Veja, a senhora e seu marido chegaram aqui e todos que viviam atarefados, trabalhando, construindo alguma coisa, tiveram de abandonar seus afazeres e, durante o verão inteiro, foram obrigados a se ocupar apenas com a gota do seu marido e com a senhora. Vocês dois, seu marido e a senhora, contaminaram todos nós com sua ociosidade. Durante um mês inteiro, eu fiquei fascinado, não fiz mais nada e, no entanto, nesse período, as pessoas adoeceram e os mujiques puseram seu gado para pastar nos meus bosques, onde os arbustos ainda estão pequenos... Quer dizer, onde quer que a senhora e seu marido ponham os pés, disseminam a destruição, por toda parte... Eu estou brincando, é claro, mas mesmo assim... é estranho e eu estou convencido de que, se vocês continuassem aqui, a devastação seria enorme. Eu mesmo seria liquidado, mas a senhora também... acabaria mal. Mas, então, a senhora vai partir. *Finita la commedia*!*

ELENA ANDRÉIEVNA (*pega um lápis na mesa dele e esconde depressa*) Eu vou levar este lápis de recordação.

ÁSTROV É um tanto estranho... Nós nos conhecemos e, de repente, sem mais nem menos... nunca mais vamos nos ver. Tudo é assim neste mundo... Antes que apareça alguém, antes que o tio Vânia entre com um buquê de flores, permita... um beijo... de despedida... Sim? (*beija-a no rosto*) Pronto... Está bem.

ELENA ANDRÉIEVNA Eu desejo tudo de bom para o senhor. (*olha para trás*) Não importa, pelo menos uma vez na vida! (*abraça-o com ímpeto, mas logo os dois se afastam rapidamente um do outro*) Eu preciso ir embora.

ÁSTROV Vá depressa, já. Se os cavalos estão atrelados, parta logo.

ELENA ANDRÉIEVNA Parece que alguém está vindo.

Os dois escutam atentos.

ÁSTROV *Finita*!

Entram Serebriakóv, Voinítski, Maria Vassílievna com um livro, Tieliéguin e Sônia.

SEREBRIAKÓV (*para Voinítski*) Vamos virar esta página de uma vez: assunto encerrado. Depois de tudo que aconteceu, nestas poucas horas, eu passei por tantas experiências e refleti tanto que acho até que, para a edificação das futuras gerações, eu poderia escrever um tratado inteiro sobre como se deve viver. Eu aceito de bom grado suas

---

* Italiano: "A comédia terminou".

desculpas e eu mesmo peço que me perdoe. Adeus! (*ele e Voinítski se beijam três vezes no rosto*)
VOINÍTSKI Você vai continuar a receber rigorosamente a mesma quantia que recebia antes. Tudo será como era.

Elena Andréievna abraça Sônia.

SEREBRIAKÓV (*beija a mão de Maria Vassílievna*) Maman...
MARIA VASSÍLIEVNA (*lhe dá um beijo*) Aleksandr, tire uma fotografia nova e mande para mim. O senhor sabe quanto apreço eu tenho pelo senhor.
TIELIÉGUIN Adeus, vossa excelência! Não se esqueça de nós!
SEREBRIAKÓV (*beija a filha*) Adeus... Adeus a todos! (*dando a mão para Ástrov*) Agradeço ao senhor pela companhia agradável... Eu respeito sua maneira de pensar, seus interesses, seus entusiasmos, mas permita que este velho, em suas palavras de despedida, acrescente apenas uma observação: é preciso pôr mãos à obra, meus senhores! É preciso pôr mãos à obra. (*inclina-se para todos*) Felicidades! (*sai; atrás dele vão Maria Vassílievna e Sônia*)
VOINÍTSKI (*se curva e beija com ardor a mão de Elena Andréievna*) Adeus... Desculpe... Nunca mais nos veremos.
ELENA ANDRÉIEVNA (*comovida*) Adeus, meu querido. (*beija sua cabeça e sai*)
ÁSTROV (*para Tieliéguin*) Peneira, aproveite e mande atrelar também os meus cavalos.
TIELIÉGUIN Pode deixar, meu amigo. (*sai*)

Ficam apenas Ástrov e Voinítski.

ÁSTROV (*retira da mesa um vidro de tinta e guarda dentro da mala*) Por que você não vai lá fora junto com eles?
VOINÍTSKI É melhor que partam de uma vez, eu... eu não aguento. É doloroso. Eu preciso me ocupar com alguma coisa, e bem depressa... Trabalhar, trabalhar! (*remexe os papéis sobre a mesa*)

Pausa; ouvem-se ruídos.

ÁSTROV Foram embora. O professor deve estar contente. Agora, não há nada no mundo que o faça voltar para cá.
MARINA (*entra*) Foram embora. (*senta-se na poltrona e começa a tricotar*)
SÔNIA (*entra*) Foram embora. (*enxuga os olhos*) Que Deus os proteja. (*para o tio*) Muito bem, tio Vânia. Vamos fazer alguma coisa.
VOINÍTSKI Trabalhar, trabalhar...
SÔNIA Já faz muito tempo, muito tempo que não sentamos juntos, lado a lado, nesta mesa. (*acende um lampião sobre a mesa*) Parece que está sem tinta... (*pega o tinteiro, anda até o armário e o enche de tinta*) Estou triste por eles terem ido embora.
MARIA VASSÍLIEVNA (*entra lentamente*) Foram embora! (*senta-se e mergulha na leitura*)
SÔNIA (*senta-se à mesa e folheia o livro de contabilidade*) Antes de tudo, tio Vânia, vamos escrever as faturas. Está uma confusão tremenda. Hoje mesmo vieram buscar uma fatura. Escreva. Você escreve uma e eu, outra...
VOINÍTSKI (*escreve*) "Fatura... para o senhor..."

Os dois escrevem calados.

MARINA (*boceja*) Estou com vontade de dormir...
ÁSTROV Silêncio. O rangido da pena no papel, o canto do grilo. Eu me sinto aquecido, confortável... Não dá vontade de ir embora.

Ouve-se o som de guizos.

Pronto, atrelaram os meus cavalos... Portanto, só resta me despedir de vocês, meus amigos, me despedir da minha mesa e... pé na estrada! (*guarda o mapa na pasta*)
MARINA Para que tanta afobação? É melhor ficar.

ÁSTROV Não posso.
VOINÍTSKI (*escreve*) "E da dívida antiga restaram dois rublos e setenta e cinco..."

Entra o empregado.

EMPREGADO Mikhail Lvóvitch, os cavalos estão prontos.
ÁSTROV Eu já ouvi. (*entrega para ele a maleta de medicamentos, a mala e a pasta*) Tome, leve isto. Cuidado para não amassar a pasta.
EMPREGADO Sim, senhor. (*sai*)
ÁSTROV Muito bem, senhores... (*vai se despedir*)
SÔNIA Quando nos veremos de novo?
ÁSTROV Não antes do verão, eu creio. No inverno, é pouco provável... Mas, é claro, se acontecer alguma coisa, me avisem que eu virei. (*aperta as mãos dos dois*) Obrigado pela hospitalidade, pelo carinho... em suma, por tudo. (*vai até a babá e beija sua cabeça*) Adeus, velhinha.
MARINA Mas então você vai embora assim, sem tomar chá?
ÁSTROV Não quero, babá.
MARINA Quem sabe um pouquinho de vodca?
ÁSTROV (*indeciso*) Talvez...

Marina sai.

(*depois de uma pausa*) Um dos meus cavalos está mancando um pouco. Ontem mesmo eu notei, quando o Petruchka levou os animais para tomar água.
VOINÍTSKI Vai ter de trocar a ferradura.
ÁSTROV Quando eu chegar a Rojdiéstvennoie, vou ter de procurar um ferreiro. Não tem escapatória. (*chega perto do mapa da África e fica olhando*) Ah, agora, aqui na África, deve estar um calor enorme... terrível!
VOINÍTSKI Sim, é provável.
MARINA (*retorna com uma bandeja, na qual há um cálice de vodca e um pedaço de pão*) Coma um pouquinho.

Ástrov bebe a vodca.

Saúde, meu filho. (*se curva muito, numa reverência*) Devia comer um pãozinho.
ÁSTROV Não, assim está bem... Então, felicidades a todos! (*para Marina*) Não me acompanhe, babá. Não precisa.

Ele sai; Sônia vai atrás com uma vela, para guiá-lo; Marina se senta na sua poltrona.

VOINÍTSKI (*escreve*) "Dois de fevereiro, vinte libras de óleo vegetal... Dezesseis de fevereiro, mais vinte libras de óleo vegetal... Grãos de trigo-sarraceno..."

Pausa. Ouve-se o som de guizos.

MARINA Foi embora.

Pausa.

SÔNIA (*retorna, coloca a vela sobre a mesa*) Foi embora...
VOINÍTSKI (*faz contas no ábaco e anota*) Total... quinze... vinte e cinco...

Sônia se senta e escreve.

MARINA (*boceja*) Ah, perdão para os nossos pecados...

Tieliéguin entra na ponta dos pés, senta-se junto à porta e dedilha baixinho as cordas do violão.

VOINÍTSKI (*para Sônia, passando a mão pelo cabelo dela*) Minha criança, que tristeza me dá! Ah, se você soubesse que tristeza!
SÔNIA. O que fazer? É preciso viver!

Pausa.

Nós vamos viver, tio Vânia. Vamos atravessar uma série muito, muito comprida de dias arrastados e noites longas; vamos suportar com paciência as provações que o destino nos trouxer; vamos trabalhar duro para os outros, agora e na velhice, sem repouso, e quando chegar nossa hora vamos morrer com resignação, e lá, no outro mundo, vamos dizer que sofremos, que choramos, que tivemos muitas amarguras, e Deus vai ter pena de nós, e eu e você, titio, meu tio adorado, vamos conhecer uma vida luminosa, bela, elegante, nós vamos nos alegrar e vamos recordar os nossos desgostos de hoje com carinho, com um sorriso, e vamos descansar. Eu acredito, tio, eu acredito com fervor, com paixão...

Fica de joelhos diante do tio e pousa a cabeça nas mãos dele; com a voz exausta.

Nós vamos descansar!

Tieliéguin toca o violão baixinho.

Vamos descansar! Vamos ouvir os anjos, vamos ver todo o céu coberto de diamantes, vamos ver todo o mal da terra e todos os nossos sofrimentos desaparecerem na misericórdia que vai tomar o mundo inteiro, e a nossa vida será serena, cheia de ternura, doce como uma carícia. Eu acredito, eu acredito... (*enxuga com um lenço as lágrimas do tio*) Pobre tio, pobre tio Vânia, você está chorando... (*entre lágrimas*) Na sua vida, você não conheceu alegrias, mas espere, tio Vânia, espere... Nós vamos descansar... (*abraça-o*) Nós vamos descansar!

Ouve-se o barulho do vigia, lá fora.

Tieliéguin toca o violão baixinho; Maria Vassílievna faz uma anotação na margem de um livro; Marina tricota um pé de meia.

    Nós vamos descansar!

A cortina baixa lentamente.

Três irmãs

Apresentação

Tchékhov escreveu *Três irmãs* entre agosto e dezembro de 1900, mas continuou a fazer alterações durante os ensaios, até a estreia, em 31 de janeiro de 1901. No mesmo ano, o texto da peça foi publicado na revista *Pensamento Russo* e, logo depois, em livro. Tchékhov tinha 41 anos e casou-se em maio de 1901 com Olga Knipper, atriz do Teatro de Arte de Moscou, para o qual a peça foi escrita. Pois logo depois da estreia de *Tio Vânia*, em outubro de 1899, Stanislávski e Nemiróvitch-Dântchenko, diretores daquele teatro, animados com o êxito de seu trabalho, passaram a pedir com insistência que Tchékhov escrevesse outra peça, e rápido. Desse modo, a rigor, *Três irmãs* foi a primeira peça que o autor concebeu especialmente para o Teatro de Arte de Moscou.*

Como sofria de tuberculose, Tchékhov residia na Criméia, região de temperaturas mais amenas, e foi lá, em Ialta, que escreveu a peça. Por isso, não acompanhou os ensaios, não assistiu à estreia e só foi ver, afinal, a peça encenada em setembro de 1901, ou seja, na temporada seguinte, ocasião em que acompanhou também alguns ensaios. Nesse intervalo, comunicava-se com os diretores

---

* A. I. Reviákin, "Primetchánia" (comentários). In: Tchékhov, A. P. *Obra completa reunida e cartas em 30 volumes*. Moscou: Naúka, 1974-82, v. 13, 1978.

e atores apenas por meio de cartas, salvo alguma visita eventual de Stanislávski a Ialta. Nesse aspecto, é preciso ter em mente que a temporada teatral russa coincidia com os meses frios, justamente a época menos propícia para a saúde já bem debilitada do escritor, que, por conta de sua doença, viria a morrer em 1904.

O material básico da peça provém de experiências reais. Segundo a irmã do autor, o ambiente militar representado na obra se inspirou na casa de um coronel, comandante de bateria, que Tchékhov e seus familiares haviam frequentado alguns anos antes, numa cidade de província chamada Voskressiénskoie. Alguns personagens, na opinião dela, teriam sido calcados em figuras da elite local. De todo modo, em *Três irmãs*, os militares cumprem nitidamente a mesma função do professor Serebriakóv em *Tio Vânia*, ou do escritor Trigórin em *A gaivota*: o elemento oriundo da cidade grande que, durante sua estada numa comunidade provinciana ou rural, perturba e marca profundamente aqueles que, depois de sua partida, se veem forçados a continuar onde estavam.

Apesar da recorrência do mesmo padrão, *Três irmãs* é de longe a mais complexa das peças de Tchékhov e apresenta inovações que parecem desconcertantes. As cartas do autor dão conta das dificuldades para controlar seu material e compor um todo coeso. Para a atriz Olga Knipper, por exemplo, ele se queixou: "Não estou escrevendo uma peça, mas uma confusão generalizada. Tem personagens demais, pode ser que eu largue tudo e pare de escrever". E também: "O tempo todo fico sentado diante da peça, mais penso do que escrevo... são personagens demais, falta espaço, receio que fique obscuro ou insípido".

Na verdade, se compararmos a lista de personagens, veremos que seu número não é maior do que no caso de *A gaivota* ou *O jardim das cerejeiras*. O que ocorre, de fato, é que as falas se distribuem de maneira muito mais igualitária e descentralizada. Ou seja, há mais falas e mais tempo reservados a um número maior de personagens. Além disso, no conjunto, há quase sempre uma quantidade maior de pessoas em cena, e a circunstância de viverem, todas elas, em esferas específicas, restritas e relativamente isoladas, com escassa comunicação entre si, aprofundava mais ainda a complexidade do trabalho de Tchékhov.

Chama a atenção o modo como os personagens seguem, cada um, sua linha de fala própria, paralela às demais, a ponto de o resultado configurar uma espécie de mosaico de monólogos. Mas tudo indica que isso não ocorre por vontade própria dos personagens. Ao contrário, a busca sincera de uma reciprocidade afetiva se manifesta, no decorrer das cenas, como uma pressão subjacente e constante, ainda que muda.

Coagidos pela insuficiência da expressão verbal cotidiana, que não lhes permite uma comunicação satisfatória, os personagens se veem obrigados a recorrer a onomatopeias, assovios, sons de animais, interjeições, formas de linguagem mecânicas e puramente acústicas, frases feitas, versos avulsos e refrões de canções, frases lidas num jornal, rimas insólitas e respostas sem nexo (recurso preferido do oficial Solióni). Como réplica, serve até mesmo um verbo do latim conjugado em todas as pessoas do presente, como faz Macha.

Um episódio, em particular, atesta os desafios que Tchékhov enfrentou durante a redação da peça. No dia 29 de outubro de 1900, no Teatro de Arte de Moscou, foi feita a primeira leitura do texto, com a rara presença do autor e de toda a companhia teatral. Ao fim, segundo as memórias de Olga Knipper, "reinava uma perplexidade, um silêncio... Tchékhov sorria sem graça, tossia nervoso e dizia que aquilo era só um esboço, e não uma peça". Questionado pelos atores sobre certos trechos, Tchékhov dava respostas monossilábicas, evasivas, sem explicações, e quando lhe perguntaram sobre o diálogo de Macha e Verchínin, em que os dois dizem "Tram-tam-tam", ele se esquivou: "Não é nada em especial, é só uma brincadeira".

Embora o próprio Tchékhov tivesse classificado a peça como "drama", no seu manuscrito, ele disse para Stanislávski, naquela ocasião, que havia escrito uma comédia e até um vaudeville. O diretor conta que, depois dessa primeira leitura, Tchékhov "saiu do teatro desgostoso e irritado, como era raro acontecer".

De volta a Ialta, e depois em Nice, Tchékhov retrabalhou todo o texto da peça até o fim de dezembro. Em janeiro de 1901, durante os ensaios, a troca de cartas entre autor, atores e diretores se tornou mais intensa e as explicações de Tchékhov se mostraram bem mais claras. Para Olga Knipper, no papel de Macha, ele escreveu: "Não faça cara de triste em nenhum ato. Irritada, sim, mas não triste. As pessoas que carregam a amargura há muito tempo, e se habituaram a isso, limitam-se a assoviar e a pensar muito". E também: "a confissão de Macha no terceiro ato não é uma confissão, mas apenas uma conversa franca. Nervosa, mas não desesperada; não grite, sorria, ainda que só de vez em quando e, sobretudo, se porte de modo que se perceba o cansaço profundo da noite passada em claro".

Nessa altura dos ensaios, a peça já empolgava toda a companhia teatral, que agora reconhecia na obra uma autêntica inovação na linguagem da dramaturgia, um desafio à altura da ambição artística e da capacidade intelectual daquele grupo. Uma carta do diretor Nemiróvitch--Dântchenko para o autor, escrita poucos dias antes da estreia, revela muito bem a intensidade do que se passou naquelas poucas semanas:

> No início, a peça me pareceu sobrecarregada, tanto pelo autor como pelo diretor;* sobrecarregada por

---
* No caso, Stanislávski.

uma abundância de detalhes, concebidos com talento
e executados com talento, mas mesmo assim exces-
sivos [...] Pareceu-me quase impossível elaborar um
todo harmonioso, bem-proporcionado, a partir de todos aqueles estilhaços de episódios independentes, de
todos aqueles pensamentos, atitudes, características e
manifestações individuais e avulsas, sem prejuízo da
encenação da peça ou da clareza da expressão de cada
uma de suas inúmeras minúcias. Porém pouco a pouco, após a exclusão de um ou outro detalhe, o todo, o
conjunto, começou a ficar claro e se tornou evidente o
que era preciso buscar e que rumo era preciso seguir
[...] a fábula da peça se desenvolve como numa obra
épica, mas sem aqueles choques a que os dramaturgos
da velha escola precisavam recorrer, e sim em meio ao
simples curso da vida, captado de modo fiel.

Portanto, com sua agudeza intelectual, Dântchenko soube vislumbrar na peça um "épico" do cotidiano, do dia a dia, sem heróis nem vilões nem façanhas, projetado em perspectiva realista e estruturado com base menos na ação comum do que na autonomia dos episódios, dos personagens e de suas falas.

A época em que Tchékhov compõe suas peças é marcada pela acelerada ascensão da burguesia russa e pelo descenso da antiga aristocracia, de raiz agrária. Como as demais peças do autor, *Três irmãs* é impulsionada internamente pelos efeitos desse processo histórico. A evidente oposição entre Moscou e o meio rural ou provinciano denota, logo de saída, já nas primeiras falas da peça, a tensão a que os personagens estão submetidos, sob o fascínio do mundo urbano, da cidade grande, das novas formas sociais, que se refletem em sua consciência como uma miragem inalcançável, acima de suas forças.

Esse sentimento é reiterado nas falas de vários personagens; por exemplo, quando Olga diz que ser diretora do colégio "está além de minhas forças" ou quando Irina diz que amar "está fora do meu alcance", ou que ela não consegue mais falar italiano, ou que Macha não sabe mais tocar piano. Isso sem falar das incontáveis ocasiões em que os personagens repetem expressões como "não consigo", "não aguento", "estou cansada". A impotência e a inaptidão subjetivas exprimem a situação de uma classe social esgotada e sem saída. Pois as três irmãs são filhas de um general falecido e herdaram, junto com o irmão Andrei, uma mansão e um parque contíguo, além do direito a uma pensão mensal. Obviamente, pertencem a um grupo social privilegiado, porém estagnado, sem perspectivas, e sua relativa riqueza é apenas um vestígio do passado e está em evidente dissolução.

Para entender a coesão temática da peça, vale a pena ressaltar a maneira como os militares desempenham a função de uma imagem, ou de um reflexo, da nobreza, como classe social. Segundo as próprias palavras dos oficiais, eles não trabalham, deliciam-se em "filosofar" e, obviamente, sabem que há muito de honorífico em seus postos e carreiras. O oficial Soliôni se imagina uma espécie de Liérmontov,* no que exprime o saudosismo romântico e anacrônico da antiga nobreza. O tenente e barão Tuzenbakh resolve pedir baixa a fim de "trabalhar", "enriquecer", ou seja, tornar-se burguês. Quando Macha diz que "na nossa cidade as pessoas mais respeitáveis, mais nobres e educadas são os militares" e que "entre os civis, em geral, há tanta gente rude, indelicada, sem educação", deixa transparecer uma nostalgia de classe, em que os civis representam os burgueses e os militares, os nobres.

A manifestação mais clara desse processo, no entanto, encontra-se na personagem Natacha. Ela ingressa na família, e na casa, por meio do matrimônio com Andrei, único filho homem do general falecido. No primeiro ato,

---

* Mikhail Liérmontov (1814-41), grande poeta romântico russo.

Natacha é criticada pelas três irmãs, que dizem que ela não sabe se vestir com bom gosto, que a cor de seu cinto é mal escolhida. No fundo, elas nem acreditam que seu irmão deseje, a sério, casar-se com Natacha. Chamam-na de "burguesinha". No correr da peça, porém, de maneira gradual, mas bem marcada, Natacha vai ganhando poder, até prevalecer por completo sobre as três irmãs e se tornar a senhora única e absoluta de toda a casa. No último ato, mãe das duas únicas crianças da família, Natacha anuncia que vai até derrubar as árvores do parque. Por fim, para coroar o triunfo da "burguesinha", é ela quem critica a cor do cinto de Irina, uma das três irmãs.

Também é bastante significativa a maneira como a peça se estrutura no tempo. Observemos que, no primeiro ato, Irina tem vinte anos e no último, 24. De forma esquemática, vejamos a distribuição dos atos segundo as estações do ano e as horas do dia:

Primeiro ato: Primavera. Meio-dia.
Segundo ato: Inverno. Oito horas da noite.
Terceiro ato: Verão. Três da madrugada.
Quarto ato: Outono. Meio-dia.*

Ou seja, as estações do ano intermediárias se situam no início e no fim da peça. Nesses dois atos, a ação se passa justamente no meio do dia, o horário intermediário por excelência. Desse modo, a estrutura geral da peça sublinha, na entrada e na saída, a noção de transição, de uma transformação em curso. Ao passo que os dois pontos extremos (inverno e verão) ficam encerrados nos atos centrais: uma imagem dos anseios infrutíferos, sem saída, dos impulsos que chegaram a seu limite.

Por último, a circunstância de os personagens se verem muitas vezes compelidos a falar sozinhos leva a fala dramática a derivar no sentido da voz lírica. Isso pressiona,

---

* Tieza Tissi Barbosa, *As partituras de Stanislávski para* As três irmãs, *de Tchékhov*. São Paulo: Perspectiva, 2018.

por dentro, todo o arcabouço dramático da peça. Nesse aspecto, vale a pena chamar a atenção para o terceiro ato, no qual vários personagens falam sozinhos, enquanto os outros, exaustos, dormem em redor. Enfim, a surdez parcial do criado Ferapont apenas explicita, ou até somatiza, essa tendência. Não é à toa que Andrei lhe diz: "Se você escutasse bem, talvez eu não estivesse falando com você".

No entanto, o lírico e a poesia estão presentes na peça também de outra forma. Embora tenha sido concebida explicitamente para ser encenada por atores num palco, Tchékhov escreveu *Três irmãs* como se fosse um poema. Em sua composição, identificamos traços flagrantes de linguagem poética, como a máxima concentração de temas e conceitos em reduzido material linguístico e o emprego de repetições, paralelismos, alusões, metáforas e cruzamentos lógicos de toda ordem. Forma-se, assim, um tipo de sistema de rimas e ritmos, como atesta, por exemplo, a reiteração da expressão russa *vsió ravnó* (não faz diferença), repisada trinta vezes, passando pela voz de todos os personagens mais importantes, até alcançar a penúltima fala da peça.

Vsiévolod Meyerhold, um dos célebres atores e diretores do Teatro de Arte de Moscou naquela época, deu um claro testemunho desse fato, quando afirmou, anos depois, que o segredo de Tchékhov residia na cadência e no andamento das falas e da encenação. No caso de *Três irmãs*, o resultado é uma obra que também pode e deve ser lida e relida em silêncio, com o mesmo vagar e a mesma concentração que um poema, até que seus significados e seus questionamentos possam, pouco a pouco, vencer a barreira de nossos ouvidos.

Três irmãs
Drama em quatro atos

Personagens

ANDREI SERGUÉIEVITCH PRÓZOROV
NATÁLIA (ou NATACHA) IVÁNOVNA, sua noiva, depois esposa

OLGA
MACHA
IRINA (as três irmãs de PRÓZOROV)

FIÓDOR ILITCH KULÍGUIN, professor de ginásio, marido de
  MACHA
ALEKSANDR IGNÁTIEVITCH VERCHÍNIN, tenente-coronel,
  comandante de uma bateria
NIKOLAI LVÓVITCH TUZENBAKH, barão, tenente
VASSÍLI VASSÍLIEVITCH SOLIÓNI, subcapitão
IVAN ROMÁNOVITCH TCHEBUTÍKIN, médico militar
ALEKSEI PETRÓVITCH FEDÓTIK, subtenente
VLADÍMIR KARLÓVITCH RODE, subtenente
FERAPONT, guarda do *ziêmstvo*,* velho
ANFISSA, babá, oitenta anos

A ação se passa numa cidade de província.

---

* Assembleia ou conselho de administração local, formado pela nobreza e pela burguesia, criado em 1864 e abolido após a Revolução de 1917.

Primeiro ato

Casa dos Prózorov. Sala com colunas, atrás delas se vê um amplo salão. Meio-dia; do lado de fora, faz sol, um dia bonito. No salão, estão pondo a mesa para o almoço.

Olga, com o vestido azul-escuro do uniforme das professoras do ginásio feminino do ziêmstvo, de pé, corrige cadernos dos alunos o tempo todo, andando ou parada; Macha, de vestido preto, sentada, com o chapéu sobre os joelhos, lê um livro; Irina, de vestido branco, está de pé, pensativa.

OLGA Faz exatamente um ano que o papai morreu, neste mesmo dia, 5 de maio, o dia de sua santa onomástica,* Irina. Fazia muito frio e estava nevando. Achei que eu não ia sobreviver e você caiu desmaiada, parecia morta. Mas agora passou um ano e recordamos isso com naturalidade, você pôs até um vestido branco e seu rosto está radiante. (*o relógio bate doze horas*) Naquela vez, o relógio também bateu.

Pausa.

---

* Na Rússia, como em outros países, as pessoas comemoram o aniversário no dia do santo correspondente ao seu nome.

Lembro que, quando levaram o corpo de papai, havia música e, no cemitério, dispararam uma salva de tiros. Ele era general, comandava uma brigada, no entanto havia pouca gente. Estava chovendo, na verdade. Caía uma chuva forte e com neve.

IRINA Para que lembrar?

Atrás das colunas, no salão, junto à mesa, aparecem o barão Tuzenbakh, Tchebutíkin e Solióni.

OLGA Hoje o tempo está quente, as janelas podem ficar abertas, mas as bétulas ainda estão sem folhas. Faz onze anos que papai foi designado para comandar a brigada e nos trouxe de Moscou para cá, e eu recordo muito bem que, no início de maio, nesta mesma época do ano, em Moscou, tudo já estava florido, quente, iluminado pelo sol. Passaram onze anos, mas eu me lembro de tudo, como se tivéssemos partido de lá ontem. Meu Deus! Hoje de manhã, eu acordei, vi toda essa luz, vi a primavera e, por dentro, me veio uma onda de alegria, um desejo ardente de ir para minha cidade natal.

TCHEBUTÍKIN Nem morto!

TUZENBAKH Claro, isso é uma bobagem.

Macha, pensativa, lendo o livro, assovia uma melodia, baixinho.

OLGA Não assovie, Macha. Como pode fazer isso?

Pausa.

Eu dou aulas no ginásio todo dia, depois ainda dou aulas particulares até de noite, e é por isso que minha cabeça fica doendo o tempo todo e me vêm esses pensamentos, como se eu já estivesse velha. Na verdade, nesses quatro anos de trabalho no ginásio, eu tenho a sensação de que

a cada dia, gota a gota, eu perco meu vigor e a minha juventude. E a única coisa que cresce e ganha força é só este sonho...
IRINA Partir para Moscou. Vender a casa, terminar com tudo aqui e... ir para Moscou...
OLGA Sim! Para Moscou, e rápido.

Tchebutíkin e Tuzenbakh riem.

IRINA Nosso irmão provavelmente será professor universitário, ele não vai mesmo ficar morando aqui. O único problema é nossa pobre Macha.
OLGA Macha irá nos visitar em Moscou todos os anos, no verão.

Macha assovia uma melodia baixinho.

IRINA Deus queira que tudo dê certo. (*olhando para a janela*) O tempo hoje está bonito. Eu não sei de onde vem toda essa euforia dentro de mim! Hoje de manhã, lembrei que era o dia da minha santa onomástica e, de repente, senti uma alegria e me lembrei da infância, quando a mamãe ainda estava viva. E que pensamentos maravilhosos me invadiram!
OLGA Hoje você está muito radiante mesmo, parece excepcionalmente bonita. E Macha também parece bonita. O Andrei também podia estar bonito, só que engordou demais e, nele, isso não fica bem. Já eu envelheci e emagreci muito, e deve ser porque me irrito com as meninas do ginásio. Mas hoje, olhem só, eu estou de folga, em casa, não tenho dor de cabeça e me sinto mais jovem do que ontem. Tenho vinte e oito anos, só isso... Não importa, Deus sabe o que faz, mas me parece que seria melhor se eu estivesse casada e passasse o dia inteiro em casa.

Pausa.

Eu amaria o meu marido.

TUZENBAKH (*para Solióni*) O senhor fala muita bobagem, estou farto de ouvir. (*entrando na sala*) Eu me esqueci de avisar. Hoje as senhoras terão a visita do nosso novo comandante de bateria, o Verchínin. (*senta-se ao piano*)

OLGA Ah, é? Puxa! Fico muito contente.

IRINA Ele é velho?

TUZENBAKH Não, muito pouco. No máximo quarenta, quarenta e cinco. (*toca piano baixinho*) Parece um ótimo sujeito. Tolo ele não é, disso não há dúvida. Só que fala demais.

IRINA É um homem interessante?

TUZENBAKH Sim, bastante, mas tem esposa, sogra e duas filhas pequenas. Além do mais, é seu segundo casamento. Em toda casa que visita, ele conta que tem esposa e duas filhas. E aqui também vai dizer isso. A esposa é meio ruim da cabeça, usa uma trança comprida de menina, só fala coisas grandiloquentes, filosofa e tenta se suicidar com frequência, obviamente para provocar o marido. Eu já teria largado essa esposa há muito tempo, mas ele suporta, e fica apenas se lamentando.

SOLIÓNI (*entra na sala, vindo do salão, com Tchebutíkin*) Com uma mão só, eu levanto um *pud* e meio, mas, com as duas, levanto cinco e até seis *pud*. Disso eu concluo que dois homens não são duas vezes mais fortes do que um homem só, mas sim três vezes ou até mais...

TCHEBUTÍKIN (*lê um jornal enquanto caminha*) Em caso de queda de cabelo... duas pitadinhas de naftalina em meia garrafa de álcool... dissolver e aplicar todo dia... (*anota numa caderneta*) Vamos anotar isso, sim senhor! (*para Solióni*) Pois bem, como eu estava dizendo, arrolhamos uma garrafa e, através da rolha, introduzimos um tubinho de vidro... Depois, o senhor pega um pouquinho do mais simples e mais trivial *kvas*...*

IRINA Ivan Románitch, meu querido Ivan Románitch!

TCHEBUTÍKIN O que foi, minha menina, minha alegria?

IRINA Diga-me, por que hoje estou tão feliz? Tenho a impressão de que eu estou num barco à vela e há grandes pássaros brancos pairando acima de mim, num vasto céu azul. Por que isso? Por quê?

TCHEBUTÍKIN (*beija as mãos dela com carinho*) Meu pássaro branco...

IRINA Hoje, quando acordei, levantei da cama, me lavei, e de repente me veio a impressão de que tudo no mundo está claro para mim e de que eu sei como se deve viver. Meu querido Ivan Románitch, eu sei tudo. O homem, seja quem for, deve trabalhar muito, sentir o suor no rosto, e apenas nisso e em mais nada reside o sentido e o objetivo da sua vida, da sua alegria, da sua felicidade. Como é bonito ser um trabalhador que levanta ao raiar do dia e quebra pedras na rua, ou um pastor de ovelhas, ou um professor que ensina as crianças, ou um maquinista da estrada de ferro... Meu Deus, nem é preciso ser um homem, é melhor ser um boi, é melhor ser um mero cavalo, contanto que trabalhe, é melhor isso do que ser uma mulher jovem, que acorda ao meio-dia, depois toma o café na cama e, depois de duas horas, se veste... Ah, como é horrível! Assim como num dia muito quente nós temos vontade de beber água, também é a minha vontade de trabalhar. Se, daqui para a frente, eu não acordar cedo e trabalhar, Ivan Románitch, não me dê mais a sua amizade.

TCHEBUTÍKIN (*com ternura*) Eu não darei, não darei...

---

* Bebida fermentada, de muito baixo teor alcoólico, feita de cereais.

OLGA O papai nos ensinou a levantar às sete horas. Agora, Irina acorda às sete, mas fica na cama pelo menos até as nove, pensando em não sei o quê. E com uma cara tão séria! (*ri*)

IRINA Você se acostumou a me ver como uma criança e estranha quando meu rosto fica sério. Eu tenho vinte anos!

TUZENBAKH Essa ânsia de trabalhar, ah, meu Deus, eu compreendo muito bem! Eu nunca trabalhei na vida, nem uma vez. Nasci em Petersburgo, lugar frio e ocioso, numa família que nunca soube o que é trabalho ou o que é passar necessidade. Lembro que quando eu voltava para casa, vindo da escola militar, um criado descalçava as minhas botas. Naquele tempo eu era cheio de caprichos, minha mãe olhava para mim com veneração e ficava surpresa quando outras pessoas me encaravam de outra maneira. Queriam me poupar do trabalho. Mas é difícil e, no final, não vão conseguir, não há jeito! Está chegando a hora, alguma coisa colossal paira ameaçadora sobre nós, está se armando uma tempestade forte, sadia, que já se aproxima e logo vai varrer da nossa sociedade a preguiça, a indiferença, o preconceito contra o trabalho, esse tédio podre. Eu vou trabalhar e, daqui a uns vinte e cinco ou trinta anos, todos irão trabalhar. Todos!

TCHEBUTÍKIN Eu não vou trabalhar.

TUZENBAKH O senhor não conta.

SOLIÓNI Daqui a vinte e cinco anos, o senhor não estará mais neste mundo, graças a Deus. Daqui a dois ou três anos, o senhor vai morrer de apoplexia ou eu mesmo vou meter uma bala na sua testa, meu caro. (*tira do bolso um frasco de perfume e borrifa no peito e nas mãos*)

TCHEBUTÍKIN (*rindo*) Eu, de fato, nunca fiz nada. Depois que terminei a universidade, nunca mais movi um dedo sequer. Nem mesmo cheguei a ler um livro até o fim, só leio os jornais... (*tira do bolso outro jornal*) Olhe... Pelos jornais, por exemplo, eu sei que existiu um tal de Dobro-

liúbov,* mas o que foi que ele escreveu, isso eu não sei...
Só Deus sabe...

Soam batidas no chão, o som vem do andar de baixo.

Olhem... Estão me chamando lá embaixo, alguém veio falar comigo. Voltarei logo... esperem um pouquinho... (*sai às pressas, penteando a barba*)
IRINA Ele está tramando alguma coisa.
TUZENBAKH É. Saiu com uma cara muito solene, é óbvio que daqui a pouco vai trazer um presente para a senhora.
IRINA Que desagradável!
OLGA Sim, é horrível. Ele sempre faz essas bobagens.
MACHA Nas terras de Lukomórie, há um carvalho verde, preso por uma corrente de ouro...** uma corrente de ouro... (*ela se levanta e cantarola baixinho*)
OLGA Você não está muito alegre hoje, Macha.

Macha, cantarolando, põe o chapéu.

Aonde vai?
MACHA Para casa.
IRINA Que estranho...
TUZENBAKH Vai abandonar a festa de Irina?
MACHA Não faz diferença... Eu virei de novo à noitinha. Adeus, minha querida... (*beija Irina*) Mais uma vez, eu lhe desejo saúde e felicidade. Antigamente, quando papai estava vivo, trinta ou quarenta oficiais vinham à nossa casa no dia de nossos santos onomásticos, era

---

* Nikolai Aleksándrovitch Dobroliúbov (1836-61), crítico literário e ensaísta russo, de linha materialista, próximo aos revolucionários democráticos.
** Versos extraídos do poema *Ruslan e Liudmila*, de Aleksandr Púchkin. Lukomórie é o nome de uma região lendária na tradição russa, frequente nos contos de fadas.

uma agitação, mas hoje só aparecem uma ou duas pessoas e tudo fica silencioso como um deserto... Eu vou embora... Hoje eu estou com melancolia, não me sinto animada, mas não ligue para o que eu falo. (*rindo entre lágrimas*) Depois conversaremos, por enquanto adeus, minha querida, nem sei para onde eu vou.

IRINA (*insatisfeita*) Puxa, você tem cada uma...

OLGA (*entre lágrimas*) Eu compreendo você, Macha.

SOLIÓNI Se um homem filosofa, isso é "filossofística", ou sofística, como se diz; mas se é uma mulher ou duas mulheres que filosofam, aí já se trata de... jogar conversa fora.

MACHA O que quer dizer com isso, homem horroroso?

SOLIÓNI Nada. "Nem gemer ele conseguiu, quando sobre ele um urso caiu."*

Pausa.

MACHA (*zangada, para Olga*) Pare com essa choradeira!

Entram Anfissa e Ferapont com uma torta.

ANFISSA Por aqui, meu velho. Entre, seus pés estão limpos. (*para Irina*) Mandaram isto aqui do *ziêmstvo*, foi o Mikhail Ivánitch Protopópov... é um empadão.

IRINA Obrigada. Agradeça a ele. (*recebe a torta*)

FERAPONT O quê?

IRINA (*mais alto*) Agradeça a ele!

OLGA Babá, dê o empadão para ele. Vá, Ferapont, você vai ganhar um pedaço do empadão.

FERAPONT. O quê?

ANFISSA Vamos, meu velho, vamos, Ferapont Spiridónitch. Vamos... (*sai com Ferapont*)

---

* Citação ligeiramente alterada de versos da fábula "O camponês e o operário", de I. A. Krilóv (1769-1864), escritor russo.

MACHA Eu não gosto desse Protopópov, nem sei se ele se chama Mikhail Potápitch ou Ivánitch. Não convém convidá-lo.
IRINA Eu não convidei.
MACHA E fez muito bem.

Entra Tchebutíkin, atrás dele vem um soldado com um samovar de prata; vozes de espanto e descontentamento.

OLGA (*cobre o rosto com as mãos*) Um samovar! Isso é horrível! (*sai para o salão, vai para junto da mesa*)

Macha, Tuzenbakh e Irina falam ao mesmo tempo.

IRINA Ivan Románitch, meu anjo, o que o senhor está fazendo?
TUZENBAKH (*ri*) Eu bem que avisei.
MACHA Ivan Románitch, o senhor não tem mesmo vergonha!
TCHEBUTÍKIN Minhas caras, minhas queridas, as senhoras são tudo que tenho, são o que há de mais precioso para mim neste mundo. Em breve, eu vou completar sessenta anos, sou velho, sozinho, um velho inútil... Não tenho nada de bom, a não ser esse amor pelas senhoras e, se não fossem as senhoras, há muito tempo que eu não estaria mais neste mundo... (*para Irina*) Minha querida, minha criança, eu conheço a senhora desde o dia que nasceu... eu a segurei nos meus braços... eu amava sua falecida mãe...
IRINA Mas para que esses presentes tão caros?
TCHEBUTÍKIN (*em lágrimas, zangado*) Presentes caros... Ora essa! (*para o criado*) Leve o samovar para lá... (*apressa o criado*) Presentes caros...

O criado leva o samovar para o salão.

ANFISSA (*passando pela sala*) Minhas queridas, está aí um

coronel desconhecido! Já tirou o casaco, meninas, está vindo para cá. Arínuchka,* vamos, seja gentil, seja boazinha com ele... (*saindo*) E já está mais do que na hora de almoçar... Meu Deus...
TUZENBAKH É o Verchínin, na certa.

Entra Verchínin.

O tenente-coronel Verchínin!
VERCHÍNIN (*para Macha e Irina*) Tenho a honra de me apresentar: Verchínin. Estou muito, muito contente de visitar, afinal, a sua casa. Mas como as senhoras estão crescidas! Puxa!
IRINA Sente-se, por favor. Para nós, é uma grande satisfação.
VERCHÍNIN (*alegre*) Como estou contente, como estou contente! Mas, afinal, são três irmãs. Eu me lembro, eram três meninas. Dos rostos, eu não me lembro mais, porém recordo muito bem que o seu pai, o coronel Prózorov, tinha três filhas pequenas, eu vi com meus próprios olhos. Como o tempo passa! Ah, como o tempo passa!
TUZENBAKH Aleksandr Ignátievitch, de Moscou.
IRINA De Moscou? O senhor é de Moscou?
VERCHÍNIN Sim, de lá mesmo. O seu falecido pai foi comandante de uma bateria em Moscou e eu era oficial na mesma brigada. (*para Macha*) Veja só, acho que eu estou me lembrando um pouco do rosto da senhora.
MACHA Mas eu não me lembro do senhor!
IRINA Ólia! Ólia! (*grita para o salão*) Ólia, venha aqui!

Olga vem do salão para a sala.

Acabamos de saber que o tenente-coronel Verchínin é de Moscou.
VERCHÍNIN Portanto, a senhora é a Olga Serguéievna, a

---
* Hipocorístico de Irina.

mais velha... E a senhora é a Maria... e a senhora é a Irina, a mais jovem...

OLGA O senhor é de Moscou?

VERCHÍNIN Sim. Eu estudei em Moscou e comecei a servir o Exército em Moscou, fiquei lá muito tempo, até que recebi o comando de uma bateria aqui e... como estão vendo, mudei para cá. Não me lembro das senhoras, propriamente falando, só lembro que eram três irmãs. O pai das senhoras ficou bem marcado na minha memória, basta eu fechar os olhos que eu o vejo na minha frente, como se estivesse vivo. Eu estive na sua casa, em Moscou...

OLGA Acho que estou me lembrando de tudo, agora...

VERCHÍNIN Eu me chamo Aleksandr Ignátievitch...

IRINA Aleksandr Ignátievitch, o senhor é de Moscou... Vejam que surpresa!

OLGA Pois nós vamos mudar para lá.

IRINA Acho que no outono já estaremos em Moscou. É nossa cidade natal, nós nascemos lá... Na rua Stáraia Basmánnaia...

As duas riem da alegria.

MACHA Que surpresa encontrar um conterrâneo. (*animada*) Agora eu lembrei! Olga, lembra que lá em casa sempre falavam do "major apaixonado"? Na época, o senhor era tenente, estava apaixonado por alguém e, não sei por que razão, viviam brincando, chamando o senhor de major...

VERCHÍNIN (*ri*) Ora, ora... O major apaixonado, era isso mesmo...

MACHA Na época, o senhor só tinha bigodes... Ah, como o senhor envelheceu! (*entre lágrimas*) Como o senhor envelheceu!

VERCHÍNIN Sim, no tempo em que me chamavam de major apaixonado, eu ainda era moço, e vivia apaixonado. Agora, é diferente.

OLGA Mas o senhor ainda não tem nenhum fio de cabelo branco. O senhor envelheceu, mas ainda não está velho.
VERCHÍNIN No entanto, já tenho quarenta e dois anos. As senhoras vieram de Moscou há muito tempo?
IRINA Onze anos. Ora essa, Macha, por que está chorando, sua tolinha... (*entre lágrimas*) Eu também vou começar a chorar...
MACHA Não é nada. Mas, diga, em que rua o senhor morava?
VERCHÍNIN Na rua Stáraia Basmánnaia.
OLGA Nós também...
VERCHÍNIN Por um tempo, eu morei na rua Nemiétskaia. De lá, eu mudei para Krásnie Kazármi.* No caminho, há uma ponte triste, a água passa murmurando por baixo da ponte. Sozinho, ali, dá uma tristeza no coração.

Pausa.

Mas, aqui, como o rio é largo e exuberante! Que rio maravilhoso!
OLGA Sim, só que é gelado. Aqui faz frio e tem mosquitos...
VERCHÍNIN Essa é boa! O clima aqui é muito saudável, bonito, eslavo. A floresta, o rio... e aqui também temos as bétulas. As bétulas são encantadoras, sóbrias; de todas as árvores, aquelas de que mais gosto são as bétulas. Viver aqui é bom. Só acho estranho a estação ferroviária ficar a vinte verstas...** E ninguém sabe por quê.
SOLIÓNI Mas eu sei por que é assim.

Todos olham para ele.

Se a estação ficasse perto, não ficaria longe, e se está longe, quer dizer que não está perto.

* Em russo, casernas vermelhas. Grande residência de militares, construída no século XVIII, junto à rua de mesmo nome.
** Uma versta equivale a 1,067 quilômetro.

Silêncio constrangedor.

TUZENBAKH Vassíli Vassílitch, o brincalhão.
OLGA Agora eu também me lembrei do senhor. Estou lembrando.
VERCHÍNIN Eu conheci a sua mãe.
TCHEBUTÍKIN Ela era boa, que Deus a tenha.
IRINA Mamãe foi enterrada em Moscou.
OLGA No cemitério Novodiévitche...
MACHA Imagine, eu já estou começando a me esquecer do rosto dela. É assim que as pessoas também não vão se lembrar de nós. Vão esquecer.
VERCHÍNIN Sim, vão esquecer. É o nosso destino, não há o que fazer. Vai vir o tempo em que aquilo que hoje nós julgamos sério, importante, muito grave, acabará sendo esquecido ou vai parecer totalmente irrelevante.

Pausa.

O interessante é que agora nós não podemos saber, de maneira nenhuma, o que será considerado valioso e importante, no futuro, e o que será visto como lamentável e ridículo. Por acaso as descobertas de Copérnico ou, digamos, de Colombo não pareceram sem valor e ridículas, no início, enquanto um absurdo qualquer escrito por um excêntrico parecia a mais pura verdade? Pode acontecer de a nossa vida atual, que aceitamos muito bem tal como é, vir com o tempo a ser considerada estranha, inadequada, estúpida, de pureza insuficiente ou até, quem sabe, um pecado.
TUZENBAKH Talvez. Mas pode ser, também, que a nossa vida seja vista como algo elevado e que se lembrem dela com respeito. Hoje, não há tortura, execuções, invasões, mas, em lugar de tudo isso, quanto sofrimento!
SOLIÓNI (*com voz fina*) Piu, piu, piu... É só não dar mingau para o barão que ele logo começa a filosofar.

TUZENBAKH Vassíli Vassílievitch, eu peço que o senhor me deixe em paz... (*senta-se em outro lugar*) Isso é maçante, já chega.
SOLIÓNI (*com voz fina*) Piu, piu, piu...
TUZENBAKH (*para Verchínin*) Os sofrimentos que se verificam hoje em dia, e eles são tantos... indicam, apesar de tudo, o notável progresso moral que a sociedade já alcançou...
VERCHÍNIN Sim, sim, é claro...
TCHEBUTÍKIN Barão, o senhor acabou de dizer que vão considerar nossa vida como algo elevado; mas as pessoas, apesar de tudo, são baixas... (*fica de pé*) Veja como eu sou baixinho. Para me consolar, é preciso dizer que minha vida é elevada. É compreensível.

Fora de cena, tocam um violino.

MACHA É o Andrei que está tocando, o nosso irmão.
IRINA Ele é nosso sábio. Na certa, vai ser professor universitário. Papai foi militar, mas seu filho escolheu a carreira da ciência.
MACHA Como era o desejo do papai.
OLGA Hoje, nós caçoamos demais dele. Parece que está um pouquinho apaixonado.
IRINA Por uma senhorita daqui mesmo. Hoje, ao que tudo indica, ela vai vir à nossa casa.
MACHA Ah, mas como ela pode se vestir daquele jeito? Não que a roupa seja feia ou fora de moda, mas é de dar pena. Que saia mais esquisita, tão clara e amarelada, ainda mais com aquela franja vulgar e uma blusa vermelha. E suas bochechas, tão lustrosas, tão brilhosinhas! O Andrei não está apaixonado, eu não acredito, ele tem gosto, apesar de tudo. Ele está só brincando com a gente, quer nos fazer de bobas. Ontem à noite eu soube que ela vai casar com Protopópov, o presidente do Conselho local. E isso é excelente... (*para a porta do lado*) Andrei, venha cá, meu querido, só um minutinho!

Entra Andrei.

OLGA Este é o meu irmão, Andrei Serguéitch.
VERCHÍNIN Verchínin.
ANDREI Prózorov, (*enxuga o rosto suado*) o senhor é o comandante da nossa bateria?
OLGA Imagine só, o Aleksandr Ignátievitch é de Moscou.
ANDREI Ah, é? Ora, meus parabéns: daqui em diante, as minhas irmãzinhas não darão mais sossego ao senhor.
VERCHÍNIN Eu é que já estou importunando as suas irmãs.
IRINA Veja só que porta-retratos o Andrei me deu hoje de presente! (*mostra um porta-retratos*) Ele mesmo fez.
VERCHÍNIN (*olhando para o porta-retratos sem saber o que dizer*) Sim... é bem-feito...
IRINA Veja aquela moldurazinha ali, em cima do piano, também foi ele que fez.

Andrei encolhe os ombros e se afasta.

OLGA Ele é o nosso sábio, e ainda por cima toca violino, corta a madeira e monta vários objetos, em resumo, ele tem talento para tudo. Andrei, não vá embora! É o jeito dele, sabe, vai sempre embora. Venha cá!

Macha e Irina o seguram pelo braço e, uma de cada lado, entre risos, trazem-no de volta.

MACHA Ande, ande!
ANDREI Por favor, me larguem.
MACHA Que ridículo! Antigamente, chamavam o Aleksandr Ignátievitch de o major apaixonado e ele não ficava nem um pouco aborrecido com isso.
VERCHÍNIN Não, nem um pouco!
MACHA E agora eu quero chamar você de violinista apaixonado!
IRINA Ou de professor apaixonado!...

OLGA Ele está apaixonado! O Andriucha está apaixonado!

IRINA (*aplaude*) Bravo, bravo! Bis! O Andriucha está apaixonado!

TCHEBUTÍKIN (*aproxima-se de Andrei pelas costas e abraça sua cintura*) Foi só para o amor que a natureza nos pôs neste mundo!* (*ri; o tempo todo, ele continua segurando seu jornal*)

ANDREI Está bem, chega, chega... (*enxuga o rosto*) Eu passei a noite toda sem dormir e agora minha cabeça, como dizem, está um pouco fora do lugar. Fiquei lendo até as quatro da madrugada, depois me deitei, mas não adiantou nada. Fiquei pensando em uma porção de coisas e, como agora amanhece cedo, o sol invadiu o meu quarto. Durante o verão, enquanto estiver aqui, eu quero traduzir um livro do inglês.

VERCHÍNIN. Mas o senhor sabe inglês?

ANDREI Sei. O papai, que Deus o tenha, nos martirizava com a educação. Isso é tolo e ridículo, mas não há como negar que, depois da morte dele, eu comecei a engordar e, em um ano, engordei muito. É como se o meu corpo tivesse se libertado de uma opressão. Graças a papai, eu e minhas irmãs sabemos francês, alemão e inglês, e a Irina também sabe italiano. Mas a que preço!

MACHA Nesta cidade, saber três línguas é um luxo supérfluo. Nem chega a ser um luxo, é só um acessório inútil, como um sexto dedo na mão. Nós sabemos muita coisa desnecessária.

VERCHÍNIN As senhoras sabem muita coisa desnecessária! Ora essa! (*ri*) Pois eu acho que não existe e não pode existir uma cidade, por mais maçante e triste que seja, onde uma pessoa inteligente e culta possa ser algo desnecessário. Vamos admitir que, entre os cem mil habitantes desta cidade, sem dúvida atrasada e grosseira, só existam três

---

* Versos de uma antiga opereta cômica, traduzida do francês por P. N. Kobiakov (1784- *c.*1818).

pessoas como as senhoras. Está claro que as senhoras não vão conseguir vencer a massa obscura que as rodeia; ao longo da vida, pouco a pouco, terão de ceder e vão se perder na multidão, a vida vai sufocá-las, mas mesmo assim as senhoras não vão desaparecer sem deixar algum traço da sua influência; depois, outras pessoas semelhantes vão surgir, talvez seis, e depois doze, e assim por diante, até que, afinal, as pessoas como as senhoras serão a maioria. Em duzentos, trezentos anos, a vida na Terra será inconcebivelmente bela, maravilhosa. O homem precisa de uma vida assim e, enquanto essa vida não vem, ele deve pressentir essa vida, esperar, sonhar, preparar-se para ela e, com esse fim, ele precisa ver e saber mais do que viram e souberam seus pais e seus avós. (*ri*) E a senhora ainda se lamenta de saber muita coisa desnecessária.

MACHA (*tira o chapéu*) Eu vou ficar para o almoço.

IRINA (*com um suspiro*) Na verdade, era bom alguém anotar tudo isso...

Andrei não está mais presente: ele saiu sem que ninguém notasse.

TUZENBAKH O senhor diz que, daqui a muitos anos, a vida na Terra será bela, maravilhosa. É verdade. Mas para participar dessa vida agora, à distância, é preciso se preparar para ela, é preciso trabalhar...

VERCHÍNIN (*se levanta*) Sim. Mas quantas flores as senhoras têm aqui! (*olha em redor*) Sua casa é linda. Estou com inveja! Eu passei a vida toda em casas que tinham duas cadeiras, um sofá e estufas que sempre enchiam a casa de fumaça. Na minha vida, sempre senti falta justamente dessas flores... (*esfrega as mãos*) Ah! Não importa!

TUZENBAKH Sim, é preciso trabalhar. O senhor, com certeza, está pensando: "esse alemão se comove à toa". Mas eu sou russo, palavra de honra, nem sei falar alemão. Meu pai era cristão ortodoxo...

Pausa.

VERCHÍNIN (*caminha pelo palco*) Muitas vezes, eu fico pensando: e se pudéssemos recomeçar a vida, dessa vez com mais consciência? E se esta vida que já vivemos fosse, por assim dizer, só um rascunho, enquanto a outra seria uma versão passada a limpo? Então, eu acho que cada um de nós se esforçaria, acima de tudo, para não se repetir e criaria para si, no mínimo, condições de vida diferentes, montaria uma casa assim, com flores, uma profusão de flores... Eu tenho esposa, duas filhas pequenas, além do mais a minha esposa é uma pessoa doente etc. etc. Pois bem, mas se eu pudesse recomeçar a vida, desde o início, eu não me casaria... Não, não!

Entra Kulíguin com o paletó do uniforme de professor.

KULÍGUIN (*aproxima-se de Irina*) Minha querida irmã, permita-me lhe dar os parabéns pelo dia do seu anjo* e desejar sinceramente, de todo coração, saúde e tudo o que se pode desejar para uma jovem da sua idade. Permita-me, também, lhe dar de presente este livro aqui. (*entrega um livro pequeno*) São os cinquenta anos de história de nosso ginásio. Escrito por mim. Um livro insignificante, redigido nas horas vagas, mas mesmo assim você deve ler. Bom dia, senhores! (*para Verchínin*) Kulíguin, professor do ginásio local. Conselheiro da Corte.** (*para Irina*) Neste livro, você vai encontrar a lista de todos os que concluíram o curso em nosso ginásio, ao longo de cinquenta anos. *Feci quod potui, faciant meliora potentes.**** (*beija Macha*)

---

* Outra maneira de se referir ao dia onomástico.
** Posto da hierarquia civil do serviço público do Império Russo, correspondente à sexta classe de um total de catorze.
*** Latim: "Fiz o que pude, façam melhor os que puderem". Pa-

IRINA Mas na Páscoa você já me deu este livro de presente.
KULÍGUIN (*ri*) Não pode ser! Nesse caso, devolva, ou melhor, dê para o coronel. Aceite, coronel. Leia, num dia em que não tiver nada para fazer.
VERCHÍNIN Agradeço ao senhor. (*faz menção de partir*) Tive muito prazer de conhecer as senhoras...
OLGA Mas o senhor vai embora? Não, não!
IRINA O senhor vai ficar para almoçar conosco. Por favor.
OLGA Por favor!
VERCHÍNIN (*curva-se numa reverência*) Parece que cheguei no dia de uma festa onomástica. Desculpe, eu não sabia, nem dei os parabéns à senhora... (*sai com Olga para o salão*)
KULÍGUIN Senhores, hoje é domingo, dia de descanso, então vamos descansar, vamos nos divertir, cada um conforme sua idade e sua condição. Vai ser preciso retirar os tapetes durante o verão e guardar até o inverno... Com pó da Pérsia ou naftalina... Os romanos eram saudáveis porque sabiam trabalhar e sabiam descansar, tinham *mens sana in corpore sano*.* Sua vida transcorria segundo formas bem estabelecidas. O nosso diretor diz: em qualquer vida, o mais importante é sua forma... Aquilo que perde sua forma está acabado, e também é assim em nossa vida cotidiana. (*segura Macha pela cintura, ri*) A Macha me ama. Minha esposa me ama. E as cortinas das janelas também vão junto com os tapetes... Hoje me sinto feliz, num estado de espírito excelente. Macha, hoje às quatro horas nós temos de ir à casa do diretor. Organizaram um passeio dos professores e suas famílias.
MACHA Eu não vou.
KULÍGUIN (*decepcionado*) Minha querida Macha, por quê?

---

ráfrase de palavras do orador romano Cícero (106 a.C.-43 a.C.). Com elas, os cônsules romanos passavam o poder aos sucessores.
* Latim: "Mente sadia em corpo sadio".

MACHA Depois falamos disso... (*aborrecida*) Está bem, eu vou, mas me deixe em paz, por favor... (*afasta-se*)
KULÍGUIN E depois, à noite, vamos passar um tempo na casa do diretor. Apesar de estar doente, aquele homem se esforça, acima de tudo, para ser sociável. Uma personalidade excepcional, radiante. Uma pessoa magnífica. Ontem, depois do conselho de classe, ele me disse: "Estou cansado, Fiódor Ilitch! Estou cansado!". (*olha para o relógio de parede e, depois, para o seu relógio*) O relógio de vocês está sete minutos adiantado. Pois é, ele me disse: "Eu estou cansado!".

Fora de cena, tocam violino.

OLGA Senhores, por favor, tenham a bondade de sentar para o almoço! É um empadão!
KULÍGUIN Ah, minha querida Olga, minha querida! Ontem eu trabalhei de manhã cedo até onze horas da noite, fiquei cansado e hoje me sinto feliz. (*vai para o salão, para junto da mesa*) Minha querida...
TCHEBUTÍKIN (*coloca o jornal no bolso, penteia o bigode*) Empadão! Magnífico!
MACHA (*para Tchebutíkin, com severidade*) Preste atenção: nada de beber, hoje. Está ouvindo? Beber faz mal ao senhor.
TCHEBUTÍKIN Ora essa! Eu já estou curado. Há dois anos que eu não fico bêbado. (*impaciente*) Ah, minha cara, não faz diferença.
MACHA. Mesmo assim, não se atreva a beber. Não se atreva. (*aborrecida, mas de modo que o marido não ouça*) Que diabo, mais uma noite maçante na casa do diretor!
TUZENBAKH Em seu lugar, eu não iria... Pura e simplesmente.
TCHEBUTÍKIN Não vá, meu anjo.
MACHA Sei, falar é fácil... Que vida maldita, insuportável... (*vai para o salão*)
TCHEBUTÍKIN (*vai na direção dela*) Calma!

SOLIÓNI (*vai para o salão*) Piu, piu, piu...
TUZENBAKH Chega, Vassíli Vassílitch. Pare com isso!
SOLIÓNI Piu, piu, piu...
KULÍGUIN (*alegre*) À sua saúde, coronel! Eu sou professor e, aqui, eu sou uma pessoa de casa, eu sou o marido de Macha... Ela é boa, muito boa...
VERCHÍNIN Eu vou beber esta vodca escura aqui... (*bebe*) À sua saúde! (*para Olga*) Eu me sinto tão bem na casa das senhoras!...

Na sala, ficam apenas Irina e Tuzenbakh.

IRINA Hoje, a Macha não está de bom humor. Ela casou aos dezoito anos, quando o marido parecia o homem mais inteligente do mundo. Agora, é diferente. Ele pode ser o mais bondoso, mas não é o mais inteligente.
OLGA (*impaciente*) Andrei, venha aqui, já!
ANDREI (*fora de cena*) Já vou. (*entra e vai para a mesa*)
TUZENBAKH No que a senhora está pensando?
IRINA Nada. É que não gosto e tenho medo desse seu Solióni. Ele só fala bobagens...
TUZENBAKH É uma pessoa estranha. Tenho pena dele. O Solióni me irrita, mas, sobretudo, me dá pena. Acho que ele é tímido... Quando estamos a sós, ele se mostra muito inteligente e afável, mas em sociedade se torna rude, provocador. Não vá, fique pelo menos até que todos se acomodem à mesa. Deixe-me ficar um pouco mais com a senhora. Em que está pensando?

Pausa.

A senhora tem vinte anos, eu ainda não completei trinta. Quantos anos nos restam pela frente? Uma longa, longa série de dias, repletos do meu amor pela senhora...
IRINA Nikolai Lvóvitch, não me fale de amor.
TUZENBAKH (*sem dar atenção*) Eu sinto uma sede ardente

de vida, de luta, de trabalho e, na minha alma, Irina, essa sede se funde com o amor pela senhora, e ainda por cima a senhora é tão linda e a vida me parece tão bela! No que a senhora está pensando?

IRINA O senhor diz que a vida é bela. Sim, mas e se isso não for mais do que uma aparência? Para nós, três irmãs, a vida ainda não foi bela, a vida nos sufocou, como uma erva daninha... Tenho lágrimas nos olhos. Isso não adianta... (*enxuga o rosto depressa, sorri*) É preciso trabalhar, trabalhar. Somos tristes e encaramos a vida de modo tão sombrio porque não conhecemos o trabalho. Nós somos descendentes de pessoas que desprezavam o trabalho...

Entra Natália Ivánovna; de vestido cor-de-rosa, com um cinto verde.

NATACHA Mas já estão sentando para almoçar... Cheguei atrasada. (*olha de relance para o espelho, se arruma*) Acho que o penteado não está mau... (*vê Irina*) Querida Irina Serguéievna, meus parabéns! (*beija-a com ardor e demoradamente*) A senhora recebeu muitos convidados, juro, eu fico até encabulada... Bom dia, barão!
OLGA (*entrando na sala*) Que bom, a Natália Ivánovna também veio. Bom dia, minha querida!

Beijam-se.

NATACHA Feliz dia da sua santa onomástica. A senhora está com tantos convidados, eu me sinto até encabulada...
OLGA Deixe disso, são todos de casa. (*à meia-voz, assustada*) A senhora veio com um cinto verde! Minha querida, isso não é bom!
NATACHA Traz má sorte?
OLGA Não é isso, acontece que não fica bem... é muito estranho...

NATACHA (*com voz chorosa*) Ah, é? Mas ele nem chega a ser verde, de tão clarinho. (*vai para o salão com Olga*)

No salão, sentam-se para almoçar; não fica ninguém na sala.

KULÍGUIN Irina, eu desejo que você tenha um bom casamento. Já está na hora de casar.
TCHEBUTÍKIN Natália Ivánovna, eu também desejo um noivo para a senhora.
KULÍGUIN Mas Natália Ivánovna já tem um noivo.
MACHA (*bate o garfo no prato*) Eu vou beber um cálice de vinho! Um brinde: que a vida seja doce, e nada mais importa!
KULÍGUIN Sua nota de comportamento não vai passar de três.
VERCHÍNIN Mas esse licor é mesmo gostoso. De que é feito?
SOLIÓNI De baratas.
IRINA (*com voz chorosa*) Ai! Ai! Que nojo!...
OLGA No jantar, vamos ter peru assado e torta doce de maçã. Graças a Deus, hoje eu vou ficar o dia todo em casa, e a noite também... Senhores, venham à noite.
VERCHÍNIN Permitam que eu venha também à noite!
IRINA Por favor.
NATACHA Aqui, não é preciso ter cerimônia.
TCHEBUTÍKIN Foi só para o amor que a natureza nos pôs neste mundo. (*ri*)
ANDREI (*irritado*) Parem com isso, senhores! Será que já não estão fartos?

Fedótik e Rode entram com um grande cesto de flores.

FEDÓTIK Mas já estão almoçando.
RODE (*em voz alta, com pronúncia gutural, como um estrangeiro*) Estão almoçando? Sim, já estão almoçando...
FEDÓTIK Esperem um minutinho! (*tira uma fotografia*) Uma! Esperem mais um pouco... (*tira outra fotografia*) Duas! Agora sim!

Pegam o cesto e levam para o salão, onde são recebidos com alarido.

RODE (*em voz alta*) Parabéns, eu desejo tudo, tudo de bom! O tempo hoje está maravilhoso, um dia magnífico. Passeei a manhã toda com os alunos do ginásio. Eu dou aula de ginástica para eles...
FEDÓTIK Pode se mexer, Irina Serguéievna, pode se mexer! (*tira uma foto*) A senhora está muito bonita, hoje. (*tira um pião do bolso*) Olhe, um pião... Faz um som incrível...
IRINA Que encanto!
MACHA Nas terras de Lukomórie, há um carvalho verde, preso por uma corrente de ouro... uma corrente de ouro... (*em voz sentimental*) Ora, para que eu estou dizendo isso? Essa frase não me sai da cabeça, desde manhã cedo...
KULÍGUIN Somos treze à mesa!
RODE (*em voz alta*) Senhores, não me digam que levam a sério essas superstições!
KULÍGUIN Se somos treze à mesa, quer dizer que há entre nós pessoas apaixonadas. Não será o seu caso, Ivan Románovitch?...

Risos.

TCHEBUTÍKIN Eu sou um velho pecador, mas não consigo absolutamente entender por que Natália Ivánovna ficou encabulada.

Risos altos; Natacha foge correndo do salão para a sala, Andrei vai atrás.

ANDREI Chega, não dê atenção! Espere um pouco... espere, eu peço à senhora...
NATACHA Eu sinto vergonha... Não sei o que fazer, e eles ficam rindo de mim. Sair da mesa assim, correndo, é até falta de

educação, só que eu não consigo... não consigo... (*cobre o rosto com as mãos*)
ANDREI Minha querida, eu peço à senhora, eu suplico, não se incomode. Eu juro que eles estão só brincando, e sem maldade. Minha adorada, minha bela, todos eles são pessoas boas, afetuosas, e amam a mim e a senhora. Vamos ali até a janela, onde não podem nos ver... (*olha para trás*)
NATACHA Eu não estou acostumada a ficar com muita gente!...
ANDREI Ah, a juventude, a linda e prodigiosa juventude! Minha querida, minha bela, não fique tão perturbada!... Acredite em mim, acredite... Eu me sinto tão bem, minha alma está repleta de amor, de entusiasmo... Ah, não estão nos vendo! Eles não nos veem! Por que, por que eu me apaixonei pela senhora, quando foi que eu me apaixonei... ah, não compreendo nada. Minha querida, bela e pura, seja minha esposa! Eu amo a senhora, amo... como ninguém nunca...

Beijo.

Entram dois oficiais e, ao verem o casal se beijando, param perplexos.

Cortina.

Segundo ato

Cenário do primeiro ato.

Oito horas da noite. Fora de cena, na rua, o som de alguém que toca acordeão. Não há luzes.

Entra Natália Ivánovna de roupão, com uma vela; anda e para junto à porta que dá para o quarto de Andrei.

NATACHA O que está fazendo, Andriucha? Está lendo? Não é nada, eu só estava... (*anda, abre outra porta, olha por ela e fecha de novo*) Eu queria ver se as luzes...

ANDREI (*entra com um livro na mão*) O que há com você, Natacha?

NATACHA Estou vendo se as luzes não estão... É a época da *máslenitsa*,* os criados andam muito desatentos, é preciso vigiar para que não aconteça algo errado. Ontem à meia-noite, eu passei pela sala de jantar e a luz estava acesa. Não consegui descobrir quem foi que acendeu. (*põe a vela acesa sobre a mesa*) Que horas são?

ANDREI (*olha para o relógio*) Oito e quinze.

---

* Festa popular russa, celebrada na semana anterior à Quaresma, ou Grande Jejum. Corresponde ao Carnaval. Assinala também a despedida do inverno.

NATACHA E a Olga e Irina ainda não estão aqui. Não chegaram. As pobrezinhas estão sempre trabalhando. Olga foi à reunião pedagógica da escola e Irina está no telégrafo... (*suspira*) Hoje de manhã, eu disse para a sua irmã: "Você precisa se cuidar, Irina, minha querida". E ela não me deu atenção. Você disse que são oito e quinze? Receio que o nosso Bóbik não esteja bem de saúde. Por que ele está tão frio? Ontem teve febre e hoje está todo frio... Eu sinto tanto medo!

ANDREI Não é nada, Natacha. O menino está bem.

NATACHA Mesmo assim, é melhor começar uma dieta. Eu tenho medo. E disseram que hoje, às dez horas, os mascarados virão aqui. Era melhor que não viessem, Andriucha.

ANDREI Na verdade, eu não sei. Afinal, eles foram convidados.

NATACHA Hoje de manhã, o menininho acordou, olhou para mim e, de repente, deu um sorriso. Isso quer dizer que me reconheceu. Eu disse: "Bóbik, bom dia, queridinho!". E ele riu. As crianças entendem, e entendem muito bem. Por isso, Andriucha, eu vou mandar que não deixem os mascarados entrarem.

ANDREI (*indeciso*) Deixe isso com minhas irmãs. Elas é que são as donas de casa, aqui.

NATACHA Eu vou falar com elas também. Elas são bondosas... (*caminha*) Eu mandei trazer coalhada para o jantar. O médico disse que você tem de comer só coalhada, do contrário não vai emagrecer. (*faz uma pausa*) O Bóbik está frio. Tenho medo de que o quarto dele seja muito frio. Quem sabe? Talvez seja melhor mudar o Bóbik para outro quarto, até o tempo esquentar. Por exemplo, o quarto de Irina é perfeito para um bebê: é seco, e pega sol o dia inteiro. Tenho de falar com ela, Irina pode ficar no mesmo quarto com Olga, por enquanto... Afinal, ela não passa mesmo o dia em casa, só vem aqui para dormir...

Pausa.

Andriucha, por que você está calado?
ANDREI Não é nada, eu estava pensando... Não tenho nada para dizer...
NATACHA Sim... Mas eu tinha alguma coisa para dizer para você... Ah, é. O Ferapont está lá fora, veio do Conselho, quer falar com você.
ANDREI (*boceja*) Mande entrar.

Natacha sai; Andrei se inclina junto à vela esquecida por ela e lê o livro. Entra Ferapont; veste um casaco surrado, com a gola levantada, as orelhas estão cobertas por uma faixa de pano.

Bom dia, meu caro. Quais são as novidades?
FERAPONT O presidente do Conselho mandou um livro e um papel. Tome... (*entrega o livro e uma folha*)
ANDREI Está bem. Obrigado. Mas por que você veio tão tarde? Afinal, já passa das oito horas.
FERAPONT O quê?
ANDREI (*mais alto*) Estou dizendo que você veio tarde, já passa das oito horas.
FERAPONT Isso mesmo. Eu cheguei à casa do senhor quando ainda estava bem claro, mas não me deixaram entrar. O patrão está ocupado, disseram. Muito bem, se está ocupado, está ocupado. Eu não tenho pressa nenhuma. (*achando que Andrei lhe perguntou alguma coisa*) O que foi?
ANDREI Nada. (*examina o livro*) Amanhã é sexta-feira, nós não temos expediente, mas eu vou à repartição assim mesmo... vou trabalhar. É maçante ficar em casa...

Pausa.

Meu bom velho, como a vida muda, como ela nos engana! Hoje, por puro tédio, por não ter nada para fazer, eu peguei este livro... lições antigas da universidade, e me deu vontade de rir... Meu Deus, eu sou secretário do Conselho do *ziêmstvo*, cujo presidente é o Protopópov, eu sou o secretário, e o máximo que posso esperar é ser membro do Conselho do *ziêmstvo*! Ser membro do Conselho local, eu, que todas as noites sonhava ser professor na universidade de Moscou, um intelectual famoso, que daria orgulho à terra russa!

FERAPONT Não posso saber... Eu escuto mal, sabe...

ANDREI Se você escutasse bem, talvez eu não estivesse falando com você. Eu preciso conversar com alguém: a minha esposa não me compreende; as minhas irmãs, eu tenho medo de que zombem de mim, eu sinto vergonha delas, nem sei por quê... Eu não bebo, não gosto de frequentar as tabernas, mas que satisfação eu sentiria se estivesse agora em Moscou, no restaurante Tiestov ou no Bolchói Moskóvski, meu caro!

FERAPONT Ontem, no Conselho, um mestre de obras contou que em Moscou uns comerciantes estavam comendo panquecas; um deles parece que comeu quarenta panquecas e acabou morrendo. Quarenta ou cinquenta. Não lembro.

ANDREI Já pensou? Estar em Moscou, no enorme salão de um restaurante, onde você não conhece ninguém e ninguém conhece você, mas, apesar disso, você não se sente um estranho. Aqui, eu conheço todo mundo e todo mundo me conhece, mas me sinto um estranho... Estranho e solitário.

FERAPONT O que foi?

Pausa.

E aquele mesmo mestre de obras contou, mas pode ser mentira, que vão estender, parece, um cabo muito grande que vai atravessar toda Moscou.

ANDREI E para quê?
FERAPONT Não tenho como saber. Foi o que ele disse.
ANDREI Bobagem. (*lê o livro*) Você já esteve em Moscou?
FERAPONT (*depois de uma pausa*) Não. Deus não quis.

Pausa.

    Posso ir embora?
ANDREI Pode, sim. Passe bem.

Ferapont sai.

    Passe bem. (*lendo*) Amanhã de manhã você vai vir para pegar estes documentos... Pode ir...

Pausa.

    Ele já foi embora.

Campainha.

    Pois é, trabalho, trabalho... (*espreguiça-se e, sem pressa, sai para seu quarto*)

Fora de cena, a babá canta, embalando o bebê. Entram Macha e Verchínin. Enquanto conversam, uma criada acende um abajur e velas.

MACHA Eu não sei.

Pausa.

    Eu não sei. É claro, o costume pesa bastante. Por exemplo, depois que papai morreu, nós demoramos muito tempo para nos habituar ao fato de não termos mais ordenanças a nosso serviço. Mesmo assim, deixando o hábito de lado, acho que eu falo também por uma simples questão de justiça. Talvez em outros lugares não seja assim, mas na nossa cidade as pessoas mais respeitáveis, mais nobres e educadas são os militares.

VERCHÍNIN Eu gostaria de beber alguma coisa. Aceitaria um chá.

MACHA (*olha para o relógio*) Vão servir daqui a pouco. Meus pais me casaram quando eu tinha dezoito anos e eu sentia até medo do meu marido, porque era professor e, na época, eu mal havia terminado o colégio. Ele me parecia muito culto, inteligente e importante. Mas agora, infelizmente, já não é assim.

VERCHÍNIN Sei... Pois é.

MACHA Mas eu não estou me referindo a meu marido, já me acostumei com ele, acontece que entre os civis, em geral, há tanta gente rude, indelicada, sem educação. A rudeza me incomoda, me magoa, eu sofro quando vejo que uma pessoa não tem bastante fineza, brandura, cordialidade. Quando acontece de eu ficar na companhia de professores, os colegas do meu marido, é um verdadeiro suplício para mim.

VERCHÍNIN Sim, senhora... Mas me parece que não faz diferença: civis ou militares são todos igualmente sem graça, pelo menos nesta cidade. Não faz diferença! Se ouvirmos o que dizem os homens cultos daqui, civis ou militares, eles vivem aborrecidos com a esposa, aborrecidos com a família, aborrecidos com sua propriedade, aborrecidos com os cavalos... É próprio do russo, no mais alto grau, buscar o pensamento elevado, mas me diga por que, na vida real, ele permanece num plano tão baixo? Por quê?

MACHA Por quê?

VERCHÍNIN Por que ele se aborrece com os filhos, por que se aborrece com a esposa? E por que a esposa e os filhos se aborrecem com ele?

MACHA Hoje o senhor está um pouco mal-humorado.

VERCHÍNIN Talvez. Hoje não almocei, não comi nada desde

a manhã. Minha filha está um pouco doente e, quando minhas filhas adoecem, sou dominado por uma inquietação, me pesa a consciência por elas terem uma mãe assim. Ah, se a senhora a tivesse visto hoje! E tudo por causa de uma bobagem! Começamos a brigar às sete da manhã e, às nove, eu bati a porta com força e fui embora.

Pausa.

Eu nunca falo sobre isso e, por estranho que pareça, é só para a senhora que eu me queixo. (*beija sua mão*) Não se zangue comigo. Além da senhora, eu não tenho ninguém, ninguém...

Pausa.

MACHA Que barulho é esse na estufa? Pouco antes da morte de papai, também fazia um barulho na chaminé. Era exatamente assim.
VERCHÍNIN A senhora é supersticiosa?
MACHA Sou.
VERCHÍNIN Que estranho. (*beija sua mão*) A senhora é uma mulher magnífica, deslumbrante. Magnífica e deslumbrante! Aqui está escuro, mas eu vejo o brilho dos seus olhos.
MACHA (*senta-se em outra cadeira*) Aqui está mais claro...
VERCHÍNIN Eu amo, eu amo, amo... Eu amo seus olhos, seus movimentos, eu chego a sonhar com eles... Que mulher magnífica, deslumbrante!
MACHA (*ri baixinho*) Quando o senhor me fala assim, não sei por que eu sinto vontade de rir. Mas também fico assustada. Não repita, eu peço ao senhor... (*à meia-voz*) Mas fale, não me importa... (*cobre o rosto com as mãos*) Não me importa mais nada. Estão vindo para cá, fale de outro assunto...

Irina e Tuzenbakh entram pelo salão.

TUZENBAKH O meu sobrenome é triplo. Eu me chamo barão Tuzenbakh-Krone-Altschauer, mas eu sou russo, cristão ortodoxo, como a senhora. De alemão, sobrou em mim muito pouco, talvez só a paciência, a obstinação, com a qual eu aborreço a senhora. Eu a acompanho todas as noites.
IRINA Como eu estou cansada!
TUZENBAKH E todas as noites eu vou passar no telégrafo para acompanhar a senhora no seu caminho de volta para casa, farei isso por dez, vinte anos, enquanto a senhora não me expulsar... (*com alegria, vê Macha e Verchínin*) Os senhores estão aí? Boa noite.
IRINA Pronto, finalmente estou em casa. (*para Macha*) Agora, há pouco, eu atendi uma senhora que queria telegrafar para o irmão, em Sarátov, para avisar que o filho tinha morrido hoje, só que ela não conseguia se lembrar do endereço, não conseguia de jeito nenhum. E assim o telegrama foi enviado sem endereço, para Sarátov, só isso. Ela estava chorando. E eu ainda fui rude com ela, sem nenhum motivo. "Não tenho tempo", eu disse. Que coisa mais estúpida. E então, hoje vão vir os mascarados?
MACHA Sim.
IRINA (*senta-se na poltrona*) Eu preciso descansar. Estou exausta.
TUZENBAKH (*com um sorriso*) Quando a senhora chega do trabalho, parece tão pequenina, tão desamparada...

Pausa.

IRINA Estou exausta. Não, eu não gosto do telégrafo, não gosto.
MACHA Você emagreceu... (*assovia*) E ficou mais jovem, seu rosto ficou parecido com o de um menino.

TUZENBAKH É por causa do penteado.
IRINA Eu preciso encontrar outro trabalho, esse não serve para mim. O que eu queria, o que eu sonhava, com certeza não está nesse emprego. É um trabalho sem poesia, sem pensamento...

Batidas no chão.

É o doutor. (*para Tuzenbakh*) Meu caro, responda às batidas. Eu não consigo... Estou exausta...

Tuzenbakh bate o pé no chão.

Daqui a pouco ele vai chegar. É preciso tomar alguma providência. Ontem, o doutor e nosso Andrei foram ao clube e jogaram de novo. Dizem que Andrei perdeu duzentos rublos.
MACHA (*com indiferença*) Agora, o que se vai fazer?
IRINA Duas semanas atrás, ele perdeu; em dezembro, também perdeu. Talvez seja melhor ir embora desta cidade, antes que ele perca tudo. Meu Deus, todas as noites, eu sonho com Moscou, eu pareço mesmo uma louca. (*ri*) Nós vamos mudar para lá em junho, mas até junho ainda falta... fevereiro, março, abril, maio... quase meio ano!
MACHA Só que a Natacha não deve de jeito nenhum saber que ele anda perdendo dinheiro no jogo.
IRINA Acho que para ela não faz diferença.

Tchebutíkin, que tinha acabado de acordar — ele descansava e dormia muito depois do almoço —, entra no salão e penteia a barba, depois se senta à mesa e tira um jornal do bolso.

MACHA Pronto, ele chegou... Por acaso já nos pagou o aluguel do apartamento?
IRINA (*ri*) Não. Oito meses e nenhum copeque. É óbvio que esqueceu.

MACHA (*ri*) Olhem como ele faz um ar de importante!

Todos riem. Pausa.

IRINA Por que está calado, Aleksandr Ignátitch?
VERCHÍNIN Não sei. Eu queria tomar um chá. Dou metade da minha vida por uma xícara de chá! Não como nada desde manhã cedo...
TCHEBUTÍKIN Irina Serguéievna!
IRINA O que o senhor deseja?
TCHEBUTÍKIN Tenha a bondade de vir aqui. *Venez ici.*

Irina anda e se senta à mesa.

Eu não aguento ficar sem a senhora.

Irina pega um baralho e joga paciência.

VERCHÍNIN E então? Se não servem o chá, pelo menos vamos filosofar um pouco.
TUZENBAKH Vamos, sim. Sobre o quê?
VERCHÍNIN Sobre o quê? Vamos sonhar... por exemplo, como será a vida depois de nós, daqui a duzentos ou trezentos anos?
TUZENBAKH Ora essa! Depois de nós, as pessoas vão voar em balões, os paletós vão ser diferentes, talvez descubram um sexto sentido e o desenvolvam, mas a vida vai continuar exatamente a mesma, difícil, cheia de mistérios e feliz. E daqui a mil anos o homem vai suspirar do mesmo jeito: "Ah, como é difícil viver!". E também, exatamente como agora, ele vai sentir medo da morte e não vai querer morrer.
VERCHÍNIN (*depois de pensar um pouco*) Como posso dizer? Eu acho que tudo no mundo deve mudar pouco a pouco, e já está mudando agora, diante de nossos olhos. Daqui a duzentos ou trezentos anos, enfim, daqui a mil

anos, que seja, pois a questão não é o prazo, vai ter início uma vida nova e feliz. Nós não vamos conhecer essa vida, é claro, mas é para ela que hoje vivemos e trabalhamos, e nós também estamos criando essa vida, na verdade, esse é o único objetivo da nossa existência e até, se quiserem, essa é a nossa felicidade.

Macha ri baixinho.

TUZENBAKH O que há com a senhora?
MACHA Não sei. Hoje, eu ri assim o dia inteiro, desde a manhã.
VERCHÍNIN Eu parei de estudar no mesmo ponto que a senhora, não cursei a academia militar; eu leio muito, mas não sei escolher os livros e talvez eu não leia o que devia. Ao mesmo tempo, quanto mais eu vivo, mais quero saber. Meus cabelos estão ficando grisalhos, eu já sou quase um velho, mas sei muito pouco, ah, muito pouco! Apesar de tudo, acho que eu sei o que é mais verdadeiro e mais importante, e sei com muita convicção. E como eu gostaria de demonstrar que a felicidade não existe, não pode existir e não vai existir para nós... Nosso dever é só trabalhar e trabalhar, e a felicidade será o destino dos nossos descendentes remotos.

Pausa.

Não é para mim, mas para os netos dos meus netos.

Fedótik e Rode aparecem no salão; sentam-se e sussurram, enquanto tocam violão.

TUZENBAKH Para o senhor, não vale a pena nem sonhar com a felicidade! Mas eu sou feliz!
VERCHÍNIN Não é.
TUZENBAKH (*abre os braços e ri*) É óbvio que não estamos

nos entendendo. Mas, muito bem, como o senhor vai me convencer?

Macha ri baixinho.

(ameaça Macha com o dedo) A senhora está rindo? *(para Verchínin)* Não só daqui a duzentos ou trezentos anos, mas daqui a um milhão de anos, a vida vai continuar exatamente como era antes; a vida não muda, permanece constante, obedece às suas próprias leis, que não dizem respeito ao senhor, ou que pelo menos nunca vão chegar ao conhecimento do senhor. As aves, as cegonhas, por exemplo, voam para todo lado e, sejam quais forem os pensamentos que vagam na cabeça das cegonhas, pensamentos grandes ou pequenos, elas vão continuar a voar para sempre, sem saber para onde nem para quê. Elas voam e vão continuar voando, e não importa que filósofos possam surgir entre elas: podem filosofar o quanto quiserem, contanto que continuem voando...
MACHA Mas, se é assim, qual é o sentido?
TUZENBAKH O sentido... Veja, está nevando. Qual é o sentido disso?

Pausa.

MACHA Acho que o homem deve ter fé ou deve buscar uma fé, de outro modo a vida é vazia, vazia... Viver sem saber para que as cegonhas voam, para que nascem as crianças, para que há estrelas no céu... Temos de saber para que vivemos, senão tudo é uma futilidade, não tem valor nenhum.

Pausa.

VERCHÍNIN Mesmo assim, dá pena saber que a juventude já passou...

MACHA Foi o Gógol que escreveu: "É maçante viver neste mundo, senhores!".*

TUZENBAKH E eu digo: É difícil discutir com os senhores! Eu desisto...

TCHEBUTÍKIN (*lendo o jornal*) Balzac se casou em Berdítchev.**

Irina cantarola baixinho.

Tenho de anotar isso em meu caderno. (*anota*) Balzac se casou em Berdítchev. (*lê o jornal*)

IRINA (*joga paciência, pensativa*) Balzac se casou em Berdítchev.

TUZENBAKH Bem, a sorte está lançada. Sabe, Maria Serguéievna, eu pedi baixa do Exército.

MACHA Eu ouvi dizer. Mas não vejo nada de bom nisso. Eu não gosto de civis.

TUZENBAKH Não faz diferença... (*levanta-se*) Veja, eu não sou bonito. Que militar eu poderia ser? Mas, afinal, não faz diferença... Eu vou trabalhar. Nem que seja só um dia na vida, eu vou trabalhar para poder chegar tarde em casa, desabar exausto na cama e pegar no sono na mesma hora. (*saindo para o salão*) Os operários devem ter um sono profundo!

FEDÓTIK (*para Irina*) Agora há pouco, na loja do Píjikov, na rua Moskóvskaia, eu comprei uns lápis coloridos para a senhora. E este canivetezinho também...

IRINA O senhor se habituou a me tratar como uma criança, só que eu já sou adulta... (*pega os lápis e o canivete, bem contente*) Que encanto!

FEDÓTIK Eu também comprei um canivete para mim... Olhe aqui... uma faca, e mais outra, e uma terceira, esta é

---

* Últimas palavras do conto "História de como Ivan Ivánovitch e Ivan Nikíforovitch brigaram".
** Cidade ao norte da Ucrânia, então parte do Império Russo.

para cortar os pelinhos das orelhas, e esta tesourinha é para limpar as unhas...
RODE (*em voz bem alta*) Doutor, quantos anos o senhor tem?
TCHEBUTÍKIN Eu? Trinta e dois.

Risos.

FEDÓTIK Agora vou mostrar para a senhora outro tipo de paciência... (*pega as cartas e joga*)

Servem o samovar. Anfissa fica perto do samovar; daí a pouco, chega Natacha e também ajuda a arrumar a mesa; chega Solióni e, depois dos cumprimentos, senta-se à mesa.

VERCHÍNIN Mas que vento!
MACHA Pois é. Já estou farta do inverno. Eu até já esqueci o que é o verão.
IRINA A paciência vai ficar completa, eu estou vendo. Isso significa que iremos para Moscou.
FEDÓTIK Não, o jogo não vai se completar. Veja, o oito está em cima do dois de espadas. (*ri*) Isso quer dizer que a senhora não irá para Moscou.
TCHEBUTÍKIN (*lê o jornal*) Tsitsihar.* Lá, a varíola recrudesceu.
ANFISSA (*se aproxima de Macha*) Macha, tome um pouco de chá, minha filha. (*para Verchínin*) Por favor, vossa excelência... desculpe, senhor, eu esqueci o seu nome e o patronímico...
MACHA Traga aqui, babá. Lá eu não vou.
IRINA Babá!
ANFISSA Já estou i-i-indo!
NATACHA (*para Solióni*) Os bebês compreendem as coisas perfeitamente. Eu digo: "Bom dia, Bóbik. Bom dia, meu anjo!". E ele olha para mim de um jeito diferente.

* Cidade no nordeste da China.

O senhor acha que estou falando só como mãe, mas não é, não, eu garanto ao senhor! Ele é um bebê extraordinário.

SOLIÓNI Se esse bebê fosse meu filho, eu o fritaria numa frigideira e comeria inteiro. (*vai para a sala, com um copo na mão, e se senta num canto*)

NATACHA (*cobre o rosto com as mãos*) Que homem rude, mal-educado!

MACHA Feliz daquele que nem repara se é inverno ou verão. Acho que, se eu estivesse em Moscou, seria indiferente em relação ao clima...

VERCHÍNIN Há alguns dias, eu estava lendo o diário de um ministro francês, escrito na prisão.* O ministro foi condenado pelo caso do Panamá. Com que entusiasmo e encantamento ele se refere aos pássaros que vê pela janela da prisão e que nunca tinha notado antes, quando era ministro. Quando for solto, é claro que ele não vai nem reparar nos pássaros como fazia antes. Assim também a senhora não vai nem reparar em Moscou, quando estiver morando lá. Para nós, não há felicidade, ela não existe, é algo que nós apenas desejamos.

TUZENBAKH (*pega uma caixinha que estava sobre a mesa*) Onde é que estão os bombons?

IRINA O Solióni comeu tudo.

TUZENBAKH Todos?

ANFISSA (*servindo o chá*) Chegou uma carta para o senhor, patrão.

VERCHÍNIN Para mim? (*pega a carta*) É das minhas filhas. (*lê*) Sim, é claro... Desculpe, Maria Serguéievna, eu vou ter de me retirar discretamente. Não vou tomar o chá. (*levanta-se preocupado*) Sempre a mesma história...

MACHA O que foi? Algum segredo?

---

* Refere-se ao livro *Impressions cellulaires, 1898*, de Charles Baïhaut (1843-1917). O ministro foi preso por receber suborno de empreiteiras que desejavam construir o canal do Panamá.

VERCHÍNIN (*falando baixo*) Mais uma vez, a minha esposa se envenenou. Tenho de ir. Vou embora sem me despedir. Tudo isso é tremendamente desagradável. (*beija a mão de Macha*) Minha querida, mulher gentil, incomparável... Eu vou sair por aqui, para não chamar a atenção... (*sai*)
ANFISSA Aonde ele foi? Mas logo agora que eu servi o chá... Ora essa.
MACHA (*perde a paciência*) Chega, me deixe em paz! Você não me larga, não me dá sossego... (*caminha com uma xícara na direção da mesa*) Estou cheia de você, sua velha!
ANFISSA. O que foi que deixou você ofendida, minha filha?

Voz de Andrei: Anfissa!

ANFISSA (*zombando*) Anfi-i-issa! Pode esperar sentado... (*sai*)
MACHA (*no salão, junto à mesa, irritada*) Abram espaço para eu sentar! (*embaralha as cartas na mesa*) Vocês ocuparam toda a mesa com suas cartas. Bebam o chá!
IRINA Machka, você está sendo grosseira.
MACHA Já que eu sou grosseira, não fale comigo. Não toque em mim!
TCHEBUTÍKIN (*rindo*) Não toque nela, não toque...
MACHA O senhor tem sessenta anos, mas fala como uma criança e nem o diabo sabe o que está dizendo.
NATACHA (*suspira*) Minha cara Macha, para que usar expressões desse tipo? Com sua aparência linda, numa sociedade mundana respeitável, eu garanto que você seria uma mulher fascinante, se não usasse essas palavras. *Je vous prie, pardonnez moi, Marie, mais vous avez des manières un peu grossières.**
TUZENBAKH (*contendo o riso*) Vamos, me dê... me dê... aquilo ali, acho que é um conhaque...

---

* Francês: "Eu peço que me desculpe, Maria, mas a senhora tem maneiras um pouco grosseiras".

NATACHA *Il paraît, que mon Bóbik déjà ne dort pas.** Ele acordou. Hoje ele não está bem. Desculpem, vou cuidar dele... (*sai*)
IRINA Mas aonde foi o Aleksandr Ignátich?
MACHA Foi para casa. Mais uma vez, aconteceu algum incidente com a esposa.
TUZENBAKH (*anda na direção de Solióni, leva nas mãos uma jarrinha de conhaque*) O senhor fica aí sentado sozinho o tempo todo, pensando em alguma coisa, mas ninguém sabe o quê. Está bem, vamos fazer as pazes. Vamos beber um conhaque.

Bebem.

Hoje, pelo visto, eu vou ter de tocar piano a noite inteira, e tocar qualquer bobagem... seja lá o que for!
SOLIÓNI Fazer as pazes por quê? Eu não briguei com o senhor.
TUZENBAKH O senhor sempre me dá a sensação de que houve algum desentendimento entre nós. O senhor tem um caráter estranho, é preciso reconhecer.
SOLIÓNI (*declamando*) "Eu sou estranho, mas quem não é?"** Não se irrite, Aleko!***
TUZENBAKH O que o Aleko tem a ver com o assunto...?

Pausa.

SOLIÓNI Quando estou a sós com alguém, não há problema, eu sou como todo mundo, mas em sociedade fico deprimido, desconfiado e... falo qualquer bobagem. Só

---

* Francês: "Parece que o meu Bóbik não está mais dormindo".
** Palavras do personagem Tchátski, na peça *Da desgraça de ser inteligente*, de A. S. Groboiédov (1795-1829), dramaturgo russo.
*** Nome do herói do poema "Os ciganos", de Aleksandr Serguéievitch Púchkin.

que eu sou muito mais honesto e nobre do que muitos, muitos outros. E eu posso provar.
TUZENBAKH Muitas vezes, o senhor me deixa irritado, está sempre encontrando pretextos para me provocar, quando estamos em sociedade. Mas, mesmo assim, não sei por quê, sinto uma simpatia pelo senhor. Não me importa, hoje eu vou me embriagar. Vamos beber!
SOLIÓNI Vamos beber.

Bebem.

Eu nunca tive nada contra o senhor, barão. Mas eu tenho a personalidade de Liérmontov.* (*falando baixinho*) Sou até um pouco parecido com Liérmontov... como dizem... (*tira do bolso um frasco de perfume e borrifa na mão*)
TUZENBAKH Eu vou pedir baixa do Exército. Basta! Passei cinco anos pensando no assunto e, enfim, decidi. Eu vou trabalhar.
SOLIÓNI (*declamando*) Não se irrite, Aleko... Esqueça, esqueça os seus sonhos...

Enquanto está falando, Andrei entra de mansinho com um livro e se senta junto a uma vela.

TUZENBAKH Eu vou trabalhar.
TCHEBUTÍKIN (*indo para a sala com Irina*) E o banquete foi verdadeiramente caucasiano: sopa de cebola e *tchekhartma*, um prato de carne assada recheada.
SOLIÓNI Mas *tcherémcha* não é absolutamente uma carne, e sim uma planta parecida com a nossa cebola.
TCHEBUTÍKIN Não, meu anjo. *Tchekhartma* não é uma cebola, mas um prato de carne de carneiro assada.

---

* Mikhail Liérmontov (1814-41), poeta e prosador russo. Famoso por seu caráter provocador. Morreu num duelo.

SOLIÓNI E eu estou lhe dizendo que *tcherémcha* é uma cebola.

TCHEBUTÍKIN E eu estou lhe dizendo que *tchekhartma* é de carne de carneiro.

SOLIÓNI E eu estou lhe dizendo que *tcherémcha* é uma cebola.

TCHEBUTÍKIN Mas para que eu vou discutir com o senhor? Afinal, o senhor nunca esteve no Cáucaso e jamais comeu uma *tchekhartma*.

SOLIÓNI Não comi porque não suporto. *Tcherémcha* tem cheiro de alho.

ANDREI (*com voz de súplica*) Chega, senhores! Por favor!

TUZENBAKH Quando vão chegar os mascarados?

IRINA Prometeram vir às nove; portanto, está na hora.

TUZENBAKH (*abraça Andrei e cantarola*) Ai, meu quartinho, tão novinho, meu quartinho...

ANDREI (*dança e canta*) Meu quartinho, feito de pinho...

TCHEBUTÍKIN (*dança*) Com treliça, com treliça!*

Risos.

TUZENBAKH (*beija Andrei*)** Mas que diabo, vamos beber. Andriucha, vamos beber a você. Eu e você vamos para Moscou, Andriucha, vamos para a universidade.

SOLIÓNI Mas qual delas? Em Moscou, há duas universidades.

ANDREI Em Moscou só há uma universidade.

SOLIÓNI Pois eu digo ao senhor que há duas.

ANDREI Pois que sejam três. Melhor ainda.

SOLIÓNI Em Moscou, há duas universidades!

Rumores de protesto e pedidos de silêncio.

---

* Canção popular.
** Era tradição os homens se beijaram três vezes, no rosto e nos lábios.

Em Moscou, há duas universidades: a velha e a nova. E se os senhores se incomodam de me ouvir, se as minhas palavras irritam os senhores, eu posso me calar. Eu posso até ir para outro cômodo... (*sai por uma das portas*)
TUZENBAKH Bravo, bravo! (*ri*) Senhores, comecem o baile, eu vou sentar ao piano e tocar! Muito divertido, esse Solióni... (*senta-se ao piano e toca uma valsa*)
MACHA (*dança a valsa sozinha*) O barão está embriagado, o barão está embriagado!

Entra Natacha.

NATACHA (*para Tchebutíkin*) Ivan Románitch! (*diz alguma coisa para Tchebutíkin e depois sai em silêncio*)

Tchebutíkin toca no ombro de Tuzenbakh e sussurra alguma coisa para ele.

IRINA O que é?
TCHEBUTÍKIN Está na hora de ir embora. Passem bem.
TUZENBAKH Boa noite. Está na hora de ir embora.
IRINA Mas, por favor... E os mascarados?
ANDREI (*encabulado*) Os mascarados não vão vir. Veja, minha cara, a Natacha diz que o Bóbik está passando mal e por isso... Em suma, eu não sei de nada, e para mim não faz mesmo a menor diferença.
IRINA (*encolhe os ombros*) O Bóbik está passando mal!
MACHA Ora essa, então está bem! Se nos expulsam, temos de ir embora. (*para Irina*) Não é Bóbik que está doente, é ela mesma... Olhe aqui! (*bate com o dedo na testa*) Que burguesinha!

Andrei sai pela porta da direita, para seu quarto, Tchebutíkin vai atrás; no salão, estão se despedindo.

FEDÓTIK. Que pena! Eu pensava que ia passar a noite aqui,

mas, se o bebê está doente, então está doente, é claro... Eu vou voltar amanhã e trazer um brinquedinho para ele...
RODE (*em voz bem alta*) Hoje eu dormi bastante depois do almoço, de propósito, achando que eu ia dançar a noite inteira. E agora olhe só: são apenas nove horas!
MACHA Vamos para a rua, conversar lá fora. Vamos decidir o que fazer e como fazer.

Ouve-se: "Adeus! Passe bem!". Ouve-se o riso alegre de Tuzenbakh. Todos saem. Anfissa e a criada tiram a mesa, apagam as luzes. Ouve-se a babá cantando. Andrei, de casaco e chapéu, e Tchebutíkin entram devagar.

TCHEBUTÍKIN Eu não tive tempo de me casar porque minha vida passou rápido como um raio e também porque eu amava loucamente sua mãe, que já era casada...
ANDREI Não se deve casar. Não se deve, porque é maçante.
TCHEBUTÍKIN Até pode ser, mas e a solidão? Por mais que você filosofe, a solidão é uma coisa terrível, meu caro... Se bem que, no fundo... é claro, não faz diferença!
ANDREI Vamos logo.
TCHEBUTÍKIN Para que a pressa? Temos tempo.
ANDREI Eu tenho medo de que minha esposa me retenha aqui em casa.
TCHEBUTÍKIN Ah!
ANDREI Hoje eu não vou jogar, vou ficar só olhando. Não estou me sentindo bem... O que vou fazer para curar essa falta de ar, Ivan Románitch?
TCHEBUTÍKIN Boa pergunta! Não lembro, meu caro. Não sei.
ANDREI Vamos à cozinha.

Saem.

Toca a campainha, depois toca de novo; ouvem-se vozes, risos.

IRINA (*entra*) Quem está aí?
ANFISSA (*sussurra*) Os mascarados!

Campainha.

IRINA Diga que não há ninguém em casa, babá. Peça desculpas.

Anfissa sai. Irina anda pela sala, pensativa; está aflita. Entra Solióni.

SOLIÓNI (*perplexo*) Não tem mais ninguém... Mas para onde foram todos?
IRINA Foram embora.
SOLIÓNI Que estranho. Só ficou a senhora aqui?
IRINA Só eu.

Pausa.

Adeus.
SOLIÓNI Agora há pouco, eu me portei sem a devida moderação, fui indelicado. Mas a senhora não é como os outros, a senhora é elevada e pura, a senhora vê a verdade... A senhora está sozinha e só a senhora pode me compreender. Eu amo, profundamente, eu amo infinitamente...
IRINA Adeus! Saia.
SOLIÓNI Eu não posso viver sem a senhora. (*anda atrás dela*) Ah, minha ventura! (*em lágrimas*) Ah, minha felicidade! Que olhos exuberantes, lindos, maravilhosos, como nunca vi em mulher nenhuma...
IRINA (*fria*) Pare com isso, Vassíli Vassílitch!
SOLIÓNI É a primeira vez que falo de amor com a senhora e parece que não estou na Terra, mas em outro planeta. (*passa a mão na testa*) Está bem, não faz diferença. Ninguém pode ser amado à força... Não é possível...

Mas eu juro à senhora, por tudo o que há de mais sagrado: eu vou matar o meu rival... Ah, maravilhosa!

Natacha passa com uma vela.

NATACHA (*olha por uma porta, pela outra, e passa diante da porta do quarto do marido, sem entrar*) O Andrei está ali. Deixe que fique lendo. O senhor me desculpe por estar vestida assim, Vassíli Vassílitch, eu não sabia que o senhor estava aqui.
SOLIÓNI Para mim, não faz diferença. Adeus! (*sai*)
NATACHA Você está cansada, querida, minha pobre menina! (*beija Irina*) Devia dormir mais cedo.
IRINA Bóbik está dormindo?
NATACHA Está. Mas tem o sono agitado. Aliás, minha querida, eu precisava mesmo lhe dizer uma coisa, mas ou você não estava presente, ou eu não tinha tempo... Eu acho que o quarto do Bóbik é muito frio e úmido. E o seu quarto é tão bom para um bebê. Minha querida, minha irmã, mude para o quarto da Olga, por um tempo!
IRINA (*sem entender*) Para onde?

Ouve-se a chegada de uma troica, com guizos.

NATACHA Você e Olga vão ficar no mesmo quarto e Bóbik vai se mudar para o quarto em que você está agora. Ele é tão fofinho, hoje eu falei para ele: "Bóbik, você é meu!". E ele ficou olhando para mim com seus olhinhos miúdos.

Campainha.

Deve ser Olga. Como chega tarde!

A criada se aproxima de Natacha e sussurra em seu ouvido.

Protopópov? Que estranho. O Protopópov chegou e está me chamando para passear com ele na troica. (*ri*) Como são estranhos esses homens...

Campainha.

Alguém está na porta. Quem sabe eu podia dar uma voltinha de quinze minutos... (*para a criada*) Diga a ele que já vou.

Campainha.

Estão tocando... Deve ser a Olga. (*sai*)

A criada corre; Irina se senta e fica pensativa; entram Kulíguin, Olga e, atrás deles, Verchínin.

KULÍGUIN Ora, essa é boa! Disseram-me que as senhoras iam dar uma festa.
VERCHÍNIN Que estranho, eu saí não faz muito tempo, meia hora atrás, e estavam à espera dos mascarados...
IRINA Foram todos embora.
KULÍGUIN A Macha também foi embora? Para onde ela foi? E por que o Protopópov está lá embaixo, esperando numa troica? Quem ele está esperando?
IRINA Não faça perguntas... Estou muito cansada.
KULÍGUIN Está bem, menina mimada...
OLGA A reunião do conselho de classe só terminou agora. Fiquei exausta. A nossa diretora está doente e eu tive de ocupar o lugar dela. Ai, minha cabeça, que dor de cabeça... (*senta*) Andrei perdeu duzentos rublos no jogo de cartas esta noite... A cidade inteira só fala disso...
KULÍGUIN Pois é, eu também me cansei muito na reunião do conselho de classe. (*senta*)
VERCHÍNIN Há pouco, minha esposa inventou de me dar um susto, por muito pouco não se envenenou. Tudo acabou

bem, eu fiquei contente e agora posso descansar... Mas então quer dizer que temos de ir embora? Pois bem, permita que eu deseje saúde a todos. Fiódor Ilitch, vamos para algum lugar! Em casa, não posso ficar, não consigo, de jeito nenhum... Vamos!

KULÍGUIN Estou cansado. Não vou. (*levanta-se*) Estou cansado. Minha esposa foi para casa?

IRINA Deve ter ido.

KULÍGUIN (*beija a mão de Irina*) Adeus. Amanhã e depois de amanhã, eu vou descansar o dia inteiro. Tudo de bom! (*anda*) Eu gostaria muito de tomar um chá. Pensei que ia passar a noite em companhia agradável e... oh, *fallacem hominum spem!*...* Caso acusativo do latim, com exclamação...

VERCHÍNIN Então irei sozinho. (*sai com Kulíguin, assoviando*)

OLGA Que dor de cabeça, que dor de cabeça... Andrei perdeu dinheiro no jogo... A cidade inteira só fala disso... Eu vou deitar. (*anda*) Amanhã, estou de folga... Ah, meu Deus, que coisa boa! Amanhã estou de folga, depois de amanhã também estou de folga... Mas que dor de cabeça, que dor de cabeça... (*sai*)

IRINA (*sozinha*) Todos foram embora. Não há mais ninguém.

Na rua, um acordeão, a babá canta.

NATACHA (*atravessa o salão, de casaco de pele e chapéu; atrás dela, a criada*) Daqui a meia hora, estarei de volta. Vou só passear um pouco. (*sai*)

IRINA (*angustiada, ao se ver sozinha*) Moscou! Moscou! Moscou!

Cortina.

---

* Latim: "Vã esperança humana". Expressão extraída do orador romano Cícero (106 a.C.-43 a.C.).

Terceiro ato

Quarto de Olga e Irina. Uma cama à esquerda e outra à direita, separadas por um biombo de tela. Três horas da madrugada. Fora de cena, toca o alarme de um incêndio que começou faz tempo. É evidente que, na casa, ainda não foram dormir. No sofá, Macha está deitada, de vestido preto, como de costume.

Entram Olga e Anfissa.

ANFISSA Agora elas estão lá embaixo, sentadas embaixo da escada... Eu digo: "Por favor, vão lá para cima um pouquinho, assim não pode". Elas choram. "Nós não sabemos onde está papai. Deus permita que não tenha queimado no incêndio." Olhe só o que inventaram! E no pátio tem mais gente... também sem roupa.
OLGA (*tira um vestido do armário*) Tome aqui, leve este vestido cinza... E este outro também... E esta blusa... Leve esta saia também, babá... Mas que coisa, meu Deus! A travessa Kirsánovski pegou fogo inteirinha, ao que parece... Leve isto... Leve isto... (*joga as roupas nas mãos dela*) As pobres filhas do Verchínin ficaram assustadas... Por pouco a casa deles não pegou fogo. É melhor que passem a noite em nossa casa... Na casa deles, não vão poder entrar... E a casa do coitado do Ferapont também pegou fogo inteirinha, não sobrou nada...

ANFISSA É melhor a senhora chamar o Ferapont, Óliuchka, eu não aguento o peso...
OLGA (*toca a campainha para chamar*) Não responde... (*vai até a porta*) Venha cá, quem estiver aí!

Pela porta aberta, vê-se uma janela com o clarão vermelho do incêndio; ouve-se o corpo de bombeiros que passa diante da casa.

Que horror! E como eu estou cansada de tudo isso!

Entra Ferapont.

Tome aqui, leve lá para baixo... As senhoritas Kolotílina estão lá na escada... entregue para elas. E isto aqui também...
FERAPONT Sim, senhora. Em 1812, Moscou também pegou fogo. Meu Deus! Os franceses ficaram espantados!
OLGA Vá, mexa-se...
FERAPONT Sim senhora. (*sai*)
OLGA Babá, minha querida, entregue tudo. Nós não precisamos de nada, dê tudo o que temos, babá... Eu estou cansada, mal me aguento de pé... Não podemos deixar os Verchínin irem embora assim... As meninas vão dormir na sala, o Aleksandr Ignátitch vai ficar lá embaixo, nos aposentos do barão... o Fedótik também vai ficar com o barão, ou então aqui mesmo, no salão... O médico está bêbado, parece até de propósito, logo agora ele inventou de se embriagar horrivelmente e, então, ninguém pode ficar no apartamento dele. A esposa do Verchínin também pode ficar aqui mesmo, na sala.
ANFISSA (*exausta*) Óliuchka, minha querida, não me expulse de casa, não me expulse!
OLGA Que tolice você está dizendo, babá. Ninguém vai expulsar você.
ANFISSA (*encosta a cabeça no peito dela*) Minha adorada,

meu anjo, eu me esforço, eu trabalho... Estou fraca, todo mundo diz: ela não serve para nada! Mas para onde eu vou? Para onde? Oitenta anos. Vou fazer oitenta e dois...

OLGA Sente-se aqui, babá... Está cansada, pobrezinha... (*ajuda a babá se sentar*) Descanse, minha boa babá. Como está pálida!

Entra Natacha.

NATACHA Estão dizendo que é preciso formar logo uma associação para ajudar as vítimas do incêndio. Mas é claro! Que bela ideia. É preciso ajudar os pobres em geral, essa é a obrigação dos ricos. O Bóbik e a Sófotchka estão dormindo no quarto deles, dormem como se não estivesse acontecendo nada. Em nossa casa tem tanta gente, em toda parte tem alguém, está lotada. Agora, há uma onda de gripe na cidade, eu tenho medo que meus filhos peguem essa gripe.

OLGA (*sem ouvir o que ela diz*) Daqui nem se vê o incêndio, aqui está calmo...

NATACHA Sim... Eu devo estar toda despenteada. (*na frente do espelho*) Dizem que engordei... mas não é verdade! Nem um pouco! E a Macha está dormindo, coitada, ficou exausta... (*para Anfissa, com frieza*) Não se atreva a ficar sentada em minha presença! Levante! Saia daqui!

Anfissa sai; pausa.

Para que você ainda fica com essa velha em casa? Eu não entendo!

OLGA (*surpresa*) Desculpe, eu também não entendo...

NATACHA Aqui, ela não serve para nada. É uma camponesa, devia ir morar no campo... Quanta complacência! Na minha casa, eu gosto de ordem! Não deve haver nada de supérfluo numa casa. (*acaricia o rosto de Olga*) Pobrezinha, está cansada! A nossa diretora está cansada! Quando minha Sófotchka crescer e entrar no ginásio, eu vou ter medo de você.

OLGA Eu não vou ser diretora.

NATACHA Vão escolher você, Ólietchka. Já está resolvido.

OLGA Eu não vou aceitar. Não consigo... Está além das minhas forças... (*bebe água*) Agora há pouco, você foi muito rude com a babá... Desculpe, eu não estou em condições de suportar... meus olhos chegaram a escurecer...

NATACHA (*embaraçada*) Desculpe, Ólia, me perdoe... Eu não queria magoar você.

Macha se levanta, pega o travesseiro e sai, irritada.

OLGA Entenda, minha cara... nós fomos, talvez, educadas de um modo estranho, mas eu não suporto isso. Qualquer atitude desse tipo me deixa abatida, chego a ficar doente... Eu me sinto arrasada!

NATACHA Desculpe, desculpe... (*beija-a*)

OLGA Qualquer grosseria, qualquer palavra indelicada, por mais ínfima que seja, me deixa muito abatida...

NATACHA Muitas vezes eu falo demais, é verdade, mas você há de convir, minha cara, que ela podia muito bem ir morar no campo.

OLGA Ela já está há trinta anos em nossa casa.

NATACHA Mas agora ela não consegue mais trabalhar! Ou eu não compreendo você, ou você é que não quer me compreender. Ela não é mais capaz de trabalhar, só sabe dormir ou ficar sentada.

OLGA Então que fique sentada.

NATACHA (*espantada*) Como assim? Afinal, ela é uma criada. (*chorando*) Eu não entendo você, Ólia. Eu tenho uma babá, eu tenho uma ama de leite, nós temos uma arrumadeira, uma cozinheira... para que vamos querer também essa velha? Para quê?

Fora de cena, tocam o alarme de incêndio.

OLGA Nesta noite, eu envelheci dez anos.

NATACHA Nós precisamos ter uma conversa franca, Ólia. De uma vez por todas... Você fica no ginásio, eu fico em casa; você tem suas aulas, eu cuido da casa. E se eu falo alguma coisa a respeito dos criados, eu sei o que estou dizendo, eu sei o que es-tou di-zen-do... E eu quero que amanhã já não esteja mais aqui essa velha ladra, essa velha rabugenta... (*bate o pé no chão*), essa velha bruxa!... E não se atrevam a me irritar! Não se atrevam! (*controla-se*) Eu juro, se você não mudar essa velha para o andar de baixo, eu vou brigar com você para sempre. É horrível.

Entra Kulíguin.

KULÍGUIN Onde está Macha? Já está na hora de ir para casa. Dizem que o incêndio já foi dominado. (*espreguiça-se*) Só um quarteirão pegou fogo e, como estava ventando, no início parecia que a cidade inteira ia arder. (*senta-se*) Estou exausto. Ólietchka, minha querida... Muitas vezes eu penso: se não fosse Macha, eu me casaria com você, Ólietchka. Você é muito boa... Estou exausto. (*põe-se a escutar*)

OLGA O que foi?

KULÍGUIN Como se fosse de propósito, o médico se embriagou, está bêbado que é um horror. Logo agora! (*levanta-se*) Escute só, ele está vindo para cá, parece... Está ouvindo? Sim, ele vem para cá... (*ri*) Que figura, francamente... Eu vou me esconder. (*vai na direção do armário, no canto*) Que sem-vergonha.

OLGA Faz dois anos que ele não bebia e agora, de repente, bebeu até se embriagar... (*vai com Natacha para o fundo do quarto*)

Entra Tchebutíkin; não cambaleia, anda pelo quarto como se estivesse sóbrio, para, olha, em seguida se aproxima do lavatório e começa a lavar as mãos.

TCHEBUTÍKIN (*com ar sombrio*) Que o diabo carregue toda essa gente... Acham que eu sou médico, que sou capaz de curar qualquer doença, só que eu não sei absolutamente nada, esqueci tudo o que sabia, eu não me lembro de nada, absolutamente nada.

Olga e Natacha saem sem ele notar.

Que vão para o diabo. Quarta-feira passada, eu fui tratar de uma mulher em Zassípie... ela morreu, e eu sou o culpado. Sim... Há uns vinte e cinco anos, eu até podia saber alguma coisa, mas agora não me lembro de nada. Nada... Tenho um vazio na cabeça, um frio na alma. Talvez eu nem seja um ser humano, talvez eu apenas pareça ter braços e pernas... e cabeça; vai ver eu nem sequer exista, no fundo; talvez eu apenas imagine que ando, como, durmo. (*chora*) Ah, quem dera eu não existisse mesmo! (*para de chorar, com ar sombrio*) Só o diabo pode saber... Anteontem, ouvi uma conversa no clube: falaram de Shakespeare, de Voltaire... Eu não li, não li nada, mas fiz uma cara de quem tinha lido. E os outros também, como eu. Vulgaridade! Baixeza! E aquela mulher que matei na quarta-feira voltou à minha lembrança... e tudo voltou e eu senti na alma a falsidade, a sordidez, a infâmia... fui embora e me embriaguei...

Entram Irina, Verchínin e Tuzenbakh; Tuzenbakh veste roupas civis, novas e na moda.

IRINA Vamos sentar aqui. Para cá ninguém vai vir.
VERCHÍNIN Se não fossem os soldados, a cidade inteira te-

ria pegado fogo. Muito bem! (*de satisfação, esfrega as mãos*) São jovens de valor! Ah, que rapazes formidáveis!

KULÍGUIN (*chega perto dele*) Que horas são, senhores?

TUZENBAKH Já são quase quatro. Está clareando.

IRINA Todos estão sentados no salão, ninguém vai embora. Aquele seu Solióni também... (*para Tchebutínki*) Doutor, o senhor devia ir dormir.

TCHEBUTÍNKI Obrigado... Eu agradeço à senhora. (*penteia a barba*)

KULÍGUIN (*ri*) Você se embriagou, Ivan Románitch! (*bate em seu ombro*) Muito bem! *In vino veritas*,* diziam os antigos.

TUZENBAKH Estão me pedindo o tempo todo para organizar um concerto beneficente para ajudar as vítimas do incêndio.

IRINA Muito bem, mas quem é que pode...

TUZENBAKH Com força de vontade, é possível. Maria Serguéievna, por exemplo, toca piano maravilhosamente.

KULÍGUIN Ela toca maravilhosamente!

IRINA Ela já esqueceu. Faz três anos que não toca piano... ou quatro.

TUZENBAKH. Aqui na cidade ninguém entende nada de música, ninguém, mas eu entendo e dou minha palavra de honra à senhora de que Maria Serguéievna toca magnificamente, tem certo talento.

KULÍGUIN Tem razão, barão. Eu amo a Macha, amo muito. Ela é extraordinária.

TUZENBAKH Imagine: ser capaz de tocar com tamanho esplendor e, ao mesmo tempo, ter a consciência de que ninguém, ninguém compreende você!

KULÍGUIN (*suspira*) Sim... Mas será mesmo adequado que ela participe de um concerto?

Pausa.

* Latim: "no vinho está a verdade".

Bem, senhores, eu não sei de nada. Talvez seja bom. É preciso reconhecer que o nosso diretor é um bom homem, e é até muito bom, inteligentíssimo, mas ele tem certos pontos de vista... Claro, o assunto não é da conta dele, mesmo assim, se quiserem, eu posso falar com ele sobre isso.

Tchebutínki segura na mão um relógio de porcelana e o observa.

VERCHÍNIN Eu me sujei todo no incêndio, nem me reconheço mais.

Pausa.

Ontem, eu ouvi um rumor de que planejam transferir nossa brigada para algum local distante. Uns falam de Tsárstvo Pólskoie, outros, de Tchita, parece.
TUZENBAKH Também ouvi dizer. Já pensou? A cidade vai ficar deserta.
IRINA E nós também vamos embora!
TCHEBUTÍNKI (*larga o relógio, que se espatifa no chão*) Despedaçado!

Pausa; todos ficam desolados e constrangidos.

KULÍGUIN (*recolhe os cacos*) Destruir um objeto tão precioso... ah, Ivan Románitch, Ivan Románitch! Nota zero em comportamento!
IRINA Esse relógio era da falecida mamãe.
TCHEBUTÍNKI Talvez... Se era da mamãe, era da mamãe. Mas pode ser que eu não o tenha quebrado: só parece que eu quebrei. Talvez só pareça que nós existimos, quando, na verdade, nós não existimos. Eu não sei nada, ninguém sabe nada. (*na porta*) O que estão olhando? A Natacha tem um caso com o Protopópov e vocês não enxer-

gam... Ora essa, ficam aí sentados e não enxergam nada, mas Natacha tem um caso com o Protopópov... (*canta*) "Queira, por favor, aceitar esta tâmara..."* (*sai*)
VERCHÍNIN Pois é... (*ri*) No fundo, no fundo, como tudo isso é estranho!

Pausa.

Quando o incêndio começou, eu corri logo para casa; quando eu cheguei, vi que nossa casa inteira estava a salvo, não corria perigo, mas minhas duas filhinhas estavam na soleira da porta, em camisola de dormir, a mãe não estava, as pessoas em volta andavam alvoroçadas, cavalos corriam, cachorros também, e no rostinho das meninas havia uma inquietação, um temor, uma prece, nem sei dizer o que era; quando vi aqueles rostos, senti um aperto no coração. Meu Deus, pensei, o que essas meninas ainda vão ter de enfrentar em sua longa vida! Apanhei as meninas, corri com elas e só pensava uma coisa: o que elas ainda terão de enfrentar neste mundo!

Som do alarme. Pausa.

Eu vim para cá e a mãe delas está aqui, ela grita, se zanga.

Macha entra com o travesseiro na mão e se senta no sofá.

E naquela hora em que as minhas filhas estavam lá na soleira da porta, em camisolas de dormir, descalças, e a rua estava vermelha com o clarão do incêndio, em meio a um barulho terrível, eu pensei que há muitos anos alguma coisa parecida também acontecia, quando um inimigo atacava a cidade de surpresa, saqueava, incendiava...

---

* Numa carta, Tchékhov diz ter ouvido esse verso numa opereta, cujo título ele não lembra.

No entanto, no fundo, que diferença entre o que existe hoje e o que havia no passado! E daqui a um pouco mais de tempo, uns duzentos ou trezentos anos, as pessoas também vão encarar nossa vida atual com horror, com zombaria, tudo que existe hoje vai parecer precário, opressivo, muito grosseiro e estranho. Ah, com certeza, que vida será essa, que vida! (*ri*) Desculpem, comecei a filosofar outra vez. Mas deixem-me prosseguir, senhores. Senti uma vontade tremenda de filosofar, é o meu estado de espírito no momento.

Pausa.

Parece que todos estão dormindo. Como eu estava dizendo: que vida será essa! Os senhores podem apenas imaginar... Veja, pessoas como os senhores, hoje, na cidade, só existem três, mas nas gerações seguintes serão mais, cada vez mais e mais, e vai chegar o tempo em que todos serão semelhantes aos senhores, todos vão viver à maneira dos senhores, e depois os senhores também serão superados, vão surgir pessoas que serão ainda melhores... (*ri*) Hoje, eu me encontro num estado de espírito diferente. Sinto uma vontade diabólica de viver... (*canta*) "Toda idade está sujeita ao amor, bem--vindo é sempre o seu ardor..."* (*ri*)

MACHA Tram-tam-tam...
VERCHÍNIN Tram-tam...
MACHA Trá-rá-rá?
VERCHÍNIN Trá-tá-tá. (*ri*)

Entra Fedótik.

---

* Versos da ópera *Evguiéni Oniéguin*, de P. Tchaikóvski (terceiro ato; ária do príncipe Griémin), baseados na estrofe XXIX do cap. 8 do romance em versos *Evguiéni Oniéguin*, de Púchkin.

FEDÓTIK (*dança*) Pegou fogo, minha casa, pegou fogo! Tudo, tudo virou cinza!

Risos.

IRINA Mas que brincadeira é essa? Tudo que o senhor tinha virou cinza?
FEDÓTIK (*ri*) Tudo queimou, até o fim. Não sobrou nada. O violão pegou fogo, a máquina fotográfica e todas as minhas cartas... Eu queria dar um caderninho de presente para a senhora... mas também pegou fogo.

Entra Solióni.

IRINA Não, por favor, Vassíli Vassílitch, saia. Não pode vir aqui.
SOLIÓNI Por que esse barão pode e eu não posso?
VERCHÍNIN De fato, temos de sair. Como está o incêndio?
SOLIÓNI Dizem que está diminuindo. Mas acho isso completamente estranho: por que esse barão pode e eu não posso? (*retira do bolso o frasco de perfume e borrifa em si mesmo*)
VERCHÍNIN Tram-tam-tam.
MACHA Tram-tam.
VERCHÍNIN (*ri para Solióni*) Vamos para o salão.
SOLIÓNI Sim, senhor, vamos tomar nota disso. "Pode ser que essa ideia mais clara se faça, mas temo que os gansos não achem graça..."* (*olhando para Tuzenbakh*) Piu, piu, piu...

Sai junto com Verchínin e Fedótik.

IRINA Esse Solióni deixou tudo cheio de fumaça de cigarro... (*espantada*) O barão está dormindo! Barão! Barão!

---

* Citação adaptada de versos da fábula *Os gansos*, de I. A. Krílov (1769-1844).

TUZENBAKH (*acorda*) Pois é, eu estou cansado... A fábrica de tijolos... Eu não estou delirando, é verdade, em breve eu vou para uma fábrica de tijolos, vou começar a trabalhar... Já está tudo combinado. (*para Irina, com ternura*) A senhora está tão pálida, tão bela, encantadora... Tenho a impressão de que sua palidez é como uma luz que ilumina o ar escuro... A senhora anda triste, insatisfeita com a vida... Ah, venha comigo, vamos trabalhar juntos!
MACHA Nikolai Lvóvitch, vá embora.
TUZENBAKH (*rindo*) A senhora está aqui? Eu nem vi. (*beija a mão de Irina*) Adeus, eu já vou... Eu olho para a senhora e lembro que, algum tempo atrás, no dia da festa onomástica, a senhora estava contente, entusiasmada, e falava das alegrias do trabalho... E que vida feliz eu imaginei, naquele dia! Onde ela está? (*beija sua mão*) A senhora tem lágrimas nos olhos. Vá deitar, lá fora já está clareando... a manhã está nascendo... Ah, se eu pudesse dar minha vida pela senhora!
MACHA Nikolai Lvóvitch, vá embora! Francamente...
TUZENBAKH Eu já vou... (*sai*)
MACHA (*deita-se*) Está dormindo, Fiódor?
KULÍGUIN Ahn?
MACHA É melhor ir para casa.
KULÍGUIN Minha querida Macha, minha adorada Macha...
IRINA Ela está exausta. Deixe que ela descanse, Fiédia.
KULÍGUIN Eu já vou... Minha boa e doce esposa... Eu amo você, minha única...
MACHA (*irritada*) Amo, amas, amat, amamus, amatis, amant.*
KULÍGUIN (*ri*) Não, eu juro, ela é mesmo admirável. Estou casado com você há sete anos e parece que nos casamos ontem. Palavra de honra. Não, eu juro, você é uma mulher admirável. Eu estou contente, contente, contente!
MACHA Eu estou farta, farta, farta... (*levanta-se e fala sentando-se de novo*) Isto não me sai da cabeça... É simplesmen-

---

* Latim. Verbo *amare* conjugado no presente.

te revoltante. Tenho um prego cravado na cabeça, eu não posso me calar. Estou falando do Andrei... Ele hipotecou esta casa no banco e a esposa pegou todo o dinheiro, só que a casa não pertence só a ele, mas a nós quatro! Ele deve saber disso, se é uma pessoa honesta.
KULÍGUIN E isso faz falta a você, Macha? O que é que tem? O Andriucha está enterrado em dívidas, que Deus o ajude.
MACHA Mesmo assim, é revoltante. (*deita-se*)
KULÍGUIN Nós não somos pobres. Eu trabalho, vou ao ginásio, depois dou aulas particulares... Sou um homem honesto. Simples... *Omnia mecum porto*,* como dizem.
MACHA Não estou passando necessidade nenhuma, mas a injustiça me revolta.

Pausa.

Vá embora, Fiódor.
KULÍGUIN (*beija-a*) Você está cansada, descanse uma meia horinha, eu vou ficar sentado ali, esperando. Durma... (*anda*) Estou contente, contente, contente. (*sai*)
IRINA De fato, como nosso Andrei se rebaixou, como definhou e envelheceu, casado com aquela mulher! Há algum tempo, Andrei estudava para ser professor na universidade, mas ontem mesmo ele ficou se vangloriando de ter sido, afinal, nomeado membro do Conselho do *ziêmstvo*. Ele é membro do Conselho e Protopópov, o presidente... A cidade inteira fala disso, às risadas, e só ele não sabe, só ele não enxerga... Olhe só, todo mundo correu para apagar o incêndio e só ele ficou em seu quarto, sem dar a menor atenção. Só quer saber de tocar seu violino. (*nervosa*) Ah, horror, horror, horror! (*chora*) Eu não consigo, não consigo suportar mais!... Não consigo, não consigo!...

Olga entra, arruma sua mesinha.

* Latim: "Tudo que tenho levo comigo".

IRINA (*chora alto*) Vamos, expulsem, me ponham para fora daqui, eu não suporto mais!...
OLGA (*assustada*) O que há com você? Mas o que há com você? Minha querida!
IRINA (*soluçando*) Para onde? Para onde foi tudo? Onde foi parar? Ah, meu Deus! Eu esqueci, esqueci... Minha cabeça está confusa... Eu não lembro como se diz janela em italiano, ou como se diz teto... Eu esqueci tudo, cada dia eu esqueço mais um pouco, a vida vai fugindo e nunca mais volta, nunca mais, e nós nunca iremos para Moscou... Eu estou vendo, nós não vamos...
OLGA Minha querida, minha querida...
IRINA (*irritada*) Ah, eu sou uma infeliz... Eu não consigo trabalhar, eu não vou trabalhar. Chega, chega! Já fui telegrafista, agora trabalho na administração municipal e odeio, eu desprezo tudo que me dão para fazer... Eu já tenho vinte e três anos, já trabalho faz tempo, e o cérebro definhou, eu emagreci, fiquei feia, envelheci, e não tenho nenhuma, nenhuma satisfação com nada, e o tempo passa e sempre parece que estou me afastando da vida bela e verdadeira, que eu me afasto cada vez mais e mais na direção de um precipício. Eu estou desesperada, desesperada! Só não compreendo como ainda estou viva, como até agora eu ainda não me matei...
OLGA Não chore, minha menina, não chore... Eu estou sofrendo.
IRINA Não vou chorar, não vou chorar... Chega... Pronto, eu já não estou chorando. Chega... Chega!
OLGA Minha querida, falo com você como irmã, como amiga. Se quer meu conselho, case com o barão!

Irina chora baixinho.

Afinal, você o respeita, tem apreço por ele... É verdade que ele não é bonito, mas é tão correto, tão puro... Afinal, as pessoas não casam por amor, mas apenas para cumprir seu dever. Pelo menos, é o que eu penso, e eu também casaria sem amor. Para mim, não faz diferença, eu casaria com quem quer que fosse, contanto que fosse um homem correto. Eu casaria até com um velho...

IRINA O tempo todo, eu esperava que fôssemos mudar para Moscou, achei que lá eu encontraria meu amor verdadeiro, eu sonhava com ele, eu o amava... Mas entendi que é tudo bobagem, é tudo bobagem...

OLGA (*abraça a irmã*) Minha querida, minha linda irmã, eu compreendo tudo; quando o barão Nikolai Lvóvitch deixou o serviço militar e chegou à nossa casa de paletó civil, ele me pareceu tão feio que eu cheguei a chorar... Ele me perguntou: "Por que a senhora está chorando?". Como eu poderia explicar para ele? Mas se for a vontade de Deus que ele se case com você, eu ficarei feliz. Pois, nesse caso, é diferente, é muito diferente.

Natacha, com uma vela, passa em silêncio pelo palco, vai da porta da direita para a porta da esquerda.

MACHA (*senta*) Pelo jeito como anda, parece que foi ela que pôs fogo na cidade.

OLGA Você é tola, Macha. Você é a mais tola de nossa família. Por favor, me desculpe.

Pausa.

MACHA Eu quero fazer uma confissão, minhas queridas irmãs. A minha alma está angustiada. Eu vou me confessar a vocês e a mais ninguém, nunca... Eu vou falar agora, já. (*em voz baixa*) É meu segredo, mas vocês precisam saber... Não posso me calar...

Pausa.

Eu amo, eu amo... Eu amo esse homem... Vocês o viram, agora mesmo... Pois bem, é isto. Em suma, eu amo o Verchínin...

OLGA (*vai para sua cama, atrás do biombo*) Pare com isso. Eu não vou ouvir, não me interessa.

MACHA O que fazer? (*segura a cabeça entre as mãos*) No início, ele me pareceu estranho, depois eu tive pena dele... depois me apaixonei... eu me apaixonei pela sua voz, suas palavras, suas desventuras, suas duas filhas pequenas...

OLGA (*atrás do biombo*) Eu não estou ouvindo, não me interessa. Você pode falar a bobagem que quiser, não me interessa ouvir.

MACHA Ah, você é estranha, Olga. Eu amo... portanto, esse é meu destino. Essa é minha sina... E ele também me ama... Tudo isso é terrível. Não é? (*pega a mão de Irina, puxa-a para si*) Ah, minha querida... Como vamos suportar esta nossa vida, o que será de nós?... Quando lemos um romance, parece que tudo aquilo é velho, que tudo já é mais do que sabido, mas quando nós mesmas nos apaixonamos, aí percebemos que ninguém sabe nada e que cada um tem de decidir por sua conta, sozinho... Minhas queridas, minhas irmãs... Já me confessei a vocês e agora vou me calar... Agora, eu vou ser como o louco de Gógol... silêncio... silêncio... silêncio...*

Entra Andrei, atrás dele, Ferapont.

ANDREI (*irritado*) O que você quer? Eu não entendo.

FERAPONT (*na porta, impaciente*) Mas eu já falei dez vezes, Andrei Serguéitch.

ANDREI Em primeiro lugar, você não pode me chamar de Andrei Serguéitch, deve me tratar por vossa excelência!

FERAPONT Vossa excelência, os bombeiros estão pedindo

---

* No conto de Gógol "Memórias de um louco", o relato é interrompido várias vezes pela expressão: "não importa, não importa, silêncio...".

permissão para passar pelo jardim para chegar ao rio. Se não, vão ter de dar uma volta enorme, vão ter de andar e andar, um verdadeiro castigo.

ANDREI Está certo. Diga a eles que podem ir.

Ferapont sai.

Eu já estou farto. Onde está Olga?

Olga aparece, sai de trás do biombo.

Eu vim aqui falar com você: me dê a chave do armário, eu perdi a minha. Você tem uma chavezinha pequena.

Olga, em silêncio, entrega a chave. Irina vai para sua cama, atrás do biombo; pausa.

Mas que incêndio enorme! Agora é que começou a amainar. Que diabo, esse Ferapont me encheu a paciência e acabei falando uma bobagem para ele... Vossa excelência...

Pausa.

E então, Olga, você não diz nada?

Pausa.

Já está na hora de parar com essa tolice de ficarmos de cara feia uns para os outros, é preciso viver melhor... Você, Macha, venha aqui, você também, Irina, assim está bem... Vamos pôr tudo em pratos limpos, de uma vez por todas. O que é que vocês têm contra mim? O quê?

OLGA Pare com isso, Andriucha. Vamos deixar para conversar amanhã. (*nervosa*) Que noite horrível!

ANDREI (*muito embaraçado*) Não se irrite. Eu quero fazer

uma pergunta, com toda a tranquilidade: o que vocês têm contra mim? Digam com franqueza.

Voz de Verchínin: "Tram-tam-tam".

MACHA (*levanta-se, fala alto*) Trá-tá-tá! (*para Olga*) Até logo, Ólia, fique com Deus. (*vai para trás do biombo, beija Irina*) Durma bem... Até logo, Andrei. Vá embora, elas estão cansadas... conversaremos amanhã... (*sai*)
OLGA De fato, Andriucha, vamos deixar para amanhã... (*vai para sua cama, atrás do biombo*) Está na hora de dormir.
ANDREI Vou só dizer uma coisa e depois vou embora. É rápido... Em primeiro lugar, vocês têm algo contra Natacha, minha esposa, e isso eu percebo desde o dia do meu casamento. Pois fiquem sabendo que Natacha é uma pessoa excelente, honesta, franca e nobre... essa é minha opinião. Eu amo e respeito minha esposa, entendem? Eu a respeito e exijo que os outros também respeitem. Repito: é uma pessoa honesta, nobre, e toda a insatisfação de vocês, me perdoem por dizer isso, não passa de um capricho...

Pausa.

Em segundo lugar, vocês parecem magoadas por eu não ser professor da universidade, por eu não ter estudado ciências. Mas eu trabalho no *ziêmstvo*, sou membro do Conselho e considero meu cargo tão digno e tão sagrado quanto o estudo das ciências. Eu sou membro do Conselho do *ziêmstvo* e me orgulho disso, se querem saber...

Pausa.

Em terceiro lugar... Eu ainda tenho algo a dizer... Eu hipotequei esta casa sem pedir autorização a vocês...

Disso eu sou culpado, reconheço, e peço perdão. Foram as dívidas que me levaram a isso... trinta e cinco mil... Eu já parei de jogar cartas, faz tempo que larguei o jogo, porém o mais importante que eu posso dizer em minha defesa é que vocês, meninas, recebem uma pensão, que eu não ganhei... é um salário, por assim dizer...

Pausa.

KULÍGUIN (*na porta*) A Macha não está aí? (*preocupado*) Mas onde ela está? Que estranho... (*sai*)
ANDREI Elas nem estão me ouvindo. Natacha é uma pessoa excelente, honesta. (*anda pelo palco em silêncio, depois para*) Quando me casei, eu achava que íamos ser felizes... todos felizes... Mas, meu Deus... (*chora*) Minhas queridas irmãs, queridas irmãs, não acreditem em mim, não acreditem... (*sai*)
KULÍGUIN (*na porta, preocupado*) Onde está Macha? Macha não está aqui? Que coisa estranha. (*sai*)

Sinos do alarme de incêndio, palco vazio.

IRINA (*atrás do biombo*) Ólia! Quem é que está batendo no chão?
OLGA É o dr. Ivan Románitch. Está embriagado.
IRINA Que noite agitada!

Pausa.

Ólia! (*espia pela beirada do biombo*) Você já soube? A brigada vai embora, vai ser transferida para algum lugar distante.
OLGA São apenas boatos.
IRINA Nós vamos ficar sozinhas... Ólia!
OLGA O que é?
IRINA Minha querida, minha adorada, eu respeito o barão,

tenho apreço por ele, é uma pessoa excelente, eu vou casar com o barão, eu concordo, mas eu só quero uma coisa: vamos para Moscou! Eu suplico a você, vamos! Não existe no mundo lugar melhor do que Moscou! Vamos, Ólia! Vamos!

Cortina.

Quarto ato

Velho jardim da casa dos Prózorov. Uma comprida alameda de abetos, no fim da qual se avista um rio. Do outro lado do rio, há um bosque. À direita, a varanda da casa; aqui, sobre a mesa, há taças e garrafas; percebe-se que acabaram de beber champanhe. Meio-dia. De vez em quando, pessoas atravessam o jardim, vindo da rua em direção ao rio; uns cinco soldados passam depressa.

Tchebutíkin, com ar bem-humorado, atitude que mantém durante todo o ato, está sentado numa cadeira de braços no jardim, à espera de que alguém o chame; está de quepe e com uma bengala. Irina, Kulíguin, com uma condecoração pendurada no pescoço e sem bigode, e Tuzenbakh, de pé na varanda, despedem-se de Fedótik e Rode, que descem a escadinha da varanda; os dois oficiais estão em uniforme de campanha.

TUZENBAKH (*beija Fedótik*) O senhor é uma pessoa boa, nós nos demos muito bem. (*beija Rode*) Mais uma vez... Adeus, meu caro!

IRINA Até logo!

FEDÓTIK Não é até logo, mas sim adeus. Nunca mais nos veremos!

KULÍGUIN Quem sabe? (*enxuga os olhos, sorri*) Veja, eu também estou chorando.

IRINA Algum dia, vamos nos encontrar.

FEDÓTIK Daqui a dez, quinze anos? Só que aí mal vamos nos reconhecer e vamos nos cumprimentar com frieza... (*tira uma fotografia*) Fiquem parados... Mais uma, a última vez.
RODE (*abraça Tuzenbakh*) Não nos veremos mais... (*beija a mão de Irina*) Obrigado por tudo, tudo!
FEDÓTIK (*aborrecido*) Fique parado!
TUZENBAKH Se Deus quiser, ainda nos veremos. Escrevam para nós. Não deixem de escrever.
RODE (*lança um olhar para o jardim*) Adeus, árvores! (*grita*) Ô! Ô!

Pausa.

Adeus, eco!
KULÍGUIN Quem sabe o senhor não se casa na Polônia?... A esposa polonesa vai lhe dar um abraço e dizer: "*kochany!*".* (*ri*)
FEDÓTIK (*olhando para o relógio*) Falta menos de uma hora. De nossa bateria, só o Solióni vai viajar de barco, nós iremos junto com a tropa. Hoje, vão partir três baterias, amanhã, mais quatro... e a cidade vai ficar em silêncio e tranquila.
TUZENBAKH E num tédio terrível.
RODE Mas e Maria Serguéievna, onde está?
KULÍGUIN Macha está no jardim.
FEDÓTIK Eu queria me despedir dela.
RODE Adeus, preciso ir embora, senão vou acabar chorando... (*abraça rapidamente Tuzenbakh e Kulíguin, beija a mão de Irina*) Foi maravilhoso viver aqui...
FEDÓTIK (*para Kulíguin*) Isto é uma lembrança para o senhor... Um caderninho e um lápis... Daqui, nós vamos seguir na direção do rio...

Afastam-se, os dois olham para trás.

* Polonês: "querido".

RODE (*grita*) Ô! Ô!
KULÍGUIN (*grita*) Adeus!

No fundo do palco, Fedótik e Rode se encontram com Macha e se despedem; ela segue com eles.

IRINA Foram embora... (*senta-se no primeiro degrau da varanda*)
TCHEBUTÍKIN Mas de mim eles se esqueceram de se despedir.
IRINA E o senhor chamou?
TCHEBUTÍKIN É verdade, eu também me esqueci. Mas em breve eu vou me reencontrar com eles. Amanhã eu vou partir. Pois é... Ainda me sobrou um dinheirinho. Daqui a um ano eu me aposento, então voltarei para cá e vou passar o resto da vida perto da senhora. Falta só um ano para eu receber minha aposentadoria... (*enfia um jornal no bolso, tira outro*) Eu vou vir para cá, para a casa da senhora, e vou mudar minha vida de forma radical. Vou ficar mansinho, muito bem-educado, bem-comportadinho...
IRINA E o senhor precisa mesmo mudar de vida, meu caro. É preciso, de um jeito ou de outro.
TCHEBUTÍKIN Sim. Eu sinto. (*cantarola baixinho*) "Tarará... Bumbiá... No meu bumbo eu vou tocar..."*
KULÍGUIN O senhor é incorrigível, Ivan Románitch! Incorrigível!
TCHEBUTÍKIN Pois é, quem dera eu fosse aluno do senhor. Aí, eu ia me corrigir.
IRINA Fiódor raspou o bigode. Eu nem consigo olhar!
KULÍGUIN Mas por quê?

---

* Adaptação do verso de uma canção de teatro de revista, do compositor americano Henry J. Sayers, que estreou em 1891, em Boston, e ganhou enorme popularidade em toda a Europa. Na Rússia, ela foi introduzida a partir da versão francesa, "Tha ma ra boum dié!", muito executada no Café Maxim, em Paris.

TCHEBUTÍKIN Eu bem que gostaria de dizer com o que seu rosto ficou parecido, mas eu não posso.
KULÍGUIN Ora essa! É assim que se está usando, é o *modus vivendi*. O nosso diretor raspou o bigode e eu, como me tornei inspetor, também raspei. Ninguém gostou, mas para mim não faz diferença. Eu estou contente. Com bigode ou sem bigode, eu estou contente do mesmo jeito... (*senta*)

No fundo do palco, passa Andrei, empurrando um carrinho de bebê.

IRINA Ivan Románitch, meu querido, meu bom amigo, eu estou terrivelmente preocupada. Ontem o senhor esteve no bulevar. Conte o que aconteceu lá.
TCHEBUTÍKIN O que aconteceu? Nada. Bobagem. (*lê o jornal*) Não faz diferença!
KULÍGUIN Mas estão dizendo que Solióni e o barão se encontraram ontem no bulevar, perto do teatro...
TUZENBAKH Pare! Francamente, para quê?... (*faz um gesto de aborrecimento com a mão e vai para dentro de casa*)
KULÍGUIN Foi perto do teatro... O Solióni começou a provocar o barão. Ele não se conteve, acabou falando algo ofensivo...
TCHEBUTÍKIN Eu não sei de nada. É tudo um desatino.
KULÍGUIN Numa escola, um professor escreveu "desatino" na redação de um aluno, mas o aluno leu mal e achou que estava sendo chamado de cretino em latim.* (*ri*) É mesmo engraçado. Dizem que o Solióni está apaixonado

---

* No original, em russo, a palavra é чепуха (*tchepukha*), que significa "disparate". O aluno achou que o professor tinha escrito em caracteres latinos, e não em alfabeto russo, e leu "*reniksa*". A partir da piada de Tchékhov, essa palavra, transliterada para o russo, incorporou-se aos dicionários com o sentido de "disparate".

por Irina e que por isso sente ódio do barão... É compreensível. Irina é uma jovem muito bonita. Até se parece com Macha, tem o mesmo ar pensativo. Só que você, Irina, tem uma personalidade mais branda. Embora a Macha também tenha uma personalidade excelente. Eu amo Macha.

No fundo do jardim, fora de cena: "Ei! Ei! Ô! Ô!"

IRINA (*sobressaltada*) Não sei por quê, mas hoje qualquer coisa está me deixando assustada.

Pausa.

Minha bagagem está toda pronta, depois do almoço vou despachar as malas. Eu e o barão vamos casar amanhã, vamos viajar para a fábrica de tijolos amanhã mesmo e depois de amanhã eu já estarei na escola, dando aula, e então vai começar uma vida nova. Que Deus me ajude! Quando eu passei no exame para professora, cheguei a chorar de alegria, de emoção...

Pausa.

Daqui a pouco vai chegar a carroça para levar a minha bagagem...
KULÍGUIN Isso tudo está muito bem, só que, de certo modo, não é muito sério. São apenas ideias, com pouca seriedade. Mesmo assim, eu lhe desejo sorte, do fundo do coração.
TCHEBUTÍKIN (*com ternura*) Minha adorada, linda... minha joia... A senhora foi para muito longe, não dá mais para eu alcançar. Eu fiquei para trás, como uma ave migratória que envelheceu e não consegue mais voar. Voem, minhas doçuras, voem e vão com Deus!

Pausa.

Fiódor Ilitch, o senhor raspou o bigode à toa.

KULÍGUIN Ora, já chega! (*suspira*) Os militares vão partir hoje e tudo vai voltar a ser como antes. Não importa o que digam, a Macha é uma mulher boa, honesta, eu a amo muito e sou grato a meu destino. O destino das pessoas é muito variado... Aqui, na secretaria fiscal, trabalha um tal de Kozírev. Ele estudou comigo, saiu do ginásio na quinta série, porque não conseguiu aprender o *ut consecutivum*.* Agora, ficou na miséria, está doente e, quando nos encontramos, eu digo para ele: "Bom dia, *ut consecutivum*...". Ele responde: "Sim, é isso mesmo, *consecutivum*...". E ele está tossindo. Já eu, veja só, tive sorte a vida inteira, eu sou feliz, ganhei até a condecoração de Stanislav de segundo grau e agora sou eu quem ensina aos outros o *ut consecutivum*. Claro, eu sou inteligente, bem mais inteligente do que muitos outros, mas não é nisso que consiste a felicidade...

*Dentro de casa, tocam ao piano a peça "Prece de uma virgem".***

IRINA E amanhã à tardinha eu já não vou mais ouvir essa "Prece de uma virgem", eu não vou mais ter de me encontrar com o Protopópov...

Pausa.

O Protopópov está lá na sala; hoje ele também veio aqui...

---

* Regra gramatical do latim, relativa à concordância dos tempos verbais.
** Da compositora polonesa Tekla Bądarzewska-Baranowska (1834-61).

KULÍGUIN Nossa diretora ainda não chegou?

Macha percorre devagar o fundo do palco, passeando.

IRINA Não. Já vieram chamá-la. Se o senhor soubesse como é difícil, para mim, viver aqui sozinha, sem Ólia... Ela mora no ginásio, é a diretora, está sempre ocupada, o dia inteiro, e eu fico sozinha, me sinto entediada, sem nada para fazer, eu sinto ódio do quarto onde moro... Eu tomei uma decisão: se meu destino não é mesmo ir para Moscou, então paciência. Esse é o meu destino. Não se pode fazer nada... Tudo está nas mãos de Deus, essa é a verdade. Nikolai Lvóvitch me pediu em casamento... E então? Eu pensei bem e decidi. Ele é um homem bom, chega a espantar de tão bom... E de repente tive a impressão de que se abriu uma asa na minha alma, eu me senti alegre, me senti leve, me veio de novo a vontade de trabalhar, trabalhar... Mas aí alguma coisa aconteceu ontem, uma espécie de mistério começou a pairar acima da minha cabeça...
TCHEBUTÍKIN Um desatino. Uma bobagem.
NATACHA (*na janela*) A diretora!
KULÍGUIN A diretora chegou. Vamos.

Ele vai com Irina para dentro da casa.

TCHEBUTÍKIN (*lê um jornal e cantarola baixinho*) Tara-rá... bumbiá... no meu bumbo eu vou tocar...

Macha se aproxima; ao fundo, Andrei empurra o carrinho de bebê.

MACHA Ele só sabe ficar aqui sentado, à toa...
TCHEBUTÍKIN Mas o que houve?
MACHA (*senta-se*) Nada...

Pausa.

O senhor amava a minha mãe?
TCHEBUTÍKIN Muito.
MACHA E ela amava o senhor?
TCHEBUTÍKIN (*após uma pausa*) Disso eu já não me lembro.
MACHA O "meu" está aqui? Era assim que a nossa cozinheira Marfa, antigamente, falava daquele seu guarda: o "meu". O meu está aqui?
TCHEBUTÍKIN Ainda não.
MACHA Quando alguém só conhece a felicidade em pequenas amostras, aos bocadinhos, e depois perde essa felicidade, como aconteceu comigo, então pouco a pouco a pessoa se embrutece, se torna rancorosa. (*aponta para o peito*) Olhe, aqui dentro, eu estou queimando... (*olha para o irmão Andrei, que empurra o carrinho de bebê*) Veja nosso Andrei, nosso irmão... Todas as esperanças se acabaram. Milhares de pessoas levantaram um sino bem alto, à custa de muito trabalho e dinheiro, mas de repente o sino caiu e se quebrou. De repente, sem mais nem menos. Assim foi com Andrei...
ANDREI Mas quando é que esta casa vai ficar calma, afinal? É tanto barulho.
TCHEBUTÍKIN Daqui a pouco. (*olha para o relógio, depois dá corda; o relógio bate as horas*) O meu relógio é dos velhos, bate as horas... A primeira, a segunda e a quinta baterias vão partir à uma hora em ponto.

Pausa.

E eu vou embora amanhã.
ANDREI Para sempre?
TCHEBUTÍKIN Não sei. Talvez eu volte daqui a um ano. O diabo é quem sabe... não faz diferença...

Longe, ouve-se alguém tocar violino e harpa.

ANDREI A cidade vai ficar vazia. Como se estivesse coberta por uma redoma.

Pausa.

Aconteceu alguma coisa ontem, perto do teatro; todo mundo está comentando, mas eu não sei.
TCHEBUTÍKIN Não é nada. Tolices. O Solióni começou a provocar o barão, que perdeu a calma, respondeu com um insulto e, no final das contas, aconteceu que o Solióni se sentiu obrigado a desafiar o barão para um duelo. (*olha para o relógio*) Parece que está na hora... É à uma e meia, no bosque público, olhe, aquele lá, do outro lado do rio... Pife-pafe! (*ri*) Solióni pensa que é Liérmontov e até escreve uns poemas. Mas, deixando a brincadeira de lado, esse já vai ser seu terceiro duelo.
MACHA De quem?
TCHEBUTÍKIN Do Solióni.
MACHA Mas e do barão?
TCHEBUTÍKIN O que tem o barão?

Pausa.

MACHA Minha cabeça está confusa... Mesmo assim, eu digo que não se devia permitir uma coisa dessas. Ele pode ferir o barão ou até matar.
TCHEBUTÍKIN. O barão é um homem bom, mas um barão a mais ou a menos... não faz diferença, não é? Azar! Não faz diferença!

Fora de cena, um grito: "Ei! Ô! Ô!".

Espere um pouquinho. Quem gritou foi o Skvórtsov, o padrinho. Ele está num bote.

Pausa.

ANDREI Para mim, tanto participar de um duelo quanto presenciar um duelo, mesmo que apenas na condição de médico, é simplesmente imoral.

TCHEBUTÍKIN É só uma aparência... No mundo, não existe nada, nem nós. Nós não existimos, só parece que existimos... E então não faz diferença, não é?

MACHA É assim que eles ficam o dia inteiro, falando e falando... (*anda*) Viver neste clima, sempre com medo de que comece a nevar, e ainda por cima ter de ouvir essas conversas... (*para*) Eu não vou entrar nesta casa, eu não consigo ir para lá... Quando o Verchínin chegar, me avisem... (*caminha pela alameda*) As aves migratórias já estão voando... (*olha para o alto*) São cisnes ou gansos... Meus queridos, meus felizardos... (*sai*)

ANDREI A nossa casa vai ficar vazia. Os oficiais vão embora, o senhor vai embora, minha irmã vai casar e eu vou ficar aqui sozinho.

TCHEBUTÍKIN E a sua esposa?

Fedótik entra com alguns papéis para serem assinados.

ANDREI A esposa é a esposa. Ela é honesta, correta, sim, ela é boa, mas com tudo isso existe nela algo que a rebaixa à condição de um animal minúsculo, cego, escabroso. De um jeito ou de outro, ela não é um ser humano. Eu estou falando para o senhor como amigo, a única pessoa com quem posso abrir o coração. Eu amo a Natacha, é verdade, mas às vezes ela me parece incrivelmente vulgar e então eu me vejo perdido, eu não entendo por que eu a amo tanto, ou pelo menos amava...

TCHEBUTÍKIN (*levanta-se*) Meu caro, amanhã eu vou partir, nunca mais nos veremos, talvez, por isso eu deixo aqui o meu conselho. Olhe: ponha um gorro na cabeça, apanhe uma bengala e vá embora daqui... vá embora e ande, ande, sem olhar para trás. Quanto mais longe for, melhor.

Solióni passa no fundo do palco, junto com dois oficiais; ao ver Tchebutíkin, ele se desvia na sua direção; os oficiais seguem em frente.

SOLIÓNI Doutor, está na hora! Já é uma e meia. (*cumprimenta Andrei*)
TCHEBUTÍKIN Eu já vou. Estou farto de todos vocês. (*para Andrei*) Se alguém perguntar por mim, Andriucha, diga que eu volto já... (*suspira*) Ai-ai-ai!
SOLIÓNI "Nem gemer ele conseguiu, quando sobre ele um urso caiu." (*segue junto com Tchebutíkin*) O que o senhor está aí bufando, velhinho?
TCHEBUTÍKIN Nada!
SOLIÓNI Como vai a saúde?
TCHEBUTÍKIN (*irritado*) Como a lama no açude.
SOLIÓNI O velhinho se irrita à toa. Eu não vou fazer nada demais, só vou dar um tiro nele, como se atira numa codorna. (*pega o perfume e borrifa nas mãos*) Olhe, hoje eu já gastei um vidro inteirinho e as mãos continuam com esse cheiro. Estão cheirando a defunto.

Pausa.

Pois é... O senhor se lembra dos versos: "E ele, o revoltado, procura a tempestade, como se na tempestade estivesse a paz...".*
TCHEBUTÍKIN Pois é. "Nem gemer ele conseguiu, quando sobre ele um urso caiu." (*sai, junto com Solióni*)

Soam gritos: "Ô! Ei!". Entram Andrei e Ferapont.

FERAPONT São papéis para assinar...
ANDREI (*nervoso*) Me deixe em paz! Eu suplico, me deixe em paz! (*sai, empurrando o carrinho de bebê*)

---

* Versos de Liérmontov, do poema "Parus" (A vela), de 1832.

FERAPONT Mas, afinal, os papéis são feitos para isso, são para assinar. (*sai para o fundo do palco*)

Entram Irina e Tuzenbakh, com chapéu de palha. Kulíguin atravessa o palco, gritando: "Ei, Macha, ei!".

TUZENBAKH Parece que, na cidade toda, ele é a única pessoa que ficou alegre com a partida dos militares.
IRINA É compreensível.

Pausa.

Agora, nossa cidade vai ficar vazia.
TUZENBAKH Minha querida, eu tenho de sair um instante.
IRINA Aonde vai?
TUZENBAKH Eu preciso ir à cidade, para... me despedir dos camaradas.
IRINA Não é verdade... Nikolai, por que você hoje está tão pensativo?

Pausa.

O que aconteceu ontem perto do teatro?
TUZENBAKH (*faz um gesto de impaciência*) Daqui a uma hora eu voltarei e vamos ficar juntos de novo. (*beija sua mão*) Minha adorada... (*olha bem para seu rosto*) Já faz cinco anos que eu amo você e ainda não consegui me acostumar, você me parece cada vez mais bonita. Que cabelos lindos, maravilhosos! Que olhos! Amanhã, nós vamos partir, vamos trabalhar, vamos ficar ricos, meus sonhos estão renascendo. Você vai ser feliz. Só tem uma coisa, uma coisa só: você não me ama!
IRINA Isso está fora do meu alcance! Eu vou ser sua esposa, fiel, obediente, mas não existe amor. O que se pode fazer? (*chora*) Eu nunca amei, nem uma vez na vida. Ah, eu sonhei tanto com o amor, e eu sonho

com isso há tanto tempo, dia e noite, mas minha alma é como um piano de cauda fechado à chave, e essa chave se perdeu.

Pausa.

Você está com um olhar angustiado.

TUZENBAKH Eu não dormi bem esta noite. Na minha vida, não há nada tão terrível que consiga me deixar assustado. É só essa chave perdida que atormenta minha alma e não me deixa dormir. Diga-me alguma coisa.

Pausa.

Diga-me alguma coisa…

IRINA O quê? O quê? Em volta, tudo é tão misterioso, as árvores velhas, paradas, em silêncio… (*apoia a cabeça no peito dele*)

TUZENBAKH Diga-me alguma coisa.

IRINA O quê? Dizer o quê? O quê?

TUZENBAKH Qualquer coisa.

IRINA Chega! Chega!

Pausa.

TUZENBAKH Que tolices, que ninharias banais adquirem, às vezes, importância na vida, de repente, sem mais nem menos. Primeiro, nós rimos, achamos que não passam de bobagens, mas, mesmo assim, vamos em frente e aí sentimos que não temos força para parar. Ah, não vamos falar disso! Eu estou alegre. Parece que é a primeira vez na vida que eu estou vendo esses pinheiros, esses bordos, essas bétulas, e tudo olha para mim com curiosidade e expectativa. Que árvores bonitas e, na verdade, como deve ser bonita a vida ao lado delas!

Grito: "Ei! Ô! Ô!".

Eu preciso ir, está na hora... Olhe, aquela árvore secou, mas continua junto com as outras, e balança ao vento. Assim também me parece que, se eu morrer, ainda vou continuar participando da vida, de um jeito ou de outro. Adeus, minha querida... (*beija a mão*) Os seus documentos, que você me entregou, estão em cima da minha mesa, embaixo do calendário.

IRINA Eu vou com você.
TUZENBAKH (*preocupado*) Não, não! (*anda ligeiro, para na alameda*) Irina!
IRINA O que é?
TUZENBAKH (*sem saber o que dizer*) Hoje eu não tomei café. Peça que preparem um para mim... (*vai embora depressa*)

Irina fica pensativa, depois vai para o fundo do palco e se senta no balanço. Entra Andrei com o carrinho de bebê, aparece Ferapont.

FERAPONT Andrei Serguéitch, afinal, estes papéis aqui não são meus, são da repartição. Não fui eu que inventei isso.
ANDREI Ah, onde está, para onde foi meu passado, aquele tempo em que eu era jovem, alegre, inteligente, quando eu sonhava e pensava com elegância, quando o meu presente e o meu futuro eram iluminados pela esperança. Por que nós, mal começamos a viver, logo nos tornamos maçantes, cinzentos, sem graça, preguiçosos, indiferentes, inúteis, infelizes... Nossa cidade já existe há duzentos anos, nela vivem cem mil pessoas e não há nenhuma que não se pareça com as outras, nenhum santo, nem no passado nem no presente, nenhum sábio, nenhum artista, ninguém que tenha qualquer coisa de notável, nada, por mais ínfimo que seja, não há ninguém que desperte inveja ou um forte desejo de imitação. Só fazem comer, beber, dormir e depois

morrer... e aí nascem outros, que também comem, bebem, dormem e, para não acabarem totalmente imbecilizados pelo tédio, tentam animar sua vida com intrigas sórdidas, bebidas, cartas, fraudes, as esposas enganam os maridos, os maridos mentem, fingem que não veem nada, que não sabem de nada, e essa influência implacavelmente vulgar oprime os filhos, a centelha divina se apaga nos filhos, que depois acabam se tornando cadáveres tão lamentáveis, tão semelhantes entre si como são os pais e as mães... (*para Ferapont, zangado*) O que você quer?

FERAPONT Eu? São papéis para assinar.

ANDREI Eu estou farto de você.

FERAPONT (*entregando os papéis*) Agorinha mesmo, o porteiro lá da câmara do tesouro me contou... Parece que no inverno, em Petersburgo, o frio chegou a duzentos graus negativos.

ANDREI O presente é repugnante, mas como é bom quando eu penso no futuro! Tudo se torna tão leve, tão vasto; e lá longe começa a cintilar uma luz, eu vejo a liberdade, eu vejo que eu e os meus filhos seremos livres do ócio, da bebida, do *kvas*, do ganso com repolho, do sono depois do almoço, do parasitismo desprezível...

FERAPONT Parece que duas mil pessoas morreram congeladas. Dizem que o povo ficou horrorizado. Ou foi em Petersburgo ou foi em Moscou... eu não lembro.

ANDREI (*dominado por um sentimento de ternura*) Minhas queridas irmãs, minhas irmãs maravilhosas! (*entre lágrimas*) Macha, minha irmã...

NATACHA (*na janela*) Quem é que está aí falando tão alto? É você, Andriucha? Assim vai acordar Sófotchka. *Il ne faut pas faire du bruit, la Sophie est dormée déjà. Vous êtes un ours.** (*irritada*) Se quer tanto gritar, deixe o

---

* Francês: "Não se deve fazer barulho, Sophie já está dormindo. O senhor é um urso".

carrinho de bebê com outra pessoa qualquer. Ferapont, tome o carrinho do patrão!
FERAPONT Sim senhora. (*pega o carrinho de bebê*)
ANDREI (*embaraçado*) Mas eu estou falando baixo.
NATACHA (*por trás da janela, fazendo carinho no seu filho*) Bóbik! Seu malandrinho! Bóbik, seu malvado!
ANDREI (*olhando para os papéis*) Está certo, eu vou ler isto e, se for o caso, eu assino e depois você leva de volta para a repartição...

Sai; entra na casa, lendo os papéis; Ferapont empurra o carrinho de bebê.

NATACHA (*por trás da janela*) Bóbik, qual é o nome da sua mãe? Benzinho, benzinho! E essa aqui, quem é? Essa é sua tia Ólia. Fale assim para a titia: bom dia, Ólia!

Músicos ambulantes, um homem e uma mulher, tocam violino e harpa; da casa, saem Verchínin, Olga e Anfissa, e escutam em silêncio; Irina se junta a eles.

OLGA O nosso jardim parece uma via pública, todo mundo atravessa, a pé ou a cavalo. Babá, dê alguma coisa para esses músicos...
ANFISSA (*dá dinheiro para os músicos*) Vão com Deus, meus filhos! (*os músicos agradecem com uma reverência e vão embora*) Gente sofrida. Não é para se divertir que eles ficam tocando. (*para Irina*) Bom dia, Aricha! (*beija-a*) Ah, ah, minha filhinha, eu agora estou morando num lugar tão bom! Veja, eu moro no ginásio, num apartamento do governo, lindo, junto com a Ólia... Foi o que Deus reservou para mim na velhice. Eu, pobre pecadora, nunca morei tão bem em toda minha vida... É um apartamento grande, do governo, e eu tenho uma cama e um quarto inteiro só para mim. É tudo do governo. Eu vou dormir de noite e... ah,

meu Senhor, minha Mãe de Deus, não existe ninguém mais feliz do que eu!

VERCHÍNIN (*olha para o relógio*) Daqui a pouco vamos embora, Olga Serguéievna. Está na minha hora.

Pausa.

Eu desejo à senhora tudo, tudo... Onde está a Maria Serguéievna?
IRINA Está em algum lugar do jardim. Eu vou procurar.
VERCHÍNIN Eu agradeço à senhora. Tenho pouco tempo.
ANFISSA Eu também vou procurar. (*grita*) Ei, Máchenka!

Sai junto com Irina para o fundo do jardim.

Ei, ei!
VERCHÍNIN Tudo tem seu fim. E agora nós vamos nos separar. (*olha para o relógio*) A cidade nos ofereceu uma espécie de almoço de despedida, bebemos champanhe, o prefeito fez um discurso, eu comia e escutava, mas minha alma estava aqui, na casa da senhora... (*olha para o jardim*) Eu me acostumei com a casa da senhora.
OLGA Será que voltaremos a nos ver algum dia?
VERCHÍNIN Acho que não.

Pausa.

Minha esposa e minhas duas filhas vão continuar aqui por mais uns dois meses; por favor, se algo acontecer, se houver alguma necessidade...
OLGA Claro, claro, sem dúvida. Fique tranquilo.

Pausa.

Amanhã, não vai haver mais nenhum militar na cidade,

tudo será apenas uma lembrança e, para nós, é claro, vai ter início uma vida nova...

Pausa.

Tudo acontece diferente do que desejamos. Eu não queria ser diretora e, mesmo assim, me tornei diretora. Portanto, eu não vou morar em Moscou...
VERCHÍNIN. Bem... Obrigado por tudo. Perdoe-me se alguma coisa... Eu já falei muito, muito, e peço desculpas por isso, não guardem mágoas de mim.
OLGA (*enxuga os olhos*) Por que Macha não aparece?...
VERCHÍNIN O que me resta dizer à senhora na minha despedida? Sobre o que posso filosofar?... (*ri*) A vida é difícil. Para muitos de nós, ela se mostra surda, sem esperança, mesmo assim é preciso reconhecer que a vida está se tornando cada vez mais clara e mais leve e, pelo visto, não está longe o tempo em que a vida vai se tornar completamente clara. (*olha para o relógio*) Está na hora, está na hora! Antes, a humanidade se mantinha ocupada com a guerra, enchia toda sua existência com campanhas, incursões, vitórias, mas agora tudo isso ficou para trás, e deixou em seu lugar um enorme espaço vazio, que, por enquanto, ninguém sabe como preencher; a humanidade está à procura disso, com fervor, e é claro que vai acabar encontrando. Ah, tomara que seja logo!

Pausa.

Se um dia a educação se aliar ao trabalho perseverante, e se o trabalho perseverante se aliar à educação, quem sabe... (*olha para o relógio*) Mas já está na minha hora...
OLGA Pronto, lá vem ela.

Entra Macha.

VERCHÍNIN Eu vim me despedir…

Olga se afasta um pouco para não atrapalhar a despedida.

MACHA (*olha para o rosto dele*) Adeus…

Beijo demorado.

OLGA Já chega, já chega…

Macha chora com força.

VERCHÍNIN Escreva para mim… Não me esqueça! Solte-me… está na hora… Olga Serguéievna, leve-a, tenho de ir… já passou da hora… estou atrasado… (*comovido, beija a mão de Olga, depois abraça Macha mais uma vez e sai depressa*)
OLGA Chega, Macha! Pare, querida…

Entra Kulíguin.

KULÍGUIN (*constrangido*) Está certo, é bom que chore um pouco… Minha linda Macha, minha boa Macha… Você é minha esposa e eu estou feliz, aconteça o que acontecer… Eu não me queixo, não faço nenhuma censura a você… A Olga, aqui, é testemunha… Vamos recomeçar a viver como antigamente e não direi nenhuma palavra, não farei nenhuma censura…
MACHA (*contendo os soluços*) Nas terras de Lukomórie, há um carvalho verde, preso por uma corrente de ouro… uma corrente de ouro… Eu vou ficar louca… Nas terras de Lukomórie… um carvalho verde…
OLGA Acalme-se, Macha… Acalme-se… Dê água para ela.
MACHA Não vou mais chorar…
KULÍGUIN Ela não vai mais chorar… Ela é boa…

Ouve-se ao longe um estampido surdo.

MACHA Nas terras de Lukomórie, há um carvalho verde, preso por uma corrente de ouro... Um gato verde... um carvalho verde... Estou confusa... (*bebe água*) Vida fracassada... Agora eu não preciso de mais nada... Agora estou mais calma... Não faz diferença... O que significa terras de Lukomórie? Por que essa expressão não me sai da cabeça? Meus pensamentos estão confusos.

Entra Irina.

OLGA Acalme-se, Macha. Vamos, seja sensata... Vamos para o quarto.
MACHA (*irritada*) Não vou para lá. (*chora, mas logo para*) Não vou para casa, eu não irei...
IRINA Vamos ficar aqui juntas, sentadas, mesmo sem falar nada. Pois amanhã eu vou partir...

Pausa.

KULÍGUIN Ontem, na terceira série, eu tomei de um menino esta barba e este bigode aqui... (*pendura a barba e o bigode no próprio rosto*) Igualzinho ao professor de alemão... (*ri*) Não é verdade? Esses garotos são engraçados.
MACHA É verdade, parece o professor de alemão.
OLGA (*ri*) É mesmo.

Macha chora.

IRINA Chega, Macha!
KULÍGUIN Muito parecido...

Entra Natacha.

NATACHA (*para a criada*) O que é? Protopópov vai ficar com

Sófotchka e Andrei Serguéitch vai passear com Bóbik. Quanta confusão por causa das crianças... (*para Irina*) Você vai embora amanhã, Irina... que pena. Fique mais uma semaninha só, pelo menos. (*ao ver Kulíguin, dá um grito; ele ri e tira a barba e o bigode*) Puxa, o senhor me deu um susto! (*para Irina*) Eu me acostumei com você e agora acha que vai ser fácil eu me separar? No seu quarto, eu vou mandar instalar o Andrei com o seu violino... que ele fique lá guinchando à vontade!... E o quarto do Andrei nós vamos deixar para a Sófotchka. Que bebê deslumbrante, maravilhoso! Que menininha! Hoje ela olhou bem para mim, com aqueles seus olhinhos, e disse: mamãe!

KULÍGUIN Um bebê lindo, não há dúvida.

NATACHA Quer dizer que amanhã eu vou ficar sozinha, aqui. (*suspira*) Antes de mais nada, vou mandar cortar os pinheiros desta alameda, depois, aquele bordo ali. De noite, ele fica tão feio, mete medo... (*para Irina*) Minha querida, esse cinto não fica nada bem em você... É de mau gosto. Precisa de alguma coisa mais clarinha. E também vou mandar plantar flores aqui, por todo lado, umas florezinhas, vão deixar o ar perfumado... (*com expressão severa*) Por que deixaram este garfo no banco? (*voltando para casa, fala para a criada*) Por que deixaram este garfo no banco? Eu estou perguntando. (*grita*) Silêncio!

KULÍGUIN Ela está muito agitada!

Fora de cena, a banda de música executa uma marcha; todos escutam.

OLGA Estão indo embora.

Entra Tchebutíkin.

MACHA Os nossos estão indo embora. Bem, é o jeito... Boa viagem para eles! (*para o marido*) Tenho de ir para casa... Onde estão meu chapéu e minha capa?...

KULÍGUIN Eu deixei lá dentro da casa... Vou trazer já... (*sai em direção à casa*)
OLGA Sim, agora podemos ir para nossas casas. Está na hora.
TCHEBUTÍKIN Olga Serguéievna?
OLGA O que foi?

Pausa.

O que foi?
TCHEBUTÍKIN Nada... Eu não sei como dizer... (*sussurra em seu ouvido*)
OLGA (*assustada*) Não pode ser!
TCHEBUTÍKIN Pois é... que coisa... Eu estou exausto, arrasado, não quero mais falar... (*com irritação*) Além do mais, não faz diferença!
MACHA O que aconteceu?
OLGA (*abraça Irina*) Que dia horroroso, hoje... Nem sei como lhe dizer, minha querida...
IRINA O que foi? Diga logo: o que foi? Pelo amor de Deus! (*chora*)
TCHEBUTÍKIN Agora há pouco, o barão morreu num duelo.
IRINA Eu sabia, eu sabia...
TCHEBUTÍKIN (*no fundo do palco, senta-se num banco*) Estou exausto... (*tira um jornal do bolso*) Deixe que chorem um pouco... (*cantarola baixinho*) Tarará Bumbiá... no meu bumbo eu vou tocar... Não faz diferença!

As três irmãs estão de pé, muito juntas.

MACHA Ah, que música! Eles estão nos deixando, um deles partiu de uma vez por todas, para sempre, nós vamos ficar sozinhas para recomeçar a nossa vida. É preciso viver... É preciso viver...
IRINA (*apoia a cabeça no peito de Olga*) Vai chegar o tempo em que todo mundo vai saber para que tudo isso

existe, para que servem esses sofrimentos, não vai haver mais nenhum mistério, só que até lá é preciso viver... é preciso trabalhar, só trabalhar! Amanhã, eu vou partir sozinha, vou dar aula na escola e dedicar toda minha vida a quem talvez precise dela. Agora é outono, logo virá o inverno, tudo vai ficar coberto de neve, e eu vou trabalhar, trabalhar...

OLGA (*abraça as irmãs*) A música está tão alegre, tão animada que dá vontade de viver! Ah, meu Deus! O tempo vai passar e nós vamos partir para a eternidade, as pessoas vão se esquecer de nós, vão esquecer nosso rosto, nossa voz, vão esquecer quantas éramos, mas nossos sofrimentos vão se transformar em alegria para aqueles que viverão depois de nós, a paz e a felicidade vão reinar na terra, e aí dirão palavras boas e cheias de gratidão àqueles que estão vivendo hoje. Ah, queridas irmãs, nossa vida ainda não acabou. Vamos viver! A música está tão alegre, tão animada, que parece que falta só um pouquinho para conseguirmos descobrir para que estamos vivendo e para que estamos sofrendo... Como seria bom saber, como seria bom saber!

A música soa cada vez mais baixo; Kulíguin, alegre, sorridente, traz o chapéu e a capa, Andrei empurra o carrinho de bebê, onde está Bóbik.

TCHEBUTÍKIN (*cantarola baixinho*) Tara... rá... Bumbiá... no meu bumbo eu vou tocar... (*lê o jornal*) Não faz diferença! Não faz diferença!

OLGA Como seria bom saber, como seria bom saber!

Cortina.

O jardim das cerejeiras

Apresentação

A peça O *jardim das cerejeiras* foi escrita em 1903 e corrigida até poucos dias antes da estreia, a 17 de janeiro de 1904; foi o último ano de vida do autor, que tinha então 44 anos. Em razão da tuberculose, Tchékhov passava a maior parte do tempo em Ialta, na Crimeia, onde o clima era mais ameno. Esta é sua última obra e, quando compareceu à estreia da montagem do Teatro de Arte de Moscou, dos célebres diretores Konstantin Stanislávski e Nemiróvitch-Dântchenko, Tchékhov já estava muito magro e tossia bastante, debilitado pela doença. Entre a primeira peça que escreveu, aos dezoito anos (*Platónov*, que não foi encenada em vida do autor), e a última, tida por Stanislávski como sua obra-prima, passaram-se 25 anos. Tempo em que o escritor desenvolveu uma profunda transformação nos padrões do conto e do teatro.

O tema de fundo da primeira e da última peça é semelhante: a venda compulsória, por causa de dívidas, de uma propriedade rural antiga e familiar, herdada de geração em geração. Tal situação remete a um processo histórico que Tchékhov pôde acompanhar ao longo da vida, pois a dissolução da antiga estrutura agrária da Rússia e a constituição de uma nova classe de proprietários capitalistas começa com o fim da servidão, em 1861, um ano depois de seu nascimento.

Em geral, os antigos proprietários rurais russos, oriundos da nobreza, tinham pouco interesse pela agricultura. Passavam longos períodos afastados de suas terras e não eram raros aqueles que nunca punham os pés em suas fazendas, limitando-se a receber os rendimentos, enquanto moravam em Moscou, São Petersburgo ou até no exterior (como é o caso nesta última peça de Tchékhov). A administração era deixada por conta de feitores ou gerentes. A negligência redundava em dívidas que se acumulavam por décadas. A certa altura, as terras começaram a ser hipotecadas em massa, abrindo espaço para a ascensão de uma nova classe de proprietários capitalistas, a exemplo do personagem Lopákhin, em *O jardim das cerejeiras*.

O próprio Tchékhov viveu numa propriedade rural de quinhentos acres durante a década de 1890, ao sul de Moscou, onde testemunhou de perto esse processo, vivido por um casal de amigos.* As terras do casal acabaram leiloadas para saldar dívidas, mas logo depois se valorizaram com a construção de uma ferrovia até Moscou. No local, foram construídas casas de veraneio (ou datchas) e o antigo proprietário se tornou diretor de um banco — situações muito parecidas com aquelas apresentadas na peça.

Na mesma década de 1890, na Rússia, o processo de urbanização e industrialização, que vinha de antes, ganhou ainda mais ímpeto, com grandes investimentos do capital estrangeiro, voltados para a exportação. Mas a economia agrária passava por uma crise aguda e, nos primeiros anos do século XX, quando *O jardim das cerejeiras* foi escrito, bandos de camponeses famintos invadiam propriedades, sobretudo no sul do império. O entendi-

---

* Mariana da Silva Lima, *No jardim das cerejeiras: Metamorfoses do drama na virada do século XIX*. Rio de Janeiro: Faculdade de Letras-UFRJ, 2006. Dissertação (Mestrado em Teoria Literária). Disponível em: http://www.ciencialit.letras.ufrj.br/trabalhos/2006/marianadasilva_nojardim2006.pdf. Acesso em: 11 abr. 2021.

mento da peça ganha alcance se o leitor observar duas referências a essas circunstâncias, nas cenas do andarilho que pede esmola e dos desabrigados que os camponeses velhos acolhem para pernoitar em seu alojamento.

O título da peça já indica uma das maneiras como Tchékhov explorava problemas novos com formas novas. A natureza — o jardim das cerejeiras — vale como objeto de contemplação estética para os antigos proprietários (os personagens Gáiev e Liubov Andréievna), que incorporam a beleza da paisagem à imaginária grandeza da saga familiar. A propriedade em si é algo tão estabelecido na tradição que qualquer ameaça a esse direito parece irrisória. Por isso, para eles, o jardim das cerejeiras se configura como uma imagem mítica, fora da história, um espaço onde se veem fantasmas e se ouvem sons misteriosos.

Da mesma forma, para os representantes dessa classe social, a infância também vale como um local mítico de refúgio, símbolo da estabilidade do direito hereditário. Tanto assim que a peça tem início no cômodo chamado "quarto das crianças", entre evocações de lembranças infantis, e os próprios personagens se apresentam como crianças adultas. Observe-se, por exemplo, o fascínio de Gáiev pelo jogo de bilhar. Na verdade, a associação entre a infância convertida em mito e a época de ouro da nobreza agrária já figurava como uma das chaves temáticas da literatura russa, pelo menos desde o romance *Oblómov* (1859), de Gontcharóv.

De outro lado, em forte contraste, o personagem Lopákhin encara a paisagem como objeto de exploração, lucro e enriquecimento rápido. É um antigo amigo da família, para a qual seu pai trabalhou como servo, e representa a ascensão de um novo regime de relações sociais, que os velhos proprietários não conseguem entender. Outro personagem, o universitário Trofímov, uma espécie de membro marginal da *intelliguéntsia*, vê o jardim como um fantasma do passado humilhante da servidão e chega a dizer que o jardim das cerejeiras é a Rússia toda. Esse personagem, não custa lembrar, compreende uma alusão aos movimentos estudantis da época, que agitavam o clima político, às vésperas da Revolução de 1905. Enquanto isso, a personagem mais jovem, Ánia, filha de Liubov Andréievna, simplesmente não vê a hora de deixar para trás toda aquela tradição decadente e começar uma vida nova.

Seria possível, também, examinar os pontos de vista dos criados e empregados, jovens e velhos, que se exprimem de várias formas, acerca do destino do jardim das cerejeiras. Mais importante, porém, é que essas vivências diversas pouco ou nada se comunicam entre si. As explicações, os apelos, as justificativas, as impressões de cada um quase sempre morrem no ar, antes de alcançar os ouvidos dos outros, numa espécie de diálogo de surdos. Tchékhov sublinha a questão da falta de reciprocidade, de comunicação e de entendimento entre os personagens por meio da surdez efetiva do velho criado Firs — que além do mais, o tempo todo, resmunga palavras incompreensíveis. Bem como por meio do ventriloquismo de Charlotta Ivánovna, recurso que lhe permite conversar abertamente consigo mesma, o que enfatiza sua condição solitária, de mulher sem família, sem casa, sem profissão, e que nem sequer possui documentos de identidade.

Quase todos esses traços aparecem de modo discreto, episódico, em meio a coisas tão triviais que nem lhes damos atenção, e seu peso só vem a ser sentido aos poucos e de forma indireta. De todo modo, com isso, o teatro sofre uma transformação em um de seus pontos centrais: o diálogo deixa de ser propriamente um diálogo e a circunstância de que os personagens, muitas vezes, parecem falar sozinhos confere à peça um cunho lírico. Outro ponto a ressaltar é que não há antagonistas, no rigor da palavra: todos são amigos e nutrem uma afeição verdadeira uns pelos outros, a despeito das posições incompatíveis em que as relações sociais os situam e a despeito de uma ou outra irritação passageira. A tensão subjacente entre, de um lado, a distância imposta por determinações sociais e, de outro, os afetos vividos e reais constrói um conflito de teor bem diverso daqueles presentes no drama tradicional. E representa uma parte decisiva do tipo especial de dramaticidade que Tchékhov desenvolveu em suas peças.

A rigor, na literatura russa em geral, as formas das obras — formas importadas diretamente da tradição europeia e que chegaram à Rússia já prontas — sempre foram pressionadas por conteúdos que não cabiam em seu enquadramento, pois tais conteúdos correspondiam a uma experiência histórica singular. Talvez dessa perspectiva possamos entender um pouco melhor a célebre desavença entre Tchékhov, que chamou sua peça de comédia, e Stanislávski, seu diretor, que (a exemplo de seus companheiros atores e diretores da companhia teatral) via nela um drama e até mesmo uma tragédia.*

No texto de Tchékhov, não faltam marcas típicas do cômico: a repetição de palavras que distingue determinados personagens; a mecanização de certos gestos, que surgem fora de contexto (como Gáiev e seu vício do bilhar); desencontros e equívocos, como a cena em que Vária bate com a sombrinha na cabeça de Lopákhin, imaginando ser outra pessoa; o tombo gratuito de Trofímov na escada e muitas outras situações. Por outro lado, no entanto, a densidade dos conflitos e a presença constante, subjacente, de uma transformação histórica inevitável, vivida como um trauma, perturbam qualquer expectativa unilateral de comédia.

Anos depois, Nemiróvitch-Dântchenko reconheceu as dificuldades para compreender os "contornos extraordinariamente sutis" da peça. "Tchékhov aguçou seu realis-

---

* Cristiane Layher Takeda, *O cotidiano de uma lenda: Cartas do teatro de arte de Moscou*. São Paulo: Perspectiva/Fapesp, 2003, pp. 260, 284.

mo até alcançar o símbolo, e captar o tecido sutil da obra de Tchékhov foi algo que o teatro demorou muito para conseguir; talvez o teatro o tenha tratado com mãos brutas demais..."*

Oito anos antes, Tchékhov já havia classificado sua peça *A gaivota* de "comédia em quatro atos", o que gerou a mesma discussão e o mesmo problema. Porém, se observarmos seus contos, encontraremos muitas passagens nas quais o elemento trágico, tão evidente, recebe de imediato o contraponto de um comentário cômico, às vezes até na mesma frase. Esse procedimento pode ser entendido como um esforço para contrabalançar uma tendência incontornável, mas que lhe parecia, talvez, excessiva ou enganosa. A rigor, no entanto, tais ambivalências nada tinham de novidade na literatura russa. Por exemplo, além do romance *Oblómov*, já mencionado, o romance *Almas mortas*, de Nikolai Gógol, sessenta anos antes de *O jardim das cerejeiras*, reunia todos os atributos técnicos de uma comédia, mas recebeu do autor o subtítulo de "Poema" e, além de provocar risos, deixava seus leitores comovidos e abalados até a indignação ante a imagem triste da realidade. Isso nos ajuda a ter em mente que é na contradição entre as formas importadas de uma cultura vista, em parte, como superior e o seu problemático aproveitamento local que se encontra uma das pistas para entender a duradoura força crítica da tradição literária russa.

---

* A. I. Reviákin, "Primetchánia" (comentários). In: Tchékhov, A. P. *Obra completa reunida e cartas em 30 volumes*. Moscou: Naúka, 1974-82, v. 13, 1978.

O jardim das cerejeiras
Comédia em quatro atos

Personagens

LIUBOV (OU LIUBA) ANDRÉIEVNA RANIÉVSKAIA, proprietária da fazenda
ÁNIA, sua filha, dezessete anos
VÁRIA, sua filha adotiva, 24 anos
LEONID (OU LIÉNIA) ANDRÉIEVITCH GÁIEV, irmão de Raniévskaia
ERMOLAI ALEKSÉIEVITCH LOPÁKHIN, comerciante
PIOTR (OU PIÉTIA) SERGUÉIEVITCH TROFÍMOV, estudante
BORIS BORÍSSOVITCH SIMEÓNOV-PÍSCHIK, senhor de terras
CHARLOTTA IVÁNOVNA, governanta
SEMION PANTIELIÉIEVITCH EPIKHÓDOV, contador
DUNIACHA, arrumadeira
FIRS, lacaio, velho, 87 anos
IACHA, lacaio jovem
Um andarilho
Chefe da estação
Chefe do correio
Convidados e criados

A ação se passa na propriedade rural de L. A. Raniévskaia.

Primeiro ato

O cômodo que ainda continua a ser chamado de quarto das crianças. Uma das portas dá para o quarto de Ánia. O dia está nascendo, logo o sol vai subir. Já é maio, as cerejeiras florescem, mas a geada da madrugada cobre o jardim. As janelas do quarto estão fechadas.

Entram Duniacha com uma vela e Lopákhin, com um livro na mão.

LOPÁKHIN Graças a Deus que o trem chegou. Que horas são?

DUNIACHA Quase duas. (*sopra a vela*) Já está claro.

LOPÁKHIN Esse trem atrasou quanto tempo? Umas duas horas, pelo menos. (*boceja e se espreguiça*) Mas eu, francamente, que beleza, que papel de bobo! Vim aqui só para ir à estação esperar por eles e, de repente, ferrei no sono... Sentei e dormi. Que droga... Você bem que podia ter me acordado.

DUNIACHA Achei que o senhor tinha ido embora. (*escuta com atenção*) Olhe, parece que estão chegando.

LOPÁKHIN (*escuta*) Não... Eles têm de retirar a bagagem e fazer mais uma porção de coisas...

Pausa.

LOPÁKHIN Liubov Andréievna passou cinco anos no exterior, não sei como ela está agora... É uma boa pessoa. Uma pessoa calma, simples. Lembro quando eu era garoto, tinha uns quinze anos, e meu falecido pai... na época, ele era vendedor numa mercearia, na aldeia... ele me deu um murro na cara, o sangue desceu pelo nariz... Nós dois tínhamos chegado juntos ao pátio, sei lá por quê, e meu pai estava embriagado. A Liubov Andréievna, e eu me lembro como se fosse hoje, ainda era bem novinha, tão magrinha, ela me levou até a pia, olhe, esta aqui, neste mesmo quarto, o quarto das crianças. "Não chore, mujiquezinho, até o dia do seu casamento, seu nariz vai ficar bom..."

Pausa.

LOPÁKHIN Mujiquezinho... O meu pai, sim, era mujique, mas eu, olhe só, uso colete branco, sapatos amarelos. Como um focinho de porco no meio das rosquinhas do chá... Só que eu sou rico de verdade, olhe, eu tenho muito dinheiro, mas se a gente parar para pensar e analisar bem, eu não passo mesmo de um mujique... (*folheia o livro*) Eu estava lendo este livro aqui e não entendi nada. Estava lendo e peguei no sono.

Pausa.

DUNIACHA E os cachorros ficaram acordados a noite inteira, eles farejaram que sua dona estava chegando.
LOPÁKHIN O que você tem, Duniacha? Está tão...
DUNIACHA Minhas mãos estão tremendo. Eu vou desmaiar.
LOPÁKHIN Você é muito delicada, Duniacha. E se veste que nem uma dama, e o seu penteado também. Isso não tem cabimento. Você deve lembrar quem você é.

Entra Epikhódov com um buquê de flores; está de casaco,

de botas bem lustrosas, que rangem com força; ao entrar, deixa o buquê cair no chão.

EPIKHÓDOV (*pega o buquê*) Olhem só o que o jardineiro mandou, ele disse para colocar na mesa. (*dá o buquê para Duniacha*)
LOPÁKHIN E me traga o *kvas*.
DUNIACHA Sim senhor. (*sai*)
EPIKHÓDOV Caiu a geada da manhã, o frio bateu os três graus abaixo de zero e as cerejeiras estão todas floridas. Eu não posso aprovar este nosso clima. (*suspira*) Não consigo. Na hora em que a gente precisa, nosso clima não ajuda. Olhe, Ermolai Alekséitch,* permita que eu acrescente: três dias atrás, comprei para mim um par de botas e elas, me atrevo a garantir ao senhor, rangem tanto que não há nada que se possa fazer. O que posso usar para engraxar essas botas?
LOPÁKHIN Ora, me deixe em paz. Eu estou farto.
EPIKHÓDOV Todo dia me acontece alguma desgraça. E eu nem resmungo mais, estou acostumado, chego até a sorrir.

Entra Duniacha, dá o kvas *para Lopákhin.*

EPIKHÓDOV Eu vou embora. (*tropeça na cadeira, que tomba no chão*) Estão vendo só?... (*ele parece até comemorar*) Eu não falei? Desculpe pela maneira de me expressar, mas são situações como essa, e muitas outras que... É mesmo um espanto! (*sai*)
DUNIACHA Eu tenho de confessar, Ermolai Alekséitch: o Epikhódov me pediu em casamento.
LOPÁKHIN Ah!
DUNIACHA Não sei o que eu vou fazer... É um homem gentil, só que, às vezes, quando começa a falar, não dá para

---

* Abreviação de Alekséievitch.

entender nada. Ele é bom, é sensível, mas não dá para compreender. Acho até que eu gosto dele. E ele me ama loucamente. É um homem infeliz, todo dia tem algum problema. Aqui, mexem demais com ele: já lhe deram até o apelido de "O Vinte e Duas Desgraças"...

LOPÁKHIN (*escuta com atenção*) Olhe, parece que estão chegando...

DUNIACHA Estão chegando! Mas o que foi que deu em mim?... Fiquei toda gelada.

LOPÁKHIN Estão chegando, é verdade. Vamos recebê-los. Será que ela vai me reconhecer? Faz cinco anos que não nos vemos.

DUNIACHA (*com emoção*) Eu estou perto de desmaiar... Ah, eu vou desmaiar!

Ouve-se o ruído de duas carruagens se aproximando da casa. Lopákhin e Duniacha saem depressa. Palco vazio. Nos cômodos vizinhos, começa um barulho. Apoiado numa bengala, Firs atravessa o palco afobado, vai receber Liubov Andréievna; Firs está de libré velha e cartola; fala sozinho, mas é impossível entender alguma palavra. O barulho atrás do palco aumenta cada vez mais. Uma voz: "Venham, passem por aqui...". Liubov Andréievna, Ánia e Charlotta Ivánovna, com um cachorrinho preso numa correntinha, estão em trajes de viagem. Vária está de casaco e xale. Gáiev, Simeónov-Píschik, Lopákhin, Duniacha com uma trouxa e uma sombrinha, uma criada com outros objetos — todos atravessam o quarto.

ÁNIA Passem por aqui. Mamãe, você se lembra deste quarto?

LIUBOV ANDRÉIEVNA (*com alegria, em lágrimas*) O quarto das crianças!

VÁRIA Que friagem, minhas mãos estão duras de frio. (*para Liubov Andréievna*) Os quartos da senhora, o branco e o violeta, estão do mesmo jeito que eram, mãezinha.

LIUBOV ANDRÉIEVNA O quarto das crianças, o meu querido

e lindo quarto das crianças... Eu dormia aqui, quando era menina... (*chora*) E agora até pareço uma menina... (*beija o irmão, Vária, depois o irmão, de novo*) E Vária continua igualzinha ao que era, parece uma freira. E Duniacha, eu reconheci logo... (*beija Duniacha*)

GÁIEV O trem atrasou duas horas. Que tal, hein? Que organização!

CHARLOTTA (*para Píschik*) O meu cachorro também come nozes.

PÍSCHIK (*espantado*) Quem diria?...

Saem todos, menos Ánia e Duniacha.

DUNIACHA Não víamos a hora de vocês chegarem... (*tira o casaco e o chapéu de Ánia*)

ÁNIA Na viagem, fiquei quatro noites sem dormir... agora estou morta de frio.

DUNIACHA Vocês partiram na Quaresma, estava nevando, fazia muito frio, mas agora não. Minha querida! (*ri, beija Ánia*) Eu não via a hora de a senhora chegar, minha alegria, minha adorada... Tenho de contar para a senhora, não posso esperar nem um minuto...

ÁNIA (*indiferente*) Sempre a mesma história...

DUNIACHA Depois da Páscoa, o contador Epikhódov me pediu em casamento.

ÁNIA Você continua a mesma... (*ajeita os cabelos*) Perdi todos os meus grampos de cabelo... (*está muito fatigada, chega a cambalear*)

DUNIACHA Só que eu não sei o que pensar. Ele me ama, me ama tanto!

ÁNIA (*olha pela porta de seu quarto, com carinho*) Meu quarto, minhas janelas, até parece que eu nunca saí daqui. Estou em casa! De manhã, vou levantar e correr logo para o jardim... Ah, se eu pudesse dormir! Não dormi a viagem inteira, eu estava tão preocupada.

DUNIACHA O Piotr Serguéitch chegou anteontem.

ÁNIA (*com alegria*) O Piétia!
DUNIACHA Está dormindo na casa da sauna, está até morando lá. Ele diz assim: Eu tenho medo de incomodar. (*dá uma olhada no relógio*) Era melhor acordar o Piétia, mas Varvara* Mikháilovna não deu ordem. Não o perturbe, disse ela.

Entra Vária, traz na cintura um cordão cheio de chaves.

VÁRIA Duniacha, o café, rápido... Mamãe está pedindo café.
DUNIACHA Num instante. (*sai*)
VÁRIA Bem, graças a Deus que vocês chegaram. Você está em casa outra vez. (*fazendo um carinho*) Meu tesouro voltou! Minha linda voltou!
ÁNIA Ah, como eu sofri!
VÁRIA Imagino!
ÁNIA Eu parti na Semana Santa, estava frio. Charlotta falou a viagem inteira, e fazia truques com as mãos. Não sei para que você me obrigou a levar a Charlotta...
VÁRIA Você não podia ir sozinha, meu bem. Aos dezessete anos!
ÁNIA Chegamos a Paris, fazia frio, nevava. Eu falava muito mal o francês. Mamãe mora no quinto andar, fui até a casa dela, estavam lá uns franceses, umas senhoras, um padre velho, com um livro. O lugar é enfumaçado, desconfortável. De repente, senti pena da mamãe, tanta pena que abracei sua cabeça, apertei nos meus braços e não conseguia largar. Depois, mamãe ficou muito carinhosa, e chorava...
VÁRIA (*em lágrimas*) Não fale, não fale...
ÁNIA Ela já vendeu a casa de veraneio perto de Menton. Do que ela possuía, não sobrou nada. E eu também não tenho mais nenhum copeque, mal conseguimos chegar aqui. E a mamãe não entende! Fomos almoçar na es-

---

* Vária é hipocorístico de Varvara.

tação de trem e ela exigiu o prato mais caro e ainda deu um rublo de gorjeta para cada garçom. Charlotta é a mesma coisa. O Iacha também cobra a parte dele, é simplesmente horrível. Pois agora a mamãe tem um lacaio particular, o Iacha, e ele veio conosco para cá...

VÁRIA Eu já vi esse sem-vergonha.

ÁNIA Mas, e então? Os juros foram pagos?

VÁRIA Nem sombra.

ÁNIA Meu Deus, meu Deus...

VÁRIA Em agosto, vão vender a propriedade...

ÁNIA Meu Deus...

LOPÁKHIN (*espia pela porta e dá um balido*) Mé-é-é... (*sai*)

VÁRIA (*em lágrimas*) Que vontade de dar com isto aqui na cara dele... (*ameaça com o punho cerrado*)

ÁNIA (*abraça Vária, fala baixo*) Vária, ele pediu você em casamento? (*Vária faz que não com a cabeça*) Mas ele ama você... Por que vocês não conversam sobre isso, o que estão esperando?

VÁRIA Acho que não vai dar em nada. Ele tem muitos negócios, não tem tempo para mim... e nem presta atenção. Que Deus o proteja; só de olhar para ele me dá tristeza... Todo mundo vive falando do nosso casamento, todos dão os parabéns, mas na verdade não existe nada, é tudo como um sonho... (*em outro tom*) Você está com um broche com o formato de uma abelha.

ÁNIA (*em tom triste*) Foi a mamãe quem comprou. (*vai para seu quarto, fala em tom alegre, como uma criança*) E em Paris, eu voei num balão!

VÁRIA A minha queridinha chegou! A minha linda chegou!

Duniacha volta com o bule e serve o café.

VÁRIA (*de pé junto à porta*) Minha querida, eu ando o dia inteiro para lá e para cá pela propriedade e o tempo todo eu fico sonhando. Se você casasse com um homem rico, eu ficaria mais tranquila, iria para um convento, e depois para Kíev... para Moscou, e peregrinaria o tempo todo pelos lugares sagrados... Eu ficaria andando, andando. Que maravilha!

ÁNIA Os passarinhos estão cantando no jardim. Que horas são?

VÁRIA Devem ser três horas. Está na hora de você dormir, querida. (*entra no quarto e vai na direção de Ánia*) Que maravilha!

Entra Iacha, com um tapete e uma bolsinha de viagem.

IACHA (*atravessa o palco, com ar requintado*) Posso passar por aqui, senhora?

DUNIACHA Nem dá para reconhecer o senhor, Iacha. Como mudou, no exterior.

IACHA Hum... E a senhora, quem é?

DUNIACHA Quando o senhor partiu, eu era assim... (*mostra a altura com a mão*) Sou Duniacha, filha de Fiódor Kozoiédov. O senhor nem vai lembrar!

IACHA Hum... Que docinho! (*olha em volta e a abraça; ela dá um grito e deixa o pires cair. Iacha vai embora depressa*)

VÁRIA (*na porta, com voz contrariada*) O que está acontecendo aqui?

DUNIACHA (*em lágrimas*) O pires quebrou...

VÁRIA Sinal de boa sorte.

ÁNIA (*saindo de seu quarto*) É preciso avisar a mamãe: Piétia está aqui.

VÁRIA Dei ordem para não acordá-lo.

ÁNIA (*com ar pensativo*) Faz seis anos que papai morreu; um mês depois, meu irmão Gricha se afogou no rio, um lindo menino de sete anos. Mamãe não suportou, partiu, foi embora sem olhar para trás... (*estremece*) Eu compreendo tão bem a mamãe, se ela soubesse!

Pausa.

ÁNIA E o Piétia Trofímov foi professor de Gricha, ele pode trazer lembranças para a mamãe...

Entra Firs; de paletó e colete branco.

FIRS (*anda na direção do bule, com ar preocupado*) A patroa vai comer aqui... (*põe luvas brancas*) O café está pronto? (*para Duniacha, em tom severo*) Ei, você! Cadê o creme de leite?
DUNIACHA Ah, meu Deus... (*sai depressa*)
FIRS (*atarefado com o bule*) Eh, sua trapalhona...* (*resmunga sozinho*) Chegaram de Paris... O patrão também foi a Paris, uma vez... mas foi de carruagem... (*ri*)
VÁRIA Firs, do que você está rindo?
FIRS Queira perdoar. (*com alegria*) Minha patroa chegou! Esperei tanto! Agora eu posso morrer... (*chora de alegria*)

Entram Liubov Andréievna, Gáiev, Lopákhin e Simeónov--Píschik; Simeónov-Píschik de casaco pregueado na cintura, feito de um pano fino, e com calças largas enfiadas por dentro das botas. Gáiev, ao entrar, faz um movimento com as mãos e com o tronco, igual ao de quem joga bilhar.

LIUBOV ANDRÉIEVNA Como era mesmo? Deixe ver se eu lembro... A bola amarela na caçapa do canto! A outra, de tabela, caiu na caçapa do meio!
GÁIEV E aí eu arrematei mandando a outra bola na caçapa do canto! Antigamente, eu e você, irmã, dormíamos neste mesmo quarto, e agora eu já tenho cinquenta e um anos, por estranho que pareça...
LOPÁKHIN Pois é, o tempo passa.

---

* Em russo, *nedotiopa*. O termo passou a ser usado, e foi dicionarizado, depois desta peça de Tchékhov, que deve tê-lo ouvido entre os camponeses que viviam perto de seu sítio, em Melíkhovo.

GÁIEV O quê?
LOPÁKHIN Eu disse que o tempo passa.
GÁIEV Aqui tem um cheiro de patchouli.
ÁNIA Eu vou dormir. Boa noite, mamãe. (*beija a mãe*)
LIUBOV ANDRÉIEVNA Minha criança adorada. (*beija sua mão*) Está contente de estar em casa? Eu ainda não estou acreditando.
ÁNIA Boa noite, tio.
GÁIEV (*beija seu rosto, suas mãos*) Vá com Deus. Como você se parece com sua mãe! (*para a irmã*) Você, Liuba, na idade dela, era assim mesmo, igualzinha.

Ánia oferece a mão para Lopákhin e Píschik, sai e fecha a porta.

LIUBOV ANDRÉIEVNA Ela está muito cansada.
PÍSCHIK É uma viagem comprida, não há dúvida.
VÁRIA (*para Lopákhin e Píschik*) E então, senhores? São quase três horas, está na hora de dormir.
LIUBOV ANDRÉIEVNA (*ri*) Você continua a mesma, Vária. (*traz a filha para junto de si e lhe dá um beijo*) Vou só tomar um café e logo depois vamos dormir.

Firs coloca uma almofada embaixo dos pés de Liubov Andréievna.

LIUBOV ANDRÉIEVNA Obrigada, meu caro. Estou acostumada a tomar café. Eu bebo café dia e noite. Obrigada, meu velhinho. (*beija Firs*)
VÁRIA Vou ver se trouxeram toda a bagagem... (*sai*)
LIUBOV ANDRÉIEVNA Será que sou eu mesma quem está aqui? (*ri*) A vontade que tenho é de dar pulos, sacudir os braços. (*cobre o rosto com as mãos*) Devo estar sonhando! Deus é testemunha, eu amo a minha terra, amo com carinho, nem podia olhar pela janela do trem que eu logo começava a chorar. (*em lágrimas*) Mesmo assim, eu pre-

ciso tomar café. Obrigada, Firs, obrigada, meu velhinho. Estou tão contente por você ainda estar vivo.

FIRS Anteontem.

GÁIEV Ele está escutando mal.

LOPÁKHIN Daqui a pouco, às cinco da manhã, tenho de viajar para Khárkov. Que pena! Queria ficar com a senhora, conversar um pouco... A senhora continua esplendorosa como sempre.

PÍSCHIK (*bufa com força*) Ficou ainda mais bonita... Vestida à maneira parisiense... Não há como negar...

LOPÁKHIN O irmão da senhora, Leonid Andréitch, diz que eu sou um homem rústico, um camponês que enriqueceu, mas para mim não faz a menor diferença. Deixe que ele fale o que quiser. Eu gostaria apenas que a senhora confiasse em mim como antes, que seus olhos maravilhosos, comoventes, olhassem para mim como antes. Deus misericordioso! Meu pai foi um servo que pertenceu à senhora e a seu pai, mas a senhora, justamente a senhora, naquele tempo, fez tanto por mim que eu esqueci tudo e eu amo a senhora como a uma irmã... até mais do que uma irmã.

LIUBOV ANDRÉIEVNA Eu não consigo ficar parada, não sou capaz... (*levanta-se de um salto e caminha com intensa agitação*) Não vou sobreviver a tanta alegria... Podem rir de mim, sou uma tola... Meu adorado cofrinho... (*beija um cofrinho*) Minha mesa.

GÁIEV Enquanto você estava fora, a babá morreu.

LIUBOV ANDRÉIEVNA (*senta-se e toma café*) Sim, ela foi para o Reino dos Céus. Escreveram para mim, avisando.

GÁIEV O Anastassi morreu. Petruchka, o Vesgo, foi embora e agora está na cidade, mora na casa do comissário de polícia. (*tira do bolso uma caixinha com balas, começa a chupar*)

PÍSCHIK Minha filhinha, a Dáchenka... lhe manda lembranças...

LOPÁKHIN Eu gostaria de lhe dizer uma coisa muito agradável, alegre. (*dá uma olhada no relógio*) Vou ter de ir embora daqui a pouco, não há tempo para conversar... Mas, bem, vou dizer duas ou três palavras. A senhora já sabe, o jardim das cerejeiras da senhora vai ser leiloado para saldar dívidas, o leilão será no dia vinte e dois de agosto, mas a senhora não se preocupe, minha cara, pode dormir em paz, há uma saída... Aqui está meu projeto. Peço a sua atenção! A propriedade da senhora fica só a vinte verstas da cidade, a estrada de ferro passa perto, e se o jardim das cerejeiras e a terra perto do rio fossem divididos em lotes para construir casas de veraneio e depois essas casas fossem arrendadas, a senhora teria uma receita de, no mínimo, vinte e cinco mil por ano.

GÁIEV Desculpe, mas que disparate!

LIUBOV ANDRÉIEVNA Não consigo entender o senhor, Ermolai Alekséitch.

LOPÁKHIN Com os locatários das casas de veraneio, a senhora vai ganhar, no mínimo, vinte e cinco mil por ano, por hectare, e, se agora mesmo a senhora decidir fazer isso, aposto o que a senhora quiser que, no outono, não terá nenhum pedacinho de terra vago, eles vão alugar tudo. Numa palavra, meus parabéns, a senhora está salva. A localização é maravilhosa, o rio é profundo. Naturalmente, é necessário arrumar, limpar o terreno... por exemplo, digamos, demolir todas as construções antigas, veja, esta casa aqui, que já não serve para nada, e também acabar com o velho jardim das cerejeiras...

LIUBOV ANDRÉIEVNA Acabar com o jardim? Meu caro, não me leve a mal, mas o senhor não entende nada. Se em toda esta província existe algo de interessante, ou até de admirável, só pode ser o nosso jardim das cerejeiras.

LOPÁKHIN De admirável, esse jardim só tem o fato de ser muito grande. Só dá cerejas uma vez a cada dois anos e, apesar da abundância, não se aproveita nada, ninguém compra.

GÁIEV Até o *Dicionário enciclopédico* menciona esse jardim.
LOPÁKHIN (*olha para o relógio*) Se não inventarmos nada nem chegarmos a uma conclusão, no dia vinte e dois de agosto o jardim de cerejeiras e a propriedade toda vão ser leiloados. Resolva logo! Não há outra saída, eu juro. Não há mesmo.
FIRS Antigamente, faz uns quarenta ou cinquenta anos, punham as cerejas para secar, botavam numa calda, cozinhavam para fazer geleia e às vezes...
GÁIEV Cale-se, Firs.
FIRS E às vezes levavam cerejas secas para Moscou e Khárkov, em carroções. Havia dinheiro! E, naquele tempo, a cereja seca era macia, suculenta, doce, cheirosa... Na época, sabiam o jeito certo de fazer...
LIUBOV ANDRÉIEVNA E como é que se faz?
FIRS Esqueceram. Ninguém lembra.
PÍSCHIK (*para Liubov Andréievna*) Mas e então, como foi em Paris? A senhora comeu rãs?
LIUBOV ANDRÉIEVNA Comi crocodilo.
PÍSCHIK Quem diria?...
LOPÁKHIN Até pouco tempo, no campo, só existiam senhores e mujiques, mas agora há também veranistas. Todas as cidades, mesmo as pequenas, estão rodeadas por casas de campo. E pode-se dizer que, num intervalo de vinte anos, os veranistas vão se multiplicar de modo extraordinário. Agora, o veranista fica só tomando seu chá na varanda, mas pode muito bem acontecer de ele começar a plantar, no seu hectare de terra, e então o jardim das cerejeiras da senhora vai se tornar um feliz, rico e exuberante...
GÁIEV (*revoltado*) Que disparate!

Entram Vária e Iacha.

VÁRIA Olhe, mãezinha, chegaram dois telegramas para a senhora. (*pega uma chave e, com um estalido, abre um*

velho armário de livros) Estão aqui.
LIUBOV ANDRÉIEVNA São de Paris. (*rasga o telegrama, sem ler*) O que é de Paris está acabado...
GÁIEV E você sabe, Liuba, quantos anos tem esse armário? Uma semana atrás, abri a gaveta de baixo, olhei e lá estavam uns números gravados a fogo. O armário foi feito exatamente há cem anos. Que tal? Hein? Podíamos até comemorar seu jubileu. É um ser inanimado, mesmo assim, de um jeito ou outro, é um armário de livros.
PÍSCHIK (*espantado*) Cem anos... Quem diria?...
GÁIEV Pois é... Uma beleza... (*apalpa o armário de livros*) Meu caro, meu respeitabilíssimo armário! Saúdo sua existência, há mais de cem anos dedicada aos ideais luminosos do bem e da justiça; seu apelo mudo para o trabalho fecundo não enfraqueceu, no decorrer de cem anos, estimulando (*em lágrimas*), nas gerações de nossa família, a coragem, a fé no futuro melhor, e nos ensinando os ideais do bem e da consciência social.

Pausa.

LOPÁKHIN Pois é...
LIUBOV ANDRÉIEVNA Você continua o mesmo, Liénia.
GÁIEV (*um pouco embaraçado*) Eu miro a bola na caçapa do canto direito! E desvio a bola para a caçapa do meio!
LOPÁKHIN (*olha para o relógio*) Bem, está na minha hora.
IACHA (*dá um remédio para Liubov Andréievna*) Talvez a senhora queira tomar as pílulas agora...
PÍSCHIK Não é preciso tomar remédios, minha adorada... não fazem bem nem mal... Deixe-me ver aqui... prezadíssima. (*pega o frasco de pílulas, despeja na palma da mão, sente seu cheiro, coloca todas dentro da boca e engole com* kvas) Pronto!
LIUBOV ANDRÉIEVNA (*assustada*) O senhor ficou louco!
PÍSCHIK Eu tomei todas as pílulas.
LOPÁKHIN Que comilão.

Todos riem.

FIRS Um cavalheiro esteve aqui em casa na Semana Santa e comeu meio balde de pepino... (*balbucia alguma coisa*)
LIUBOV ANDRÉIEVNA Do que ele está falando?
VÁRIA Já faz três anos que ele fica balbuciando desse jeito. Estamos acostumados.
IACHA É a idade do declínio.

Charlotta Iviánovna atravessa o palco, de vestido branco, muito magra, com o espartilho apertado e os óculos pendurados no cinto.

LOPÁKHIN Com licença, Charlotta Ivánovna, ainda não tive a chance de cumprimentá-la. (*quer beijar sua mão*)
CHARLOTTA (*retira a mão*) Se permitir que o senhor beije a mão, depois vai querer o cotovelo, depois o ombro...
LOPÁKHIN Hoje não estou com sorte. (*todos riem*) Charlotta Ivánovna, faça truques com as mãos!
LIUBOV ANDRÉIEVNA Sim, Charlotta, faça truques com as mãos!
CHARLOTTA Não consigo. Quero dormir. (*sai*)
LOPÁKHIN Daqui a três semanas, nós nos veremos. (*beija a mão de Liubov Andréievna*) Até logo, adeus. (*para Gáiev*) Até a vista. (*ele e Píschik se beijam no rosto*) Até breve. (*aperta a mão de Vária, depois de Firs e de Iacha*) Não tenho vontade de partir. (*para Liubov Andréievna*) Se a senhora mudar de ideia a respeito das casas de veraneio e tomar alguma decisão, me avise, que na mesma hora eu consigo um empréstimo de cinquenta mil rublos. Pense com seriedade.
VÁRIA (*irritada*) Vá embora de uma vez!
LOPÁKHIN Já vou, já vou... (*sai*)
GÁIEV Que grosseirão. Aliás, *pardon*... Vária vai casar com ele, é seu noivo.

VÁRIA O senhor está falando demais, titio.
LIUBOV ANDRÉIEVNA Puxa, Vária, eu vou ficar muito feliz. Ele é um homem bom.
PÍSCHIK É preciso reconhecer, é um homem... digno... E a minha Dáchenka... também diz que... ela diz muitas coisas. (*ronca, mas logo desperta*) No entanto, prezadíssima, tenha a bondade de me emprestar... duzentos e quarenta rublos... amanhã, eu preciso pagar os juros de uma hipoteca...
VÁRIA (*assustada*) Nem pensar, nem pensar!
LIUBOV ANDRÉIEVNA Na verdade, eu não tenho nada.
PÍSCHIK Mas vão arranjar. (*ri*) Eu nunca perco a esperança. Olhe, quando achei que estava tudo perdido e acabado, de repente... a estrada de ferro passou pela minha terra... e me pagaram. E agora também, você vai ver, de hoje para amanhã, alguma coisa vai acontecer... A Dáchenka vai ganhar duzentos mil... ela comprou um bilhete da loteria.
LIUBOV ANDRÉIEVNA O café acabou, já podemos ir dormir.
FIRS (*escova a roupa de Gáiev, fala em tom professoral*) Mais uma vez, vestiu a calça errada. O que vou fazer com o senhor?
VÁRIA (*em voz baixa*) A Ánia está dormindo. (*abre a janela sem fazer barulho*) O sol já subiu, não está mais frio. Olhe, mãezinha: que árvores maravilhosas! Meu Deus, que ar! Os passarinhos estão cantando!
GÁIEV (*abre outra janela*) O jardim está todo branco. Será que você esqueceu, Liuba? Olhe aquela alameda comprida que segue reto, reto, que nem um cinto esticado, ela brilha nas noites de luar. Você lembra? Não esqueceu?
LIUBOV ANDRÉIEVNA (*olha para o jardim, pela janela*) Ah, minha infância, minha pureza! Eu dormia neste quarto de crianças, daqui eu olhava para o jardim, a felicidade despertava junto comigo toda manhã e, na época, o jardim era exatamente como agora, nada mudou. (*ri de alegria*) Está todo, todo branco! Ah, o meu jardim!

Depois de um outono escuro, chuvoso, e de um inverno frio, você está jovem de novo, cheio de felicidade, os anjos celestiais não abandonaram você... Quem dera eu pudesse tirar do peito e dos ombros essa pedra pesada, quem dera eu pudesse esquecer meu passado!

GÁIEV Sim, e o jardim vai ser leiloado para saldar dívidas, por estranho que pareça...

LIUBOV ANDRÉIEVNA Veja, é a falecida mamãe que está andando pelo jardim... de vestido branco! (*ri de alegria*) É ela.

GÁIEV Onde?

VÁRIA Pelo amor de Deus, mamãe.

LIUBOV ANDRÉIEVNA Não há ninguém, foi impressão minha. Do lado direito do jardim, na curva para o caramanchão, uma árvore branca se inclinou, parecia uma mulher...

Entra Trofímov, com um uniforme velho de estudante, de óculos.

LIUBOV ANDRÉIEVNA Que jardim maravilhoso! Que profusão de flores brancas, que céu azul...

TROFÍMOV Liubov Andréievna!

Ela se vira e olha para ele.

TROFÍMOV Vim apenas para cumprimentá-la, tenho de ir embora já. (*beija sua mão com fervor*) Recebi ordens para esperar até amanhecer por completo, mas não consegui aguentar de impaciência...

Liubov Andréievna olha com surpresa.

VÁRIA (*em lágrimas*) Este é o Piétia Trofímov...

TROFÍMOV Piétia Trofímov, antigo professor do seu Gricha... Será que mudei tanto assim?

Liubov Andréievna o abraça e chora baixinho.
GÁIEV (*embaraçado*) Chega, chega, Liuba.
VÁRIA (*chora*) Eu disse para você esperar até amanhã, Piétia.
LIUBOV ANDRÉIEVNA O meu Gricha... O meu menino... Gricha... meu filho...
VÁRIA O que fazer, mãezinha? É a vontade de Deus.
TROFÍMOV (*delicadamente, em lágrimas*) Pronto, pronto...
LIUBOV ANDRÉIEVNA (*chora baixinho*) O menino morreu, afogado... Por quê? Por quê, meu amigo? (*mais baixo*) Ánia está dormindo, estou falando alto... estou provocando um alvoroço... Mas não é possível: será mesmo o Piétia? Por que o senhor ficou tão feio? Por que está envelhecido?
TROFÍMOV No trem, uma camponesa me chamou até de nobre depenado.
LIUBOV ANDRÉIEVNA Na época, o senhor era um verdadeiro menino, um estudante meigo, e agora os cabelos estão ralos, usa óculos. O senhor ainda é mesmo estudante? (*vai até a porta*)
TROFÍMOV Pelo visto, eu vou ser um estudante eterno.
LIUBOV ANDRÉIEVNA (*beija o irmão, depois Vária*) Está bem, vá dormir... Você também envelheceu, Leonid.
PÍSCHIK (*vai atrás dela*) Muito bem, agora nós vamos dormir... Ah, essa minha gota. Vou ficar na casa da senhora... Eu preciso, Liubov Andréievna, minha adorada, amanhã cedinho, eu preciso... de duzentos e quarenta rublos...
GÁIEV Sempre martela a mesma tecla.
PÍSCHIK Duzentos e quarenta rublos... para pagar os juros de uma hipoteca.
LIUBOV ANDRÉIEVNA Não tenho dinheiro, meu querido.
PÍSCHIK Eu vou devolver o dinheiro, minha cara... É uma soma insignificante...
LIUBOV ANDRÉIEVNA Está certo, tudo bem, Leonid vai lhe dar... Dê o dinheiro para ele, Leonid.
GÁIEV Pois sim, pode ficar esperando.
LIUBOV ANDRÉIEVNA O que fazer, dê de uma vez... Ele está precisando... Vai devolver.

Saem Liubov Andréievna, Trofímov, Píschik e Firs. Ficam Gáiev, Vária e Iacha.

GÁIEV Minha irmã ainda não perdeu o costume de jogar dinheiro fora. (*para Iacha*) Afaste-se, meu caro, você cheira a galinha.
IACHA (*com um sorriso forçado*) E o senhor, Leonid Andréitch,* continua o mesmo de antes.
GÁIEV Como? (*para Vária*) O que foi que ele disse?
VÁRIA (*para Iacha*) A sua mãe chegou da aldeia. Desde ontem, está esperando nos aposentos dos criados, quer ver você...
IACHA Pois pode esperar à vontade!
VÁRIA Ah, que vergonha!
IACHA Para que ela veio? Podia muito bem deixar para vir amanhã. (*sai*)
VÁRIA A mãezinha continua a mesma, não mudou nada. Por ela, distribuiria para os outros tudo o que tem.
GÁIEV Pois é...

Pausa.

GÁIEV Quando prescrevem muitos remédios diferentes para uma doença, quer dizer que a doença não tem cura. Eu penso muito, eu espremo os miolos, invento muitos remédios, uma porção, e na prática isso quer dizer que não tenho remédio nenhum. Seria bom ganhar uma herança sei lá de quem, seria bom casar a nossa Ánia com um homem muito rico, seria bom ir para Ieroslavl e tentar a sorte na casa da titia condessa. A titia é muito, muito rica.
VÁRIA (*chora*) Se pelo menos Deus ajudasse.
GÁIEV Nada de choradeira. A titia é muito rica, só que não gosta de nós. Para começar, minha irmã se casou com um advogado e não com um nobre...

---

* Abreviatura de Andréievitch.

Ánia aparece na porta.

GÁIEV Ela não se casou com um nobre e também não se pode dizer que se comportou de modo virtuoso. Ela é boa, amável, excelente, eu a amo muito, só que, por mais que inventemos circunstâncias atenuantes, é preciso reconhecer que ela é imoral. E isso se percebe nos menores gestos.
VÁRIA (*num sussurro*) A Ánia está na porta.
GÁIEV O quê?

Pausa.

GÁIEV Que estranho, alguma coisa caiu no meu olho direito... estou enxergando mal. E na quinta-feira, quando estive no tribunal...

Entra Ánia.

VÁRIA O que foi, não está dormindo, Ánia?
ÁNIA Não tenho sono. Eu não consigo.
GÁIEV Minha pequenina. (*beija o rosto e as mãos de Ánia*) Minha criança... (*em lágrimas*) Você não é minha sobrinha, é meu anjo, para mim você é tudo. Acredite, acredite em mim...
ÁNIA Acredito em você, titio. Todos amam, respeitam você... mas, querido titio, você fala demais, precisa falar menos. O que foi que você acabou de dizer sobre minha mãe, sobre sua irmã? Por que disse aquilo?
GÁIEV Sim, sim... (*cobre o rosto com a mão*) Na verdade, é horrível! Meu Deus! Deus me proteja! E hoje eu fiz um discurso na frente do armário... que tolice! E só quando terminei foi que entendi que era uma tolice.
VÁRIA É verdade, titio, o senhor tem de falar menos. Fique calado e pronto.

ÁNIA Se você não falar nada, vai se sentir até mais calmo.
GÁIEV Eu vou me calar. (*beija a mão de Ánia e de Vária*) Eu vou me calar. Só mais uma coisa, sobre os negócios. Na quinta-feira, estive no tribunal; pois bem, eu me encontrei com uns amigos, começou uma conversa sobre isso e aquilo, vários assuntos, e parece que vai ser possível conseguir um empréstimo, por meio de uma nota promissória, para pagar os juros no banco.
VÁRIA Deus há de nos ajudar!
GÁIEV Na terça-feira, eu vou lá, vou conversar mais uma vez. (*para Vária*) Nada de choradeira. (*para Ánia*) Sua mãe vai falar com o Lopákhin; naturalmente, ele não vai negar... E você, depois de descansar, vá para Iaroslavl, para a casa da condessa, sua avó. Assim, vamos agir de três lados ao mesmo tempo... e nosso problema estará resolvido. Vamos pagar os juros, tenho certeza... (*põe uma bala na boca*) Palavra de honra, aposto com quem quiser, a propriedade não será vendida! (*emocionado*) Juro pela minha honra! Tome aqui a minha mão, pode me chamar de imprestável, de desprezível, se eu não impedir esse leilão! Juro, com todo o meu ser!
ÁNIA (*a paz de espírito voltou, ela está feliz*) Como você é bom, titio, como é inteligente! (*abraça o tio*) Agora estou tranquila! Estou tranquila! Estou feliz!

Entra Firs.

FIRS (*em tom de repreensão*) Leonid Andréitch, o senhor não teme a Deus? Quando vai dormir?
GÁIEV Já vou, já vou. Pode sair, Firs. Deixe que eu troco de roupa sozinho. Bem, crianças, *bye-bye*... Amanhã, cuidaremos dos detalhes. Agora, vão dormir. (*beija Ánia e Vária*) Eu sou um homem da década de 1880... Já não fazem muitos elogios a essa época, mesmo assim posso garantir que não foi pouco o que sofri na vida por causa de minhas convicções. Não é à toa que os mujiques gostam de mim.

É preciso conhecer o mujique! É preciso saber qual é...
ÁNIA De novo, titio!
VÁRIA Tio, tente ficar calado.
FIRS (*zangado*) Leonid Andréitch!
GÁIEV Já vou, já vou... Vão vocês para a cama. Tabela dos dois lados, na direção do centro da mesa! E bola na caçapa... (*sai; atrás dele, Firs balbucia*)
ÁNIA Agora estou tranquila. Não quero ir a Iaroslavl, eu não gosto de vovó, mesmo assim estou tranquila. Graças a titio. (*senta-se*)
VÁRIA É preciso dormir. Eu já vou. Enquanto você esteve fora, aconteceu uma coisa desagradável. Na velha casa dos criados, como você sabe, moram só os criados mais velhos: Efímiuchka, Pólia, Ievstiguiniéi e também o Karp, é claro. Eles começaram a aceitar gente desconhecida para pernoitar na casa... eu não disse nada. Só que um dia ouvi o boato de que eu tinha dado ordem para que só dessem ervilha para eles comerem. Por avareza, veja você... E o Ievstiguiniéi foi quem espalhou o boato... Muito bem, pensei. Se é assim, ele não perde por esperar, vai ver só uma coisa. Chamei o Ievstigniéi... (*boceja*) Ele veio... Mas então, Ievstigniéi, eu disse... como você é tolo... (*olha para Ánia*) Ánietchka!

Pausa.

VÁRIA Pegou no sono!... (*segura Ánia pelo braço*) Vamos para a cama... Vamos!... (*leva a irmã*) Minha florzinha pegou no sono! Vamos...

Saem.

Ao longe, para além do jardim, um pastor toca sua flautinha de bambu.

Trofímov atravessa o palco e, ao ver Vária e Ánia, para.

VÁRIA Psiuuu... Ela está dormindo... está dormindo... Vamos, querida.
ÁNIA (*em voz baixa*) Estou tão cansada... todos os guizos... Titio... querido... a mamãe também, e o titio...
VÁRIA Vamos, querida, vamos... (*saem para o quarto de Ánia*)
TROFÍMOV (*comovido*) Meu sol! Minha primavera!

Cortina.

Segundo ato

Campo. Uma capelinha velha, inclinada, abandonada há muito tempo; perto dela, um poço, pedras grandes, que no passado certamente foram lápides de túmulos, e um banco velho. Vê-se a alameda que vai até a casa de fazenda de Gáiev. No lado, bem altos, os álamos fazem sombra: ali começa o jardim das cerejeiras. Ao longe, uma fila de postes telegráficos e mais ao longe, no horizonte, distingue-se vagamente uma cidade grande, que só se torna visível quando o tempo está muito bom, muito claro. O sol vai se pôr daqui a pouco. Charlotta, Iacha e Duniacha estão sentados no banco; Epikhódov está de pé, a seu lado, e toca violão; todos estão pensativos. Charlotta está com um quepe velho na cabeça; tirou uma espingarda do ombro e está ajeitando a fivela da alça.

CHARLOTTA (*pensativa*) Não tenho um passaporte oficial, não sei nem minha idade e, para mim, continuo sempre com a sensação de que sou jovem. Quando era pequena, meu pai e minha mãe andavam pelas feiras, faziam apresentações muito boas. Eu dava saltos mortais e fazia vários números. Quando papai e mamãe morreram, uma senhora alemã me levou para sua casa e começou a me educar. Foi bom. Eu cresci, depois fui ser governanta. Mas de onde vim e quem sou, isso eu não sei... Quanto a meus pais, talvez nem fossem casados… não sei. (*tira do bolso um pepino e come*) Eu não sei de nada.

Pausa.

CHARLOTTA Às vezes, sinto vontade de conversar, mas não tenho com quem… Eu não tenho ninguém.
EPIKHÓDOV (*toca violão e canta*) "O que me importa a sociedade barulhenta, o que me importam amigos e inimigos…"* Como é bom tocar bandolim!
DUNIACHA Isso é um violão, não é um bandolim. (*olha para o espelho e põe pó de arroz no rosto*)
EPIKHÓDOV Para um louco apaixonado, isto é um bandolim… (*canta*) "Quem dera meu coração estivesse aquecido pela chama do amor correspondido…"

Iacha canta junto.

CHARLOTTA Essa gente canta muito mal… Nossa! Parecem uns chacais.
DUNIACHA (*para Iacha*) Apesar de tudo, que felicidade viajar para o exterior.
IACHA Sim, é claro. Não posso deixar de concordar com a senhora. (*boceja, depois fuma um charuto*)
EPIKHÓDOV É fácil entender. No exterior, há muito tempo que tudo está construído e acabado.
IACHA É claro.
EPIKHÓDOV Sou um homem instruído, leio diversos livros importantes, mas não consigo absolutamente entender a direção que eu mesmo desejo tomar; propriamente falando, se quero viver ou me matar com um tiro. Mas, por via das dúvidas, trago sempre comigo um revólver. Aqui está ele… (*mostra o revólver*)

---

* Canção popular russa anônima, do gênero conhecido como "romance cruel" (*jestóki romans*).

CHARLOTTA Eu já terminei. Agora, vou embora. (*pendura a espingarda no ombro*) Você, Epikhódov, é um homem muito inteligente e também muito assustador; as mulheres devem amar você loucamente. Brrr! (*anda*) Esses sabichões são sempre tão bobos, não tenho com quem conversar... Sempre sozinha, sozinha, eu não tenho ninguém e... quem sou, para que estou aqui, isso ninguém sabe... (*sai de cena*)

EPIKHÓDOV No que me toca, sem levar em conta outros assuntos, devo dizer, entre outras coisas, que o destino me trata sem nenhuma piedade, como uma tempestade sobre um barco pequeno. Se, vamos supor, eu estiver enganado, então por que, hoje de manhã, para dar um exemplo, acordei e dei logo de cara com uma aranha enorme e horrível em cima do peito...? Deste tamanho. (*mostra com as duas mãos*) E também, quando trouxeram o *kvas* para eu beber, olhei lá dentro e vi uma coisa indecente, ao mais alto grau, algo da família das baratas.

Pausa.

EPIKHÓDOV A senhora leu Buckle?*

Pausa.

EPIKHÓDOV Avdótia Fiódorovna, eu gostaria de incomodar a senhora com duas ou três palavras.
DUNIACHA Fale.
EPIKHÓDOV Eu preferia falar a sós com a senhora... (*suspira*)
DUNIACHA (*embaraçada*) Está bem... mas primeiro me traga minha manta... Deixei perto do armário de livros... aqui está um pouco úmido...

* Henry Thomas Buckle (1821-62), historiador inglês.

EPIKHÓDOV Está certo... Vou pegar... Agora já sei o que fazer com meu revólver... (*pega o violão e sai, tocando*)
IACHA O Vinte e Duas Desgraças! Cá entre nós, um tolo. (*boceja*)
DUNIACHA Deus queira que não se mate.

Pausa.

DUNIACHA Eu me tornei uma mulher nervosa, vivo inquieta. Ainda menina, me pegaram para trabalhar na casa dos senhores, agora perdi o costume da vida humilde e minhas mãos são branquinhas como as da patroa. Fiquei delicada, tão frágil, nobre, tenho medo o tempo todo... Vivo aterrorizada. E se o senhor, Iacha, estiver me iludindo, não sei o que vai acontecer com meus nervos.
IACHA (*dá-lhe um beijo*) Meu docinho! Claro, toda moça deve se prevenir, e não há nada que me desagrade mais do que uma jovem de má conduta.
DUNIACHA Eu me apaixonei perdidamente pelo senhor, o senhor é culto, pode discutir qualquer assunto.

Pausa.

IACHA (*boceja*) Sim, senhora... A meu ver, é assim: se uma jovem ama alguém, significa que ela é imoral.

Pausa.

IACHA É agradável fumar charuto ao ar livre... (*escuta com atenção*) Estão vindo para cá... São os patrões...

Duniacha lhe dá um abraço impetuoso.

IACHA Vá para casa, como se estivesse voltando de um banho no rio, siga essa trilha, senão eles vão se encontrar com você e vão logo pensar em mim, vão achar que marquei um encontro com você. E isso eu não consigo suportar.

DUNIACHA (*tosse baixinho*) Por causa do charuto, fiquei com dor de cabeça... (*sai*)

Iacha fica; senta ao lado da capelinha. Entram Liubov Andréievna, Gáiev e Lopákhin.

LOPÁKHIN Definitivamente, é preciso tomar uma decisão... o tempo não espera. A questão é muito simples. A senhora concorda em ceder a terra para construir casas de veraneio ou não? Responda com uma palavra: sim ou não? Só uma palavra!
LIUBOV ANDRÉIEVNA Quem anda fumando esses charutos nojentos por aqui? (*senta-se*)
GÁIEV Veja, construíram a estrada de ferro e assim ficou mais confortável. (*senta-se*) Fomos à cidade e almoçamos... bola amarela na caçapa do meio! Bem que eu gostaria de ir primeiro lá em casa para jogar uma partida...
LIUBOV ANDRÉIEVNA Você vai ter tempo para isso.
LOPÁKHIN Só uma palavra! (*em tom de súplica*) Me dê uma resposta!
GÁIEV (*bocejando*) O quê?
LIUBOV ANDRÉIEVNA (*olha dentro de seu porta-moedas*) Ontem, tinha muito dinheiro, mas hoje tem tão pouco. Minha pobre Vária: para economizar, alimenta todos com sopa de leite; para os velhos, só dão ervilha na cozinha e, enquanto isso, eu gasto loucamente... (*deixa o porta-moedas cair e derrama moedas de ouro*) Puxa, caíram... (*fica aborrecida*)
IACHA Deixe que eu pego (*recolhe as moedas*)
LIUBOV ANDRÉIEVNA Muito obrigado, Iacha. Mas para que eu fui almoçar na cidade?... O restaurante e a música de vocês são horríveis, as toalhas de mesa têm cheiro de sabão... Para que beber tanto, Liénia? Para que co-

mer tanto? Para que falar tanto? Hoje, no restaurante, você falou demais outra vez, e sempre bobagens. Sobre os anos 1880, sobre os decadentes. E para quem? Falar sobre os decadentes para os garçons!

LOPÁKHIN Pois é.

GÁIEV (*abana a mão*) Sou incorrigível, isso é óbvio... (*para Iacha, irritado*) O que é? Toda hora você aparece na minha frente...

IACHA (*ri*) Não consigo ouvir a voz do senhor sem rir.

GÁIEV (*para a irmã*) Ou eu ou ele...

LIUBOV ANDRÉIEVNA Saia, Iacha, vá embora...

IACHA (*entrega o porta-moedas para Liubov Andréievna*) Já vou. (*mal consegue conter o riso*) Neste instante... (*sai*)

LOPÁKHIN O ricaço Dierigánov quer comprar a fazenda da senhora. Dizem que irá pessoalmente ao leilão.

LIUBOV ANDRÉIEVNA E onde o senhor soube disso?

LOPÁKHIN É o que andam dizendo na cidade.

GÁIEV A tia de Iaroslavl prometeu dinheiro, mas quanto e quando, não se sabe...

LOPÁKHIN Quanto ela vai mandar? Cem mil? Duzentos?

LIUBOV ANDRÉIEVNA Quem dera... Dez ou quinze mil, se tanto.

LOPÁKHIN Perdoem, mas pessoas tão levianas como os senhores, tão sem iniciativa e tão estranhas, até hoje eu nunca vi. Explicam tudo aos senhores em clara língua russa, sua fazenda vai ser leiloada, e os senhores não entendem.

LIUBOV ANDRÉIEVNA O que vamos fazer? Explique para nós, o quê?

LOPÁKHIN Mas eu venho explicando para os senhores todo dia. Todo santo dia eu digo a mesma coisa. É preciso arrendar o jardim das cerejeiras e a terra para construir casas de veraneio, e é preciso fazer isso agora mesmo, sem demora... a data do leilão já está em cima! Entendam! Resolvam de uma vez por todas: para construir casas de veraneio, os senhores podem conseguir quanto dinheiro quiserem, e aí estarão salvos.

LIUBOV ANDRÉIEVNA Casas de veraneio e veranistas... desculpe, mas isso é tão vulgar.
GÁIEV Concordo inteiramente com você.
LOPÁKHIN Eu choro, eu me esgoelo, eu vou me jogar no abismo. Não aguento mais! Vocês me deixam louco! (*para Gáiev*) O senhor é uma velha!
GÁIEV O quê?
LOPÁKHIN Uma velha! (*quer ir embora*)
LIUBOV ANDRÉIEVNA (*assustada*) Não, não vá embora, fique, meu caro. Peço ao senhor. Quem sabe ainda conseguimos pensar em alguma coisa?
LOPÁKHIN O que há mais para pensar?
LIUBOV ANDRÉIEVNA Não vá embora, por favor. Com o senhor, é mais alegre...

Pausa.

LIUBOV ANDRÉIEVNA Eu estou sempre à espera de alguma coisa, é como se a casa fosse desabar em cima de nós.
GÁIEV (*em profunda reflexão*) Tabela na caçapa do canto... Tabela cruzada na caçapa do meio...
LIUBOV ANDRÉIEVNA Nós já pecamos muito...
LOPÁKHIN Mas que pecados tem a senhora?...
GÁIEV (*põe uma bala dentro da boca*) Dizem por aí que gastei toda minha fortuna comprando balas... (*ri*)
LIUBOV ANDRÉIEVNA Ah, meus pecados... Sempre desperdicei dinheiro desenfreadamente, como uma louca, e casei com um homem que só fez dívidas e mais nada. Meu marido morreu de tanto champanhe... bebia que era um horror... e eu me apaixonei perdidamente por outro, eu me uni a ele, e exatamente nessa hora... veio o primeiro castigo, uma pancada em cheio na minha cabeça... ali no rio... meu menino se afogou, e depois eu parti para o exterior, larguei tudo para nunca mais voltar, para não ver esse rio... Fechei os olhos e fugi correndo, sem pensar em mais nada, mas *ele* foi atrás

de mim... implacável, brutal. Como *ele* ficou doente em Menton, comprei uma casa de campo perto daquela cidade e, durante três anos, eu não soube o que é descanso, nem de dia nem de noite; o doente exauriu minhas forças, secou minha alma. No ano passado, quando a casa foi vendida para pagar dívidas, eu fui para Paris e lá ele me abandonou, me largou, uniu-se a outra mulher, eu tentei me envenenar... É tão tolo, tão vergonhoso... E de repente senti saudades da Rússia, da minha terra, da minha menina... (*enxuga lágrimas*) Meu Deus, meu Deus, tenha piedade, perdoe meus pecados! Não me castigue mais! (*tira um telegrama do bolso*) Recebi hoje, de Paris... Ele pede perdão, implora que eu volte... (*rasga o telegrama*) Parece que há música, em algum lugar. (*escuta*)

GÁIEV É nossa famosa orquestra de judeus. Lembra? Quatro violinos, uma flauta e um contrabaixo.

LIUBOV ANDRÉIEVNA Ainda existe? Seria bom convidá-los para tocar aqui, um dia, dar uma festa.

LOPÁKHIN (*escuta com atenção*) Não estou ouvindo nada... "Por dinheiro, os alemães são capazes de afrancesar um russo." (*ri*) Que peça eu vi no teatro, ontem, muito engraçada.

LIUBOV ANDRÉIEVNA Tenho certeza de que não tinha graça nenhuma. Em vez de ir assistir a uma peça, vocês deviam observar mais a si mesmos... Como levam uma vida cinzenta, como dizem tanta coisa inútil.

LOPÁKHIN É verdade. É preciso falar com franqueza, nossa vida é uma estupidez...

Pausa.

LOPÁKHIN Meu pai era mujique, um idiota, não entendia nada, não me educou, só fazia se embriagar e me bater, sempre com um pedaço de pau. No fundo, eu também sou tão idiota e imbecil quanto ele. Não aprendi nada,

minha letra é horrorosa, escrevo de um jeito que sinto
vergonha dos outros, como se eu fosse um porco.

LIUBOV ANDRÉIEVNA O senhor precisa casar, meu amigo.

LOPÁKHIN Sim... É verdade.

LIUBOV ANDRÉIEVNA Que tal a nossa Vária? É uma boa
moça.

LOPÁKHIN É mesmo.

LIUBOV ANDRÉIEVNA Ela é minha camponesa, trabalha o dia
inteiro e, o mais importante, ama o senhor. E faz tempo
que o senhor também tem afeição por ela.

LOPÁKHIN De fato. Não tenho nada contra... É uma boa
moça.

Pausa.

GÁIEV Me ofereceram um emprego num banco. Seis mil por
ano... Sabia?

LIUBOV ANDRÉIEVNA Nem pensar! Fique sossegado...

Entra Firs; traz um casacão.

FIRS (*para Gáiev*) Com licença, senhor: vista, o tempo está
úmido.

GÁIEV (*veste o casacão*) Você me irrita, irmão.

FIRS Isso não está certo... De manhã, o senhor saiu sem me
avisar. (*observa Gáiev*)

LIUBOV ANDRÉIEVNA Como você envelheceu, Firs!

FIRS O que a senhora deseja?

LOPÁKHIN Ela disse que você envelheceu muito!

FIRS Já vivi muito tempo. Queriam me casar, quando o pai da
senhora ainda nem era nascido... (*ri*) Veio a emancipação
dos servos, eu já era chefe dos criados domésticos. Na
época, não aceitei a emancipação, fiquei com os patrões...

Pausa.

FIRS Eu lembro que todo mundo ficou alegre, mas o que havia para se alegrar, isso nem eles sabiam.
LOPÁKHIN Antes, era muito bom. Pelo menos, davam chicotadas.
FIRS (*que não escutou*) Mais ainda. Os mujiques ficavam perto dos patrões, os patrões ficavam perto dos mujiques, e agora estão todos separados, eu não entendo nada.
GÁIEV Cale-se, Firs. Amanhã, eu tenho de ir à cidade. Prometeram me apresentar a um general que pode nos dar uma nota promissória.
LOPÁKHIN O senhor não vai conseguir nada. E vocês não vão pagar os juros, podem ter certeza.
LIUBOV ANDRÉIEVNA Ele está delirando. Não existe general nenhum.

Entram Trofímov, Ánia e Vária.

GÁIEV Aí vem nossa gente.
ÁNIA Mamãe está aqui.
LIUBOV ANDRÉIEVNA (*com ternura*) Venham, venham... Minhas queridas... (*abraça Ánia e Vária*) Se vocês duas soubessem como eu amo vocês. Sentem-se junto de mim, aqui, assim.

Todos se sentam.

LOPÁKHIN Nosso eterno estudante está sempre com as senhoritas.
TROFÍMOV Não é da sua conta.
LOPÁKHIN Daqui a pouco, vai fazer cinquenta anos e continua a ser estudante.
TROFÍMOV Pare com suas brincadeiras idiotas.
LOPÁKHIN O que houve, meu excêntrico, ficou zangado?
TROFÍMOV Não fique pegando no meu pé.
LOPÁKHIN (*ri*) Permita que pergunte, o que o senhor acha de mim?

TROFÍMOV Eu acho o seguinte, Ermolai Alekséitch: o senhor é um homem rico e em breve será um milionário. O senhor é tão necessário quanto um animal de rapina, que devora tudo que aparece à sua frente, é necessário para o metabolismo da matéria.

Todos riem.

VÁRIA Piétia, é melhor o senhor nos falar sobre os planetas.
LIUBOV ANDRÉIEVNA Não, vamos continuar a conversa de ontem.
TROFÍMOV Sobre o quê?
GÁIEV Sobre o homem orgulhoso.*
TROFÍMOV Ontem, conversamos demoradamente, mas não chegamos a lugar nenhum. No homem orgulhoso, tal como o compreendemos, existe algo místico. Talvez o senhor tenha razão, a seu modo, mas, se raciocinarmos com mais simplicidade, trocando em miúdos, que orgulho é esse, afinal de contas, que sentido existe nesse orgulho, se o homem é fisiologicamente constituído de maneira precária, se em sua imensa maioria ele é rude, obtuso, profundamente infeliz? É preciso que paremos de admirar a nós mesmos. É preciso apenas trabalhar.
GÁIEV Não faz diferença, nós vamos morrer mesmo.
TROFÍMOV Quem sabe? E o que significa... morrer? Talvez o homem tenha uma centena de sentimentos e, com a morte, morram só os cinco que nós conhecemos, enquanto os noventa e cinco restantes continuam vivos.
LIUBOV ANDRÉIEVNA Como você é inteligente, Piétia!
LOPÁKHIN (*irônico*) Um prodígio!

---

* As palavras seguintes de Trofímov são vistas como uma alusão polêmica a um trecho da peça *Na dnie* (*No fundo*, ou *Ralé*), de Maksim Górki, de 1902, que estreou com sucesso imediatamente antes de *O jardim das cerejeiras*. Trata-se do monólogo do personagem Sátin.

TROFÍMOV A humanidade avança, aprimora suas forças. Tudo que hoje é inacessível para ela, um dia será fácil, compreensível, só é preciso trabalhar, ajudar com todas as forças aqueles que procuram a verdade. Entre nós, na Rússia, ainda são muito poucos os que estão trabalhando. A grande maioria da *intelliguéntsia* que eu conheço não procura nada, não faz nada e ainda é incapaz de trabalhar. Chamam a si mesmos de *intelliguéntsia* e tratam os criados por "você", tratam os mujiques como animais, estudam pouco, não leem nada a sério, não fazem rigorosamente nada, das ciências, só fazem falar, da arte, entendem pouco. Todos são sérios, todos são pessoas austeras, só falam de assuntos importantes, filosofam e, enquanto isso, diante dos olhos de todos, os trabalhadores se alimentam pessimamente, dormem no chão, trinta, quarenta amontoados num mesmo cômodo, percevejos por todo lado, fedor, umidade, imundície moral... E, é claro, todas as belas conversas que ocorrem entre nós só servem para desviar nossos olhos e os dos outros. Mostrem-me onde estão as nossas creches, sobre as quais tanto falam, onde estão as salas de leitura? Só nos romances escrevem sobre isso, na realidade elas simplesmente não existem. Só existe sujeira, vulgaridade, barbárie... Eu não gosto e tenho até medo de fisionomias muito sérias, tenho medo de conversas sérias. É melhor ficarmos calados!

LOPÁKHIN Sabe, eu levanto às cinco horas da manhã, trabalho de manhã até anoitecer e, pois bem, eu tenho sempre de cuidar do meu dinheiro e do dinheiro dos outros e eu vejo como são as pessoas à minha volta. Basta apenas começar a fazer alguma coisa, para entender como há pouca gente honesta e decente. Às vezes, quando não consigo dormir, eu fico pensando: meu Deus, você nos deu florestas imensas, campos intermináveis, horizontes vastíssimos e, como vivemos aqui, nós mesmos, na verdade, deveríamos ser gigantes...

LIUBOV ANDRÉIEVNA Para que o senhor precisa de gigantes?... Eles só existem nos contos de fadas, mas, fora dessas histórias, eles metem medo.

No fundo do palco, passa Epikhódov e toca violão.

(*pensativa*) Lá vai o Epikhódov...
ÁNIA (*pensativa*) Lá vai o Epikhódov...
GÁIEV O sol se pôs, senhores.
TROFÍMOV Sim.
GÁIEV (*em voz baixa, como quem declama*) Ah, natureza maravilhosa, você brilha com luz eterna, bela e indiferente, você, que chamamos de mãe, reúne a vida e a morte, você dá a vida e você a destrói...
VÁRIA (*implora*) Titio!
ÁNIA De novo, titio?
TROFÍMOV Era melhor fazer a tabela e jogar a bola amarela na caçapa do meio.
GÁIEV Não vou falar mais nada, não vou falar mais nada.

Todos ficam quietos, pensativos. Silêncio. Ouve-se apenas o balbucio de Firs, baixinho. De repente, irrompe um som distante, como se viesse do céu, o som da corda de um instrumento que arrebenta, e vai desaparecendo, triste.

LIUBOV ANDRÉIEVNA O que é isso?
LOPÁKHIN Não sei. Em algum lugar distante, um balde despencou dentro de um poço. Mas foi muito longe.
GÁIEV Pode ter sido um pássaro... uma espécie de garça.
TROFÍMOV Ou uma coruja...
LIUBOV ANDRÉIEVNA (*estremece*) Não sei por quê, mas dá uma sensação ruim.

Pausa.

FIRS Antes daquela desgraça, também houve isso: uma coruja piou também, e o samovar apitou sem parar.

GÁIEV Antes de que desgraça?
FIRS Antes da emancipação dos servos.

Pausa.

LIUBOV ANDRÉIEVNA Sabem de uma coisa, amigos, vamos embora, já está escurecendo. (*para Ánia*) Você tem lágrimas nos olhos... O que há com você, menina? (*abraça Ánia*)
ÁNIA Não foi nada, mamãe. Está tudo bem.
TROFÍMOV Alguém está vindo.

Aparece um andarilho de casaco e de quepe branco e surrado; está um pouco embriagado.

ANDARILHO Com licença, queria perguntar se por aqui posso chegar direto à estação.
GÁIEV Pode. Vá por esse caminho.
ANDARILHO Muito agradecido aos senhores. (*tosse*) O tempo está excelente... (*declama*) Meu irmão, irmão de sofrimento...* siga o Volga, com seus gemidos...** (*para Vária*) Madimuzele, por favor, trinta copeques para um russo faminto...

Vária se assusta, grita.

LOPÁKHIN (*irritado*) Mesmo um mal-educado tem de ter alguma compostura!
LIUBOV ANDRÉIEVNA (*em choque*) Por favor... tome aqui... (*procura no porta-moedas*) Não tenho de prata... Tanto faz, tome aqui uma moeda de ouro...

---

* Verso modificado do poeta russo Semión Iákovlievitch Nádson (1862-87).
** Verso do poeta russo Nikolai Alekséievitch Nekrássov (1821--78).

ANDARILHO Sou profundamente grato à senhora! (*sai*)

Risos.

VÁRIA (*assustada*) Eu vou embora... vou embora... Ah, mãezinha, os criados aqui em casa não têm o que comer e a senhora deu para ele uma moeda de ouro.
LIUBOV ANDRÉIEVNA Não tenho mesmo jeito, eu sou uma tola! Em casa, vou lhe dar tudo que tenho. Ermolai Alekséitch, e o senhor me dará mais um empréstimo!...
LOPÁKHIN Às suas ordens.
LIUBOV ANDRÉIEVNA Vamos, senhores, está na hora. Ah, sim, Vária: nós já combinamos seu casamento, parabéns.
VÁRIA (*em lágrimas*) Mamãe, com isso não se brinca.
LOPÁKHIN Okhmélia, vá para o convento...*
GÁIEV Minhas mãos estão tremendo: faz tempo que não jogo bilhar.
LOPÁKHIN Okhmélia, oh, ninfa, lembre-se de mim em suas orações!
LIUBOV ANDRÉIEVNA Vamos, senhores. Falta pouco para o jantar.
VÁRIA Ele me assustou. Meu coração está batendo tão forte.
LOPÁKHIN Lembro aos senhores: no dia vinte e dois de agosto, o jardim das cerejeiras vai ser leiloado. Pensem nisso!... Pensem!...

Saem todos, menos Trofímov e Ánia.

ÁNIA (*rindo*) Obrigada, andarilho, você assustou Vária, e agora nós ficamos sozinhos.
TROFÍMOV Vária tem medo de que nós dois, de repente, nos apaixonemos e por isso há vários dias não desgruda de

---

* Referência jocosa a *Hamlet*, de Shakespeare. Mas Trofímov, para zombar da própria brincadeira, deturpa o nome da personagem Ofélia. O mesmo vale para sua fala seguinte.

nós. Com sua mentalidade estreita, ela não consegue entender que estamos acima do amor. Não consegue pôr de lado as coisas pequenas e desprezíveis que nos impedem de ser livres e felizes. Este é o propósito e o sentido de nossa vida. Avante! Estamos avançando, de modo irresistível, rumo à estrela radiosa que brilha lá longe! Avante! Não fiquem para trás, amigos!

ÁNIA (*batendo palmas*) Como o senhor fala bonito!

Pausa.

ÁNIA Aqui, hoje, está maravilhoso!
TROFÍMOV Sim, está um tempo magnífico.
ÁNIA O que foi que o senhor fez comigo, Piétia, por que eu já não gosto do jardim das cerejeiras como antigamente? Eu amava o jardim com tanta ternura, me parecia que, no mundo, não existia lugar melhor do que nosso jardim.
TROFÍMOV A Rússia inteira é nosso jardim. A terra é grande e bela, tem muitos lugares deslumbrantes.

Pausa.

TROFÍMOV Pense só, Ánia: seu avô, seu bisavô e todos os seus antepassados eram senhores de servos, possuíam almas vivas,* e quem sabe, em cada cereja do jardim, em cada folha, em cada tronco de árvore, uma criatura humana está olhando para a senhora, quem sabe a senhora não chega até a ouvir vozes... Possuir almas vivas... isso acabou degenerando todos vocês, os que viveram antes e os que agora continuam a viver, como sua mãe, a senhora mesma, e seu tio, que já nem percebe que vocês vivem endividados, vivem à custa dos outros, à custa das pessoas que vocês não deixam avançar... Estamos atrasados

---

* No tempo da servidão, os servos eram chamados de almas.

pelo menos uns duzentos anos, ainda não temos rigorosamente nada, nenhuma relação definida com o passado, nos limitamos a filosofar, reclamamos da melancolia ou bebemos vodca. Pois está claro que, para começar a viver de verdade, primeiro é preciso pagar pelo nosso passado, acertar as contas com ele, e só se pode pagar com sofrimento, só com um trabalho extraordinário e incessante. Entenda isso, Ânia.

ÂNIA A casa onde moramos já não é nossa há muito tempo e eu irei embora daqui, dou minha palavra ao senhor.

TROFÍMOV Se a senhora tem a chave da propriedade, jogue no poço e vá embora. Seja livre como o vento.

ÂNIA (*comovida*) Como o senhor falou bonito!

TROFÍMOV Acredite, Ânia, acredite! Ainda não tenho trinta anos, eu sou jovem, ainda sou estudante, mas já suportei tanta coisa! Quando chega o inverno, eu passo fome, fico doente, ansioso, eu sou pobre como um mendigo e... Para onde o destino ainda não me levou?... Onde é que ainda não estive? E sempre, o tempo todo, a cada minuto, dia e noite, minha alma vive cheia de pressentimentos obscuros. Eu pressinto a felicidade, Ânia, eu já vejo a felicidade...

ÂNIA (*pensativa*) A lua está subindo.

Ouve-se Epikhódov tocar violão, sempre a mesma canção triste. A lua sobe. Em algum lugar perto dos choupos, Vária procura Ânia e chama: "Ânia! Onde está você?".

TROFÍMOV É, a lua está subindo.

Pausa.

TROFÍMOV Aí está ela, a felicidade, lá vem ela, cada vez mais perto, já ouço seus passos. E se nós não a virmos, se nós não a conhecermos, o que importa? Outros a verão!

Voz de Vária: "Ánia! Onde está você?".

TROFÍMOV De novo, essa Vária! (*irritado*) É revoltante!
ÁNIA É mesmo. Vamos para o rio. Lá é bonito.
TROFÍMOV Vamos.

Vão.

Voz de Vária: "Ánia! Ánia!".

Cortina.

Terceiro ato

Sala, separada do salão por um arco. Um candelabro aceso. Ouve-se que, no vestíbulo, a orquestra dos judeus está tocando, a mesma de que falaram no segundo ato. Noite. No salão, dançam o grand-rond.* *Voz de Semiónov-Píschik:* "Promenade à une paire!".** *Eles saem para a sala: o primeiro par é formado por Píschik e Charlotta Ivánovna; o segundo, por Trofímov e Liubov Andréievna; o terceiro, por Ánia e um funcionário dos correios; o quarto, por Vária e o chefe da estação etc. Vária chora baixinho e, enquanto dança, enxuga as lágrimas. No último par, está Duniacha. Percorrem a sala, Píschik grita:* "Grand-rond, balancez!" *e* "Les cavaliers à genoux et remerciez vos dames".***

Firs, de fraque, traz água mineral com gás numa bandeja. Píschik e Trofímov entram na sala, vindo do salão.

PÍSCHIK Estou doente, já sofri dois ataques, é difícil dançar, mas, como dizem, se você estiver no meio dos cães,

---

* "Grande roda".
** "Passeio com um par".
*** "Grande roda, balancem!" e "Os cavaleiros de joelhos, agradeçam a suas damas".

mesmo que não saiba latir, vai ter de sacudir o rabo. Eu tenho a saúde de um cavalo. Meu falecido pai era um brincalhão, que Deus o tenha, e, a respeito de nossas origens, ele dizia que nosso antigo clã dos Semiónov-Píschik podia muito bem ser descendente do cavalo que Calígula nomeou senador... (*senta-se*) Mas a desgraça é esta: eu não tenho dinheiro! Um cão faminto só acredita na carne... (*ronca e acorda na mesma hora*) Eu também... só consigo falar de dinheiro...

TROFÍMOV De fato, nas suas feições, tem alguma coisa de cavalo.

PÍSCHIK Claro... O cavalo é um animal bom... Pode-se vender um cavalo...

Ouve-se que estão jogando bilhar na sala vizinha. No salão sob o arco, aparece Vária.

TROFÍMOV (*em tom de provocação*) Madame Lopákhina! Madame Lopákhina!

VÁRIA (*irritada*) Nobre depenado!

TROFÍMOV Sim, sou um nobre depenado e me orgulho disso!

VÁRIA (*em amarga meditação*) E agora? Contrataram os músicos, mas como vão pagar? (*sai*)

TROFÍMOV (*para Píschik*) Se a energia que o senhor consumiu, durante toda a sua vida, na busca de dinheiro para pagar os juros tivesse sido empregada em outra coisa, provavelmente, no final das contas, o senhor seria capaz até de fazer a Terra girar.

PÍSCHIK Nietzsche... o filósofo... o maior, o mais famoso... homem de inteligência colossal, diz em suas obras que devia ser permitido fazer dinheiro falso.

TROFÍMOV E o senhor leu Nietzsche?

PÍSCHIK Bem... Dáchenka me falou a respeito. E agora estou numa situação em que só mesmo se eu fabricasse dinheiro falso... Depois de amanhã, tenho de pagar trezentos e dez rublos... Cento e trinta, eu já arranjei...

(*apalpa os bolsos, aflito*) O dinheiro sumiu! Perdi o dinheiro! (*em lágrimas*) Onde está o dinheiro? (*com alegria*) Aqui está, atrás do forro... Cheguei até a suar...

Entram Liubov Andréievna e Charlotta Ivánovna.

LIUBOV ANDRÉIEVNA (*cantarola uma lezguinka**) Por que Leonid está tão atrasado? O que ele foi fazer na cidade? (*para Duniacha*) Duniacha, ofereça chá para os músicos...

TROFÍMOV Na certa, nem chegaram a fazer um leilão.

LIUBOV ANDRÉIEVNA Os músicos vieram na hora errada, organizamos o baile numa ocasião ruim... Bem, não há de ser nada... (*senta-se e canta baixinho*)

CHARLOTTA (*entrega um baralho para Píschik*) Tome aqui o baralho, agora pense numa carta qualquer.

PÍSCHIK Já pensei.

CHARLOTTA Agora, embaralhe as cartas. Embaralhe bastante. Agora, dê-me aqui, meu caro sr. Píschik. *Ein, zwei, drei!*** Agora, procure sua carta, ela está no bolso lateral da sua calça...

PÍSCHIK (*tira a carta do bolso lateral*) Oito de espadas, absolutamente certo! (*espantado*) Quem diria?

CHARLOTTA (*segura o baralho na palma da mão, vira-se para Trofímov*) Responda depressa: que carta está em cima?

TROFÍMOV Como vou saber? Bem, dama de espadas.

CHARLOTTA Aqui está! (*para Píschik*) E então? Qual a carta que está em cima?

PÍSCHIK Ás de copas.

CHARLOTTA Aqui está! (*bate as palmas das mãos e o baralho desaparece*) Que tempo bonito está fazendo hoje!

---

* Dança tradicional do Cáucaso.
** Alemão: "Um, dois, três".

Uma voz de mulher responde, como se viesse do chão: "Ah, sim, está um tempo maravilhoso, minha senhora".

CHARLOTTA O senhor é tão bonito, é meu ideal...
VOZ Eu também gostei muito da senhora.
CHEFE DA ESTAÇÃO (*aplaude*) A senhora é ventríloqua, bravo!
PÍSCHIK (*espantado*) Quem diria? Adorabilíssima Charlotta Ivánovna... estou simplesmente apaixonado...
CHARLOTTA Apaixonado? (*encolhe os ombros*) E por acaso o senhor é capaz de amar? *Guter Mensch, aber schlechter Musikant.**
TROFÍMOV (*dá uma palmadinha no ombro de Píschik*) Que belo cavalo é o senhor...
CHARLOTTA Peço atenção para mais um truque. (*pega uma manta que estava em cima da cadeira*) Vejam que manta excelente, eu gostaria de vender... (*sacode a manta*) Alguém quer comprar?
PÍSCHIK (*espantado*) Quem diria?
CHARLOTTA *Ein, zwei, drei!* (*levanta a manta com um gesto brusco*)

Atrás da manta, aparece Ánia de pé; faz uma reverência, corre na direção da mãe, a abraça e foge para o salão, diante do entusiasmo geral.

LIUBOV ANDRÉIEVNA (*aplaude*) Bravo, bravo!
CHARLOTTA Agora, mais um! *Ein, zwei, drei!*

Levanta a manta; atrás da manta, aparece Vária, de pé, e faz uma reverência.

---

* Alemão: "Um bom homem, mas um péssimo músico". Palavras de uma peça de Clemens Brentano (1778-1842), escritor do romantismo alemão.

píschik (*espantado*) Quem diria?

charlotta Fim! (*joga a manta para Píschik, faz uma reverência e foge para a sala*)

píschik (*corre atrás dela*) Mas que bandida... Que bandida! (*sai*)

liubov andréievna E Leonid que não chega! Não entendo o que ele está fazendo na cidade para demorar tanto! Pois tudo já está terminado por lá: ou a propriedade foi vendida ou o leilão não se realizou, para que manter tanto tempo essa incerteza?

vária (*tentando consolar a mãe*) O titio comprou, eu tenho certeza.

trofímov (*em tom de zombaria*) Claro.

vária A vovó deu para ele uma procuração para comprar a propriedade em nome dela, com a transferência da dívida. Ela está fazendo isso pela Ánia. E eu estou convencida de que, com a ajuda de Deus, titio comprou.

liubov andréievna A vovó mandou de Iaroslavl quinze mil rublos para comprar a propriedade, mas em nome dela mesma... ela não confia em nós... só que, com esse dinheiro, não dá nem para pagar os juros. (*cobre o rosto com as mãos*) Hoje, vai ser decidido o meu destino...

trofímov (*provoca Vária*) Madame Lopákhina!

vária (*irritada*) O eterno estudante! Já foi expulso duas vezes da universidade.

liubov andréievna Por que está irritada, Vária? Ele provoca você por causa de Lopákhin, mas o que isso tem demais? Você quer casar com o Lopákhin, ele é um homem bom, interessante. Se não quer, não case; ninguém vai forçar você, meu anjo...

vária Eu encaro esse assunto com seriedade, mãezinha, é preciso falar com franqueza. Ele é um homem bom, eu gosto dele.

liubov andréievna Então case. Para que esperar, eu não entendo!

vária Mãezinha, eu mesma não posso pedir para ele casar comigo. Já faz dois anos que todo mundo vive me falando sobre ele, todo mundo, mas ele ou fica calado ou brinca. Eu entendo. Ele está enriquecendo, vive ocupado com seus negócios, não tem tempo para mim. Se eu tivesse dinheiro, por pouco que fosse, mesmo que fossem só cem rublos, eu largaria tudo, iria para bem longe. Iria para um convento.

TROFÍMOV Que lindo!

VÁRIA (*para Trofímov*) Um estudante tem de ser inteligente! (*em tom brando, com lágrimas*) Como o senhor ficou feio, Piétia, como envelheceu! (*para Liubov Andréievna, já sem chorar*) Só que eu não consigo ficar parada, mãezinha. Eu tenho de fazer alguma coisa, a todo minuto.

Entra Iacha.

IACHA (*mal contendo o riso*) Epikhódov quebrou o taco de bilhar!... (*sai*)

VÁRIA Para que Epikhódov está aqui? Quem deu permissão para jogar bilhar? Não entendo essa gente... (*sai*)

LIUBOV ANDRÉIEVNA Não a provoque, Piétia. Ela já tem motivo de sobra para tristeza, sem as suas brincadeiras.

TROFÍMOV Ela é muito dedicada, cuida até do que não é da sua conta. O verão inteiro, ela não deu sossego nem a mim nem a Ánia, tem medo de que nasça um romance entre nós. E o que tem ela a ver com isso? Além do mais, eu não dei nenhum sinal de nada, estou muito longe da vulgaridade. Nós estamos acima do amor!

LIUBOV ANDRÉIEVNA Já eu, com certeza, estou abaixo do amor. (*com forte inquietação*) Por que você não chega logo, Leonid? Só para eu saber se a propriedade foi vendida ou não. A desgraça me parece tão inacreditável que nem sei o que pensar, estou confusa... Agora, eu sou até capaz de gritar... sou capaz de fazer uma bobagem. Salve-me, Piétia. Diga alguma coisa, diga...

TROFÍMOV Se a propriedade foi ou não foi vendida hoje, faz

alguma diferença? Ela está acabada há muito tempo, não tem volta, a alameda está cheia de mato. Acalme-se, minha cara. Não deve se iludir, pelo menos uma vez na vida, é preciso encarar a verdade.

LIUBOV ANDRÉIEVNA Que verdade? O senhor vê onde está a verdade e onde está a mentira, mas parece que eu perdi a visão, não enxergo nada. O senhor decide com audácia todas as questões importantes, mas diga, meu caro, não será porque o senhor é jovem, porque ainda não teve tempo de sofrer com nenhuma dessas suas questões? O senhor olha para a frente com coragem, mas não será porque o senhor não vê nem espera nada de terrível, pois a vida ainda está oculta de seus olhos jovens? O senhor é mais corajoso, mais profundo do que nós, mas pense bem, tenha generosidade, ainda que só um dedinho, tenha pena de mim. Afinal, eu cresci aqui, aqui viveram meu pai e minha mãe, meu avô. Eu amo esta casa, não consigo entender minha vida sem o jardim das cerejeiras e, se for mesmo necessário vender, que me vendam também junto com o jardim... (*abraça Trofímov, beija sua testa*) Pois foi aqui que meu filho morreu afogado... (*chora*) Tenha piedade de mim, homem bom, gentil.

TROFÍMOV A senhora sabe que tem toda minha compaixão.

LIUBOV ANDRÉIEVNA Mas é preciso se expressar de outro jeito, dizer de outra maneira... (*pega um lenço, cai um telegrama no chão*) Hoje, sinto um peso na alma, o senhor não pode imaginar. Aqui, há barulho demais para mim, a minha alma treme a cada ruído, eu não paro de tremer, e não consigo ir para o meu quarto, me dá medo ficar sozinha em meio ao silêncio. Não me condene, Piétia... Eu gosto do senhor como se fosse um irmão. De bom grado, eu lhe daria Ánia em casamento, juro, só que, meu caro, é necessário estudar, concluir um curso. O senhor não faz nada, o destino é que joga o senhor para lá e para cá, e isso é tão estranho... Não é verdade? Não é? E também é preciso fazer alguma coisa com essa barba, para que ela cresça com algum formato... (*ri*) O senhor é engraçado!

TROFÍMOV (*pega o telegrama*) Não pretendo ser nenhum galã.

LIUBOV ANDRÉIEVNA É um telegrama de Paris. Todo dia, recebo um telegrama. Ontem, hoje. Aquele homem cruel adoeceu outra vez, está mal, novamente... Pede perdão, implora que eu vá e, para dizer a verdade, eu deveria ir para Paris, ficar ao lado dele. O senhor, Piétia, faz uma cara severa para mim, mas o que fazer, meu querido, o que posso fazer, ele está doente, está sozinho, infeliz, e quem vai cuidar dele, quem vai impedir que faça coisas erradas, quem vai dar o remédio na hora certa? E, a esta altura, de que adianta esconder ou calar? Eu o amo, isso está claro. Amo, amo... É uma pedra que eu carrego no pescoço, e vou acabar afundando junto com ela, mas eu amo essa pedra e não posso viver sem ela. (*aperta a mão de Trofímov*) Não pense mal de mim, Piétia, não me diga nada, não fale...

TROFÍMOV (*em lágrimas*) Desculpe a franqueza, pelo amor de Deus, mas ele roubou a senhora!

LIUBOV ANDRÉIEVNA Não, não, não, não precisa dizer isso... (*tapa os ouvidos*)

TROFÍMOV Afinal, ele é um cafajeste, só a senhora não sabe disso! Um reles cafajeste, um nada...

LIUBOV ANDRÉIEVNA (*irrita-se, mas se contém*) O senhor tem vinte e seis anos, ou vinte e sete, e continua a ser um ginasiano da segunda série!

TROFÍMOV E daí?

LIUBOV ANDRÉIEVNA É preciso ser um homem, na sua idade é preciso entender as pessoas que você ama. E é preciso amar a si mesmo... é preciso se apaixonar! (*zangada*) Sim, sim! E o senhor não tem pureza, o senhor é só um puritanozinho, um excêntrico ridículo, uma aberração...

TROFÍMOV (*com horror*) O que está dizendo?

LIUBOV ANDRÉIEVNA "Eu estou acima do amor!" O senhor

não está acima do amor: simplesmente, como diz nosso Firs, o senhor é um trapalhão. Na sua idade, não ter uma amante!...

TROFÍMOV (*horrorizado*) Isso é horrível! O que está dizendo? (*vai depressa para o salão, segura a cabeça entre as mãos*) Isso é horrível... Não aguento, eu vou embora... (*sai, mas logo volta*) Entre nós, tudo está acabado! (*vai para o vestíbulo*)

LIUBOV ANDRÉIEVNA (*grita atrás dele*) Piétia, espere! Que homem ridículo, eu estava só brincando! Piétia!

Ouve-se que alguém, no vestíbulo, desce depressa pela escada e, de repente, cai com um estrondo. Ánia e Vária gritam, mas logo se ouve um riso.

LIUBOV ANDRÉIEVNA O que foi isso?

Entra Ánia correndo.

ÁNIA (*rindo*) Piétia levou um tombo da escada! (*sai correndo*)
LIUBOV ANDRÉIEVNA Que excêntrico, esse Piétia...

O chefe da estação para no meio da sala e recita o poema "A pecadora", de Aleksei Konstantínovitch Tolstói.* Escutam sua declamação, mas, assim que recita uns poucos versos, vem do vestíbulo o som de uma valsa e a declamação é interrompida. Todos dançam. Vindos do vestíbulo, entram Trofímov, Ánia, Vária e Liubov Andréievna.

---

* Escritor russo (1817-75) — não confundir com Liev Tolstói. O poema mencionado é de 1858, muito popular na época e recitado em festas e reuniões. Os primeiros versos dizem, numa tradução aproximada: "Multidão alegre e buliçosa/ Risos, violões e o dobre de sinos/ Em redor, flores, a mata viçosa/ Entre os troncos, um som doce de hinos!".

LIUBOV ANDRÉIEVNA Puxa, Piétia... ah, boa alma... eu lhe peço desculpas... Vamos dançar... (*dança com Piétia*)

Ánia e Vária dançam.
Entra Firs, encosta sua bengala na porta lateral. Entra também Iacha, vindo da sala, observa a dança.

IACHA Que foi, vovô?
FIRS Não estou me sentindo bem. Antigamente, em nossos bailes, dançavam generais, barões, almirantes, mas agora convidamos um funcionário dos correios e o chefe da estação, e eles ainda vêm de má vontade. Alguma coisa me deixou fraco. O falecido patrão, vovô, para tratar qualquer doença que fosse, dava sempre cera de lacre, para todo mundo. E eu tomo cera de lacre todo dia já faz mais de vinte anos; vai ver que é por isso que continuo vivo.
IACHA Cansei de você, vovô. (*boceja*) Era bom que você esticasse as canelas logo de uma vez.
FIRS Ah, você... seu trapalhão! (*resmunga*)

Trofímov e Liubov Andréievna dançam no salão, depois na sala.

LIUBOV ANDRÉIEVNA *Merci!* Vou sentar... (*senta-se*) Estou cansada.

Entra Ánia.

ÁNIA (*comovida*) Agora há pouco, na cozinha, alguém disse que o jardim das cerejeiras foi vendido hoje.
LIUBOV ANDRÉIEVNA Vendido para quem?
ÁNIA Não disse para quem. E foi embora. (*dança com Trofímov, os dois saem para o salão*)
IACHA Era um velhinho que não dizia coisa com coisa. E nem era daqui.
FIRS E Leonid Andréitch que não chegou até agora. O casaco

dele era fino, de meia-estação, vai acabar se resfriando. Eh, juventude sem juízo.

LIUBOV ANDRÉIEVNA Eu estou a ponto de morrer. Iacha, vá saber quem foi que comprou.

IACHA Mas o tal velhinho já foi embora faz muito tempo. (*ri*)

LIUBOV ANDRÉIEVNA (*com leve irritação*) Ora, do que o senhor está rindo? O que há para ficar alegre?

IACHA O Epikhódov é muito engraçado. Que idiota. O Vinte e Duas Desgraças.

LIUBOV ANDRÉIEVNA Firs, se venderem a propriedade, para onde você vai?

FIRS Para onde a senhora mandar, eu vou.

LIUBOV ANDRÉIEVNA Por que está com essa cara? Está doente? Sabe, você devia dormir...

FIRS É... (*com um sorriso*) Vou dormir, mas, sem mim, quem vai servir os convidados, quem vai arrumar as coisas? Sou só eu, na casa inteira.

IACHA (*para Liubov Andréievna*) Liubov Andréievna! Permita que eu faça um pedido à senhora, por gentileza! Se a senhora for de novo para Paris, leve-me com a senhora, por piedade. Para mim, é absolutamente impossível ficar aqui. (*olha em volta, fala à meia-voz*) Nem é preciso dizer nada, a senhora mesma pode ver, um país sem educação, um povo imoral, sem falar do tédio, a comida na cozinha é medonha, e aqui ainda por cima tem esse Firs, que anda por aí resmungando uma porção de palavras inconvenientes. Leve-me com a senhora, por favor!

Entra Píschik.

PÍSCHIK Permita que convide a senhora... para uma valsinha, minha lindíssima... (*Liubov Andréievna vai dançar com ele*) Encantadora, apesar de tudo, peço à senhora cento e oitenta rublos emprestados... Um empréstimo... (*dança*) cento e oitenta rublozinhos...

Passam para o salão.

IACHA (*cantarola baixinho*) "Será que você vai entender a inquietação da minha alma..."*

No salão, um vulto de cartola cinzenta e calça xadrez sacode os braços e dá pulos; gritos: "Bravo, Charlotta Ivánovna!".

DUNIACHA (*detém-se, para pôr pó de arroz no rosto*) A patroa mocinha me deu ordem para dançar... tem muitos cavalheiros e poucas damas... minha cabeça está rodando de tanto dançar, Firs Nikoláievitch, o coração está batendo com força e agorinha mesmo o funcionário do correio me disse uma coisa que me deixou até sem fôlego.

A música diminui.

FIRS O que foi que ele disse?
DUNIACHA Ele disse: a senhora é como uma flor.
IACHA (*boceja*) Que ignorância... (*sai*)
DUNIACHA Como uma flor... Eu sou tão sensível, eu amo demais essas palavras carinhosas.
FIRS Vai acabar perdendo a cabeça.

Entra Epikhódov.

EPIKHÓDOV A senhora, Avdótia Fiódorovna, não quer nem olhar para mim... como se eu fosse um inseto. (*suspira*) Ah, que vida!
DUNIACHA O que o senhor deseja?
EPIKHÓDOV Com certeza, a senhora pode ter razão. (*suspira*) Mas, naturalmente, se encarar de outro ponto de vista, foi a senhora, peço licença para me expressar assim, per-

---

* Início de uma canção de N. S. Rjévskaia (1869).

doe a franqueza, foi a senhora que me deixou neste estado. Sei qual é meu destino, todo dia acontece alguma desgraça comigo e há muito tempo que já estou acostumado, por isso encaro meu destino com um sorriso. A senhora me deu sua palavra, mas eu...

DUNIACHA Vamos conversar mais tarde, por favor, agora me deixe em paz. Agora, eu estou sonhando. (*abana o leque*)

EPIKHÓDOV Todo dia me acontece uma desgraça e eu, permita que me expresse assim, apenas sorrio, chego até a rir.

Entra Vária, vindo da sala.

VÁRIA Você ainda não foi embora, Semion? Francamente, que homem mais sem respeito. (*para Duniacha*) Vá embora daqui, Duniacha. (*para Epikhódov*) Uma hora você vai jogar bilhar e quebra o taco, outra hora fica na sala andando para lá e para cá, como se fosse um convidado.

EPIKHÓDOV Com sua licença, a senhora não pode cobrar nada de mim.

VÁRIA Não estou cobrando nada de você, estou só falando. Estou só dizendo que você anda para lá e para cá e não faz seu trabalho. Nós temos um contador, mas não se sabe para quê.

EPIKHÓDOV (*ofendido*) Se eu trabalho, se eu ando, se eu como, se eu jogo bilhar, sobre isso só podem opinar as pessoas que entendem, os meus superiores.

VÁRIA Você se atreve a dizer isso para mim? (*exalta-se*) Como se atreve? Quer dizer que eu não entendo nada? Suma já daqui! Neste minuto!

EPIKHÓDOV (*assustado*) Peço à senhora que fale de forma delicada.

VÁRIA (*fora de si*) Neste minuto, fora daqui! Fora!

Ele vai para a porta, ela vai atrás.

VÁRIA Vinte e Duas Desgraças! Desapareça da minha frente!

Que eu nunca mais ponha os olhos em você!

Sai Epikhódov, atrás da porta, sua voz: "Eu vou dar queixa da senhora".

VÁRIA Ah, vai voltar é? (*apanha a bengala que Firs deixou encostada na porta*) Vem... Vem... Pode vir, que eu te mostro... Ah, vai voltar? Vai? Então tome aqui... (*bate com a bengala*)

Nesse exato momento, está entrando Lopákhin.

LOPÁKHIN Obrigado, sou imensamente grato.
VÁRIA (*irritada e irônica*) Desculpe!
LOPÁKHIN Não foi nada. Estou imensamente grato pela recepção agradável, muito obrigado.
VÁRIA Não tem de quê. (*afasta-se, depois se volta e pergunta, em voz branda*) Não machuquei o senhor?
LOPÁKHIN Não, não foi nada. Mas vai crescer um galo enorme, bem aqui.

Uma voz no salão: "Lopákhin chegou! Ermolai Alekséitch!".

PÍSCHIK Aí está ele, não morre tão cedo... (*beija Lopákhin*) Está com um cheirinho de conhaque, meu caro, meu amigo. Nós aqui também estamos comemorando.

Entra Liubov Andréievna.

LIUBOV ANDRÉIEVNA É o senhor, Ermolai Alekséitch? Por que demorou tanto? Onde está Leonid?
LOPÁKHIN Leonid Andréitch veio de lá junto comigo, está vindo aí...
LIUBOV ANDRÉIEVNA (*agitada*) Mas e então? Houve o leilão? Diga logo!
LOPÁKHIN (*embaraçado, com medo de demonstrar sua ale-

gria) O leilão terminou às quatro horas... Chegamos atrasados à estação de trem, tivemos de esperar até dez e meia. (*suspira fundo*) Ufa! Minha cabeça está rodando um pouco...

Entra Gáiev; na mão direita, traz um embrulho, com a esquerda, enxuga as lágrimas.

LIUBOV ANDRÉIEVNA Liénia, o que foi? Liénia, e então? (*impaciente, em lágrimas*) Rápido, pelo amor de Deus...
GÁIEV (*nada responde, apenas abana a mão; para Firs, chorando*) Tome aqui, segure... Tem anchova e arenque salgado de Kertch... Ainda não comi nada, hoje... Como sofri!

A porta para a sala de bilhar está aberta; ouve-se a batida da bola e a voz de Iacha: "Sete e dezoito!" A fisionomia de Gáiev se modifica, ele já não está mais chorando.

GÁIEV Estou terrivelmente cansado. Firs, me ajude a trocar de roupa. (*vai para seu quarto, através do salão, Firs vai atrás dele.*)
PÍSCHIK E como foi o leilão? Conte logo!
LIUBOV ANDRÉIEVNA O jardim das cerejeiras foi vendido?
LOPÁKHIN Foi.
LIUBOV ANDRÉIEVNA E quem comprou?
LOPÁKHIN Eu comprei.

Pausa.

Liubov Andréievna fica arrasada; cairia no chão, se não estivesse ao lado de uma poltrona e de uma mesa. Vária tira as chaves da cintura, joga no chão, no meio da sala, e sai.

LOPÁKHIN Eu comprei! Esperem, senhores, por favor, minha cabeça está entorpecida, não consigo falar... (*ri*) Chegamos ao leilão, Dierigánov já estava lá. Leonid

Andréitch tinha só quinze mil e Dierigánov ofereceu logo trinta mil, além da dívida. Vi que a situação era séria, cobri o lance dele, dei quarenta. Ele deu quarenta e cinco. Eu dei cinquenta e cinco. Quer dizer, ele aumentava cinco e eu, dez... Pois bem, chegou ao fim. Sobre a dívida, dei um lance de noventa mil e ficou para mim. Agora, o jardim das cerejeiras é meu! Meu! (*dá uma gargalhada*) Meu Deus, meu Senhor, o jardim das cerejeiras é meu! Digam-me que estou bêbado, que estou louco, que tudo isso é uma fantasia... (*sapateia*) Não riam de mim! Se meu pai e meu avô levantassem do túmulo e vissem tudo isso, vissem como seu Ermolai, o espancado, o mal e porcamente alfabetizado Ermolai, que no inverno corria descalço, como esse mesmo Ermolai comprou a propriedade mais linda que o mundo já viu. Comprei a propriedade onde meu avô e meu pai foram escravos, onde não deixavam que eles entrassem nem na cozinha. Eu vou dormir, isso tudo é só um delírio, é só uma miragem... Isso é fruto da imaginação, envolto pelas trevas da incerteza... (*levanta as chaves, sorrindo com carinho*) Ela jogou as chaves no chão, quer mostrar que já não é a dona... (*tilinta as chaves*) Muito bem, tanto faz.

Ouve-se a orquestra afinar os instrumentos.

LOPÁKHIN Ei, músicos, toquem, quero ouvir vocês! Venham todos ver como Ermolai Lopákhin derruba com o machado o jardim das cerejeiras, vejam como as árvores vão tombar! Vamos construir casas de veraneio e nossos netos e bisnetos verão, aqui, uma vida nova... Música, toquem!

Soa a música, Liubov Andréievna afunda numa cadeira e chora amargamente.

LOPÁKHIN (*em tom de censura*) Por que, por que vocês não me ouviram? Minha pobre, minha bela, agora não tem volta. (*em lágrimas*) Ah, que tudo isso passe de uma vez e que esta nossa vida infeliz e sem sentido se transforme logo, de um jeito ou de outro.

PÍSCHIK (*toma-o pelo braço, à meia-voz*) Ela está chorando. Vamos para o salão, vamos deixá-la sozinha... Vamos... (*toma-o pelo braço e sai para o salão*)

LOPÁKHIN O que houve? Música, toquem mais forte! Que tudo seja como eu quero! (*com ironia*) Aqui vai o novo proprietário, o senhor do jardim das cerejeiras! (*esbarra numa mesinha por acaso, por pouco não derruba o candelabro*) Eu posso pagar tudo! (*sai com Píschik*)

No salão e na sala, não há ninguém, a não ser Liubov Andréievna, sentada, toda encolhida, chorando amargamente. A música toca baixinho. Entram depressa Ánia e Trofímov. Ánia chega perto da mãe e se ajoelha à sua frente. Trofímov fica na entrada do salão.

ÁNIA Mamãe!... Mamãe, você está chorando? Minha querida, bondosa, boa mamãe, minha linda, eu amo você... eu a abençoo. O jardim das cerejeiras foi vendido, ele já não existe mais, é verdade, mas não chore, mamãe, você ainda tem uma vida pela frente, tem sua alma boa, pura... Venha comigo, vamos embora daqui, minha querida!... Vamos plantar um jardim novo, ainda mais exuberante do que esse, você vai ver, vai entender, e uma alegria doce, uma alegria profunda vai descer na sua alma, como o sol no jardim das cerejeiras, e você vai sorrir, mamãe! Vamos, querida! Vamos!...

Cortina.

Quarto ato

Cenário do primeiro ato. Sem cortina nas janelas, nem quadros, restaram poucos móveis, reunidos num canto, como se estivessem à venda. Sensação de vazio. Junto à porta de saída e no fundo do palco, há malas, bolsas de viagem etc. A porta da esquerda está aberta, de lá vêm as vozes de Vária e Ánia. Lopákhin aguarda de pé. Ánia segura uma bandeja com copinhos de champanhe. No vestíbulo, Epikhódov está amarrando uma caixa. Atrás do palco, um rumor ao fundo. São os mujiques que vieram se despedir. Voz de Gáiev: "Obrigado, irmãos, obrigado a vocês".

IACHA O povo simples veio se despedir. Na minha opinião, Ermolai Alekséitch, é um povo bom, mas de curto entendimento.

O rumor diminui. Pelo vestíbulo, entram Liubov Andréievna e Gáiev; ela não está chorando, mas está pálida, seu rosto treme, não consegue falar.

GÁIEV Você deu para eles tudo que tinha na bolsa, Liuba. Assim não é possível! Não é possível!
LIUBOV ANDRÉIEVNA Eu não consegui! Não consegui me conter!

Os dois saem.

LOPÁKHIN (*na porta, fala para eles*) Por favor, venham, tenham a bondade! Um copinho de champanhe na despedida. Não tive ideia de trazer nada da cidade e, lá na estação, só consegui uma garrafa. Venham beber!

Pausa.

LOPÁKHIN Então, senhores? Não querem? (*afasta-se da porta*) Se eu soubesse, não teria comprado. Eu mesmo não suporto beber.

Iacha coloca a bandeja numa cadeira, com cuidado.

LOPÁKHIN Iacha, beba você, pelo menos.
IACHA Aos que vão viajar! E felicidade a quem fica! (*bebe*) Este champanhe é falsificado, garanto ao senhor.
LOPÁKHIN Oito rublos a garrafa.

Pausa.

LOPÁKHIN Aqui está um frio dos diabos.
IACHA Hoje não acenderam a calefação, já que vamos embora, mesmo. (*ri*)
LOPÁKHIN O que é?
IACHA Estou rindo de satisfação.
LOPÁKHIN Lá fora, já é outubro, faz um solzinho, um tempo ameno, como no verão. Bom para construir. (*depois de olhar para o relógio, olha para a porta*) Senhores, não esqueçam que faltam só quarenta e seis minutos para o trem partir! Quer dizer que é preciso ir para a estação daqui a vinte minutos. Apressem-se.

Entra Trofímov, de casaco, vindo de fora.

TROFÍMOV Acho que está na hora de partir. Os cavalos estão prontos. Que diabo, onde foram parar minhas galochas? Sumiram. (*na porta*) Ánia, estou sem minhas galochas! Não encontrei!

LOPÁKHIN E eu tenho de ir a Khárkov. Irei com vocês no mesmo trem. Vou passar o inverno todo em Khárkov. Fiquei muito tempo à toa com vocês, fiquei cansado de não fazer nada. Não aguento ficar sem trabalho, não sei o que fazer com os braços; ficam pendurados de um jeito estranho, parece que são de outra pessoa.

TROFÍMOV Vamos partir logo e então o senhor vai se ocupar de novo com seu trabalho útil.

LOPÁKHIN Beba aqui um copinho.

TROFÍMOV Não quero.

LOPÁKHIN Quer dizer que está indo para Moscou?

TROFÍMOV Vou, sim. Eu vou com eles agora até a cidade e amanhã parto para Moscou.

LOPÁKHIN Sei... Pois é, na certa os professores pararam de dar aulas, estão lá esse tempo todo esperando que você chegue!

TROFÍMOV Não é da sua conta.

LOPÁKHIN Há quantos anos você estuda na universidade?

TROFÍMOV Pense em algum assunto novo. Esse é velho e sem graça. (*procura as galochas*) Sabe, talvez não nos vejamos nunca mais, portanto permita que eu lhe dê só um conselho de despedida: não fique sacudindo os braços desse jeito! Livre-se desse costume, sacudir os braços. E outra coisa: construir casas de veraneio e imaginar que, com o tempo, os veranistas se tornarão agricultores autônomos, imaginar isso também é balançar os braços... De um jeito ou de outro, apesar de tudo, eu gosto de você. Você tem dedos finos, delicados, como os de um artista, você tem uma alma fina, delicada...

LOPÁKHIN (*abraça-o*) Adeus, meu caro. Obrigado por tudo. Se precisar, eu posso emprestar algum dinheiro para a sua viagem.

TROFÍMOV Para quê? Eu não preciso.

LOPÁKHIN Mas você não tem nada!

TROFÍMOV Tenho sim. Agradeço ao senhor. Ganhei um dinheiro por ter feito uma tradução. Está aqui, no bolso. (*aflito*) Mas eu não encontro as minhas galochas!
VÁRIA (*do outro cômodo*) Tome aqui essa sua imundície! (*joga no palco um par de galochas de borracha*)
TROFÍMOV Por que está irritada, Vária? Humm... mas estas não são as minhas galochas!
LOPÁKHIN Na primavera, eu plantei mil hectares de papoula e agora ganhei quarenta mil rublos, limpos. E quando minha papoula estava em flor, que paisagem maravilhosa! Então, como eu estava dizendo, ganhei quarenta mil rublos e, portanto, se eu ofereço ao senhor um empréstimo é porque eu posso oferecer. Para que torcer o nariz? Sou um mujique... curto e grosso.
TROFÍMOV Seu pai era mujique e o meu, farmacêutico, mas disso não se pode concluir absolutamente nada.

Lopákhin pega a carteira.

TROFÍMOV Pare, pare... Nem que me dê duzentos mil rublos, não vou aceitar. Sou um homem livre. E tudo aquilo a que vocês, ricos e mendigos, sempre deram o mais alto valor e apreço não tem sobre mim o menor poder, é como um fiapo que flutua no ar. Eu posso me virar sem o senhor, posso até ignorar sua existência, eu sou forte e orgulhoso. A humanidade caminha para a verdade suprema, para a felicidade suprema, que só é possível na terra, e eu estou na linha de frente!
LOPÁKHIN E vai chegar lá?
TROFÍMOV Vou.

Pausa.

TROFÍMOV Eu vou chegar, ou então vou mostrar para os outros o caminho para chegar lá.

Ouve-se, ao longe, um machado bater numa árvore.

LOPÁKHIN Bem, adeus, meu caro. Está na hora de partir. Ficamos aqui na frente um do outro, falando com nosso nariz empinado, enquanto a vida passa, sem ligar para nós. Quando eu trabalho muito tempo, sem cansaço, os pensamentos ficam mais leves e parece que eu sei também para que existo. Ah, irmão, quantas pessoas há, na Rússia, que não sabem para que existem. Bem, tanto faz, a questão não é essa. Dizem que Leonid Andréitch aceitou o emprego no banco, seis mil rublos por ano... Só que ele não vai durar muito no emprego, é preguiçoso demais...

ÁNIA (*na porta*) Mamãe pediu ao senhor que não corte as árvores do jardim enquanto ela não for embora.

TROFÍMOV Realmente, é mesmo uma falta de tato... (*sai pelo vestíbulo*)

LOPÁKHIN Claro, claro, pode deixar... Esses lenhadores, francamente. (*sai depois dele*)

ÁNIA Levaram o Firs para o hospital?

IACHA Eu falei com eles de manhã. Devem ter levado.

ÁNIA (*para Epikhódov, que atravessa o salão*) Semion Pantieliéitch, por favor, pergunte se levaram o Firs para o hospital.

IACHA (*ofendido*) De manhã, eu falei com o Iegór. Para que perguntar dez vezes?

EPIKHÓDOV Na minha opinião definitiva, o longevo Firs não tem mais remédio, é preciso que vá se unir a seus antepassados. Mas não posso deixar de sentir inveja dele. (*coloca a mala em cima de uma caixa de chapéu e a esmaga*) Pronto, aí está, é claro. Eu não disse? (*sai*)

IACHA (*com ironia*) O Vinte e Duas Desgraças...

VÁRIA (*atrás da porta*) Levaram Firs para o hospital?

ÁNIA Levaram.

VÁRIA E por que não levaram a carta para o médico?

ÁNIA Vamos ter de mandar agora... (*sai*)

VÁRIA (*do cômodo vizinho*) Onde está o Iacha? Avise que a mãe dele veio aqui para se despedir.
IACHA (*abana a mão*) É de torrar a paciência.

Duniacha cuida da bagagem o tempo todo; agora que Iacha ficou sozinho, aproxima-se dele.

DUNIACHA Podia olhar para mim uma vezinha só, Iacha? O senhor vai partir... eu vou ficar... (*chora e se abraça ao pescoço dele*)
IACHA Para que chorar? (*bebe champanhe*) Daqui a seis dias, eu vou estar de novo em Paris. Amanhã, vamos tomar o trem expresso, partiremos e acabou-se. Nem dá para acreditar. *Vive la France!* Isto aqui não serve para mim, não consigo viver... chega. Estou cheio dessa barbárie... Para mim, basta. (*bebe champanhe*) Para que chorar? Comporte-se com decência que aí você não vai chorar.
DUNIACHA (*passa pó de arroz, olhando-se no espelho*) Mande uma carta de Paris. Pois eu amei o senhor, Iacha, amei tanto! Sou uma criatura delicada, Iacha!
IACHA Estão vindo para cá. (*mexe à toa nas malas, cantarola baixinho*)

Entram Liubov Andréievna, Gáiev, Ánia e Charlotta Ivánovna.

GÁIEV Temos de partir. Falta pouco tempo. (*olhando para Iacha*) Quem é que está com cheiro de arenque?
LIUBOV ANDRÉIEVNA Daqui a dez minutos, temos de tomar nossos lugares nas carruagens... (*lança um olhar pela sala*) Adeus, casa querida, velho vovô. O inverno vai passar, a primavera vai começar, e você não vai mais existir, vai ser demolida. Quantas coisas essas paredes viram! (*beija a filha com ardor*) Meu tesouro, você brilha, seus olhos cintilam como dois diamantes. Está satisfeita? Muito?
ÁNIA Muito! Uma vida nova está começando, mamãe!

GÁIEV (*alegre*) Na verdade, agora está tudo bem. Até o jardim das cerejeiras ser leiloado, todos nós sofremos, atormentamo-nos, mas depois, quando a questão ficou resolvida de uma vez por todas e para sempre, todos ficamos calmos, e até alegres... Agora eu sou um funcionário de banco, eu sou financista... bola amarela na caçapa do meio. E você, Liuba, no fim das contas, parece melhor, não há dúvida disso.

LIUBOV ANDRÉIEVNA Sim. Meus nervos estão melhores, isso é verdade.

Dão para ela o chapéu e o casaco.

LIUBOV ANDRÉIEVNA Eu estou dormindo melhor. Leve minha bagagem, Iacha. Está na hora. (*para Ánia*) Minha menina, logo nos veremos... Eu vou para Paris, vou viver com o dinheiro que sua avó de Iaroslavl mandou para comprar a propriedade... vida longa a vovó!... Mas esse dinheiro não vai durar muito tempo.

ÁNIA Mamãe, você vai voltar logo... não vai? Eu vou estudar, vou fazer a prova para o colégio e depois vou trabalhar e ajudar você. Mamãe, vamos ler muitos livros juntas... Não é verdade? (*beija as mãos da mãe*) Vamos ler nas noites de outono, vamos ler muitos livros e, à nossa frente, vai se abrir um mundo novo e maravilhoso... (*sonha*) Mamãe, venha...

LIUBOV ANDRÉIEVNA Eu virei sim, meu tesouro. (*abraça a filha*)

Entra Lopákhin. Charlotta cantarola baixinho.

GÁIEV Feliz Charlotta: cante!
CHARLOTTA (*carrega uma trouxa que parece uma criança enrolada*) Meu bebezinho, *bye-bye*...

Ouve-se um choro de criança: "Buá, buá!...".

CHARLOTTA Fique quieto, meu benzinho, meu lindo menino.
BEBÊ "Buá, buá!..."
CHARLOTTA Tenho tanta pena de você! (*joga a trouxa no lugar onde deve ficar, entre a bagagem*) Por favor, arranjem um trabalho para mim. Não posso ficar deste jeito.
LOPÁKHIN Vamos arranjar, Charlotta Ivánovna, não se preocupe.
GÁIEV Todo mundo está nos abandonando, a Vária vai embora... De uma hora para outra, ninguém precisa mais de nós.
CHARLOTTA Na cidade, não tenho onde morar. Vou ter de ir embora... (*cantarola*) Tanto faz...

Entra Píschik.

LOPÁKHIN Ora, ora, a maravilha da natureza!
PÍSCHIK (*sem fôlego*) Ai, me deixem respirar... estou exausto... Meus prezadíssimos... Me deem um pouco de água...
GÁIEV Já sei, veio pedir dinheiro, não é? Essa não, eu não quero nem ver... (*sai*)
PÍSCHIK Já faz um bom tempo que eu não vejo a senhora... lindíssima... (*para Lopákhin*) Você está aqui... estou feliz em vê-lo... homem de inteligência enorme... Tome aqui... aceite... (*entrega dinheiro para Lopákhin*) Quatrocentos rublos... Agora, só devo oitocentos e quarenta...
LOPÁKHIN (*perplexo, encolhe os ombros*) Parece um sonho... Mas onde arranjou?
PÍSCHIK Espere... Que calor... São acontecimentos extraordinários. Uns ingleses vieram à minha casa e encontraram no solo uma espécie de argila branca... (*para Liubov Andréievna*) E para a senhora, quatrocentos rublos... lindíssima... deslumbrante... (*entrega o dinheiro*) O resto virá depois. (*bebe água*) Agora há pouco, no trem, um jovem me dizia que parece que um velho filósofo

aconselha as pessoas a pular do telhado… "Pule!", diz
ele, e nisso se resume toda a questão. (*espantado*) Quem
diria? Por favor, água!…
LOPÁKHIN Que ingleses são esses?
PÍSCHIK Arrendei para eles um terreno com argila por vinte
e quatro anos… Agora, me desculpem, não tenho mais
tempo… tenho de seguir viagem… Vou à casa de Znói-
kov… e de Kardamónov… Tenho dívidas com todo mundo… (*bebe*) Saúde a todos… Virei aqui na quinta-feira…
LIUBOV ANDRÉIEVNA Estamos partindo para a cidade agora
e amanhã vamos para o exterior.
PÍSCHIK Mas como? (*alarmado*) Por que vão para a cidade?
Ah, estou vendo os móveis… as malas… Bem, não há
de ser nada… (*em lágrimas*) Não há de ser nada… Que
gente de enorme inteligência… aqueles ingleses… Não
há de ser nada… Sejam felizes… Que Deus os ajude…
Não há de ser nada… Nesta vida, tudo tem seu fim…
(*beija a mão de Liubov Andréievna*) Se um dia alcançar a senhora a notícia de que meu fim chegou, lembre-
-se deste mesmo… cavalo e diga: "Viveu, um dia, neste
mundo, certo fulano de tal… Semiónov-Píschik… que
ele descanse no Reino dos Céus"… Que tempo maravilhoso… Sim… (*sai muito perturbado, mas logo retorna e fala, da porta*) Dáchenka manda lembranças a
todos! (*sai*)
LIUBOV ANDRÉIEVNA Agora podemos partir, também.
Vou embora com duas preocupações. A primeira é
Firs estar doente. (*olha para o relógio*) Ainda faltam
cinco minutos…
ÁNIA Mamãe, já levaram o Firs para o hospital. Iacha mandou levar, de manhã.
LIUBOV ANDRÉIEVNA Minha segunda tristeza… é a Vária.
Ela está habituada a acordar cedo e trabalhar e agora,
sem trabalho, ela é como um peixe fora da água. Ficou
magra, pálida, anda chorando, a coitadinha…

Pausa.

LIUBOV ANDRÉIEVNA O senhor sabe muito bem, Ermolai Alekséitch; meu sonho era... que ela se casasse com o senhor, e tudo indicava que vocês iam casar. (*sussurra para Ánia, esta acena para Charlotta e as duas saem*) Ela ama o senhor, o senhor a quer bem, e eu não sei, não sei por que vocês parecem se esquivar um do outro. Não entendo!
LOPÁKHIN Eu também não entendo, confesso. Tudo é muito estranho... Se ainda houver tempo, estou pronto, agora mesmo... Terminemos essa história de uma vez... E basta, pois, sem a senhora, eu sinto que nunca vou fazer esse pedido de casamento.
LIUBOV ANDRÉIEVNA Excelente. Pois ela precisa só de um minuto. Vou chamar Vária agora mesmo...
LOPÁKHIN O champanhe veio bem a propósito. (*olha para o champanhe*) Está vazia, alguém já bebeu tudo.

Iacha tosse.

LOPÁKHIN Isso é que é afogar as lágrimas.
LIUBOV ANDRÉIEVNA (*animada*) Que beleza, vamos embora... Iacha, *allez!** Já vou chamar Vária... (*para a porta*) Vária, largue tudo e venha cá agora mesmo. Venha já! (*sai com Iacha*)

LOPÁKHIN (*olha para o relógio*) É...

Pausa.
Atrás da porta, riso contido, sussurro; por fim, entra Vária.

VÁRIA (*examina as bagagens demoradamente*) É estranho, não encontro nada...

* Francês: "Venha!".

LOPÁKHIN O que está procurando?
VÁRIA Eu mesma guardei e não lembro onde.

Pausa.

LOPÁKHIN O que vai fazer da vida, agora, Varvara Mikháilovna?
VÁRIA Eu? Vou para a casa de Ragúlin... Combinei com ele de cuidar da propriedade... vou ser uma espécie de governanta.
LOPÁKHIN A casa dele não é em Iáchnievo? São setenta verstas daqui até lá.

Pausa.

LOPÁKHIN A vida nesta casa chegou ao fim...
VÁRIA (*olha para a bagagem*) Onde é que está?... Ou, quem sabe, eu coloquei dentro do baú?... Pois é, a vida nesta casa chegou ao fim... não vai existir mais...
LOPÁKHIN E eu vou partir para Khárkov daqui a pouco... no mesmo trem. Tenho muito trabalho. E aqui, eu vou deixar o Epikhódov... Eu o contratei.
VÁRIA É mesmo?
LOPÁKHIN No ano passado, nesta época, já estava nevando, a senhora lembra? Mas agora o tempo está firme, faz um solzinho. Só que está frio... Três graus abaixo de zero.
VÁRIA Não reparei.

Pausa.

VÁRIA Além do mais, o nosso termômetro está quebrado...

Pausa.

Voz na porta, com as palavras: "Ermolai Alekséitch!".

LOPÁKHIN (*como se esperasse o chamado há muito tempo*) Já estou indo!

Sai depressa.

Vária senta-se no chão, põe a cabeça sobre uma trouxa com roupas, soluça baixinho. A porta abre, entra Liubov Andréievna com cuidado.

LIUBOV ANDRÉIEVNA O que foi?

Pausa.

LIUBOV ANDRÉIEVNA Tenho de partir.
VÁRIA (*não chora mais, enxuga os olhos*) Sim, está na hora, mamãe. E eu tenho de chegar à casa de Ragúlin ainda hoje, não posso me atrasar para pegar o trem...
LIUBOV ANDRÉIEVNA (*para a porta*) Ánia, vista-se!

Entram Ánia, depois Gáiev e Charlotta Ivánovna. Gáiev está de casaco bem aquecido e com capuz. Criados e cocheiros vêm a seu encontro. Perto das bagagens, Epikhódov se mostra atarefado.

LIUBOV ANDRÉIEVNA Agora podemos partir.
ÁNIA (*alegre*) A caminho!
GÁIEV Meus amigos, caros, queridos amigos! Ao deixar esta casa para sempre, será que consigo me calar, será que consigo me conter para não expressar, na despedida, os sentimentos que agora enchem meu ser?...
ÁNIA (*em tom de súplica*) Titio!
VÁRIA Titio, não precisa!
GÁIEV (*triste*) Tabela com a bola amarela para a caçapa do meio... Eu me calo...

Entra Trofímov, depois Lopákhin.

TROFÍMOV Então, senhores, está na hora de partir!
LOPÁKHIN Epikhódov, meu casaco!
LIUBOV ANDRÉIEVNA Eu vou ficar aqui mais um minutinho. É como se eu nunca tivesse visto como são as paredes desta casa, como é o teto, e agora eu olho para eles com sofreguidão, com um amor tão cheio de ternura...
GÁIEV Lembro que quando eu tinha seis anos, no dia da Santíssima Trindade, eu estava sentado nessa janela e vi meu pai indo para a igreja...
LIUBOV ANDRÉIEVNA Levaram toda a bagagem?
LOPÁKHIN Parece que foi tudo. (*para Epikhódov, enquanto veste o casaco*) Epikhódov, cuide para que tudo fique em ordem.
EPIKHÓDOV (*fala com voz forte*) Fique tranquilo, Ermolai Alekséitch!
LOPÁKHIN O que foi que deu na sua voz?
EPIKHÓDOV Acabei de beber água, engoli alguma coisa.
IACHA (*com desprezo*) Que barbárie...
LIUBOV ANDRÉIEVNA Vamos... não vai ficar mais ninguém aqui...
LOPÁKHIN Até a primavera.

Vária tira da trouxa uma sombrinha, faz um gesto que dá a impressão de que vai bater em alguém.

Lopákhin finge se assustar.

VÁRIA O que foi que o senhor...? Não, isso nem passou pela minha cabeça.
TROFÍMOV Senhores, vamos tomar nossos lugares nas carruagens... Está na hora! Falta pouco para o trem partir!
VÁRIA Piétia, olhe aqui suas galochas, perto da mala. (*com lágrimas*) E como elas estão sujas, velhas...
TROFÍMOV (*calçando as galochas*) Vamos, senhores!
GÁIEV (*muito encabulado, teme chorar*) O trem... a esta-

ção... tabela cruzada na caçapa do meio, a bola branca faz a tabela e cai na caçapa do canto...
LIUBOV ANDRÉIEVNA Vamos!
LOPÁKHIN Estão todos aqui? Não ficou ninguém para trás? (*tranca a porta lateral da esquerda*) Tem umas coisas guardadas aqui, é preciso trancar as portas. Vamos!
ÁNIA Adeus, casa! Adeus, vida velha!
TROFÍMOV Bem-vinda, vida nova! (*sai com Ánia*)

Vária olha para a sala e não tem pressa para sair. Saem Iacha e Charlotta, com um cachorrinho.

LOPÁKHIN Então, até a primavera. Saiam, senhores... Até logo! (*sai*)

Liubov Andréievna e Gáiev ficam. Parece que estavam esperando por isso, jogam-se nos braços um do outro e soluçam contidos, baixinho, com medo de que escutem.

GÁIEV (*em desespero*) Minha irmã, minha irmã...
LIUBOV ANDRÉIEVNA Ah, meu querido, meu adorado e lindo jardim!... Minha vida, minha mocidade, minha felicidade, adeus!... Adeus!...

Voz de Ánia, alegre, chamando: "Mamãe!".
Voz de Trofímov, alegre, excitado: "Ei!".

LIUBOV ANDRÉIEVNA Vou olhar pela última vez as paredes, as janelas... Minha falecida mãe adorava andar nesta sala...
GÁIEV Minha irmã, minha irmã!

Voz de Ánia: "Mamãe!".
Voz de Trofímov: "Ei!".

LIUBOV ANDRÉIEVNA Já estamos indo!

Saem.

Palco vazio. Ouve-se que trancam todas as portas e, depois, que todas as carruagens partem. Silêncio. No meio do silêncio, ressoa a batida surda do machado numa árvore, som que reverbera solitário e triste.

Ouvem-se passos. Da porta da direita, aparece Firs. Está vestido como sempre, de casaco e colete amarelo; nos pés, sapatos sociais. Está doente.

FIRS (*aproxima-se da porta, mexe na maçaneta*) Trancado. Foram embora... (*senta-se no sofá*) Eles se esqueceram de mim... Não tem importância... eu vou ficar aqui... Aposto que Leonid Andréitch não vestiu o casaco de pele, foi só de paletó... (*suspira preocupado*) Eu nem olhei... Juventude sem juízo! (*resmunga algo incompreensível*) A vida passou e parece que eu não vivi... (*deita-se*) Vou deitar um pouquinho... Não sobrou nem um pouquinho de força, não sobrou nada, nada... Ora essa... seu trapalhão!... (*deita-se imóvel*)

Ouve-se um som distante, como se viesse do céu, o som da corda de um instrumento que arrebenta, e o som vai desaparecendo, triste. Começa o silêncio e só se ouvem, ao longe, no jardim, as batidas de um machado numa árvore.

Cortina.

LEIA MAIS PENGUIN-COMPANHIA
CLÁSSICOS

Anton Tchékhov
A estepe

Tradução e introdução de
RUBENS FIGUEIREDO

Com *A estepe*, pela primeira vez Anton Tchékhov, aos 28 anos e já com vasta quilometragem como colaborador de jornais e revistas literárias, tentou produzir uma narrativa mais extensa. Tarefa desafiadora mas, como se lê hoje, bem-sucedida.

O subtítulo — *História de uma viagem* — parece sintetizar a situação central: a viagem de um menino que parte para estudar em outra cidade e, para isso, percorre alguns dias pela vasta estepe russa. Mas também apresenta o caráter múltiplo do texto: um relato da experiência, uma narrativa ficcional, um estudo de tipos humanos, a pintura da natureza, além de retratos das atividades econômicas, das relações sociais e das mudanças de comportamento em curso.

O russo Anton Tchékhov (1860-1904) escreveu contos, narrativas e algumas das mais sutis e penetrantes observações psicológicas do teatro ocidental em textos como *A gaivota*, *Três irmãs* e *O jardim das cerejeiras*.

1ª EDIÇÃO [2021] 4 reimpressões

Esta obra foi composta em Sabon por Raul Loureiro e impressa em ofsete pela Lis Gráfica sobre papel Pólen da Suzano S.A. para a Editora Schwarcz em março de 2025

A marca FSC® é a garantia de que a madeira utilizada na fabricação do papel deste livro provém de florestas que foram gerenciadas de maneira ambientalmente correta, socialmente justa e economicamente viável, além de outras fontes de origem controlada.

LEIA MAIS PENGUIN-COMPANHIA
CLÁSSICOS

Ivan Turguêniev

Primeiro amor

Tradução do russo e introdução de
RUBENS FIGUEIREDO

Em um passeio por sua casa de veraneio nos arredores de Moscou, Vladímir Petróvitch, um garoto de dezesseis anos, filho único de uma família tradicional, vê uma moça exuberante brincando com amigos entre os arbustos da casa nos fundos da propriedade. Ele ainda não sabe, mas trata-se de Zinaida, filha de sua nova vizinha, e por quem irá viver uma paixão avassaladora.

À medida que eles se aproximam, fica claro quem está no controle da situação. Disposto a tudo para ter os seus sentimentos correspondidos, Vladímir terá de aprender rapidamente o intrincado jogo da sedução e do desejo, em que as regras são tão aleatórias quanto obscuras.

Primeiro amor foi publicado em 1860, quando Ivan Turguêniev tinha 42 anos. Admirado por Henry James e Gustave Flaubert, foi o primeiro autor russo a ser traduzido na Europa, reconhecido, ainda em vida, como um dos grandes escritores de sua época.